저자 근영

문장 신인작가상 수상 인터뷰

△ 아버지

부모님 결혼식 ▷

△ 1964. 3. 5. 강남중학교 입학 때 아버지와

국가유공자증서

유병홍

1950. 6. 21생

우리 대한민국의 오늘은 국가유공자의 공헌과 희생위에 이룩된 것이므로 이를 애국정신의 귀감으로서 항구적으로 기리기 위하여 이 증서를 드립니다

2008년 4월 22일

대통령 이 명 박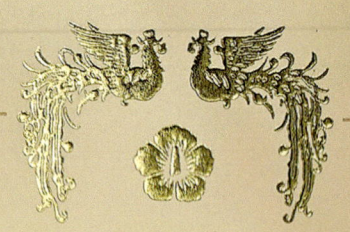

이 증을 국가유공자증부에 기입함 제10-26347호

 국가보훈처장 김 양

제 00802 호

훈장수여증명서

해군본부해병제2여단
일병 유병홍

생년월일(군번) 09366293
포 상 종 류 화랑무공훈장
상훈기록번호 W006593
수 여 일 1971.02.15
공 적 요 지 파월유공

위와 같이 수여사실을 증명합니다.

2015년 6월 9일

행 정 자 치 부 장 관

무술 시연 모습

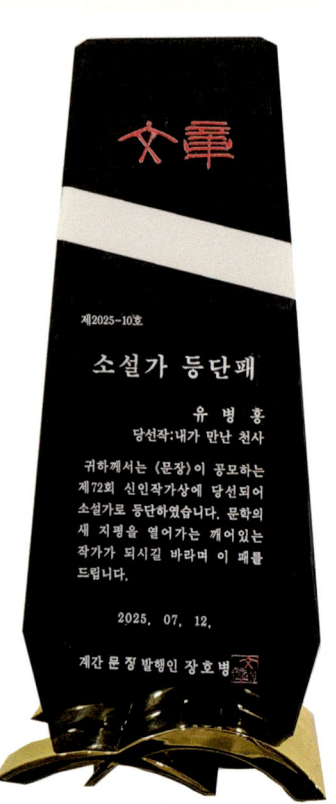

계간《문장》소설 등단(2025년 여름, 73호)

유병홍 장편 실화소설

不死鳥

불사조

불사조

유병홍 장편 실화소설

북랜드

머리말

영원한 해병, 불사조

　나의 삶은 고통과 시련의 연장이었다. 누구도 경험하지 못할, 상상하지도 못할 험난한 고갯길을 걸어왔다. 성한 데가 한 군데도 없다. 여러 번의 수술과 치료로 고통을 받았다. 이러한 나의 길을 기록하고 싶었다. 오랜 시간 동안 쓰고 지우고 다시 썼다.

　'불사조'란 제목에 걸맞게 불사조로 살아온 여정을 쓰다 보니 내가 나를 위로하고 있었다. 문장들이 불안한 내게 따뜻한 손을 내밀어 쓰다듬어 주었다. 비록 잘 쓰지 못했지만, 누군가에게 내 얘기를 들려주고 싶었다.

　지금도 먼 이국땅에서 고향을 그리워하고 있다. 창문만 열면 어머니, 아버지가 불쑥 나타날 것만 같다. 가까운 이들과 다정하게 살아가는 모습이 꿈이었다. 지금 내게는 글이 있고 무술이 있다. 언제나 그리워하는 부모님 품에 안겨 살아간다.

　월남의 밀림을 헤매던 날의 연속일 때도 있다. 비행기가 다가올 때마다 밀물처럼 밀림이 울렁거린다. 썰물처럼 휩쓸고 가버린 총탄 소리와 폭격 소리가 내 영혼을 뒤흔든다. 나는 공황의 시간을 견뎌야 한다.

한 해 몇 번씩은 혼수상태가 되어 전투복으로 무장한 채 밀림을 누빈다. 환상과 현실을 넘나들며 건져 올린 글을 모아 자전소설『불사조』를 엮는다. 조국은 항상 내 안에 있고, 나는 그 안에서 편안해진다.

조국을 떠난 지 50년, 이제는 태어난 조국에 대한 그리움만 커지고 있다. 전쟁 후유증으로 악몽을 자주 꾸는 고통으로 조국에 묻히고 싶은 생각이 더욱 커지고 있는데 현실은 멀고 먼 이국땅에서 꿈을 간직하고 있을 뿐…. 지난 시절에 묻혀서 과거를 정리하고 있다.

아무 자신감 없이 순한 아이로만 자랐던 나는 사춘기를 맞이하면서 '이유 없는 반항'이 싹트기 시작했다. 3살 아기 때 가슴뼈를 다쳐서 어린 시절 늘 '꼽추'라는 별명을 듣고 자랐다.

초등학교 6학년 때 변화가 일어났다. 담임 선생님께서 학생들을 키 순으로 줄을 세우고 자리를 정해 주었다. 제일 앞에 선 학생은 진짜 꼽추였다. 그는 앞과 뒤로 가슴뼈가 튀어나오고 목이 어깨에 묻힌 기형적 꼽추였다. 나는 바로 뒤에 앉았다. 앞에 앉은 꼽추와 나를 비교해 보았다. 거울 앞에 서서 나의 몸을 보니 나는 정상에 가깝지 꼽추는 아니라는 확신에 자신감을 갖기 시작했다. 보통의 다른 아이들이 하는 짓을 해보기 시작했다. 모든 것이 가능했다. 그때부터 친구들과 어울리고 공부도 열심히 하기 시작했다.

  중학교에 진학하여 자진해서 유도부에 들어가 낙법을 훈련했다. 어릴 때 자주 넘어져서 양 무릎은 상처투성이였다. 넘어져도 다치지 않는 법을 익혔다. 수줍고 약했던 마음에 강한 정신과 운동이 합쳐져 용기와 정의를 주장하는 청년으로 성장했다.

  고등학생 때 도서관 앞에서 패싸움이 벌어졌다. 앞에서 싸우다가 뒤에 있던 학생이 돌로 뒤통수를 공격했다. 뇌진탕으로 응급수술을 받았으나 정상으로 돌아올 수 없을 거라는 의사의 진단에 실망하고 있었다. 그러나 3개월 후 더 활발한 대장부로 변화되어 나타나 친구들을 모두 놀라게 했다. 말이 별로 없던 내가 말도 유창하게 하고 리더십을 갖춘 완전한 사나이가 되었다.

  후에 해병대에 지원하였다. 그리고 월남전에 참전할 수 있었다. 나는 전쟁에 목숨을 걸고 명령에 복종하는 전투자였다. 자유와 정의를 위하여 목숨을 파리같이 던지는 영원한 해병! 전쟁터에서는 죽음을 각오하고 싸웠다.

  그러나 제대 후 전상 후유증은 때가 되면 또다시 전쟁터로 내몰려 신체적인 고통과 정신적인 싸움이 일어나 온몸에 식은땀이 흐른다. 평소에도 헬기 소리, 폭음 소리, 전쟁 장면이 나타나면 온몸이 굳어지고 식은땀을 흘리며 신체적 정신적인 고통이 평생 되풀이되는 것이다.

그러나 후회하거나 원망하는 마음은 조금도 없다. 언제나 나라가 나를 부르면 나는 나라를 위해 주어진 임무를 다할 것이라 다짐하고 있다.

신길동 '나무장 하리마오' 친구들께 고마움 전한다.
책이 나오도록 물심양면 힘써주신 장호병 대표님과 북랜드 직원들께도 깊이 감사드린다.

2025년 여름

| 차례 |

머리말 | 영원한 해병, 불사조 __ 12

1부

단편소설

내가 만난 천사 __ 19

2부

장편 실화소설

불사조

베트남전 참전 __ *31*

마지막 전투 __ *69*

어린 시절 __ *103*

사춘기 __ *141*

무전여행 __ *161*

태권도 __ *185*

첫사랑 __ 209

해병대 입대 __ 231

포항 사단 __ 265

화랑무공훈장 __ 295

제대 __ 343

부활 __ 369

부친상 __ 401

나의 꿈 __ 419

미국 첫 해 __ 445

1부

⋮

단편소설
내가 만난 천사

땅바닥에 발을 딛지 않고 어디론가 향해 가고 있다. 낮고 가볍게 공중을 날면서 아래를 내려다보니 시냇물이다. 푸른 들판을 지나 몇 시간인지 모를 동안 잔잔하게 날아간다.

어느덧 드넓은 물결이 펼쳐지고 낮은 파도가 햇살에 반사되어 눈부시다. 산이나 도시도 보이지 않고 오직 수평선만을 바라보면서 앞으로 간다. 작은 새 한 마리가 내 어깨를 살짝 치고 날아간다.

미지의 세계를 향해 가는 길 아래엔 바다가 끝없이 펼쳐져 있다. 나는 드넓은 바다를 유유히 건너간다. 오랫동안 꿈꾸었던 곳을 향하는 나는 깃털처럼 가볍게 날아가고 있을 뿐이다. 아무도 없는 고요의 공간, 이곳이 천국일까.

주위를 자세히 살펴보니 둘레가 영등포 신길동 길목이다. 내가 친구들과 철없이 뛰어놀던 나무장, 그리고 그 옆으로 친구 집을 향해 다니던 좁은 골목이 보인다. 그러다가 갑자기 멀리서 우리 집이 나타난다. 집을 향해서 뛴다.

나는 집 앞에 도착해서 반쯤 열려있는 대문을 밀었다. 그리고 집 앞마당에 발을 들여놓으며 보니 아버지는 정성껏 화분에 물을 주고 계신다. 뛰어가서 "아버지!" 하고 불렀는데 아버지는 무표정으로 나를 지나치신다. 그때 어머니께서 부엌에서 무언가를 버리려고 나오고 계신다.

"엄마!"

아무 표정이 없다. 다시 아버지를 돌아보니 평화로운 미소를 지으신다. 나를 정확히 보시지는 않은 것 같다. 부엌에서 나오시던 어머니와 시선이 마주친다.

"아니, 네가 웬일이냐? 너는 지금 월남 전쟁터에 있는데…."

반가움보다는 염려하시는 표정이다. 완전무장한 나의 모습을 보시면서 더욱 놀라신다. 옆에 계시는 아버지도 걱정하시는 표정이다. 평소에도 말씀을 잘 하지 않으셨던 아버지는 말없이 돌아서서 안방을 향해 마루 위를 걷는다. 천천히 걸어가는 발소리가 들리지 않을 만큼 아버지의 몸은 가볍다.

많이 늙으신 모습이 무척 안타깝다. 손이라도 잡아보고 싶은 마음이다. 그러나 부모님은 그럴 뜻이 없다. 나는 부모님께 무엇인가 말을 하고 있으나 두 분은 아무런 반응이 없다.

"엄마!"

"아버지!"

소리를 지르면서 다가가고 있었으나 아무리 가까워져도 부모님의 손을 잡을 수가 없다. 두 팔을 활짝 벌려 안아보고 싶었다. 하지만 아버지도 어머니도 서서히 멀어져 가고 있다. 쓸쓸한 모습으로….

긴 잠에서 깨어난 듯 한적한 봄 날씨다. 정글 속에 쓰러져 있던 나는 아무런 고통도 없고, 양손에 M16 총을 거머쥐고 있다. 전투의 살기는 없다. 어딘가를 향해 평화로운 들판을 가로지른다.

몸은 자유로이 지상에서 떨어져 날고 있는 상태에서 움직이고 있다. 이름 없는 꽃들이 피어있는 들판을 지나가는 나의 가슴에는 두 개의 수류탄이 매달려 있다. 허리에는 물통과 단도를 찼다. 어깨에 짊어진 총탄과 또 다른 어깨에 걸려 있는 백에는 시레이션이 몇 개 담겨 있다. 지퍼가 조금 열려있는 안전 재킷도 있다. 완전무장한 상태 그대로다. 그러나 아무런 무게를 느끼지 못했다. 그렇게 지겨웠던 모기 떼들도 없다.

문득 생각이 난다.

'아! 나는 지금 정글에서 전투하고 있는데….'
　내가 지금 정글에서 쓰러져 있다는 생각이 나면서 눈을 떠보려고 했으나 눈꺼풀이 떨어지지 않는다. 바로 앞에 계셨던 부모님은 더 이상 보이지 않는다. 그리고 고향이 아니고 타국 멀리 월남에서… 전쟁터에서… 정글 속에서… 어느 깊은 늪 정글의 땅바닥에 나는 쓰러져 있다. 돌아가던 영사기가 녹슬어 멈춘 상태처럼 정지된 시간이 흘러간다. 또다시 깊은 잠으로 현실과 환상이 엇갈리는 속에서 헤매고 있다. 현실과 꿈이 얽히는 순간이다.

　얼마나 지나갔을까, 서서히 눈을 떠보았다. 정글 바닥에 누워있다. 짓밟고 지나다니던 풀이 나의 얼굴 위를 덮고 있다.
　태양은 철모 위 중심에 떠 있다. 그러나 시야에서 보이자마자 태양이 급속도로 돌아가기 시작한다. 어지러워서 더 이상 볼 수가 없다. 다시 눈을 감는다. 한참의 순간이 끊겼다가 이어지는 생각 속에 다시 시간이 지나간다. 이것이 꿈인가 하는 생각에 다시 눈을 떠보니 역시 중천에 떠 있는 태양이 어지럽게 돌아가고 내 몸은 의지와 상관없이 빙빙 돌고 있다. 현기증이 난다.
　'아차!' 나는 전투에서 몸을 다친 것이었다. 전투를 같이하던 전우들이 아무도 내 곁에 없다. 우선 눈을 감고 두 발을 만져본다. 두 발에 정글화가 신겨져 있다.
　잠시 쉬었다가 나의 오른팔과 왼팔을 만져본다. 그대로 있다. 아무런 고통이 없다. 단지 어지러울 뿐이다. 시간이 지나가면서 나의 전신을 구석구석 손으로 만져보았으나 아픈 곳이 없다. 조심해서 다시 눈을 떠보니 무릎 높이의 숲이 얼굴을 가리고 있고 아까 밟았던 숲 갈대가 나를 덮고 있다.

나의 얼굴이, 나의 몸이, 전쟁터의 갈대숲 월남 땅바닥에 눕혀져 있었던 것이다.

"유 일병!"

나를 부르는 소리가 어디선가 흐릿하게 들려오고 있다. 개미 소리만 하게 들려오는 그 소리는 어느 산 계곡 멀리에서 울리는 메아리 같다.

다시 눈을 떠보았다. 하늘 위에는 적십자 헬기가 떠돌고 있다. 어지럽게 돌아가는 그 속에서 헬기 날개도 빠르게 돌아가고 있다. 다시 눈을 감았다.

'급속도로 돌고 있던 헬기는 어떻게 되었을까?'

누군가 나를 부르면서 몸을 흔들었다. 힘겹게 눈을 뜨니 나를 두 팔로 껴안고 있는 분대장의 얼굴이 보인다.

"유 일병! 정신 차려!"

"유 일병! 정신 차려야 해!"

몇 번의 그 말이 개미 소리처럼 작게, 아주 작은 소리로 메아리치고 있다.

잠시 후에 또 다른 전우가 다가와서 나를 부축해서 앉히려 했으나 나의 몸은 감각이 없이 흐트러져 있다. 다시 정신을 잃었다.

곧이어 나는 분대장의 등에 업히고 있다. 순간순간 끊어지는 기억이다. 전우의 손길이 나의 얼굴에 다가왔을 때도 그 감각을 느낄 수 없었다. 머리에서 흘러내리는 피가 얼굴을 덮고 있다.

분대장이 나를 등에 업고, 전우는 늘어진 나의 팔을 받치며 안전 지역으로 이동하고 있다. 그리고 모든 감각은 다시 깊게 잠든다. 조용한 시간이다. 실제로는 치열한 전투에 엄호사격이 진행되고 있었으나 나의 귀에는 볼륨을 최대한 낮춘 듯 들리지 않는다. 폭음에 고막이 상실된 것일까.

다시 눈을 떠보았다. 안전 지역에서 나와 함께했던 전우가 언덕에 기대앉아서 담배를 피우고 있다. 우리는 눈이 마주쳤으나 말을 하지 않는다. 실제로는 대화를 할 수 없는 전상자들이다. 아주 짧은 순간 눈을 마주친 것이 전부다. 그 순간이 지나간 후에 어지러워서 다시 눈을 감아야 했다. 아주 가까이에서 헬기가 일으키는 바람이 일어나고 있었으나 눈을 뜰 수가 없다. 전투에 쓰러져 그저 숨만 쉬고 있을 뿐이라는 생각이 들기 시작한다. 육신은 움직이지 못한 채 있지만 영혼은 깨어났다가 잠들기를 반복한다.

잠시 후 미 해병들과 전우들이 들것에 나의 몸을 실었다. 그리고 필름이 끊긴다. 다시 감각이 올 때 몸은 헬기 안에 누워있고, 전우는 나의 옆에서 어디론가 쳐다보고 있다. 그리고 헬기가 뜨면서 나는 긴 잠으로 들어간다. 죽음과 아주 가까운 깊은 잠이었다.

통신병은 중대로 보고한다.

"일병 유병홍 전사!"

어디선가 소곤거리는 소리가 들린다. 조금 전부터 들리던 소리다. 나는 조용히 듣고 있다. 사람들의 말 같은데 외계의 대화 같다. 아주 작은 소리가 조용조용하게 속삭인다. 한국말은 아니다. 두 사람은 더 되는 것 같다. 좀체 알아들을 수가 없다. 우주 어느 곳 천국이나 극락세계의 말인 듯하다.

　내가 다른 세상에 태어난 것일까? 아직 부모님께 작별의 인사도 드리지 못했는데…. 나의 죽마고우들에게 떠난다는 인사도 하지 못했지…. 더구나 전선에 날아온 그들의 편지에 이별의 답장조차 띄워 보내지 못했잖아….

　잠시 생각하니 꿈은 아닌 듯하다. 아무런 고통 없이 아주 편안하게 누워있다. 나는 다시 잠으로 빨려 들어간다. 얼마나 긴 시간을 잠들었는지 모르는 깊은 잠이다.

　누구인가 나의 손을 잡아주었다. 무엇인가 가슴에 와닿는다. 따스하고 부드러운 손길이다. 그 손길은 나의 가슴 위를 부드럽게 토닥거려준다. 어릴 때 나를 다정하게 안고 보듬어주던 엄마의 손길과도 같다. 조심스럽게 눈을 떠본다. 엄마의 환영이 눈부시게 비친다.

　그 짧은 순간에 보였던 모습들은 하얀 옷을 입은 천사들이다. 그리고 그녀의 아름다운 미소를 오랜만에 본 것 같다. 아주 짧은 순간이다. 잠시 후 다시 눈을 떠본다. 모든 것이 너무 환해서 하나도 볼 수가 없어 다시 눈을 감고 있으려니 나의 곁에서 가까이 말하는 소리가 들린다. 그녀의 고운 목소리가 귀 가까이에서 속삭이고 있다. 알아들을 수가 없는 말들이다.

　잠시 후에 비상 사이렌 소리가 울렸다. 아주 작은 소리로 멀리서 들려오는 듯하다. 그 소리조차 나에게는 하나의 고요한 음악과 같다. 나의 귀에는 모든 소리가 꿈속에서 따스한 봄바람과 함께 날아 흘러나오는 속삭임 같다. 꿈과 현실의 아름다운 골짜기에서 졸졸 흐르는 물소리 같다.

다시 마음먹고 눈을 떠보니 아름다운 미소의 여인이 있다. 하얀 옷을 입은 간호사가 나의 손을 잡아주고, 그녀의 주위에서 여러 사람이 나를 주시하고 있다. 사람들은 더 가까이 나의 주위로 다가오고 있다. 모두가 하얀 옷을 입은 사람들이다. 그들의 말은 무슨 말인지 알아들을 수가 없다. 못 알아듣는 말들이 귀찮아졌다. 그들을 거부하는 마음으로 눈을 감는다. 잠시 후 가는 목소리가 나를 깨웠다.

"안녕하세요."

조국의 말이 귀에 들어오니 반가웠다. 외계에서도 한국말이 통용되고 있다는 생각이 들었다. 기대하지 못했던 한국말이었다.

눈을 더 크게 떴다. 한국인 간호사가 나의 곁에서 미소를 짓고 있다. 그녀는 다정하게 차가운 나의 손을 잡아준다. 그녀의 손은 따스하다. 그녀가 다시 나에게 말을 건다.

"안녕하세요."

너무 반가운 조국의 말이었다. 그제야 나는 미소로 대답해주었다. 그녀는 말을 계속하고 있었으나 말들이 구분되지 않는다. 한국말이었는데도…. 그녀가 물어보는 말을 알아들을 수가 없다는 슬픈 생각에 눈을 감고 고개를 돌렸다. 다시 잠이 든다.

또다시 눈을 뜨니 간호사가 몸 위로 손을 뻗쳐 나의 팔을 꼭 잡고 다른 손으로는 내 손바닥을 만져주고 있었다. 미 해병 군의관과 간호사들이 나의 곁으로 다가온다. 그 시간을 기다리고 있었던 것 같다. 내가 정상으로 눈뜰 때를.

군의관이 내 앞에 큰 거울을 대고 얼굴을 볼 수 있도록 방향을 맞추어주었다. 오랜만에 얼굴을 볼 수가 있었다. 머리는 삭발이 되어있다.

얼굴은 한쪽으로 부어있다. 왼쪽 눈 뒤쪽이 많이 부어있다. 고통은 없다. 나는 거울을 밀어낸다.

간호사는 내 담당으로 매일 곁에서 좋은 말동무가 되어 주었다. 나의 말투는 느려져서 다른 사람들은 알아들을 수 없을 정도였으나 그녀만은 알아듣는다. 그녀는 말투를 교정해주기도 하면서 대화도 해준다. 나의 부상에 대해 얘기한다.

"대한민국 청룡부대 소속 해병대 일병 유병홍."

'군번 9366293'을 알려주었다. '해병대는 군번을 외워야 한다'는 얘기도 잘 알고 있다. 신기하게도 그녀의 고운 손길이 나의 몸 부분 부분에 닿자 잠들었던 감각들이 차례로 깨어난다. 사지에 다시 감각이 살아나는 것을 알 수가 있다. 전신이 충격을 받아 마비되어 있던 환자다. '부비트랩 파편'에 두개골이 파괴되면서 모든 감각을 잃어버린 사람이 나다. "해병대 일병 군번 9366293"을 몇 번이고 외우고 있다.

시간이 가면서 그녀는 전우들이 보내준 편지들을 꺼내서 읽어준다. 내가 전투에서 쓰러진 후에 전우들이 보내준 선물들이다. 내가 소중하게 간직한 것들과 함께 고스란히 곤봉에 넣어 보내주어 내 곁에 도착한 것이다.

내가 보관했던 친구들의 편지들을 그녀가 읽어주는 동안 흩어졌던 퍼즐이 하나씩 맞춰지듯 기억이 돌아오고 있다. 나는 다시 부모님과 친구들을 생각하기 시작하면서 끝없이 넓고 푸른 바다를 건너 신길동 골목을 지난다. 그리고 우리 집 대문을 힘차게 밀고 들어간다.

• 계간 《문장》 72회(2025 여름) 소설 등단작

⋮

베트남전 참전
마지막 전투
어린 시절
사춘기
무전여행
태권도
첫사랑
해병대 입대
포항 사단
화랑무공훈장
제대
부활
부친상
나의 꿈
미국 첫 해

⋮

2부

장편 실화소설

불사조

불사조

① 베트남전 참전

월남전 특수훈련
어머니의 편지
부산항의 환송식
7일간의 항해
청룡 5대대 27중대 2소대
귀국박스
발목지뢰
전선편지
월남 모기 떼들의 공세
적진 침투작전

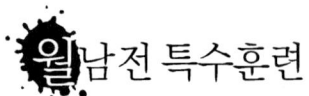
월남전 특수훈련

"일병 유병홍!"

아침 기상을 하고 식사 당번 준비를 하기 전에 월남전에 가야 할 병사들의 명단을 불렀다. 다음 주 월남 참전을 위한 특수훈련에 가야 할 병사들이었다. 내 이름만 부른 것은 아니었는데도 나는 내 이름만 귀에 들어왔다. 고향에서 날아온 편지를 채 받아 보기도 전에 또다시 부대 소속을 옮기는 것이다.

그날부터 월남전에 참전하여 무사히 귀국한 선임자들로부터 월남전에 대한 얘기를 귀 기울여 들으며 월남전을 상상하기 시작했다. 무사히 살아 돌아온 선임의 경험담이 용기를 주었다.

정해진 날 아침 식당에서 식사를 한 후 다른 병사들은 의무를 수행하기에 분주한 시간, 나는 정해진 집합 장소에서 훈련 때부터 받아온 편지들과 군의 필수품을 담은 곤봉을 어깨에 메고서 정들었던 소총소대를 나왔다.

월남전 참전 명단에 이름이 불린 모두는 트럭 뒷자리로 올라탔다. 트럭은 우리를 싣고 어디론가 먼지를 내면서 달리다가 멀지 않은 훈련장에 도착했다. 명령에 따라 하차 하였다. 주위를 돌아보니 모두가 월남 참전 훈련을 받으러 모인 해병들이었다. 그중에는 나의 동기생들도 눈에 띄었다. 하나하나 이름을 부르는 대로 모두들 소속된 곳을 향해 지휘관을 따라갔다.

월남전의 실제 모습을 영사기를 통해 보여주었다. 월남의 지형 모습은 이색적이었다. 그들의 생활 모습도 우리나라와는 달랐다.

고달픈 육체적인 훈련은 없었고 월남에 대한 지식과 전쟁에서의 주의사항이 주를 이루었다. 진해에서 기초훈련을 M1으로 받았던 나에게 'M16'은 아주 가벼웠고 기름으로 닦지 않고 물로 닦을 수 있어 편했다.

그다음 날 아침 일찍이 사격장으로 이동하여 박격포 쏘는 훈련을 했다. 발포 소리가 크기 때문에 발포 때마다 귀를 막고 몸을 움츠려 안전을 취해야 했다. 그래도, 내가 월남전에 싸우러 간다는 실감은 나지 않았다. 며칠을 훈련에 최선으로 임했다.

어느 날 저녁 식사가 끝나고 쉬는 시간에 훈련조교가 이름을 불러서 앞으로 나가니 편지 몇 장을 나에게 전해주었다. 전 부대로 날아온 편지들이었다. 편지는 언제나 나의 가슴을 설레게 했다. 친구들의 편지, 그리고 어머니의 편지를 읽다가 나도 모르게 눈물이 흐르고 있었다. 그리운 나의 고향 소식이 이렇게 나를 심각하게 하리라고는 생각해 본 적이 없었다. 진해훈련소, 그리고 상남훈련소에서 받아 본 편지에는 반갑게 답장을 용기 있게 쓰던 내가 …. 막상 전쟁에 나간다는 생각이며 생애에 처음으로 조국을 떠나 타국

으로 간다는 여러 복합적인 생각이 그렇게 만든 것 같았다.

그날 밤은 야간근무 중 달빛 아래서 편지를 읽고 또 읽었다. 그리운 고향 소식들을…. 나의 침상으로 돌아와서 답장을 하려고 했으나 다른 병사들이 잠자는 시간이라서 내일로 미루고 고향 생각으로 잠을 청했다.

다음 날 온종일 박격포 쏘는 훈련을 한 후 저녁 식사시간에 부대로 돌아왔다. 샤워를 한 후 다시 편지를 읽으면서 답장을 써 내려갔다. 모두들 걱정하지 않도록 부대 생활이 안전하다는 답장이었으나 나의 새 주소가 청룡부대 소속으로 이곳에서 훈련을 받고 있다는 것만으로도 모두들 걱정을 하게 될 것 같아 마음속으로 미안했다.

훈련 도중에 면회를 오는 해병도 가끔 눈에 보였으나 나에게는 월남전에 위로될 아무런 편지도 없었고 누구도 면회를 오지 않았다. 내가 이렇게 빠르게 월남전에 투입된다는 것을 아무도 예측을 하고 있지 않았기 때문이었다.

나는 생각을 바꾸었다. 어차피 가야 할 월남전이라면 최대의 굳건한 정신으로 가야 한다고 다짐했다. 낮에는 전투훈련, 저녁에는 월남에 대한 지식을 교육받았다. 월남 여자들은 빨리 늙는다는 애기와 영화에 보이는 월남 풍습으로 항상 입에 물고 있다는 붉은색이 나의 눈에는 좋게 보이지 않았다.

작전 중에 먹어야 할 '시레이션'(전쟁 시 먹을 통조림)으로 식사를 하루에 한 번씩 했다. 서너 가지 종류로 구분되어 있었는데 과일, 소고기, 야채, 생선 통조림 등으로 식사 후 간식으로 먹는 음식 같았지 정식 음식은 아닌 기분이었다. 그러나 필요한 영양은 충분한 것으로 알려져 있었다.

시간은 빠르게 흘러갔고, 월남으로 떠날 마음의 준비를 했다.

머니의 편지

포항사단 말단 소총소대 주소로 어머니의 편지가 왔다. 편지는 혹시 내가 월남전에 참전하게 될까 봐서 말리시는 말씀이 주를 이루었다. 그러나 나는 이미 월남전에 참전하기 위해서 훈련을 받고 있을 때였다.

남 못지않은 용기와 '무도인'이라는 자부심으로 앞장서서 훈련을 받았다. 어머니의 편지는 내가 목숨을 걸고 싸워야 하는 전쟁터를 향하고 있다는 것을 다시 일깨워주었다.

내가 해병대에 지원했을 때는 태권도 선수를 신청해서 서울 근처에서 해병대 태권도 대표선수로 뛰면서 자주 휴가를 나올 수 있을 것으로 생각하시던 어머니였다.

내가 포항사단에 속한 소총소대에 있다는 것을 염려하셨고 월남전에 참전할 것이라는 예감에 걱정을 하셨던 것이다. 어머니에겐 내가 어릴 때부터 몸을 많이 다쳐서 남들과 어울리지도 못하면서 자라던 막내아들로 전쟁터에 보내기에는 너무 약한 아들이었다. 몇 번이고 편지를 읽는 시간 동안 나는 정신적으로 어린 시절의 약한 모습으로 돌아가고 있었다.

며칠 훈련을 혹독하게 받고 나서 나는 몸살이 나기 시작했다. 그리고 월남에 가고 싶지 않은 생각이 들면서 나는 정신적으로 모든 용기와 기상은 사라지고 몸은 힘이 없는 졸병의 모습으로 변해가고 있었다.

야밤 기습 훈련이었다. 나의 곁에 있던 동기생은 나의 약해지는 모습을 보면서 걱정을 했다.

며칠이 지나면서 서로 의지하던 동기생의 도움으로 함께 훈련에 임했다. 그날은 갑자기 식사를 할 마음이 없어졌다. 그래서 점심, 저녁 식사를 하지 않았다. 그래서 야밤훈련에 힘을 잃고 쓰러져 버렸다. 동기생들이 나를 부축하면서 어두운 기습작전을 무사히 마칠 수 있도록 보조를 해주었다. 그다음 날 아침에 기상을 할 수가 없던 나는 동기생의 도움으로 부대 내 병실로 이동했다.

몸살, 감기로 전신에 에너지가 고갈되어 그날은 쉬어야 한다는 군의관의 진단이 내려졌다. 조그마한 병실에서 온종일 쉬었다. 간호사가 자주 나의 신체적인 조건을 확인하고 있었다. 저녁이 되면서 모든 것이 정상으로 돌아오고 있었다. 저녁 늦게 훈련 소속으로 돌아와서 취침을 할 수가 있었다. 야간근무는 제외되었다.

다음 날 아침 일찍 또다시 월남전에 필요한 기본훈련에 임했다. 이제는 다른 길은 없었다. 최대한으로 의무에 충실하여 무사히 돌아온다는 희망에 기대야 했다.

쉬는 시간마다 편지를 띄웠다. 내가 다시 훈련을 받고 있으며 머지않아 월남으로 떠난다는 것을 알려주었다. 그리고 다시 월남에 대한 소식을 전해줄 것을 약속하고 글을 마쳤다. 그 후에 아무런 편지는 오지 않았다. 실제로는 답장이 오기 전에 훈련을 마치고 월남을 향해 떠났기 때문이었다.

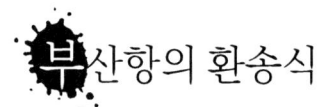산항의 환송식

떠나는 날에는 아무 할 일 없이 아침 식사를 마친 후 쉬는 시간에 월남에 대한 정보를 담은 영상을 보았다. 세 일병의 전투 얘기와 김 소령 얘기들 그리고 월남전의 영웅들 사연이 담겨져 있었다.

오후에 점심을 먹고 밖을 보니 몇 대의 트럭이 부대 앞에 도착하기 시작하였다. 모든 훈련병들은 소대장의 지휘 하에 완전무장을 하고 밖으로 나왔다. 기다리는 시간에 담배 피는 시간을 주어 모두들 담배에 추억을 실어 보내는 시간을 가졌다. 오늘이 우리나라를 떠나는 마지막 날이라는 생각에 모두들 말수가 적어졌다. 가끔 오가는 대화는 월남전에 대한 얘기들과 무사히 돌아온 친척이나 동네 형들에 대한 얘기들이었다.

줄지어 명령에 따라서 트럭에 올라탔다. 흔들대는 트럭의 이동에는 관심을 쓰지 않고 그것에 몸을 맡겼다. 뒤편으로 날아드는 황토 먼지와 앞 트럭의 먼지에 앞을 가려서 제대로 시골길을 볼 수 없었다. 훈련소를 떠나 포항사단을 벗어나니 시골의 평화로운 모습이 그림같이 펼쳐지고 있었다. 그 그림 속에 일하던 농부들이 일을 멈추고 우리를 향해 손을 흔들어주었다. 포항 특유의 모습을 구경하면서 생각하는 시간을 보냈다. 기차역으로 향하는 모습은 무척 오랜만에 보이는 시골의 풍경이었다. 그것이 나의 마음을 위로해주고 있었다. 입대 후 처음으로 밖으로 나온 것이었다.

  한참을 달린 후 정지한 곳은 부산으로 가는 기차역이었다. 정지된 트럭에서 명령에 의해 하나둘 뛰어내렸다. 기차역을 향해 발맞추어 갔다. 다시 기차로 갈아타고 부산역으로 이동하는 시간이 나에게는 고향의 모습과 현실이 범벅이 되어서 꿈같이 지나가고 있었다.

  부산역이 다가오자 시내의 사람들이 분주하게 움직이고 있는 모습이 보였다. 시장의 시끄러운 소리들이 트럭으로 옮겨 타고 있는 소리보다도 더 시끄럽게 들렸다. 경상도 사람들의 특이한 발음에 악센트가 강해서 내가 있는 지역을 알려주었다. 표정들은 밝은데 말투가 거칠어서 말만 들으면 오해를 할 정도였다.

  부둣가에서 생선을 파는 모습이 보였고 그 근처의 가게들이 열리는 시간이었지만 우리와는 상관이 없었다. 길목 곳곳에 구운 옥수수, 구운 고구마와 생선 구운 것, 계란, 그리고 어묵이 나열되어있었다. 일찍이 일을 하러 나오신 분들에게 파는 것인 듯했다.

  얼마 후 명령에 의해 하차하여 줄을 맞추고 있는 동안 주위를 둘러보니 가까운 위치에 생전 처음 보는 거대한 군함이 정박해 있었다. 멀리서도 볼 수가 있을 만큼 큰 군함이었는데 가까이 도착할 때까지 보지 못했던 것은 가까운 것들만 보면서 고향 생각에 젖어들었던 탓이었다.

  명령에 따라서 서열을 따라 움직이다 보니, 군함을 뒤로한 연설대를 향해 서 있었다. 부산의 인사들과 각 군의 장군들도 높은 무대 뒤편에 앉아있었다. 부산시장의 연설이 시작되면서 한 작별의 인사말들은 전우들을 위로하는 말들이었다. 몇몇 장성들도 충고와 주의사항들을 전해주었다. 청룡부대를 기준으로 비둘기, 십자성 등등 부대원들이 함께 행사에 줄을 서 있었다.

　많은 사람들이 우리의 떠남을 환송해주기 위해 모여 있었는데 그 사람들 중에는 참전용사의 가족들도 있었다. 그들은 우리가 떠날 때까지 손을 흔들어 주고 태극기를 흔들어 주었다. 그중에 꽃을 든 여고생들의 환송 모습과 여러 대표들이 각 부대장들에게 꽃 둘레를 목에 걸어주는 모습을 보았다. 환송의 합창단 노래가 우리를 위로해 주고 있었다.

　전체 속에 내가 있었고… 나는 그들의 모든 모습을 사진으로 찍는 듯 나의 눈에 새기기 시작했다. 아무런 생각도 없이 차렷 자세로 고향 생각과 현실이 오가는 상상 속에서 부모님과 죽마고우들 그리고 애인을 생각하면서 마음으로 그들에게 작별인사를 홀로 되새기고 있었다.

　'잘 있어라 나는 간다.'

　부모님께는 마음으로 이별의 절을 드렸다.

　우리는 명령에 의해서 군함을 향해서 움직이고 있었다. 어수선한 행사가 끝나자마자 명령에 의해 군함 속으로 빨려 들어가고 있었다. 군함은 거대한 모습으로 우리를 삼키고 있었다.

　군함 속으로 들어가 각각 지정된 위치로 지휘를 받으면서 군함의 아랫부분에 우리가 있어야 할 위치에 도착했다. 군함 속 최저 바닥 한구석에 비좁게 들어가다 보니 진해에서 상륙훈련을 하던 것이 생각났다. 비좁은 곳에서도 잠자리가 만들어져 있다는 것이 신기할 정도로 빈틈없이 짜인 공간 이용이었다. 나의 위치에서 완전무장을 풀고 정해진 자리에서 잠시 앉아서 쉬었다. 그제야 사방을 돌아볼 수가 있었다. 모두들 말없이 서로를 응시하는 것 같았다. 모두들 전쟁에 나가는 군인들이었다.

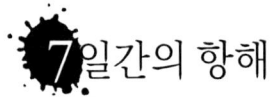7일간의 항해

모두들 선상에 나가서 점심 식사를 시작하는 시간이었다. 양쪽으로 나뉘어서 한쪽은 육군, 한쪽은 해병대가 식사를 했다. 육군들은 식사한 후에 다시 줄을 서야 다음 식사를 할 수가 있을 정도였다. 가끔 육군이 우리의 빈 공간이 있을 때 몰래 줄에 끼어서 식사를 하려다가 밀려 나가고, 얻어맞는 것을 볼 수가 있었다. 청룡해병들은 시간과 공간에 여유가 있어서 서둘러 줄을 설 필요가 없었고 충분한 식사를 할 수가 있었다.

잠시 휴식을 하며 여남을 나누고 있는데 군함 소리가 울려 퍼지더니 모두들 선상 앞으로 나갈 것을 방송으로 명했다. 군함의 뱃머리에 다가가 선창을 내려다보니 수많은 사람들이 태극기와 꽃을 들고 손을 흔들어 주고 있었다. 군함 가장 가까이에서는 부산여고생들이 합창을 하고 있었다.

그때부터 나는 조국을 떠나는 것을 더욱 실감하기 시작했다. 선상에서 둥글게 감겨진 종이테이프를 하나씩 나누어 받았다. 전달된 빨간 종이테이프가 손에 쥐어졌다. 그리고 나는 선상에서 손을 흔들어주는 사람들을 내려다보고 있었다. 이별의 모습이 가슴에 깊이 새겨지고 있었다. 이것이 이별의 순간이라는 것도 알았다.

뒤에서 명령이 들렸다. "모두들 테이프를 배 아래로 던져라!" 그 명령에 의해 나는 붉은 테이프 한쪽을 손에 잡고 지상에 있는 여고생들을 향해 던졌다. 모두들 같은 시간에 던져지는 테이프는 무지개같이 선을 그리면서 바람을 타고 선창가로 떨어져 날아가고 있었다. 그리고 한 여고생이 나의 테이프를 잡아주었다. 그녀에게 손을 흔들어주었다.

"뿌우…." 출항을 알렸다. 그리고 배가 서서히 움직이기 시작하여 항구를 떠나려 할 때 갑자기 다가오는 이별의 슬픔과 한 손에 나의 테이프를 잡아 준 여고생의 감정이 교감되어 손을 흔들어 주었다.

"뿌우…." 잠시 후 군함이 두 번째의 고동 소리를 내면서 육지를 떠나기 시작했다. 서서히 군함은 항구에서 떨어지면서 멀어지기 시작했다. 항구에서는 더욱 열렬히 태극기를 흔들고 이별을 위한 여고생들의 합창 소리가 우리를 위로해주고 있었다. 선창가에 수많은 사람들은 배의 이별을 아는 것 같았다. 나는 그제야 "이별 중에 배 이별이 제일 슬프다"는 것을 알았다. 이렇게 슬프게 헤어지는 일을 예측할 수도 없이 맞이하는 시간들이었다.

전쟁을 하기 위해서 떠나는 병사들의 마음.

군함이 항구를 떠나 육지와 멀어지면서 손에 쥐었던 두툼한 테이프는 조금씩 풀어 주어야 했다. 그 길게 보였던 테이프가 풀려가면서 아쉬움은 더욱 커지고 있었다. 테이프가 손에서 끊어지지 않게 하기 위해서 테이프의 끝을 잡고 나의 팔을 길게 내밀었다. 그러나 군함은 무심하게 항구와 서서히 멀어지면서 마침내 내가 잡고 있던 테이프는 힘없이 끊어졌고 바람에 휘날리면서 바닷물로 떨어졌다. 물 위에 떠 있는 조각을 보는 순간 그때 모든 테이프가 끊어지면서 바람에 날리어 흩어지는 무지개같이 혼란스럽게 바닷물로 떨어져 나갔다. 그 마지막 순간은 한평생 가장 잊지 못할 순간이었다. 모든 일들은 때가 되면 이렇게 무심히 끝을 맞이하게 된다는 것을 그때 나는 알았다.

나의 주위에서는 소리 없이 울음이 터지기 시작했다. 나만의 슬픈 감정은 아니라는 것도 그제야 알았다. 월남 참전을 향해서 떠나는 모습을 중학교 때에 흑백텔레비전으로 본 적이 있는데 이제 그곳에 내가 서 있는 것이었다. 내가 조국을 떠나서 전쟁터로 가고 있다는 것을…. 이기고 돌아오겠다고 몇 번이고 하던 나의 약속이었지만….

배는 점점 멀어지면서 부산항이 작은 도시 모양으로 변해가고 수많은 갈매기들은 환송을 위해서 뒤따르고 있었다. 바다의 물결에 부산이 잠기듯 할 때 선상에서 방송이 있었다.

"모두 자신의 위치를 찾아서 돌아가십시오!"

해병대의 명령이 우리를 독촉했다. 우리 해병은 타군의 모범이 되어야 한다는 것을 생각하면서 빠르게 나의 자리로 돌아왔다. 모든 해병은 그랬다.

모든 것이 정돈되었는지 상태를 상사로부터 검열 받았다. 해병대는 절대 뱃멀미를 하면 안 된다는 것이 첫째 명령이었다. 항해가 하루 이틀 지나가면서 뱃멀미가 시작되자 육군들은 곳곳에서 쓰러져 먹은 것을 토해내고 있었다. 식당에서 줄을 서던 그 많은 육군들이 식사를 하지 못하자 육군들의 식당도 한산해지기 시작했다. 청룡은 강한 기합과 훈련으로 군함 속에서도 긴장을 풀지 않았고, 정신적인 빈틈이 없도록 철저한 명령에 움직여야 했다. 그래서인지 뱃멀미를 하는 해병은 하나도 나타나지 않았다. 해병대 훈련 때의 선상훈련과 상륙훈련을 받던 기본이 기초가 되어서 정신적으로 도움이 되었다. 모든 것은 정신력이었다. 선상에서 자부심이 있었다. 항해의 기간은 일주일이 되는 듯했다.

군함이 다낭에 도착하였을 때는 날이 어두워진 야간 시간이었다. 상륙할 준비를 점검하였다. 사방으로 터지는 야광탄이 주위를 환하게 비추어 대낮과 같았다. 모두들 완전무장으로 준비를 한 후 비좁은 배 안에서 줄을 섰다. 줄 서서 선상으로 나오니 대낮같이 환하게 항구를 볼 수가 있었다. 우리는 줄 서서 하행선으로 육지를 향해 내려갔고 멀지 않은 군함의 앞쪽에 귀국해 돌아가는 상행선이 보였다. 전쟁에서 의무를 완수하고 귀국선을 타기 위해서 올라오는 장병들의 모습을 볼 수 있었다. 그들은 검게 그을린 얼굴에 미소가 있었다. 전쟁에서 승리하고 조국을 향해 돌아가는 것이다. 얼마나 기쁠까 짐작할 수가 있었다. 한 해를 그리워하던 부모형제 그리고 죽마고우를 만나러 고향으로 돌아가는 그들과 지금 도착하는 병사들의 마음은 천당행과 지옥행이 교류되는 모습이었다.

우리는 월남 다낭 항에서 첫발을 내렸다. 어디선가 들려오는 방송을 통해서 가수 남진이 "월남에 어서 오십시요!" 환영해주었다. 온 사방이 어두운 항구 바닷가에서 줄 맞추어 명령을 기다리고 있을 때 귀국선은 어둠 속으로 어디론가 우리 곁을 떠나고 있었다.

항구는 대낮같이 밝아졌으나 우리는 군함의 근처만을 볼 수가 있었지 다낭의 모습은 볼 수 없었다. 어두운 하늘에는 분주히 돌고 있는 몇 대의 미 해병 헬기가 군함 상공을 맴돌고 있었다. 이 모든 것은 전쟁의 한 부분이라는 것을 실감하면서 모두들 명령에 움직이고 시작했다.

청룡 5대대 27중대 2소대

    전우들은 대낮같이 환한 다낭 항에 상륙했다. 그리고 부대별로 구분되어 명령에 따라서 움직였다. 트럭 위에 오른 후 주위에 앉아있는 전우들은 말이 없었다. 잠시 후 별 하나 보이지 않는 칠흑같이 어두운 정글을 헤치면서 몇 대의 트럭은 울퉁불퉁한 길 위를 달리고 있었다. 헤드라이트는 상하 좌우로 춤을 추고 있었고 전우들은 말없이 운명을 맞고 있었다.

    어두운 정글을 헤치며 한참을 달리고 난 후 평지가 되면서 날이 밝아지기 시작했다. 부대의 모습이 보이기 시작했다. 도착한 곳은 5대대 27중대였다. 정문 문이 열리고 트럭은 먼지를 일으키며 안으로 질주해 들어갔다.

    중대장 사무실 앞에 도착하여 모든 병사들은 자세를 바로잡고 트럭에서 뛰어내린 후 부동자세로 줄을 맞추어 서 있었다. 정글을 달리며 흔들리던 트럭에 시달렸던 탓으로 몸은 아직도 흔들리고 있었다. 잠시 후 중대장께 신상신고를 마친 후 나이 든 중사를 따라서 소속된 소대에 도착하였다.

    4명의 동기생과 소대장님께 신상신고를 하고 나니 분대장이 신병을 맞이하러 왔다. 그를 따라서 낮은 곳에 위치한 벙커 앞에 도착하니 날이 완전히 밝기 시작하였다. 지정된 벙커 안에 들어가 비어있는 자리에서 완전무장을 정리하고 난 후 각 벙커를 돌아가면서 선임자들께 신상신고를 했다. 생각보다는 모두들 친절하게 맞이해 주었다. 포항사단 소총소대 말단에 있던 소대보다는 분위기가 부드러웠다. 어디에도 사나운 고참은 보이지 않았다. 전쟁터에서는 그런 모양이었다. 언제 어디서 누가 변을 당할지 모르는 신세에 구태여 그럴 필요성도 없는 것 같았다. 서로를 보호하며 생존하는 전쟁터였다.

아침 식사를 한 후에 모두들 자유의 시간이 되어서 미제 담배를 피우며 향수에 젖는 시간이었다. 옆에 있던 고참이 담배를 권했으나 나는 그것을 사양했다. 나는 담배를 피지 않는다는 것을 알려주었다. 오후가 되어서 나에게 날아온 담배가 몇 보로나 되었다. 전부가 미제 담배 팔말, 카멜, 윈스턴 등등 여러 종류가 있었다. 그것을 받아서 보관해 두었다가 저녁 식사 후에 동기생들과 선임들에게 골고루 하나씩 나누어주었다. 모두들 반기는 담배를 피우지 않는 반가운 신병이 들어온 것이었다.

휴식 시간이 예상보다 긴 것 같다 했더니 중대 상사님이 모두들 가벼운 옷차림으로 밖으로 나오라는 명령이 있었다. 모두들 심각한 표정이 없는 것을 보니 나쁜 시간은 아닌 듯했다. 따라서 나가보니 방석 안 가운데 배구 망이 쳐져있었다. 나오자마자 즉석에서 무순으로 편을 갈라서 배구시합을 하는 것이었다. 경쟁도 없이 화기애애하게 주고받는 배구였다. 긴장이 지나치게 풀리면 야간근무에 기합이 빠질까 봐서 운동을 시키는 것이라고 옆 전우가 알려주었다. 월남전은 주로 야간에 일어나는 전쟁이라서 낮에는 쉬는 것이었다.

이제야 내가 최전선에 나와 있다는 것이 실감나기 시작했다. 그리고 전우들과 함께 있다는 것, 우리가 자리한 방석(부대)에서 바로 가까운 곳에 적이 도사리고 있다는 것을….

 소총소대에 들어 온 첫날 야간근무였다. 그날의 암호와 방석이 어떻게 구상이 되어있다는 정도는 포항에서 훈련을 통해서 잘 알고 있었다. '크레머'가 초소로부터 얼마나 멀리 있고 어느 거리에서 적을 공격하는 거리인지도 알려주었다. 부대는 첫 번째로 적을 완전히 제압할 수 있는 반달 모양으로 배치된 직사각형 모양의 크레머를 믿고 있었다. 포항사단에서 실제로 훈련 중에 보여준 크레머의 괴력은 전방으로 180도에 가까운 원반을 모조리 전멸시키는 폭탄 장치였다.

 그리 멀지 않은 곳에 우리의 초소가 있고 방석은 안전한 곳이었다. 주로 낮에는 긴장을 풀고 식사를 하면서 고향에 편지를 보낼 수 있는 시간을 가졌다. 그러나 날이 기울면 비상사태로 들어가는 것이 방석의 전쟁 상황이었다.

 며칠 후 소대장을 따라서 월남마을을 감시하는 날이었다. 초년 신병에게는 구경 나가는 기분이었다. 모두들 평화로운 모습이었으나 고참들이 충고를 했다. 이렇게 조용한 시간에 적은 우리를 기습할 준비를 하고 있고 그들은 우리의 행로를 공격할 준비가 되어 있을 수도 있다는 것이었다.

 몇 개의 마을을 지나가면서 알 수가 있었던 것은 시민들이 우리에게 웃지 않는다는 것이었다. 단지 철없는 어린아이들이 손을 흔들고 손을 내밀던 모습이었는데 무엇을 달라는 얘기로 프랑스말로 한다는 것이었다. 마을마다 노인과 어린 아이들뿐 젊은 남녀와 장년, 어른들은 보이지 않았다.

 소대장의 지시는 절대 어린아이들에게 무엇을 주지 말 것과 그들에게 다가가지 말라는 것이었다. 이유는 네댓 살 된 아이들이 우리들이 지나다가는 길목에 '부비트랩'을 땅에 심어놓는다는 것이었다. 그것이 우리들에게는 치명적인 상처를 입히는 것이었다.

몇 번의 작전을 나가면서 새로운 적이 있다는 것을 알 수 있었다. 정글에서 수많은 모기들의 공격은 심각한 문제였다. 초저녁 날이 기울면 무한한 모기들의 공세가 무시무시했다. 초저녁이면 신경병에 걸렸다. 방석 안에 고참들이 쓰다 남은 모기약을 얻어서 뿌렸다.

날이 기울면서 방석 안 곳곳에 위치한 초소에서 야간근무를 한다. 선임자 상병을 따라서 근무초소에 도착하고 난 후 암호 교환과 작전근무를 교환한 후 단 둘이 있게 되자 고참은 한구석에 'M16'총을 세워놓고 눈을 붙이는 것이었다. 홀로 초소 입구에서 긴장하고 경계에 임하고 있었다. 긴장의 시간이 지나가면서 둥근 달빛에 비치는 달그림자들이 나의 벗이 되어주었다. 고향 생각이 날 만한 시간이 되자 고참이 일어나서 곁에 서 수었나. 우리들의 오가는 말은 고향 얘기였다. 잠시 후 근무 검열이 나오는데 소대장과 중대 중사가 함께 각 초소를 돌아보는 시간이었다. 그날의 암호로 상대를 확인한 후에 이상이 없다는 것을 확인하고 지나가는 것이었다. 그렇게 고참들은 근무 검열하는 시간까지도 귀신같이 잘 알고 있었다.

일주일이 지나고 나서야 부대의 시설을 이해했는데 근무하는 초소에서 50미터 정도 앞에는 '크레머'가 설치되어있었다. 그 방어시설은 초소에서 누르기만 하면 전방으로 무서운 화력이 발사되는 것이었다. 그리고 그 뒤로는 많은 철조망과 부비트랩이 땅에 깔려 있어서 적이 들어올 가능성은 완전 무였다. 처음 보이는 부대는 아무것도 없는 들판에 자리를 한 우리의 방석뿐이고 이상하리만큼 훤한 벌판이었다. 그런데 무서운 화력의 시설이 설치되어있었고 각 호에는 전쟁에 대한 완전한 준비물이 정돈되어 손앞에 놓여있었다.

달이 밝은 날 밤에는 고향 생각하기 딱 좋은 분위기였으나 그런 시간을 잘 알고 있는 감시자가 연락을 통해서 확인하는 것이었다.

한 시간이 지나면 초소에 근무할 두 병사가 짝을 지어 오면 상호 경례를 한 후에 벙커에 돌아와서 완전무장을 풀고서 달콤한 잠자리에 들어 긴장을 푼다. 그때가 가장 즐거운 시간이었다. 사단 말단에 근무할 때는 '이유 없는 기합, 검열 없는 날'이 오히려 불안했다. 그리고 '산천초목이 운다는 순검'이 지나간 후에도 마음을 놓을 수 없는 나날의 졸병 생활이었다. 그것에 비하면 월남전에서는 평화로운 날들이었다.

동이 트면 기상 후, 식사로 시레이션을 선택해서 배를 채우고 모두들 휴식 시간이 되면 고향에 편지를 띄우는 시간을 가졌다. 몇 주가 지나고 나면서 또 다른 즐겁고 마음 설레는 시간이 돌아왔다. 고향의 부모님과 친구들로부터 날아온 편지에는 많은 즐거운 소식과 나에 대한 염려의 우정을 담고 있었다. 나 홀로 읽고 읽으면서 울고 웃는 그 시간이 전쟁터에서는 최대의 기쁜 시간이었다. 그리고 하나하나 답장으로 편지를 쓰는 시간이면 마음은 고향 신길동 골목을 헤매는 것 같았다.

방석 안에서는 순조롭게 하루하루가 조용히 돌아가는 듯했으나 고참들이 전해주는 얘기들이 나를 긴장시켰다. 큰 전투는 아주 드문 편이었으나 적의 기습보다는 우리가 나가는 부대의 입구로부터 곳곳에 부비트랩이 땅에 묻혀있고 가는 철사로 연결된 공중에서 터지는 폭탄들이 곳곳마다 숨겨져 있어서 그것에 몸을 다치는 일이 자주 일어나는 것이었다.

귀국박스

고참 상병이 귀국박스를 준비하는 시간이었다. 도움을 청해서 도와주는 것은 아니었다. 나는 아직 새까만 졸병이며 귀국을 하려면 10개월이나 남아있는, 그야말로 멀고 먼 귀국의 꿈을 꾸기에는 너무 이른 졸병이었다. 그러나 언젠가는 나도 귀국박스를 짜는 시간이 오겠지 하는 생각에 고참들의 귀국박스도 구경할 겸 그를 도와주는 것이었다. 대부분은 다달이 날아오는 전투 월급을 낭비하지 않고 모았다가 짧은 휴가 기간에 다낭 시에서 사들인 것들이었다. 그리고 '피엑스'에 가끔 나오는 것들을 사 놓은 것들이있다.

나도 곧 그것을 사게 될 것 같은 기분으로 다가갔다. 옆에 다가가니 앉으라고 친절히 대해주었다. 그리고 그가 필요한 것들을 보조하면서 전투 경험과 그의 고향 얘기들 등등 나에게 귀중한 모든 것을 들을 수 있었다. 그의 고향에는 가족이 많지 않았다. 멀리 사는 형과 여동생들이 타향에서 고생을 하고 있고 그가 홀어머니를 모시고 농사를 짓다가 징집되어 해병대에 들어온 순순한 시골사람이었다. 그는 해병대를 가면 월남 전쟁에 갈 수 있고, 고향에서 형들이 들려주었던 귀국박스로 몇 마지기의 땅을 살 수 있다는 것이 그의 꿈이었다. 자원해서 월남전에 참전한 해병이었다. 순수한 사투리에 형제 같은 생각이 들 정도로 마음이 고운 고참이었다. 그가 사들인 물건들은 소니 라디오, 즉석카메라 등등 여러 가지가 나열되고 정리되어있었다. 그리고 월남에서 살아남을 수 있었던 것은 전쟁 경험과 행운이 같이한 덕분이었다는 얘기를 해 주었다. 귀국을 하는 병사들 모두에게 그러한 행운이 함께해 주어야만 가능한 것이 전쟁의 운명이다.

  그 외에도 귀국을 준비하는 고참들로부터 들어왔던 얘기들은 이렇다. 나같이 귀국선을 타기에는 멀고 먼 졸병에게는 두 가지의 귀국길이 있다. 그것은 적을 생포하면 훈장과 즉시 귀국을 시켜준다는 명예의 길이 있었고, 하나는 부상을 당하여 귀국하는 길뿐이었다. 부상을 당하는 것이 잦은 소식으로 들려오는 얘기들이었다. 나에게 전해진 소식들은 이 말만은 아니었다. 어느 소대 누군가가 발목지뢰를 밟아서 발목이 파괴되어서 헬기로 실려 가는 모습을 멀리서 볼 수 있었다. 고참이 그런 얘기를 할 때면 그런 실전의 순간을 상상할 수 있었다.

  그는 즉석카메라를 꺼내서 테스트를 하겠다고 밖으로 나왔다. 나를 숲 앞에 서게 한 후 사진기를 눌렀다. 그리고 잠시 후 사진이 나왔는데 아주 흐리게 나왔다. 그러나 잠시 후 사진이 뚜렷해지면서 나의 모습이 선명히 보이기 시작했다. 고참은 미소 지으며 사진을 나에게 선물이라고 주었다. (그것이 나의 처음이자 마지막 월남전에서의 사진이었다.)

  중대가 마을을 감시하던 날이었다. 한 줄로 길게 논과 밭을 지나서 작은 몇몇 마을을 지나갔다. 정글로 들어가기 바로 전에 일렬로 가던 앞에 있던 소대에 비상이 울렸다. 모두들 총구를 겨누며 몸을 낮추었다. 그리고 잠시 있으려니 몇 대의 미 해병 헬기가 우리의 상공을 분주히 날고 있었다. 전에 100미터 앞에서 퍽! 소리가 몇 번 나더니 가는 연기가 지상으로 올라오던 모습이 기억났다. 적이 심어놓은 발목지뢰가 폭발되던 순간이었다. 평화롭고 조용하던 마을을 벗어나기 전이었다. 소대장의 지시로 우리는 M16을 손에 쥐고 긴장하며 정글의 늪 속에 몸을 낮추었다. 한참 동안 조용한 시간이 흐르고 그 이상 전투는 벌어지지 않았다. 그 후 전해들은 소식은 적이 미리 설치해 두었다는 '부비트랩' 때문이었다고 한다.

그날은 세 병사가 발목이 파괴되고 후송되어 헬기에 실려 갔던 날이었다. 그런데도 마을은 다시 평화로운 모습일 뿐이다. 우리는 어디에 어느 방향에 적이 있는지를 추측도 할 수 없는 상태였다. 긴장된 시간이 흘러간 후에 명령에 의해 모두들 방석으로 후퇴하는 날이었다. 그러나 후퇴하는 일도 쉬운 것은 아니었다. 우리가 진군하던 길만이 안전한 길이었기에 그 길만을 따라서 퇴로를 정해야 했다. 다시 맨 앞에서 중대를 진군하던 상사가 앞길을 터서 조심히 후퇴하는 것이었다. 그렇게 그날의 전쟁은 막을 내렸다.

무사히 우리가 중대 방석 안으로 돌아온 후에 잠시 긴장을 푸는 시간에 전우들은 말이 없었다. 저마다 자신의 운명이 어떻게 가는지를 알 수 없었기 때문이었다. 잠시 후 분대장이 벙커에 돌아와서 전상자들의 명단을 알려주었다. 김 병장, 이 일병, …, 이렇게 알려준 병사들은 안면이 있던 병사들이었다. 방석 한가운데서 함께 배구를 하던 기억이 떠올랐다. 모두 발목지뢰에 한쪽 발목이 파괴되어 날아간 것이었다. 전투다운 전투를 한 번 해 보지도 못했다. 초기에 벌어졌던 전쟁은 오히려 쉬웠던 것 같았다. 승리한 '짜민둥 전투' 같은 그런 전쟁은 아니었다. 그사이에 전쟁의 형태는 변해가고 있었다.

발목지뢰

전쟁 경험이 적은 병사에게는 작고 큰 경험을 얻은 고참들의 얘기가 필수적인 교육이었다. 그들의 얘기는 모두가 경험에 의한 살아있는 실전의 얘기들이었다.

내가 27중대에 도착한 때는 11월 중순 장마철이 막 지나가는 때였다. 자주 나가야 하는 부대 밖의 검사를 나가는 때에도 항상 마을과 가까운 곳만 다니는 것이 아니었다. 정글의 늪을 중심으로 2박 3일 정글에서 잠복근무를 하고 돌아오는 날이 자주 있게 되자 나의 발과 발목은 완전히 썩어가는 냄새가 날 정도였다. 늪지대를 횡단하고 군화를 벗을 시간도 없는 것이 보통이었다.

정글화라서 썩은 물이 스며들어도 다시 빠져나가기는 하나 완전히 건조할 시간은 주어지지 않는 상태였다. 정글의 물은 썩어있는 물이라서 발이 근질거리기 시작했다. 잠시 방석에 돌아와서도 독이 번져서 가려움에 시달렸던, 피로에 지친 잠을 겨우 이루는 밤이었다.

나의 발목 위로 올라오고 있던 독기 서린 붉은 점이 점점 무릎을 향해 올라오고 있었다. 그러나 방석(부대) 안에서 치료를 받아도 상처와 살갗이 다 마르기 전에 또 다른 작전에 나가야 하니까 치료는 하나마나였다.

어느 날 중대작전에 참여하여 전투를 수행해야 했다. 나는 졸병 중에 가장 낮은 계급인 일병이었고, 밑에는 신병이 더 들어오지 않았기 때문에 최하 졸병 신세였다. 중대로부터 연락이 오거나 선물들도 나에게까지는 전달되지 않는 것이 보편적인 일이었다. 선임으로부터 전해 듣거나 뒤늦게 전해지는 것이 보통이었다.

5대대 근처에 위치한 마을을 검색하다가 오랜만에 방석으로부터 장거리인 정글과 농촌을 가로질러 진행되는 긴 검색 작전의 날이었다. 낮에는 마을이나 평지를 가로지르고 밤에는 정글에서 호를 파고 밤을 새워야 했다. 날이 밝으면 또다시 마을과 정글을 진행하는 날들이었다.

피로에 지쳐 있던 진행에 갑자기 작전지역 내에서 퍽! 소리와 함께 작은 연기가 피어오르고 있었다. 놀랄 정도의 소리는 아니었다. 두세 번 작은 폭음이 들리자마자 앞에 진행하던 작전부에서 비상 연락이 왔다. 모두들 낮은 자세로 엎드려서 적의 지역을 파악하는 시간이었다. 명령에 의해서 좌우로 전후로 시방을 경계해야했다.

잠시 후 연락이 전달되었다. 아무 연락이 없이 긴장하는 시간들이었다. 어느 방향인지 모르니 사방을 주의해서 감시를 하는 전투였다. 보행을 할 때는 무릎보다 짧은 풀들이지만 몸을 낮추고 보면 몸을 가릴 만한 높이의 긴 풀들이다. 전상자가 생길 때마다 적십자 헬기가 와서 전상자를 싣고 어디론가 떠난다. 방석에 돌아오니 귀국하려던 상병이 적십자 헬기에 실려 갔다. 그가 마지막으로 나갔던 작전이었다. 발목지뢰는 주로 폭약과 작은 철사나 쇠판으로 쌓아서 지뢰 관을 심어놓은 것인데 어린 아이들이 장난감처럼 만들 수 있는 것이었다. 발목 아래로 발 앞이나 뒤꿈치가 파열되면서 발목 아래를 끊어내는 것이었다.

처음 청룡부대가 전투를 시작할 때는 전설과 같은 기록이 많았던 모양이었다. 베트콩들에게는 한국 해병대는 피해야 할 정도의 무적해병이었다. 그러나 우리가 전투를 할 때는 그런 전쟁은 있을 수 없었다. 시민을 보호해야 한다는 명목 아래 우리에게 작전권이 부여되었기 때문에 낮에는 시민을 보호해야 하고 밤에는 전투를 해야 하는 입장이었다. 낮에는 시민들에게 봉사를 하는데 밤이면 그 시민들이 베트콩의 앞잡이가 되어서 우리를 공격하는 상황이니 우리는 방어에 급급해야 하는 전쟁이었다.

어린 아이들이 소몰이를 하며 지나간 자리에는 '부비트랩'이 심어져 있을 정도였다. 어린 아이들에게 폭탄을 땅속에 심는 것을 장난감 가지고 놀듯이 가르치는 베트콩의 작전은 우리 전우의 발목을 파열시켰다. 전쟁에 임하는 베트콩들은 대개 두 남자와 한 여자를 팀으로 가족으로 형성되어 있었다. 땅속 터널을 통해서 동에 번쩍 서에 번쩍하는 것이 그들의 작전이었다. 그들은 주로 낮에는 동굴 속에 숨어있으면서 밤이면 공격을 했다. 그들은 지역 사정에 밝아서 우리에게 아무리 최신의 무기가 준비되어 있어도 유명무실한 경우가 많았다. 우리의 위치에서는 늘 불리한 싸움이었다.

전선편지

　전장에서의 시간이 지나면서 월남 전쟁을 대강은 알 수가 있었으나 나의 발바닥과 발등과 발목에는 썩은 숲의 물에서 옮겨진 독기 있는 붉은 점이 서서히 무릎을 향해 올라오고 있었다. 자주 2박 3일 작전을 나가 습진 늪지대를 걸었고 밤에는 호를 파서 적을 경계하는 작전이라서 피부를 관리할 기회가 없었다. 며칠씩 야간잠복이 연속되었다. 정글에서 잠시 햇볕을 볼 수 있는 시간에 건십(공격적인 전투헬기)이 상공을 돌아주고 있을 때 잠깐일 뿐 제대로 발과 하체와 몸을 건조할 시간이 없었다.

　가려움증에 괴로워도 밤을 새운 탓에 쓰러져 잠은 자야 했다. 오랜만에 방석에 돌아와 벙커 안에서 피곤하게 낮잠을 자고 있을 때 고참이 나를 깨웠다. 조국에서 날아온 편지들을 건네주면서 미소를 지어주었다. 동병상련이라서 전달해주는 고참도 졸병의 기쁜 마음을 잘 알고 있다는 미소였다.

　순간적으로 잠이 달아났다. 맨 위에 보이는 것이 아버지의 편지였다. 그리고 친구들의 편지도 몇 장 겹쳐져 있었으나 우선 아버지의 편지를 읽어보았다. 집 주소와 청룡부대 주소가 아버지의 친필이었다. 손이 떨렸다. 마음을 진정하고 아버지의 친필을 몇 번이고 되풀이하여 읽어보앉다. 간단한 말씀이었으나 아버지의 친필편지는 생애에 처음이었다. 편지를 읽으면서 아버지의 사랑에 눈물이 흐르고 있었다. 나에게는 세상에서 가장 큰 선물이었다. 전쟁에서 싸우고 있는 전사들에게는 무엇보다도 그리운 게 부모님이었다.

대학 길을 포기하고 해병대에 지원한 후 안방에 계시는 아버지께 작별 인사로 큰절을(집안의 전통) 드리고 떠나던 날도 아버지의 표정은 엄하시기만 하셨는데…. 친필로 나에 대한 염려를 전하신 것이었다. 상관을 잘 모시고 명령에 복종하여 의무에 충실 하라는 말씀이었다. 몇 번을 되풀이하며 군에 충성할 것을 아버지께도 약속을 드렸다. 조금 쉬었다가 친구들의 편지를 읽을 생각에 잠시 마음을 진정시키고 있으려니 소대장님이 나를 불렀다. 작은 언덕 위에 위치한 소대장님 사무실에 가서 거수경례를 하고 차렷 부동자세로 있으려니 소대장님은 나에게 책상 앞 의자에 앉도록 권했다. 그는 나의 아버지로부터 받은 편지를 보여주면서 아버님의 걱정에 위로의 말을 해 주었다. 나에게도 읽어보라 하셨다. 아버지의 글을 읽으면서 또다시 나는 뛰는 가슴을 억누르고 있었다. 자식의 생명을 보호하고 있는 소대장님께 쓴 아들에 대한 아버지의 글은 나의 심장을 파고들었다.

나의 아버지는 한평생 그런 말씀을 쓰시지 않으신 분이셨다. 자존심이 강하셔서 절대 남에게 부탁도 하시지 않으시던 분이셨다. 그러나 전쟁에서 아들을 지휘하는 나의 소대장 앞으로 보내신 아버지의 편지는 나를 부탁하는 마음으로 충실히 명령에 복종하는 해병대가 되도록 지도해 달라는 말씀이셨다.

소대장님과 짧은 대화를 마치고 돌아오면서 나는 벙커로 내려 돌아오는 길에 잠시 갈대숲에 있는 물가에 앉아서 홀로 한참을 울었다. 그리고 생각해보았다. 아버지께서 몸이 편찮으신 중에도 생애 처음으로 친필로 쓰셔서 보내주신 글. 충성으로 싸우고 돌아오라는 말씀의 뜻은 나를 사랑한다는 표현으로, 무사히 돌아오기를 염원하시는 아버지의 뜨거운 사랑이었다.

마음을 안정시킨 후 내 자리에 돌아와 친구들의 편지를 읽으면서 우정의 마음을 피부로 느낄 수 있었다. 가장 소중한 우정들이 나의 행운을 빌고 있다는 것을…. 저마다 즐거운 소식으로 전해주었다.

친구들! 편지를 쓰지 않은 친구들도…. 그들이 나의 전투에 행운이 있기를 빌고 있다는 것을 잘 이해할 수 있었다. 친구들의 편지를 읽으면서 나의 마음은 영등포 신길동에서 그들과 함께 거닐고 있었다.

12월 초가 되어 첫눈이 내리면 눈을 맞으며 친구들과 나무장에서 모닥불을 피워놓고 통기타를 치고 노래와 춤을 추고 즐거운 시간을 보낼 것이 눈앞에 선했다. 밀주를 한 잔씩 훔쳐 마시고 취해서 오락가락하는 친구들의 모습, 당장이라도 부르고 싶은 친구들의 이름들이 머리에 떠올랐다. 어머니의 편지는 친구들이 자주 집에 들러서 나의 소식을 얻어가곤 한다고 하셨다. 나의 친구들의 '우정과 그리움'은 남보다 특이하다는 말씀을 하시곤 했었다. 처음부터 인사를 오갈 때부터 나의 친구들은 어머니께 마치 자신의 어머니처럼 다정하게 여러 가지 자기들의 얘기들을 재미있게 전해주었다. 형이 군 생활할 때만 해도 형의 친구들은 형이 떠난 후에는 집에 와서 인사를 한 적이 없었다고 하셨다.

그리고 형수님의 편지와 여동생의 편지도 날아왔다. 집안에서 보석 같은 조카딸 은주에 대한 소식이 나를 기쁘게 해주었다. 형이 미국으로 떠난 후 갓난아이가 3살 때쯤 되어서 내가 해병대를 지원했기 때문에 집안에서 꽃 중에 꽃이었다. 특히 아버지의 손주 딸 사랑은 유별나셨다. 첫 손주라서 그러셨는지….

그렇게 귀중하게 날아온 편지들을 소중하게 간직하고 싶었다. 편지가 많아지면서 시레이션 상자로 편지통을 만들어 모든 편지를 보관해 놓았다. 시간이 있을 때마다 그것을 꺼내서 읽는 것이 전쟁터에서 최대 위안이었다. 자주 되풀이해서 읽는 것은 주로 친구들의 편지였다. 마음의 빈 공간을 채워줄 수 있는 우정 어린 그들의 편지였다. 중학교 시절부터 고등학교를 졸업할 때까지 방황하던 시절에 서로의 마음을 열어주고 서로 감싸주었던 사춘기 우정이었기 때문일까. 이유 없는 반항에 서로의 마음을 열고, 이해하고, 우정을 나누며 대화를 하던 친구들…. 모두들 가지고 있던 철없이 불타던 욕망을 함께하던 그리고 서로만이 이해할 수 있는 세계에서 방황하던 우리들만의 대화가 그려져 있는 무엇보다도 값진 편지들이었다.

산을 떠나야 산의 전체 모습을 잘 볼 수 있듯 그들과 멀리 떨어져 전선에서 그리는 친구에 대한 그리움은 생각하는 것보다 더 깊은 그리움이 아닌지…. 친구들이 보내준 편지를 읽다 보면 그들만이 전쟁터에서 자신들을 그리워하는 나의 마음을 잘 알고 이해해주는 것 같았다.

성구가 보내주는 편지는 아주 가까이 귓가에 전해주는 말과 같은 얘기들이었다. 뛰어난 글로 감수성이 민감하고 살아서 숨 쉬는 듯이 마음을 현실에 맞추어 전해주는 진실이었고, 전쟁 최전선에 있는 나를 가장 잘 이해하고 위로해주고 있었다. 그는 나의 애인에 대한 열정과 무정한 나의 표현에 불만이 있었고, 그의 첫 애인에 대한 사연도 자세히 나에게 전해주었다.

  한국의 첫눈 내리는 겨울이 그리웠다. 첫눈이 내리는 신길동 나무장의 모습이 눈에 선했다. 나에게 편지를 띄워준 청남이의 편지에는 청운 소위님의 주소가 있었다. 월남 청룡부대 소속으로 도착하셨다는 소식이었다. 내가 포항사단에 잠시 있을 때 형님의 소속 부대를 찾아가서 인사를 드렸던 것이 기억이 났다. 허황한 황무지에서 형님 주소를 받아 들고는 그대로 있을 수가 없었다. 포항 사단에서 졸병 일병이 찾아갔을 때 따사로이 받아주시던 분이었다. 시간이 되어서 다시 나의 소속부대로 돌아오는 길은 몇 대대를 지나가는 가깝지 않은 야밤의 거리였다.

  그 모두가 편지에 담겨 날아오는 그리운 소식들이었다.

월남 모기 떼들의 공세

작전을 마치고 방석으로 돌아오면 모기들이 물고 피를 빨아먹은 탓으로 모두들 얼굴을 중심으로 해서 퉁퉁 부어있었다. 나의 얼굴을 볼 수 없었으나 전우들의 얼굴이 나의 얼굴이었다. 정글에서 날이 기울기 전부터 시작되는 모기들의 공세에 시달려야 했다. 초저녁마다 맹 공세를 떨치는 모기들과 싸운 흔적이 남아있는 전우들의 얼굴은 엉망진창이었다.

'월남 모기가 철모를 뚫는다.'는 말이 농담이 아니었다. 작전이 어느 정도 안전한 지역에서는 모기약을 고참들로부터 얻어서 얼굴과 팔에 바르고 나면 모기의 공세는 적었다. 그러나 깊숙한 적진이 좀 더 가까운 지역이나 적진의 깊숙한 정글작전에는 모기약을 쓸 수가 없었다. 초저녁 전투는 모기 떼와 생사의 결투였다. 월남 모기는 아주 작고 동작이 굉장히 빨랐다. 그들은 일단 피부에 안착해서 피를 뽑기 시작하면 배가 찰 때까지 피를 빨아먹는 습성이 있었다. 적진의 지역에서 우리의 가슴 깊이로 호를 판 후에 그곳에 들어가서 진흙을 팔과 얼굴에 발라놓으면 어느 정도는 막을 수가 있으나, 철모를 쓴 머리통 속을 쏘는 데는 질색이었다. 손바닥으로 때려잡았다가 소리가 나면 고참들이 구박을 한다. 적은 우리의 모든 것을 파악하고 있는 데다 민감한 동작으로 움직인다. 그들은 정글에서 생활을 하면서 보이지 않는 땅굴을 파서 생활을 하기 때문에 순식간에 나타났다가 사라지는 것이었다. 낮에는 이동하지 않고 굴속에서만 생활을 하고 있다가 날이 기울면 모기들의 공세와 함께 작전을 펼치는 것이었다.

해가 지기 전에 '시레이션'으로 배를 채운 한산한 시간이 되면 유난히 둥근 달이 밝게 비쳐 고향 생각 하기에 딱 맞는 분위기가 된다. 그러나 그때 공세를 시작하는 것이 모기 떼들이다. 모기는 태양을 피하여 습진 곳을 찾아 서식하다가 달이 뜨면 우리의 피를 빨아먹는다. 나는 견디다 못해서 전투복 왼팔 부분을 걷어 올렸다. 주먹을 쥐지 않고 왼 팔뚝 근육을 부드럽게 하고 있다가 그놈들이 빨대를 꽂았던 팔뚝에서 빠져 나가지 못하게 한 후 오른손으로 팔 위를 소리 없이 훑어 버리면 수십 마리의 모기가 죽었다. 모기들의 배가 터지면서 나의 팔뚝 위에는 피가 흘렀다. 그들의 피를 밝은 달빛 아래에서 보면 피 냄새에 다른 모기들이 더욱 몰려드는 공격으로 끝없이 계속되는 초저녁 전쟁이었다.

어느 정도 시간이 지나서 밤이 되면 그들의 공격이 뜸해지기 시작하는데 그때가 졸음이 올 때라는 것을 잘 알고 있던 베트콩들이 기습 공격을 시작하는 시간이었다. 그렇게 무사히 그 기간이 지나면 새벽이 가까워지는 시간이 된다. 매 시간마다 긴장 상태로, 분대장이 비상 줄을 당긴다. 그리고 옆에 있는 전우의 옆구리를 팔꿈치로 치면 그는 다른 팔에 묶인 철사를 당겨서 곁에 위치한 다음 호구에 신호를 전한다. 그렇게 매 시간마다 신호가 오가면서 밤을 새우는 것이었다.

새벽에 동이 트고 날이 밝아오면 건십(송사리같이 생긴 헬기인데 공격하는 헬기라서 이것을 보면 베트콩은 몸을 숨긴다)이 창공에 지나가고 적십자 헬기와 감시 헬기가 우리의 상공을 맴돌면 우리는 긴장을 풀고 호구 안에서 시레이션을 따서 배고픔을 달랜다. 매일 밤을 새우는 호구 안에서는 정글화가 물에 젖어서 발은 퉁퉁 부었다. 정글 속 숲의 물은 썩은 상태여서 발은 완전히 독이 서린 상태가 된다.

낮에 헬기가 맴돌 시각은 우리가 낮잠을 자는 때였다. 전우의 얼굴을 보면 모기에 쏘여서 퉁퉁 부어 오른 모습이다. 그런 얼굴로 서로를 보면서 무언의 미소로 위로한다. 오후의 쉬는 시간도 빠르게 지나가고 본부로부터 지시를 받는다. 또 다른 지역으로 옮기는 것이었다. 한 자리에 멈추어 있으면 적이 우리의 위치를 알 수가 있기 때문이다.

비가 오지 않는 날이면 모기가 공격을 하니 우기 철이 오히려 편했던 것 같다. 늪지역의 정글에는 땅에 물이 고여서 썩는 물이 많았기 때문에 정글화에 잠겨있는 발목으로는 독이 스며들기 시작하여 검붉은 점들이 번져서 무릎을 향해 올라왔다.

그렇게 시레이션이 떨어질 즈음이면 우리가 방석으로 돌아갈 때가 다가오는 것이다. 작전이 끝날 무렵에는 본부로부터 지시를 받아 수상한 지역에 수류탄을 던져서 터트리고 총을 난사하고 돌아오는 날도 있었다. 습진 곳에서 오래 있던 무기들은 물기가 묻어 불발상태가 될 수 있어 모든 것을 써버려야 했다. 밤새 감시하던 어두운 자리에 소리가 나던 곳을 나중에 지나가다 보면 멧돼지들의 행렬 발자국이 남아 있거나, 뱀이 지나간 자국과 사슴이 지나간 자리가 보이기도 했다. 우리가 낭비한 폭탄으로 그들을 공격한 경우가 자주 있었다.

날이 밝으면서 본부의 지시가 통신병에게 전달되면 분대장의 지시에 의해 명령지역에서 기다린다. 잠시 후 헬기가 날아와서 우리를 태우고 방석으로 날아오는 것이다. 창공에서 내려다보는 정글은 한 폭의 그림 같이 평화로운 모습이었다. 우리는 지칠 대로 지친 몸을 헬기에 싣고서 긴장을 푼다. 그리고 방석에 도착하여 본부에 전투신고를 한다. 무사하게 의무를 다하고 도착했음을 보고한다. 지친 우리들은 정글에서 시달리던 몸을 깨끗이 씻고 호구에 돌아와서 발목에 올라오는 살갗에 소독을 한 후에 약을 바르고 나서 긴장을 풀고 잠을 청한다.

적진 침투작전

'월남의 달밤'이라는 노래가 방석 안 곳곳에서 들리면 고향에 계시는 '어머니 모습'을 상상하면서 야자수 그늘 아래서 긴장을 푼다. 고참들의 말에 의하면, 얼마 전에는 다낭 본부에서 '김세레나'가 위문공연을 와 노래하면서 자신이 입었던 팬티를 몇 개나 집어던졌다고 했다. 여자의 팬티를 입으면 전투에서 행운으로 파편이 피해간다는 얘기도 있었기에 김세레나가 그런 선물을 한 모양이었다. 그러나 나 같은 졸병은 쇼 구경을 할 기회는 없고 고참들이 말해주는 소식으로 위로를 삼으면서 고향 생각에 젖어보는 것뿐이었다.

낮잠 자는 시간에는 호구 안에서 몸을 눕힌다. 호구는 늘 깜깜한 편이고 상하 좌우로 입구를 빼놓고는 모래를 비닐 백에 넣어서 쌓아 만든 것이라서 폭탄이나 총알이 관통을 할 수 없는 안전한 곳이었다. 그곳은 촛불을 켜고 고향에 편지를 쓰고 잠을 자는 안식처였다. 중대 방석을 사방에서 전우들이 엄호하고 있는 시간에 마음 놓고 잠들 수 있는 최대의 휴식처다.

대낮에 밖에서 들어와 보면 호구 안이 어두컴컴하나 잠시 후 익숙해지면 이곳저곳에서 나의 전투 살림살이가 보이기 시작한다. 전우의 곁에 자리를 한 나의 잠자리 머리 위에는 고향에서 날아 온 편지들이 곱게 간직되어 있었다. 잠들기 전이나, 자고 난 후에 시간이 있을 때마다 편지를 읽어보는 시간이 전쟁터에의 가장 즐거운 시간이 된다.

야간근무를 마치고 잠시 잠들기 전에 쉬던 자리에서 보는 밤하늘에는 수많은 별들이 나를 향해 속삭이고 있는 듯했다. 애인에 대한 소식을 몰래 귓가에 전해 주는 별도 있을 법했다. 십자성은 초승달과 멀리 떨어져서 모습을 보인다. 북두칠성….

달이 유난히 밝은 밤에는 별들은 흐려지나 달이 일찍 지는 날에는 별들의 세상이 되어서 모두들 제자리를 자랑이라도 하는 듯 반짝거리며 내려다본다. 고향 땅에도 비칠 반달은 일찍 서쪽으로 기울어 사라진 밤이다.

'아버지의 편지'가 생각나면 사나이의 의무와 충성을 다시 약속한다. 미국에서 날아 온 형의 편지에는 그도 고향을 그리워하고 있는 사연을 엿볼 수가 있었고 친구들의 편지에는 고향에서의 나날이 생생하게 전해지고 있어 고마웠다. 대장부로 태어나서 타군의 모범이 되어 앞장서는 용감한 해병대에 입대한 자부심이 있었다. 그러나 전선에서 홀로 있을 때는 가끔씩 약한 마음에 눈물을 닦는다. 그렇지만 반드시 돌아가서 다시 그리운 사람들을 만나야 할 의무가 가슴에 새겨지는 것이었다.

'살아서 돌아가야지…'

매복 작전이 3박 4일이면 긴 편은 아니었으나. 근래에 와서는 자주 미 해병의 적진 침투작전에 참가하여 북쪽 깊숙이 낙하되는 날이 자주 있었다. 베트콩 지역 아주 근접한 곳으로 향하는 것이었다. 그리고 가끔 적진에 투입되는 때도 자주 있었다.

모든 중대에 작전이 내려져서 어디론가 떠날 준비에 분주했던 어느 날이었다. 그러나 방석을 지켜야 할 병사들과 우리 특수 분대는 제외되어서 나는 쉬는 날이었다. 모두들 완전무장을 한 후 정문을 통해 방석을 떠난 뒤에 부대가 썰렁한 기분마저 들었다.

우리는 어제 돌아온 특수 분대였다. 완전무장을 하고 매복 작전을 완수하고 돌아와 늪지대에서 썩은 물이 스며들어 가려워서 괴롭던 곳을 깨끗하게 닦아 내고 소독을 한 후에 잠시 쉬는 시간이었다.

그러나 평화로운 시간은 길지 않았다. 27중대 방석 안에 사이렌소리가 유난히 요동을 치는 것이었다. 늘 비상 상태로 준비되어있는 우리는 몇 초 만에 완전 무장으로 전투할 준비를 하고 방석 중앙에 집합하여 명령을 기다리고 있었다. 또다시 우리 분대는 정글 깊숙이 침투 작전에 임해야 했다. 오늘도 4일 전투할 무기와 식량(시레이션)을 하배낭에 채워 넣고서 두 개의 수류탄을 가슴 안전재킷 앞에 달고 탄창을 어깨에 메고 M16(최신 소총)을 들고 방석 중앙에 집합했다. 잠시 후에 미 해병 헬기가 도착을 하자마자 명령에 의해 헬기의 바람에 몸을 낮추어서 헬기 안으로 들어가니 엊그제 만났던 미 해병들이 우리를 맞이해 주었다.

우리는 소대 중대소속에서 특별히 차출된 병사들이었다. 우리는 평소에는 만나지 않았다. 중대에서 특수 병사들을 모집하여 침투작전에 가야 하는 의무가 있을 때 모인다. 분대장님의 지시 아래 한 줄로 헬기 안에 순서대로 자리에 앉았다. 헬기의 바람 소리에 대화를 할 만한 조건이 아니기에 조용히 있으려니 미 해병 헬기 조종사가 뒤를 보며 손짓으로 인사를 했다. 조종사는 백인 해병이고 그의 옆에 흑인 병사였다. 잠시 후 전투 헬기는 방석 중앙을 떠나면서 북쪽으로 날아가서 어디론가 향해서 날고 있었다. 자리에서 아래로 보이는 정글의 모습은 온통 숲으로 덮여있고 누런 강줄기가 구불구불 이어져 있었다. 그것이 여행이었다면 이곳저곳을 친구들과 구경을 하고 싶다는 생각이 머릿속을 스쳐 갔다. 그러나 전쟁에서 목숨을 걸고 출전하는 몸이라서 그런 착각에서 곧바로 벗어났다.

두어 시간을 날아간 후였다. 작전상 가장 긴 시간을 비행한 것이었다. 정글지점 상공에서 맴돌던 헬기가 착륙지점을 찾는 듯 낙하하기 시작했다. 헬기가 내려가면서 완전한 낙하준비를 재확인하고서 명령을 기다리고 있었다. 완전무장 상태에서 낙하하기에는 높은 것 같았으나 착륙지점에 풀이 있는 늪지대라서 명령 하에 높은 낙하거리에서 점프를 했다. 그곳은 적진이라서 공습을 당할 우려가 있어서 헬기는 완전한 착륙을 하지 않은 상태에서 언제든지 하늘로 올라갈 준비를 하는 상태였다.

완전무장을 한 나는 전우들과 순서대로 점프를 했다. 지상에 떨어지면서 몸을 옆으로 굴렸다. 그리고 다시 몇 번을 굴러서 몸을 낮은 지역으로 옮긴 후 정글의 조건과 위치를 파악하고 방향을 찾아 전투 지시에 임했다.

낮은 자세로 분대장의 지시를 기다리는 동안 헬기는 자리를 떠나 어디론가 사라진 후였다. 분대장은 모든 전우들을 재확인 한 후 명령이 통신병에게 전달되자마자 방향을 잡아 낮은 자세로 정글 숲을 헤쳐 나갔다. 숲의 풀 높이가 어깨높이라서 완전히 일어서면 적이 우리를 볼 수 있어서 낮은 자세로 머리를 숙여서 움직여야 했다. 갈대숲을 지나면서 더욱 낮은 자세로 나무 사이를 가야 했다. 분대장이 본부로부터 명령을 받고 전투 준비 위치를 확정지은 후 각 호에 둘이 짝이 되어서 곧

바로 우리가 숨을 호를 파야 했다.

호구를 판 후 팀과 함께 안에 앉아서 가지고 온 시레이션을 꺼내서 배를 채웠다. 다행히 동기생이 팀이 되어서 한층 마음이 편했다. 가끔 고참과 짝을 지으면 눈치를 봐야 했다. 전투 중이라 고참의 시중을 들지는 않아도 마음이 불편한 것은 사실이었다.

왼쪽 팔목에 전선을 묶어 놓고 오른 팔목에도 묶어서 다음 호로 연락이 가능한 것을 확인한 후에야 우리는 잠시 벽에 기대어서 쉰다.

날이 기울기 전에 시레이션을 먹으면서도 우리는 대화를 거의 하지 않았다. 실제로 말이 필요 없는 준비 시간이었다. 전투준비가 완전히 이루어진 후에 연결된 암호 신호로 분대장으로부터 왼팔을 두 번 당기는 신호가 온다. 곁에 있는 전우에게 팔꿈치로 연락하면 그는 오른 손목에 묶인 신호 철사 줄을 두 번 당겨 다음 호로 전달해 준다. 그것이 밤을 지새울 모든 전투의 준비 확인이었다.

불사조

② 마지막 전투

전투의 나날들
나의 마지막 전투
영혼
일병 유병홍 전사!
다시 태어나다
기억 속으로
베트콩 포로
한국군 병원

전투의 나날들

우리 분대는 특수한 임무를 가지고 있었다. 분대장을 장으로 베트콩의 적진 깊숙이 침투해서 4박 5일 주야로 잠복하며 적의 상태를 중대로 보고하는 임무를 가지고 있었다. 그것이 미 해병에 전달되어서 전체의 작전을 짜는 것이었다. 우리는 매일 매복할 위치를 바꾸어야 했다. 새벽에 동트면 헬기가 창공에 떠 있는 동안에는 긴장을 풀고 잠시 쉰다. 잠시 동안 '시레이션'으로 배를 채운 후 지시에 의해 또 다른 위치로 적이 모르게 옮겨야 하는 것이었다. 낮에는 헬기가 떠 있는 것으로 적이 우리의 위치를 알게 되기 때문이었다. 정글의 지대를 긴 시간 동안 중대 본부에서 지정하는 지역으로 옮겨가는 것이었다.

분대장이 정해주는 위치에 우리는 짝을 지어 밤새울 호를 어깨 깊이로 판 후에 전우와 짝을 지어서 적이 나타날 만한 방향을 좌우로 호마다 전선을 연결시켜 놓았다. 그 전선은 전우의 좌우 팔에 묶어놓아 비상시를 대비하는 중요한 연결선이었다. 분대장이 직접 각 호를 확인 후 호 안에 들어가서 적의 움직임을 감시하고 보고하는 것이었다.

새벽 동이 트면 연락 전선이 나의 왼팔을 흔든다. 그것은 모두 안전을 확인하는 신호이며 식사를 할 수 있는 시간이 된다는 뜻이다. 야밤에도 분대장과 통신병이 위치하고 있는 본부에서 시간마다 연락을 전해주는 중요한 철선이었다. 그 철선은 아주 가는 선이었지만 강해서 잘 끊어지지 않는다.

밤을 지새우고 난 전우들은 저마다 배낭에서 시레이션을 꺼내서 배를 채운다. 소심하게 호구 안에서 몸을 풀다가 헬기가 우리의 상공을 돌기 시작하면 우리는 밤을 새웠던 호구에서 나와 기지개를 펴면서 몸을 푸는 것이다.

낮에는 긴장을 풀고 쉬었다. 오후가 되면 본부로부터 통신병에게 연락이 온다. 모두들 완전무장을 하고 또 다른 지정된 장소로 적이 모르게 이동해서 자리를 잡는다. 그리고 다시 밤을 지새울 호구를 파는 것이 우리들의 임무였다. 그런데 그곳은 적진 지역이라서 담배나 모기약을 뿌릴 수는 없었다. 호구 안에 들어가 둘이서 밤새워 주위 사항을 감시 보고하는 것이었다.

중대 본부에서는 미 해병의 작전사항을 연락받아 우리들에게 지시를 하고 연락을 받은 우리가 적군을 탐색했다. 잠복 시간은 날이 저문 초저녁에는 모기와 전투를 하고 밤이 깊어지면 적의 이동을 감시한다. 모기들

Vietnam War,, Marine Corps

마지막 전투 71

의 공세에 정신이 없다가 밤이 깊어지면 정글은 사방에서 이상한 동물들의 이동하는 소리와 여러 종류의 벌레 소리로 시끄럽다. 달이 환하게 비추어 고향 생각을 하다 보면 밤이 깊어지고 새벽이 가까워졌다

많은 비가 내리는 날은 모기가 날지 못하기 때문에 모기들의 공세를 피할 수는 있었지만 비를 피하기 위해 판초를 뒤집어쓰고 있어서 답답하였다. 그래도 모기와의 전쟁보다는 나은 편이었다. 끝없이 내리는 비로 모기의 공격은 뜸해지니 버틸 만했다.

칠흑 같은 밤에 판초를 뒤집어쓰고 있어도 호구에서는 온몸이 비에 젖는다. 판초에서 소리가 나는 것도 신경이 쓰였다. 호구의 위치를 잘못 파놓은 날은 빗물이 호구에 스며들면서 하반신이 밤 내내 물속에 잠겨있게 된다. 보통 무릎 아래로는 물에 잠겨있어야 했고, 완전히 앉지 못하는 자세로 흙을 쌓아서 엉덩이에 대고 오리걸음으로 앉아 밤을 새야 했다.

날이 밝으면서 시레이션으로 식사를 한 후 건십이 우리의 창공을 돌 때 밖으로 나와서 정글화와 양말을 벗어 물을 빼낸다. 밤새 물속에 젖어있던 발은 통통 부어있다. 달 밝은 밤에는 모기에게 뜯기고, 비 오는 밤에는 하반신이 젖은 채 적을 감시한다.

베트콩들은 주로 새벽을 이용하여 공격을 한다. 길고 긴 밤의 어두움이 끝날 무렵에는 우리는 너무나 지친 상태가 된다. 그때가 적들이 우리를 공격하는 시간이기도 했다. 밤을 지새우고 있던 우리가 긴장을 풀고 싶을 때다. 연속으로 그런 낮과 밤을 보내고 방석으로 돌아와서 하루 이틀을 근무하다가 또 미 해병 헬기는 우리들을 다른 정글로 떨어뜨리는 것이다.

어머니의 편지는 아들이 무사히 돌아오기만을 소원하는 사랑의 글이었다. 나도 모르게 보고 싶은 어머니 생각에 눈시울을 적신다. 나는 약속을 한다. 다시 내 고향으로 돌아갈 것을….

'전투를 위해, 전우를 위해서 목숨을 깃털같이 날려버리라!'

전투에서는 그런 자비가 통하지 않는다. 전투 신념에 최선을 다하는 해병대 정신에 충성을 바친다. 전우를 위해 싸울 때, 전우가 나를 보호하는 것이 우리의 운명이다.

잠시 긴장을 풀고 야자수 그늘 아래 휴식을 취하면서 부모님의 편지를 읽는 시간만은 전투의 시름을 잊는다. 가끔 마음이 약해지기도 한다. 전우들의 마음도 흔들린다. 우리 모두 그랬다.

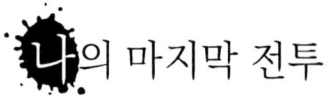의 마지막 전투

　친구들의 편지를 읽고 나서 다시 꿈을 꾸었다. 우리들의 내일에 대한 얘기들이었다. 지나간 날들의 얘기들과 애인에 대한 얘기들로 꽃을 피운다. 나의 송별식 날의 밤에 있었던 일들도 저마다 다른 생각으로 이야기를 전해주었다. 나의 송별식은 신길동 역사에 남을 만한 최대의 화려한 송별식이었다. 그 후에는 모두들 자주 모이지도 않는 모양이었다. 하나둘 공군과 해군으로 지원해서 우리들의 둥지를 떠나고 대학으로 떠났기 때문이다. 그런 내용의 편지를 전투에 나갈 때도 가슴에 간직하고 있다가 안전한 시간에는 꺼내서 읽는 것이 전투 중에 낙이었다.

　전투 동안 시레이션으로 식사를 삼사 일 하고 나면 방석의 취사반에서 나오는 쌀밥과 콩나물과 무 조각들이 들어가 있는 소고깃국은 언제 먹어도 싫지 않는 메뉴가 된다. 통조림 깡통에 든 김치를 열어서 마음껏 배를 채운다. 깡통에 든 김치는 너무 물려져 있지만 그래도 김치였다. 꿀맛 이상이다.

　27중대 방석 안에서 내가 최하위 일병이었다. 나의 후배는 더는 월남에 오지 않는 것 같았다. 몇 달이 지나가도 후배가 우리 소총 소대에 오지 않았다.

　점심시간이 다가오는 늦은 오전 시각이면 중대본부에서 선임 상사님은 우리를 소집해 편을 가르고 배구 시합을 하게 했다. 너무 긴 시간 긴장을 풀면 기합이 빠진다는 이유였다. 졸병 생활이었지만 전쟁터라서 이유 없이 완전무장으로 구보하거나, 이유 없이 기수 빳다를 맞거나, 땅을 파야 하는 일은 없었다.

어느 날 조용한 점심시간이 되기 전이었다. 갑자기 큰 소리의 사이렌이 방석을 뒤흔들었다. 소대장의 명령에 급히 원 위치로 돌아가서 완전무장 전투 준비를 했다. 그러나 작전에 나갔다가 아침에 돌아온 우리 특수 분대는 제외된다는 소대장님의 지시가 내려왔다. 오랜만에 중대 모두가 완전무장을 한 후 정문을 향해서 정열로 줄지어 방석 밖으로 나가고 있었다. 정문에는 아침마다 지뢰가 깔려있는지 지뢰 탐색병이 완전히 안전하게 점검해야 했기 때문에 잠시는 느림보 진행이었다. 조심해서 한발 한발 주위를 살피면서 진군하는 전우들의 모습을 보면 나의 모습을 보는 것만 같았다. 베트콩들은 야밤에 방석 근처에 부비트랩을 심어놓고 사라지는 일이 비일비재했다.

중대의 전투병이 거의 다 작전에 나가서 방석은 텅 빈 것 같다. 특별한 지시가 없어서 낮잠을 자려고 호구 안에서 긴장을 풀고 누워 있으려니 미 해병으로부터 연락이 왔다. 특수 분대로 각 소대에 흩어져 있던 우리는 순식간에 집결되어서 다시 미 해병의 작전에 따라서 헬기를 타고 적진에 투입해야 했다. 구정이 가까워지면서 베트콩의 공세가 강해지는 것을 잘 알고 있었기에 더욱 긴장을 하고 있었다. 빠르게 완전무장을 한 후 방석 중앙으로 날아오는 헬기를 향해서 번개같이 집합했다. 헬기에서 일어나는 바람 때문에 몸을 낮추어 헬기 안으로 들어갔다. 엊그제 앉았던 그 자리에 다시 앉아 있으려니 조종사가 뒤를 돌아보면서 한 손은 조정대를 잡고 한 손으로 손을 흔들며 인사를 했다. 그 옆에 보조석에 있던 미 해병은 무엇인가를 준비하기에 분주한 듯했다. 낯설지 않은 얼굴이다.

헬기가 창공을 향해서 높이 올라서 북쪽으로 기울어져 날기 시작했다. 정글을 내려다보았다. 정글은 전쟁터 같지 않게 조용히 푸른 숲으로 덮여 있었다. 이번에는 다른 방향 정글지역으로 비행하여 날아가고 있다.

'전우들은 아무 말을 하지 않고 아래를 내려다보면서 무엇을 생각하고 있을까?'

나같이 죽마고우들을 생각하는 것 같았다. 죽마고우들이 눈앞에 어른거렸다. 정글의 푸른 숲에 사람이 다니는 인도가 보이지 않았다. 비무장지대에는 장마철이 지나고 나면 산과 숲의 길이 사라지는 것이 월남의 기후와 지역 특징이었다. 우리가 전투에 임 할 때는 장마철이 지나가는 때였기 때문에 변화된 정글을 다시 찾아가는 상태였다.

5대대는 바다에서 가까운 지역인데 오늘 전투 헬기는 북쪽 깊숙이 방향을 잡고 날아가고 있었다. 나무가 많은 숲의 지점 상공을 돌다가 낙하 명령이 하달되었다. 분대장의 지시에 의해서 지상이 가까워질 때 순서대로 헬기에서 점프를 했다. 낙하산을 펴야 하는 높이는 아니었으나 그대로 완전무장을 하고 뛰어 내리기에는 높았다. 그러나 낙하지점이 늪지역이라서 견딜 만한 정도다. 헬기에서 점프해서 육지에 군화가 닿자마자 두 무릎을 붙이고 왼쪽으로 접으면서 굴렀다. 몸을 옆으로 몇 번 구르니 무릎과 발목이 시큰했다. 곧바로 분대장이 지시하는 쪽으로 방향을 향했다. M16에 한 손은 방아쇠에 걸려있었고 한 손은 총구를

적으로 향하고 있었다. 몇 번 몸을 굴리면서 분대장의 지시를 따랐다. 균형을 잡고 사방을 확인한 후에 낮은 포복자세를 취했다.

이번에 가지고 온 수류탄과 탄창 그리고 시레이션이 보통 작전 때보다 양이 많다. 그 뜻은 장기 잠복 작전이라는 것이다. 마지막 날에 맞추어서 식량인 시레이션을 챙기기 때문에 얼마간의 작전인지 대강 알 수 있었다. 분대장의 지시에 따라서 낮은 포복을 해서 자리를 옮겨갔다. 보통 무릎 높이의 풀들과 바닥은 물에 잠기는 곳이 많았으나 그런 곳을 지나서 산등성이 쪽을 향하니 작은 나무들과 긴 풀이 우리의 허리 높이였다.

낮은 자세로 몸을 감추고 한참을 가야 했다. 적이 알지 못하게 이동하는 것을 보니 적진인 듯했다. 도착한 지역은 자리가 높아서 습기가 덜했다. 우기 철이 거의 지나가는 때였다. 방석 안에서 있을 때는 구정이 다가오고 있다는 얘기들이 있었다.

그날은 날씨기 맑아서 하늘도 청명하고 밝은 날씨였다. 낮은 포복으로 또다시 백여 미터 정도가 되는 거리로 옮겨갔다. 낮은 포복으로 갈대숲을 한참 동안 옮겨가야 했다. 그래도 완전한 오리걸음은 아니라서 견딜 만했다. 어느 정도의 거리를 가다가 분대장이 명령으로 지새울 자리를 지적해주었다. 전우와 함께 밤새워 적을 감시해야 할 호구를 삽으로 파기 시작했다. 땅이 물러서 어려움 없이 어깨 깊이로 파고 나서 쉽게 앉을 자리를 각자 잡았다. 대개가 엉덩이가 있을 곳은 철모 높이 정도를 만들어서 쉽게 앉게 하는 것이었다. 그래야 비상 시 뛰어나갈 때 도움이 되는 조건이 되는 것이었다.

이번에도 전에 함께했던 동기생이 나의 파트너였다. 고참과 같이 근무하는 것보다는 마음이 편했다. 이번에는 다소 높은 지역이라서 땅을 파도 물이 스며들지 않아 정글화가 물에 잠기지 않아서 좋았다. 매번 습진 장소를 다니면서 잠복을 한 탓으로 나의 다리는 썩은 물에 젖어서 마를 시간이 없었다. 붉은 독이 서린 피부가 발목부터 무릎을 지나 허벅지를 향하면서 습진이 빠른 속도로 번지고 있었다. 처음에 독이 퍼질 때는 가려움증을 견디기 힘들어 자주 정글화를 벗고 긁어대곤 했으나 이제는 감각이 둔해졌다.

    선들선들한 바람이 불어서 시원한 기분이었다. 시야가 열려 있어서 지금껏 다녔던 중 가장 좋은 지역 같았다. 어깨 깊이로 호구를 팠다. 좌우의 다른 호구와 가는 철선으로 연결해놓은 후에 전우와 호구 안에서 각자 자리를 잡고 시레이션을 열어 배를 채웠다. 호구 안에서는 서로 시선으로 응답을 할 정도로 말이 필요 없는 단짝이 된다.

    날이 저물면서 얼굴에 진흙을 칠하고 팔뚝에도 두껍게 발라 놓았다. 달빛이 밝은 밤에는 사람의 살갗에서 빛이 나기 때문이다. 어두워지면서 사방에서 모여드는 모기의 공세에 속수무책으로 당하는 편이었으나 이제는 다소 훈련이 되어서 무감각으로 버틸 수 있었다. 작전지역이 산등선이라서 바람이 불어서 모기의 공세도 덜한 것 같았다. 매 시간마다 호구와 호구 사이에 줄로 신호가 왔다. 한 번을 당기면 안전과 감시 신호였다. 조용히 두 번을 당기면 검색 신호였다. 세 번을 당기면 비상이었다. 전투가 시작되면 한 번을 크게 당기는 것이 우리의 신호였다. 짝마다 교대 근무를 해야 밤을 지새울 수가 있었다. 그러면 전우는 호구 벽에 기대어 잠시 눈을 감고 있으면서 신경은 잠들지 않은 상태에서 쉬는 것이었다.

적진에 들어와 있기 때문에 담배를 피울 수가 없었고 모기약도 뿌릴 수가 없었기 때문에 담배 골초에게는 고행의 밤이었다. 달빛 아래 전선의 밤이었다. 유난히 빛나는 많은 별들은 서로 신호라도 주고받는 것 같았다. 나도 그들 사이에서 자리하여 고향 생각을 전하고 싶은 마음으로 별들을 바라보았다.

나의 전우는 시골에서 징집되어 온 친구였다. 그리고 지원해서 월남전에 온 것인데 고등학교를 다닐 때 가끔 들어서 해병대를 지원했던 같았다. 동네 형들이 월남에 참전하여 전투 수당을 모아서 귀국할 때 고향에 가지고 오는 물건을 팔아서 땅마지기를 산 얘기를 자주 했다고 했다. 그는 홀어머니를 모시던 효자였다. 그에게는 가난한 환경을 벗어나는 길은 월남에 참전하는 길이 최선이었던 것 같았다.

우리가 귀국선을 타기에는 너무나 긴 기간이 남아있었다. 나는 돈에 대한 애착도 없었다. 사춘기를 함께 지내던 친구들만 그리워하는 철없는 사내였다. 우정에 대한 얘기가 전부였고, 태권도 선수로 뛰고 싶어서 지원했던 것이었지만 그것도 줄을 제대로 잡고 끗발이 있어야 가능했던 것이었다.

하루 이틀 정글 속에서 이동을 해 가면서 그날마다 명령에 충실한 전쟁터의 해병이었다. 어느덧 시레이션이 다 떨어져간다. 주야로 누비던 정글에서의 임무가 끝나가고 있었다.

길고 긴 맑은 밤을 지새우고 새벽이 다가오는 시간이었다. 호구 벽에 기대어 쉬던 전우가 갑자기 사방을 두리번거리더니 M16 총기를 들고 호구 밖으로 뛰어나가는 것이었다. 나는 비상으로 나의 왼팔에 묶여 있던 철선을 당겨 준 후에 호구를 뛰어나가는 그의 뒤를 따르면서 엄호사격을 했다. 나의 오른쪽 호구는 전우의 오른팔에 묶인 철선이 저절로 당겨지면서 순간적으로 전원이 초비상 상태에 돌입했다. 사방이 조명탄이 터지면서 우리가 뛰고 있는 쪽으로 집중되는 순간이었다. 아군의 멀지 않은 곳에서 베트콩이 낮은 자세로 뛰고 있었으나 그쪽으로 사격하기에는 전우가 앞에 달리고 있어서 불가능했다. 전우의 좌우로 엄호사격을 하면서 뒤를 따랐다.

얼마를 갔을까…. 나의 모든 전투는 끝이 났다.

전선의 정글 속에서 쓰러져 잠든 것이었다.

'해병 일병 유병홍 전사!'

긴 잠에서 깨어난 듯 한적한 봄 날씨였다. 정글 속에 쓰러져 있던 나는 아무런 고통도 없었고, 평화롭게 양 손에 M16 총을 거머쥐고 있었다. 전투의 살기는 없었다. 평화로운 들판을 완전한 전투 상태로 어딘가를 향해 걸어가고 있었다.

실제로 나는 걸을 필요가 없었다. 몸은 자유로이 지상에서 떨어져 나는 상태에서 움직이고 있었다. 이름 없는 꽃들이 피어있는 들판을 지나가는 나의 가슴에는 두 개의 수류탄, 어깨에 짊어진 총탄과 허리에 찬 물통과 단도, 또 다른 어깨에 걸려 있던 백에는 시레이션이 몇 개 담겨 있었다. 조금 열려있던 안전 재킷도 있었다. 완전무장한 상태 그대로였다.

그러나 아무런 무게를 느끼지 못했다. 그렇게 지겨웠던 모기 떼들도 없었다. 지상은 건조하게 말라 있었고, 땅바닥에 발을 딛지 않아도 어디론가 뛰고 있었다. 낮은 높이의 공중으로 가볍게 날면서 아래를 내려다보니 시냇물 위를 뛰고 들판을 지나가고 있었다.

잠시 후 바다 위로 물결을 내려다보면서 바다를 건너가고 있었다. 주위를 자세히 내려 보니 둘레가 영등포 신길동 길목들이었다. 내가 친구들과 철없는 꿈을 가지고 놀던 나무장 그리고 그 옆으로 좁은 길목과 친구 집을 향해 다니던 골목이 보였다. 그러다가 갑자기 멀리서 우리 집이 나타났다. 집을 향해서 뛰었다. 주위에는 아무도 없었다.

　나는 집 앞에 도착해서 반쯤 열려있는 대문을 밀었다. 그리고 집 앞 마당에 발을 들여 놓으려니 아버지는 정성껏 화분에 물을 주고 계셨다. 뛰어가서 "아버지!" 하고 불렀는데 아버지는 무표정으로 나를 지나치셨다. 그때 어머니께서 부엌에서 무엇인가를 버리러 나오고 계셨다.

　"엄마!"

　아무 표정이 없으셨다. 다시 아버지를 돌아보니 평화로운 미소를 지으셨다. 나를 정확히 보시지는 않으시는 것 같았다. 부엌에서 나오시던 어머니와 시선이 마주쳤다.

　"아니, 네가 웬일이냐? 너는 지금 월남의 전쟁터에 있는데…."

　반가움보다는 염려를 하시는 표정이셨다. 완전무장한 나의 모습을 보시면서 더욱 놀라시는 것이었다. 옆에 계시는 아버지도 걱정을 하시는 표정이시다. 평소에도 말씀을 잘 하지 않으셨던 아버지는 말없이 돌아서서 안방을 향해 마루 위를 걸으셨다.

　많이 늙으신 모습에 무척 안타까웠다. 나의 마음은 부모님의 손이라도 잡아보고 싶었다. 그러나 부모님은 그럴 뜻이 없으셨다. 나는 부모님께 무엇인가 말을 하고 있었으나 두 분은 아무런 반응이 없으셨다.

　"엄마!"

　"아버지!"

　소리를 지르면서 다가가고 있었으나 아무리 가까워져도 부모님의 손을 잡을 수는 없었다. 부모님의 모습이 서서히 멀어져 가고 있었다. 쓸쓸한 모습으로….

문득 생각이 났다.

'아! 나는 지금 전쟁 중에 정글에서 전투를 하고 있는데….'

내가 지금 정글에서 쓰러져있다는 생각이 나면서 눈을 떠보려고 했으나 불가능했다. 바로 앞에 계시던 부모님은 더 이상 보이지 않았다. 그리고 고향이 아니고 타국 멀리 월남에서… 전쟁터에서… 정글 속에서… 어느 깊은 늪 정글의 땅바닥에 나는 쓰러져 있었다. 또다시 깊은 잠으로 현실과 환상이 엇갈리는 속에서 헤매고 있었다. 현실과 꿈이 얽히는 순간이었다.

일병 유병홍 전사!

얼마가 지나갔을까, 눈을 서서히 떠보았다. 나의 몸은 정글에 눕혀져 있었다. 짓밟고 지나다니던 풀이 나의 얼굴 위를 덮고 있었다.

태양은 정상에 떠 있었다. 그러나 시야에서 보이자마자 태양이 급속도로 돌아가기 시작했다. 어지러워서 더 이상 볼 수가 없었다. 다시 눈을 감았다. 한참의 순간이 끊겼다가 이어지는 생각 속에 다시 시간이 지나갔다. 이것이 꿈인가 하는 생각에 다시 눈을 떠보니 역시 중천에 떠 있는 태양이 급속도로 돌아가고 있었고, 어지러웠다. '아차!' 나는 전투에서 몸을 다친 것이었다. 전투를 같이하던 전우들이 아무도 내 곁에 없었다.

우선 눈을 감고 두 발을 만져보았다. 두 다리와 발목, 두 발에 정글화가 신겨져 있었다.

잠시 쉬었다가 나의 오른팔과 왼팔을 만져보았다. 그대로 있었다. 아무런 고통이 없었다. 단지 어지러울 뿐이었다. 시간이 지나가면서 나의 전신을 구석구석 손으로 만져 보았으나 아무런 아픈 곳이 없었다. 조심해서 다시 눈을 떠보니 무릎 높이의 숲이 나의 얼굴을 가리고 있었고 아까 밟았던 숲 갈대가 나를 덮고 있었다.

나의 얼굴이, 나의 몸이, 전쟁터의 갈대숲 월남 땅바닥에 눕혀져 있었던 것이었다.

"유 일병!"

나를 부르는 소리가 개미 소리만 하게 메아리같이 어디선가 흐릿하게 귓속으로 들려오고 있었다. 어느 산 계곡 멀리에서 울리는 메아리 같았다.

다시 눈을 떠보았다. 하늘 위에는 적십자 헬기가 떠돌고 있었다. 그렇게 어지럽게 돌아가는 속에서 헬기도 급속도로 돌아가는 것이었다. 다시 눈을 감았다.

'급속도로 돌고 있던 헬기는 어떻게 되었을까.'

누군가 나를 부르면서 몸을 흔들었다. 힘들게 눈을 뜨니 나를 두 팔로 껴안고 있는 분대장의 얼굴이었다.

"유 일병! 정신 차려!"

"유 일병 정신을 차려야 해!"

몇 번의 그 말이 개미 소리처럼 작게, 아주 작은 소리로 메아리치고 있었다.

잠시 후에 또 다른 전우가 다가와서 나를 부축해서 앉히려 했으나 나의 몸은 감각이 없이 흐트러져 있었다. 다시 정신을 잃었다.

잠시 후 나의 몸은 분대장의 등에 업히고 있었다. 순간순간 끊어지는 기억이었다. 전우의 손길이 나의 얼굴에 다가왔을 때도 그 감각을 느낄 수는 없었다. 머리에서 흘러내리는 피가 얼굴을 덮고 있었다.

분대장이 나를 등에 업고, 전우는 늘어진 나의 팔을 받치며 안전지역으로 이동하고 있었다. 그리고 나의 모든 감각은 다시 잠들었다. 조용한 시간이었다. 실제로는 치열한 전투에 엄호사격이 진행되고 있었으나 나의 귀에는 들리지 않는 것이었다. 폭음에 고막이 상실된 상태였다.

다시 눈을 떠보았다. 안전 지역에서 나와 함께했던 전우가 언덕에 기대앉아서 담배를 피우고 있었다. 우리는 눈이 마주쳤으나 말을 하지 않았다. 실제로는 대화를 할 수 없는 전상자들이었다. 아주 짧은 순간 눈을 마주친 것이 전부였다. 그 순간이 지나간 후에 어지러워서 다시 눈을 감아야 했다. 아주 가까이 헬기가 일으키는 바람이 일어나고 있었으나 나는 눈을 뜰 수가 없었다. 전투에 쓰러져 숨을 쉬고 있을 뿐이라는 생각이 들기 시작했다.

잠시 후 미 해병들과 전우들이 들것에 나의 몸을 실었다. 그리고 필름이 끊겼다.

다시 감각이 올 때는 몸은 헬기 안에 누워있었고, 전우는 나의 옆에서 어디론가 쳐다보고 있었다. 그리고 헬기가 뜨면서 나는 긴 잠으로 들어갔다. 죽음과 아주 가까운 깊은 잠이었다.

통신병은 중대로 보고했다.

"일병 유병홍 전사!"

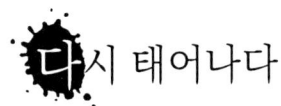시 태어나다

무엇인가 소곤거리는 소리가 들렸다. 얼마 전부터 들리던 소리였다. 나는 조용히 듣고 있었다. 사람들의 말 같은데 알아들을 수가 없는 외계의 대화 같았다. 아주 작은 소리로 속삭이듯이 조용조용 대화를 하는 것이었다. 한국말은 아니었다. 두 사람은 더 되는 것 같았다. 좀체 알아들을 수가 없었다. 우주 어느 곳 천국이나 극락세계의 말인 듯했다.

내가 다른 세상에 태어난 것일까? 아직 부모님께 작별의 인사도 드리지 못했는데…. 나의 죽마고우들에게도 떠난다는 말도 하지 못했다. 더구나 전선에 날아온 그들의 편지에 이별의 답장조차 띄워 보내지 못했다.

잠시 생각하니 꿈은 아닌 듯했다. 아무런 고통 없이 아주 편안하게 누워 있었다. 나는 다시 잠으로 빨려들어 갔다. 얼마나 긴 시간을 잠들었는지 모르는 깊은 잠이었다.

누구인가 나의 손을 잡아주었다. 무엇인가 가슴에 와 닿았다. 따스하고 부드러운 손길이었다. 그 손길은 나의 가슴 위를 부드럽게 토닥거려 주었다. 엄마의 손길과도 같았다. 조심스럽게 눈을 떠보았다. 눈이 부셨다. 다시 눈을 감았다.

그 짧은 순간에 보였던 모습들은 하얀 옷을 입은 천사들이었다. 그리고 그녀의 아름다운 미소를 오랜만에 본 것 같았다. 아주 짧은 순간이었다. 잠시 후 다시 눈을 떠보았다. 모든 것이 너무 환해서 하나도 볼 수가 없어서 다시 눈을 감고 있으려니 나의 곁에서 가까이 말하는 소리가 들렸다. 그녀의 고운 목소리가 귀 가까이에서 속삭이고 있었다. 알아들을 수가 없는 말들이었다.

 잠시 후에 비상 사이렌 소리가 울렸다. 아주 작은 소리로 멀리서 들려오는 듯했다. 그 소리조차 나에게는 하나의 고요한 음악과 같았다. 나의 귀에는 모든 소리가 꿈속에서 따스한 봄바람과 함께 날아 흘러나오는 속삭임 같았다. 꿈과 현실의 아름다운 골짜기에서 졸졸 흐르는 물소리 같았다.

 다시 마음을 먹고 눈을 떠보니 아름다운 미소의 여인이 있다. 하얀 옷을 입은 간호사가 나의 손을 잡아주고 있었고, 그녀의 주위에서 여러 사람들이 나를 주시하고 있었다. 사람들은 더 가까이 나의 주위로 다가오고 있었다. 모두가 하얀 옷을 입은 사람들이었다. 그들의 말은 무슨 말인지 알아들을 수가 없었다. 알지 못하는 말들이 귀찮아졌다. 그들을 거부하는 마음으로 눈을 감았다. 그들은 자기들의 말로 속삭이고 있었으나 나에겐 하나도 알아들을 수가 없는 말들이었다.

 잠시 후 가는 목소리가 나를 깨웠다. 한국말이었다.

"안녕하세요."

 조국의 말이 귀에 들어오니 반가웠다. 외계에서도 한국말이 통용되고 있다는 생각이 들었다. 기대하지 못했던 한국말이었다.

 눈을 더 크게 떴다. 한국인 간호사가 나의 곁에서 미소를 짓고 있었다. 그녀는 다정하게 차가운 나의 손을 잡아주었다. 그녀의 손은 따스

했다. 그녀가 다시 나에게 말을 걸었다.

"안녕하세요."

너무 반가운 조국의 말이었다. 그제야 나는 미소로 대답을 해주었다. 그녀는 말을 계속하고 있었으나 말들이 구분이 되지 않았다. 한국말이었는데도, 그녀가 물어보는 말을 알아들을 수가 없다는 슬픈 생각에 눈을 감고 고개를 돌렸다. 다시 잠이 들었다.

다시 눈을 떴을 때 간호사가 나의 손을 잡아주었다. 미 해병 군의관과 간호사들이 나의 곁으로 다가왔다. 그 시간을 기다리고 있었던 것 같았다. 내가 정상으로 눈을 뜰 때를.

군의관이 나의 얼굴 앞에 큰 거울을 대고 얼굴을 볼 수 있도록 방향을 맞추어주었다. 오랜만에 잊힌 나의 얼굴을 볼 수가 있었다. 머리는 삭발이 되어있었다. 얼굴은 한쪽으로 부어있었다. 왼쪽 눈 뒤쪽이 많이 부어있었다. 고통은 없었다. 나는 거울을 밀어냈다.

한국 간호사가 다가오고 다른 사람들은 곁을 떠난 후에야 정상적인 상태로 나의 몸을 바르게 눕도록 해주었다. 그녀의 말을 이해하려고 했다.

한국 간호사는 내 담당으로 매일 나의 곁에서 좋은 말동무가 되어주었다. 나의 말투는 느려져서 다른 사람들은 알아들을 수 없을 정도였으나 그녀만은 알아들을 수가 있었다. 그녀는 나의 말투를 교정해주기도 하면서 대화를 해주었다. 나의 부상에 대해 얘기해주었다.

"대한민국 청룡부대 소속 해병대 일병 유병홍."

'군번 9366293'을 알려주었다. '해병대는 군번을 외워야 한다'는 얘기도 잘 알고 있었다. 그녀의 고운 손길이 나의 몸 부분 부분들을 잠에서 깨워주고 있었다. 그것이 그녀의 의무였다. 사지에 다시 감각이 살아나는 것을 알 수가 있었다. 전신이 충격을 받아 마비되어 있던 환자였다. '부비트랩 파편'에 두개골이 파괴되면서 모든 감각을 잃어버린 사람이 나였다. 나는 "해병대 일병 군번 9366293"을 몇 번이고 외우고 있었다.

시간이 가면서 전우들이 보내준 배낭에서 귀중히 간직하던 편지들을 꺼내서 읽어주었다. 내가 전투에서 쓰러진 후에 전우들이 보내준 선물들이었다. 내가 중요시하던 것들을 고스란히 곤봉에 넣어서 보내주어서 내 곁에 도착한 것이었다.

간호사가 편지들을 읽어주는 동안 하나둘 기억이 돌아오고 있었다. 나는 다시 부모님과 친구들을 생각하기 시작했다.

 기억 속으로

    떠오르는 기억 속에는 수많은 지난날들이 꼬리에 꼬리를 물고 나타났다가 사라지기 시작했다. 간호사는 나에 대한 것을 하루에 두세 개 정도로 한계를 지은 듯이 알려주고 있었다. 홀로 생각이 깊어지면 가까이 오지 않고 멀리서 관찰하고 있었다. 나만의 세계로 자유로이 다녔다. 상상의 날개를 달고 더욱 뚜렷해지면서 지난날들이 많이 이어지기 시작했다.

    점심 식사를 한 후에 간호사는 나를 휠체어에 태우고 정원을 돌아다니면서 피어있는 꽃들과 날아다니는 다람쥐 그리고 나무 위에서 속삭이는 새들, 주위에 보이는 모든 것들에 대해서 이야기해주었다. 어린이 학교 시절에 선생님들이 가르치는 것과 같았다. 그런 모든 것을 유심히 보면서 이름을 기억에 담아두었다. 어디선가 본 듯했기 때문에 더욱 기억에 간직하고 싶었다. 나날이 다른 것들을 배우는 즐거운 시간이었다. 모든 것이 나에게 새로웠다. 실제로는 기억에서 그것들을 찾아내는 시간들이었다. 시간에 맞추어 먹어야 할 약이나 주사를 맞아야 해서 병원으로 돌아와야 했다.

    그녀는 항상 나에게 낮잠을 자는 시간을 만들어주었다. 내가 잠들 때까지 내게 날아온 편지들을 읽어주었다. 입대 후 소중히 간직하던 것이었다. 전쟁터에 나갈 때도 한 장씩 간직하고 작전에 나갔던 것들이었다. 나의 곤봉에 가득히 실려 있던 나의 일기와 편지들….

내가 잠들면 간호사는 자리를 비우고 나에게 필요한 다음 일을 준비했다. 그녀가 하는 일 중에 유난히 기억이 나는 것은 나의 병상기록이었다. 하루하루 일어나는 나의 정신적인 변화와 신체적인 변화를 기록하였는데 나의 신체적, 정신적 반응이 주를 이루었다.

모든 것에 대한 의식이 돌아오도록 보여주고 설명해주었다. 그리고 나의 반응을 보는 것 같았다. 모든 것은 나의 희망이었으며 하루하루 새로운 기억으로 끌어낼 수가 있는 것들이었다.

나의 신체적인 변화를 위해 운동을 시키기 시작하면서 마침내 나는 홀로 일어설 수 있었다. 그녀가 오기 전에 일어나서 연습하는 것이 나의 준비 시간이었다. 휠체어를 이용하는 법도 배우고 서서히 홀로 걸음을 걷기 시작했다. 손에도 감각이 살아나면서 신경이 풀리기 시작했다. 왼팔과 오른발에는 어느 정도 힘을 쓸 수가 있게 되면서 더욱 도전적이 되었다. 그런 도전이 나날의 희망이 되었다.

발음을 교정시켜주면서 책을 소리 내어 읽는 연습을 하면 빠른 발전이 있을 것 같다는 그녀의 말에 나는 홀로 중얼거리기 시작했다. 그리고 그녀가 갖다 준 책들을 들추어 보기 시작했다. 모든 것에 대한 기억이 빨라지기 시작했고, 말투도 많이 나아지기 시작했다. 홀로 있는 시간이면 낙서를 하면서 글씨를 쓰는 연습도 하였다. 소리 내어 읽는 것도 하루의 낙이었다. 그녀는 그러한 나의 변화를 병상일지에 자세히 기록하는 것 같았다.

하루하루가 기쁨이며 희망이었다. 마음에 떠오르는 상상력, 기억력,

그리고 신체적인 변화는 나날이 진보, 발전되어가고 있었다. 스스로 홀로 있는 시간이 길어지는 것이었다.

편지를 읽으면서 기억이 떠올라 눈물을 흘리기도 했다. 기쁨에 웃기도 하며 나의 생각의 세계가 돌아오던 나날들이었다.

간호사는 매일 물어보았다. 부모님에 대해서, 친구에 대해서, 가장 좋아하는 취미에 대해서 등등이었다. 실제로는 그때까지 나의 말을 알아들을 수 있는 사람은 그녀뿐이었다. 나의 말투는 완전한 한국말이 되기 전이었다. 아기들의 말을 엄마와 아빠가 먼저 알아듣는 것과 같았다.

나에게 날아온 친구들의 편지들을 읽으면서 생각과 기억이 함께 나의 사춘기 시절로 돌아가는 시간들이었다. 간호사는 머지않은 미래에 모든 사람들을 다시 만날 날이 올 것이라고 귀띔을 해주었고 한층 나의 마음이 그리움에 쌓여가고 있었다. 모든 것이 과거로 돌아가고 싶은 마음에 나도 모르게 눈물을 적시는 날들이 점점 많아졌다. 다시 만날 수 있는 모든 사람들에게 보여줄 신체적인 회복에도 도전을 해야 했다. 이런 모습으로 고향에 돌아가고 싶지는 않았다. 건강하게 옛날같이 뛰놀던 그 모습으로 돌아가고 싶었다. 나의 희망은 그런 꿈을 꾸기에 충분했다.

그 후 나 홀로 일어나서 병실을 걸었고, 남들이 뛰는 모습을 보고 서서히 뛰는 흉내를 내보기도 했다. 간호사는 너무 서두르는 나의 마음을 진정시키면서, 한편으로는 응원하며 반가워했다. 내가 나를 완전히 알기 시작할 즈음에는 사랑과 꿈도 심어주었다. 그녀의 사랑이 나의 원동력이었다.

어느 날 간호사가 나를 깨웠다. 어두운 밤하늘에 가득히 펼쳐져 있는 수많은 별들을 보여주었다. 그렇게 아름다운 밤하늘을 본 지 오래된 것 같았다. 조치원 집에 살 때 부모님을 기다리며 여동생과 같이 바라보던 별들이었다.

휠체어에서 벗어나 벤치에 앉아서 그녀의 포옹을 받아들였다. 그녀의 순순한 사랑을 알 수 있었던 그날이었다. '우리는 사랑을 하고 있었다.' 진심으로 간호하는 모습에서 모성애를 느끼기에 충분한 그날 밤이었다.

베트콩 포로

미 해병소속병원에서 뇌수술을 받은 후 간호사의 간호로 건강이 회복되어 가는 나날이었다. 이제는 간호사와 대화도 가능했다.

'나들이하는 날' 아침이 밝았다. 소풍 갈 준비를 하고 함께 길을 나섰다. 월남의 풍습과 자연을 구경하는 날이었다. 예쁜 간호사와 데이트를 나가는 날을 기다리고 기다렸었다. 아침에 도착하자마자 그날의 병상일지를 상부에 보고하는 것 같았다. 나는 환자복을 새로이 갈아입고 한결 기분이 좋았다. 그녀가 밀어주는 휠체어에 앉아서 주위를 구경하고 있었다. 마음은 그녀의 손을 잡고 거닐고 싶었다. 그러나 오늘은 갈 길이 머니까 휠체어를 타도록 충고를 해주었다. 동물원과 식물원 등 구경을 할 곳이 많다는 것이었다.

나에게는 그날그날 그녀와의 만남이 기쁨이었다. 그녀의 사랑을 알 수 있었다. 그녀의 희생적인 봉사에 마음을 놓고 있었다. 그녀가 나를 위해 항상 대기하고 간호와 보호에 최선을 다하는 모습은 참으로 아름다웠다.

아침 식사를 마치고 휠체어에 앉아 병실 밖으로 나들이를 나갔다. 병원에는 미군 병사들과 미국 간호사들뿐이라서 그들의 대화를 알 수는 없었으나 친절한 미소로 맞이해 주었다. 환자들은 전쟁에서 몸을 다친 사람들이었다.
  정원을 벗어나니 베트남의 집들이 보이기 시작했고 농토가 사방으로 전개되어 있었다. 월남의 풍습과 시골 모습을 볼 수 있는 농촌이었다. 그곳에는 여러 종류의 동물들이 모여 있는 동물원이 있었다. 주로 월남 정글에서 볼 수 있었던 동물들이었다. 멧돼지, 사슴, 물소, 그리고 뱀과 새 등 야생 동물들이 있는 축소된 동물원이었다.
  간호사는 나의 시선이 가는 곳마다 멈추어서 설명을 해주었다. 그리고 자주 쉬면서 변화된 한국에 대한 소식도 전해주었다. 점심으로 그녀가 손수 준비해 온 김밥과 과일을 먹으면서 대화를 나눌 수 있었다. 조금만 더 노력을 하면 보통 사람들과 대화가 가능할 것이라고 위로를 해주었다. 손을 잡아주기도 하고 부드러운 손길로 나의 어깨를 어루만져 주기도 했다. 대화를 하는 가운데 다정한 마음을 느낄 수가 있었다. 언젠가 제대하게 되면 자기도 제대해서 나를 애인으로 만나겠다는 약속도 해주었다. 나도 그녀에 대한 믿음이 있었고, 그녀는 그 약속을 지켜줄 것만 같았다. 그날 종일 많은 곳을 다니면서 구경한 즐거운 나들이 여행이었다.
  동물원에서 이상한 동물들을 구경하면서 걷다가 한 모퉁이를 돌아가면서 창살에 갇혀있는 사람을 볼 수 있었다. 한 중년 나이의 베트남인이 감옥에 갇혀 한구석에 앉아있었다. 간호사는 실제로 아군과 싸웠던 월맹군이라고 귀띔해 주었다. 그는 전쟁터에서 나타나던 적군과 똑같았다. 의상이나 앉아있는 자세가 생각이 날 것 같았다. 그가 무표정으로 있다가 시선을 피해서 돌아서는 모습을 보니 안타까운 생각이 앞섰다. 운명의 전쟁은 선택이 아니었기에 더욱 그런 생각이 들었다. 전쟁터에서 생사를 걸고 싸우던 적일지라도 일단 전쟁이 끝나면 저마다 자기의 삶을 살아갈 권리가 있다는 것이 나의 생각이었다. 전쟁터에서 싸우던 적일지라도 아무리 힘난한 전투가 있었다 해도, 짧은 순간순간 전투의 기억으로 돌아가도 앞에 감옥에 갇혀있는 사람을 공격하고 싶은 생각이나 적의감은 조금도 없었다.

몇 칸이나 포로들이 감금된 감옥 앞을 지나가면서 전투 때 정글에서 고생하던 기억이 떠올랐다. 그러나 흥분해서 신체적으로나 정신적으로 혼란한 상태는 일어나지 않았다. 아직도 경계하는 마음은 감출 수 없었지만 가까이 다가가 보고 싶은 생각은 나에겐 없었다. 간호사가 월남어로 그들에게 말을 걸었다. 간호사들은 아군과 적군을 가리지 않고 전투에서 다친 병사들을 보호하려는 간호정신을 가지고 있다는 것을 알 수 있었다.

그들을 보는 시간이 길어지자 지루한 기분이 들어 고개를 돌리니 간호사는 내가 앉아있는 휠체어를 다른 쪽으로 밀면서 옮겨가기 시작했다. 그 자리를 벗어나서 여러 나라의 나무와 꽃이 정리되어있는 식물원 쪽으로 옮겨갔다. 나도 모르게 긴장되어 있었던 것 같았다. 그곳을 벗어난 후 보니 손은 땀에 젖어있었고 한숨이 나왔다. 간호사는 나의 어깨를 토닥거리면서 위로해 주었다. 나의 긴장 상태를 이해하는 것 같았다. 그녀가 나의 정신 상태를 알아보는 데이트라고 설명해주었다. 실제로 다시 떠오른 전투의 기억 속에 서성거리는 순간은 나를 혼란스럽게 만들었다.

여러 가지 아름다운 꽃들이 있었으나 유난히 예쁜 무궁화가 나를 반겼다. 작은 계곡에 심어져 있는 개나리, 진달래, 소나무와 바위 모양이 우리 조국의 모습이었다. 환자들을 위로하기 위해 만들어진 식물원 내의 고향 모습이 나를 반기었다.

   오후 늦게 돌아오는 길에 떠오른 감옥에 갇혀있던 포로의 동그란 검은 눈동자, 가는 몸매, 검은 피부와 가볍게 옷을 걸친 그들의 모습 등 교도소에 갇혀있던 포로들의 얼굴이 좀체 나의 생각에서 떠나지 않았다. 간호사는 야자수 그림자가 그늘을 만들어 준 벤치에서 잠시 멈추어 내 모든 반응과 상태를 기록하는 것 같았다. 나의 개인적인 기억을 물어보았으나 기억 속에 없는 것이 많았다.

   간호사는 저녁 시간이 되어서 병실로 돌아와 나의 식사를 도와주었다. 대화 중에 발음도 자주 교정해 주었다. 나의 곤봉(모든 것을 넣는 자루)에서 편지를 꺼내 그중에 한 장을 읽어보아도 되겠냐고 물었다. 친구들의 편지였다. 우정 어린 나의 친구들의 편지를 소리 내어 읽어주면서 우정에 대한 그리움을 이해해 주었다. 친구들이 보고 싶었다. 그리움에 젖어있었지만 울지는 않았다.

   잠시 후 나에게 포로에 대한 의견을 물어보았다. 나는 아무도 적대시하고 싶은 생각이 없다고 말을 해주었다. 단지 그들의 모습을 보면서…. 전투에서 총을 메고 오리걸음으로 빠르게 움직이던 모습이 기억이 나서 잠시 마음을 긴장했을 뿐이라고 했다. 잠들 시간이 되면서 그녀는 나의 뒤편에 위치한 전등을 꺼준 후 내 곁을 떠났다. 홀로 있는 시간에 눈을 감으면서 고향의 부모님과 친구들을 생각하며 꿈에 만날 수 있기를 기도했다.

한국군 병원

어느 날 간호사가 아침 일찍 나의 곁으로 다가와서 내일이면 내가 한국군 병원으로 옮겨진다는 소식을 전해주었다. 그리고 자기도 함께 그곳으로 갈 것이라고 약속을 했다. 다시 나의 곁에서 말동무가 되어 주겠다는 약속도 했다. 그녀는 간호 중위로 예뻤다. 영어로 미국 간호사, 의사들과 대화를 하면서 나의 대한 모든 보고를 전달하는 실력을 갖춘 간호사였다. 여러 모로 모성애를 발휘하여 환자들의 마음을 달래주는 것을 느낄 수 있었다.

그날은 그녀와 종일 함께 걷고 쉬고 하면서 여러 가지 얘기를 했다. 간호대학을 지원했던 가장 큰 이유는 천성적인 길 같아서 후회하지 않는다고 했다. 그녀는 애인이 있었고, 평범한 여고생이었던 시절의 이야기도 들려주었다. 그런 얘기들은 나의 지나간 과거를 돌아볼 수 있었던 동기로 충분했다.

그녀의 물음에만 대답을 하던 나였다. 나의 친구들의 편지 속에 나의 애인이 있었다는 사실도 잘 알고 있었으나 애인에 대한 말은 하지 않았다. 조심하는 것 같았다. 나도 말을 하기 싫었다. 그다음 부모님의 편지도 읽어주었다. 그녀는 이런저런 소식을 전해주고, 미래의 꿈도 심어주었다.

다음 날 아침 그녀는 일찍이 나의 곁에 와 있었다. 잠시 후 미 해병들이 나를 데리러 왔다. 다른 침대로 이동을 해야 한다기에 이동 침대에 누우니 떨어지지 않도록 몸을 단단히 묶었다. 비행하는 동안 이동이 있을 수도 있다는 것이 간호사의 설명이었다. 그녀와 미군들은 몇 마디 대화를 한 후에 이동 침대가 병실 밖으로 나오니 적십자 헬기가 나를 기다리고 있었다. 그녀가 나의 볼에 키스를 한 후 우리는 이별을 했다.
"곧 다시 만날 겁니다."
그녀의 작별 인사였다.
내가 누워있는 이동침대는 헬기 속으로 끌려 들어가듯이 이동되었다. 손을 흔들어주고 있던 그녀의 모습은 천사였다.

헬기 문이 닫히면서 위로 상승하기 시작했다. 모든 것이 멀리 정글 속으로 묻혀가고 있었다. 그리고 헬기는 어디론가 한 시간이 넘도록 날아가고 있었다. 정글에서 쓰러졌을 때 전우의 등에 업혀 헬기에 옮겨진 후에 창공에 날아오르던 적십자 헬기가 생각이 났다. 이번에는 안전지역의 상공을 날고 있었다.

헬기는 도착지에 내려서 윗바람이 멈추기 전에 내가 누워있던 이동 침대가 병원 안쪽으로 옮겨지고 있었다. 이동에 몸이 흔들리면서 침대에 누워있는 동안 하늘을 쳐다보고 있으려니 맑은 하늘에는 뭉게구름이 피어오르고 있었다. 오전이라서 태양은 동쪽에 있을 것 같았다. 그러나 이동하는 동안 자주 방향을 바꾸어서 방향 감각은 포기를 하고 있었다.

잠시 후 병실 안으로 들어서니 많은 사람들이 있다는 것을 느낄 수 있었다. 모두가 한국말로 대화하는 것이 반가웠다. 그들의 말을 모두 알아들을 수는 있었다. 이동 침대가 정착하자 간호사가 다가와서 나의 건강상태를 확인하고 난 후에 군의관들이 다가와서 나의 머리 부분을 만져보고 있었다. 그 후 이동해서 작은 병실에 정착을 한 후 나의 몸을 자유롭게 침대로부터 분리해주었다. 간호사의 보조를 받으면서 일어나 휠체어에 앉게 되었다. 오랜만에 여러 한국인의 얼굴들을 보니 반가웠다. 홀로 분리된 병실에서 간호사의 보조로 식사를 한 후에 잠들었다.

다음 날 아침이었다. 조용한 병실에서 눈을 뜨니 조금 더 큰 병실이었다. 주위에는 조용조용 나의 귀에 들리는 대화가 나를 깨우고 있었다. 그리고 나의 곁에 대기라도 한 듯 젊은 간호사가 미소 지었다. 내가 잠에서 깨고 나자 그녀는 나의 신체검사를 시작했고, 담당 군의관도 나에게 다가와서 악수를 청했다. 그들은 나에 대한 모든 것을 알고 있는 듯했다.

그들이 떠난 후에 잠시 눈을 감고 쉬었다. 주위를 돌아보니 많은 한국인들이 누워 있었다. 모두가 환자복을 입고 천천히 걷는 환자, 휠체어에 의존해서 이동하는 환자, 팔을 깁스한 사람 등등 여럿이 나의 주위에서 서성거렸다. 그 병실에서 며칠 지나간 후 미 해병 병실에서 나를 담당하던 간호사가 방문해 주었다. 반가웠다.

그녀는 내가 자기를 기억해주는 것에 고맙다는 말을 여러 번 했다. 뇌를 다친 환자라서 혹시 자기를 기억할 수 없을지도 모른다는 생각을 하면서 면회를 온 것 같았다. 그녀는 내가 옮겨진 병실로 이동 신청서를 사무실에 제출했지만 아직도 허락이 나오지 않아서 기다리는 중이라고 말해주었다. 그런 기대를 하지는 않았던 나에게는 반가운 그녀의 말이었다.

그녀는 또 내가 소속되어서 전투하던 부대 소속으로 계속 날아온 조국의 편지들을 전해주었다. 그녀는 나에게 편지가 얼마나 큰 정신적 도움이 되는지를 잘 알고 있었다. 그녀는 몇 시간이 넘도록 대화를 하면서 편지를 하나둘 조용히 낭독해주었다. 시간이 되어서 그녀는 나의 병실 담당 의사를 만나서 여러 가지 나에 대한 얘기를 해주는 것 같았다. 그리고 그녀는 그 병실을 떠났다.

그 후로 그녀는 다시 나의 곁에 돌아오지는 않았지만 가끔 생각이 났다. 그녀의 약속을 기대하지는 않았지만 나는 기다리고 있었다. 새로운 한국 병사들이 머무는 병실에 익숙해지면서 나 홀로 휠체어를 타고 이곳저곳을 다니면서 구경을 할 수가 있었고, 가까운 거리는 천천히 걸어서 다닐 수 있을 정도로 나는 신체적으로 차도가 있었다. 담당 간호사가 때맞추어 건강 상태를 진단하고 약을 전해주었고, 적당한 운동을 시켜주었다. 말벗이 있어서 외로움은 없었다.

한국군 병실로 옮겨진 후에 모든 식사가 한국 음식이었다. 깡통에 담겨져 있는 김치는 너무 익어서 물렁물렁했지만 반가웠다. 그리고 자주 콩나물국이 올라와 밥을 말아 먹으면서 자꾸 고향 생각에 젖기 시작했다.

'이제는 고향에 가고 싶다, 나의 고향으로……'

드디어 어느 날 아침 시간에 다음 주말에는 조국으로 돌아갈 것이라고 귀띔을 해주었다. 그녀는 내가 기대하고 있던 귀향의 꿈을 잘 알고 있었다. 다른 환자들보다 많은 친구들의 편지들……. 그것을 읽어 주면서 내가 얼마나 친구들을 그리워하는지도 잘 알고 있었다. 그날이 언제인지 빨리 오기를 손꼽아 기다리며 하루하루를 보내던 날들이었다.

불사조

3 어린 시절

아버지
어머니
어머니의 시집살이
아버지와 독립운동
해방
6·25전쟁
나의 어린 시절
박쥐와 한약
꼽추라는 별명
4·19와 5·16
초등학교와 스승님들

아버지

1905년 11월 17일, 고종 황제의 거부에도 일제에 의해 '을사늑약'이 체결되면서 대한제국에는 참으로 어두운 비운의 구름이 드리워져 앞을 가늠할 수 없었다.

아버지가 태어나신 1909년 그해는 10월 26일 하얼빈 역에서 안중근 의사의 거사가 이루어졌다. 안중근 의사는 하얼빈 역에서 일본인으로 가장하고 열차에 접근하여 을사늑약을 강제로 체결하고 통감이 되어 고종의 퇴위와 국권침탈을 추진한 이토 히로부미를 저격했다.

우리 백성들은 가슴에서 태극기를 꺼내들고 "대한 독립 만세!"를 만천하에 외쳤다.

"코레아 우라!"

"대한 독립 만세!"

"대한 독립 만세!"

그 후 1919년 유관순 등이 주동이 되어 일어난 3·1운동에서 전국적으로 또다시 "대한 독립 만세!"로 독립의 뜻을 밝혔다. 하지만 나라를 잃고 시름에 젖은 암흑시대에 백성들은 학교와 사회에서 강제로 일본 말과 글을 필수로 교육받아야 했고 더욱 강해지는 억압과 착취에 온 백성이 배고픔과 슬픔으로 내몰렸다. 빛을 잃어버린 시련의 연속이었다.

아버지는 1909년 1월 30일 경기도 안성에서 아흔아홉 칸 방을 가진 양반 집의 차남으로 태어났다. 집안에서 어른들의 슬픔과 배고픔의 신음을 들으면서 어린 시절을 보내시던 아버지였다.

일본이 조선을 침략하고, 중국을 정복하는 전쟁에 혈안이 되어서 모든 것을 강탈했기 때문에 백성들은 늘 배가 고팠다. 한여름 농사를 지으면 일본 군인들이 착취해 가고 나머지로 대 식구가 한겨울을 넘기기에는 너무 힘든 나날이었다. 춥고, 배고픈 동지섣달 긴긴밤의 겨울이 지나가고 새봄이 오면 '보릿고개'를 넘기기가 힘이 들었고, 굶주린 배를 채우기 위해서 산으로 들로 나가서 먹을 것을 찾아야 했다. 물고기, 개구리, 메뚜기, 꿩, 야생 과일 등과 산과 들에서 구한 것들로 배를 채우면서 어린 시절을 보냈다.

'호랑이가 온다고 해도 울던 아이가 일본 순사가 온다면 울음을 그친다.'고 할 정도로 그렇게 일제가 우리 백성을 억압하고, 수많은 젊은이들이 전쟁터로 끌려가 희생을 당하던 불운의 시대였다.

아버지는 어린 나이에 사촌형인 당숙을 따라서 길을 나섰다. 둘째로 태어나셔서 집안에서 공부보다는 일을 해야 했기 때문이다. 고향을 떠나면서 마지막이라는 마음으로 금강산을 둘러보았다고 했다.

"삼천리 금수강산~ 아름다운

금강산! 일만 이천 봉."

꼭 신선들이 사는 곳 같았다고 이런 말을 자주 하셨다.

아버지는 당숙과 함께 북쪽을 향해 발길을 돌리고 중국을 향해 길을 재촉했다. 독립군을 찾아서 중국 만주를 가던 중 두만강을 건너기 전에 잠시 신의주에 머물러야 했다. 어렸던 아버지를 신의주 아는 집에 맡겨 놓으시고, 당숙은 확실한 장소를 찾은 후 돌아오리라는 약속을 남기고 떠났다.

그 집에서 당숙을 기다리던 동안 아버지는 머슴살이로 집안의 잡일을 도와주고 있었다. 그러다가 손재주가 유난히 좋았던 덕에 이웃들이 소개하여 일본 제과점에 취직하여 제과기술을 배우게 되었다. 일본말을 배워서 그들의 대화를 알 수가 있었고 쓰고 말하는 일에 많은 시간을 보냈다. 아버지는 언젠가 당숙과 연락이 닿으면 일본의 동태를 알려주는 일을 해야겠다고 생각하셨던 것이다.

그 제과점에서 일을 하면서 배운 아버지의 일본어 실력은 일본인들과 대화를 하면 일본인인지 조선인인지 구분할 수가 없을 정도로 뛰어났다. 그런 생활 속에서 두 해가 지나가고 당숙으로부터 연락이 왔다. 아버지는 그동안 모은 여비로 떠날 준비를 하시고 몇날을 기다리셨다. 야밤에 만난 당숙은 아버지에게 할 일을 맡기셨다.

"중국에 가도 특별한 일을 할 수 없으니 이곳에서 일본 정보를 알려주고 기술자로 일을 하면서 재정을 후원하는 것이 나을 것 같다."

아버지는 그 뜻을 이해하고 떠나려고 싸놓은 보따리를 다시 풀어 놓았다. 그때부터 일본에 대한 정보와 소식을 알려 주는 임무를 책임지게 되었다.

가끔 외출을 하면 신의주에서 가장 큰 '함흥냉면식당'에 가서 당숙의 연락을 기다리거나 외식을 했다. 그러다가 신의주에서 가장 크게 운영하던 '함흥냉면식당'의 주인께서 아버지의 언행과 성실성을 잘 보셨다. 그는 시간이 있을 때마다 아버지와 말벗 삼아 대화를 하면서 아버지에 대한 됨됨이를 하나둘 아실 수가 있으셨다. 양반 집안 자손에 예의도 바르고 일본어도 유창했고 애국심과 제과기술이 일본인을 능가한다는 것을 알게 된 그는 아버지를 둘째 사윗감으로 염두에 두었다.

결혼 후 외할아버지는 아버지와 함께 당숙이 내려올 때마다 독립군의 재정을 돕기 시작하셨다.

머니

신의주 부잣집(함흥냉면식당)에서 둘째 딸로 1918년 태어난 어머니는 그 뒤로 세 남동생들이 태어나는 바람에 복을 가지고 온 딸이라는 말을 들었다. 어머니가 태어나신 그다음 해인 1919년 전국적으로 3·1운동이 일어났다. 그때 신의주는 모든 학교들이 참가해서 크게 3·1운동을 겪은 곳이었다. 신의주는 이름난 사람들이 많이 태어난 곳이었다. 올림픽에서 금메달을 딴 손기정, 주먹 세계의 전설적인 '스라소니'도 이곳에서 태어났다.

어머니는 한 살 위인 언니와 함께 학교를 다녔다. 그 당시 신의주 사회는 많이 개화가 되어 있어서 여자들도 교육을 받고 사회활동에 참여하여 여학교가 여럿 있었다고 한다. 이모는 학교를 다니면서 연애결혼을 했다고 어머니께서 말씀하시면서 웃으신 적이 있다.

독일에서 열린 11회 베를린 올림픽(1912년 8월 29일) 마라톤에서 금메달을 딴 손기정 선수는 신의주 고등학생이었다. 손기정 선수는 신의주의 자랑이었다. 아침 일찍이 신문을 배달하면서 뜀을 뛰며 다니던 손기정 선수였다. 어머니는 할아버지가 운영하던 냉면식당 앞으로 신문 배달하면서 뛰어가는 손기정 선수의 모습을 가끔 볼 수 있었다고 하셨다.

어머니는 그 즈음에 고등학교에 가지 못하고 유행병이었던 폐렴에 걸려 휴학을 했다. 공기 좋은 절에서 잠시 치료를 위해 생활하게 되었다. 그때 여스님(비구니)께서 어머니를 보호하고 간호를 해 주었다. 스님은 산중 절 생활 중에도 자주 어머니를 데리고 산골짜기의 깨끗한 개울가에 가서 학창시절에 읽으셨던 재미있는 소설책의 사연들을 들려주거나 여러 시편을 읽어주었다.

어느 날 스님과 개울가에 앉아서 재미있는 얘기를 나누고 있었는데, 절에서 일을 돕는 분이 뛰어오시면서 "산삼을 찾아왔습니다!" 하셨다. 스님께서 부탁한 산삼을 찾으러 깊은 산속을 다니다가 귀한 산삼을 찾아 온 것이었다. 스님께서 산삼을 보시더니

"굉장히 오래된 산삼이로구나!"

"이것이 바로 너를 위해 기다리던 산삼인 듯하다."

하면서 어머니를 보시며 웃으셨다.

어머니가 잦은 기침에 시달리던 때였는데, 스님이 손수 제조한 한약을 드신 후, 기침을 멈추었고, 목에서 피와 고름이 섞인 것을 토하셨다. 그 후로 나날이 하루가 다르게 상태가 좋아져 다시 건강을 되찾으셨다.

어머니께서 스님에 대해 말씀해 주신 적이 있다. 그녀는 일본으로 유학을 갔다가 사모하던 이와의 사랑이 이루어지지 못하면서 모든 것을 포기하고 인생의 길을 바꾸었다는 것이다. 어머니는 그녀에 관해 자세한 얘기는 하지 않았으나 지식이 높은 스님이었다고 말씀하셨다.

스님은 한용운 선생님의 글과 시를 좋아하셨다고 한다. 그 당시 시인이자 스님이셨고 독립운동 33인으로 많은 일을 하셨던 '한용운 선생님'의 글과 시를 자주 낭독해 주셨단다.

그래서인지 우리도 어머니로부터 '님의 침묵'을 자주 들을 수 있었다. 어머니는 스님이 생각날 때마다 우리들에게 낭독을 해 주셨다.

님의 침묵   - 한용운

님은 갔습니다. 아아, 사랑하는 님은 갔습니다.

푸른 산 빛을 깨치고 단풍나무 숲을 향하여 난 작은 길을 걸어서 차마 떨치고 갔습니다.

황금의 꽃같이 굳고 빛나던 옛 맹세는 차디찬 티끌이 되어서 한숨의 미풍에 날아갔습니다.

날카로운 첫 키스의 추억은 나의 운명의 지침을 돌려놓고 뒷걸음쳐서 사라졌습니다.

나는 향기로운 님의 말소리에 귀먹고 꽃다운 님의 얼굴에 눈멀었습니다.

사랑도 사람의 일이라 만날 때에 미리 떠날 것을 염려하고 경계하지 아니한 것은 아니지만, 이별은 뜻밖의 일이 되고 놀란 가슴은 새로운 슬픔에 터집니다.

그러나 이별을 쓸데없는 눈물의 원천으로 만들고 마는 것은 스스로 사랑을 깨치는 것인 줄 아는 까닭에 걷잡을 수 없는 슬픔의 힘을 옮겨서 새 희망의 정수박이에 들어부었습니다.

우리는 만날 때에 떠날 것을 염려하는 것과 같이 떠날 때에 다시 만날 것을 믿습니다.

아 아, 님은 갔지만 나는 님을 보내지 아니하였습니다.

제 곡조를 못 이기는 사랑의 노래는 님의 침묵을 휩싸고 돕니다.

스님이 들려주던 가르침은 한평생을 살아가면서 어머니에게 많은 도움이 되었다고 하셨다. 한 해가 넘도록 스님 곁에서 생활하면서 많은 재미있는 소설 얘기들과 시편, 그리고 절의 풍습을 공부하게 되었다고 한다.

어느 날, 절 생활이 몸에 익을 만할 즈음 할아버지로부터 잠시 내려오라는 전갈이 왔다. 한 살 위인 이모가 결혼식을 하는 날이었다. 어머니는 스님과 잠시 신의주 마을로 내려오셔서 이모의 결혼식을 구경하셨고 그때부터 그렇게 자신의 결혼에 대한 꿈도 생기기 시작했다.

그 후 할아버지께서 결혼할 상대가 있으니 잠시 내려오라는 말씀에 스님과 같이 하산해서 집으로 돌아왔다. 할아버지께서 아버지의 사진을 보여주었는데 이모님 결혼식 날 보았던 사람이었다. 그렇게 할아버지의 주선으로 두 분의 결혼식이 이루어질 수 있었다. 그때 부모님의 결혼사진을 보면 아버지는 현대식으로 양복을 입었고 어머니는 웨딩드레스를 입고 있다.

부모님 결혼식 사진

어머니의 시집살이

아버지가 신의주에서 제과점을 차려 안정된 생활이 자리를 잡기 시작할 즈음 첫아들을 맞이하게 되었다. 아버지는 고향으로 돌아가고 싶은 생각에 잠을 이루지 못하던 세월을 보내고 있었는데 특히 첫 아들을 얻은 후에는 더욱 더 고향으로 돌아가고 싶었다. 그래서 어머니께 상의하고 설득을 하셨다.

사위와 딸의 뜻을 들은 외할아버지는 고향을 그리워하는 아버지의 심정을 이해하고 귀향을 허락하셨다. 할아버지는 많은 신혼살림을 기차로 실어 신의주에서 경기도 안성까지 보내주셨다.

아버지는 아들을 얻으니 세상을 모두 얻은 기쁨이었다. 신혼여행을 가는 기분으로 어머니와 함께 긴 기차여행을 하셨던 셈인데. 어머니는 그때의 신혼여행을 두고 인생에서 가장 행복한 때였다고 자주 말씀을 하셨다. 젊은 부부가 어린 아들을 사이에 두고 서로를 바라보면서 미래의 꿈을 꾸던 아름답고 긴 여행길이었다.

아버지께서 긴 기차 여행 동안 지난날의 사연을 어머니께 들려주셨다. 옛날 어릴 때 당숙과 배고픈 시절에 고향을 떠나서 금강산에 들렀던 얘기와 지나간 많은 날을 회상하면서 다정하게 말씀해 주셨다.

유 씨 집안의 대를 이어갈 첫 아들을 안고 안성으로 돌아오던 그 기차 여행 동안에, 아버지가 어머니에게 유 씨 집안 예의에 대해 얘기해 주었지만 막상 어머니께서 안성 유 씨 집안에 와 보니 완전히 조선 왕조 시대에 사는 것 같았다고 한다. 그때부터 어머니는 시집살이의 고생길에 접어드신 것이다.

신의주에서의 자유롭던 생활을 접고 아버지를 따라 안성에 도착했지만 앞서가던 시대에 살던 분이었으니 유 씨 집안의 전통적인 풍습과 시집살이가 무척 힘이 들었던 모양이었다. '남존여비' 사상이 깊이 배어 있어서 여자들은 부엌에서 식사를 해야 했고, 많은 집안일에다 모든 일이 끝이 없던 시집살이였다. 더구나 99칸의 큰 집에서 수많은 여자들 사이에서 자기 의무를 찾아가야 하는 것 등 인간관계가 가장 어려웠다. 특히 시누이들과의 관계에서 시련이 깊었다고 했다.

어느 날 어머니는 시집살이가 너무도 힘이 들어 신의주에 가는 인편을 통해 외할아버지께 편지를 보냈다. 시집살이의 힘든 사연을 자세히 적어서 보내는 편지였다. 얼마 후 외할아버지로부터 인편을 통해서 언제 즈음 경기도 안성 역으로 내려갈 것이라는 연락이 왔다. 어머니는 그날을 손꼽아 기다리고 기다렸다. 외할아버지는 안성 기차역에 도착한 후 기차역 근처에 위치한 여관에서 머무르며 사람을 시켜서 아버지와 어머니를 역 앞 여관으로 나오도록 하셨다. 외할아버지는 앞에 무릎을 꿇고 앉은 사위와 딸에게 직선적으로 물었다.

"복남이(어머니의 애칭)를 데리고 살 뜻이 있느냐 없느냐?"

"유 씨 집안에서 살 것이냐?"

살 뜻이 없으면 이 편으로 어머니와 함께 신의주로 돌아가겠다고 말씀하셨다. 외할아버지께서는 "둘 중에 하나라도 살지 않겠다고 하면

복남이를 데리고 가겠다."라고 물으신 것이다. 실제로 외할아버지는 어머니를 데리고 신의주로 돌아갈 계획이었다.

 결국 외할아버지는 아버지와 어머니 양쪽이 함께 살겠다는 대답을 확인하신 후, 그다음 날로 기차를 타고 신의주로 돌아가셨다. 유 씨 집안에 들어가서 인사도 하지 않고 신의주로 돌아가셨는데 외할아버지는 집안의 관습에 얽매이는 분이 아니었고, 두 사람이 함께 살겠다는 의지를 확인하시는 것이 더 중요한 일이었다.

 그 후로 아버지는 어떤 문제가 있을 때마다 어머니 편이 되어 문제를 해결해주셔서 어머니의 시집살이는 한결 수월해지셨다고 했다.

아버지와 독립운동

어느 날 독립운동을 하던 아버지의 사촌 형이 야밤을 이용해서 돌아왔다. 아버지는 사촌 형이 오시자마자 안방 장롱 뒷면에 자리를 줄여서 공간을 만들어 잠시 동안 숨어서 계실 수 있도록 준비를 해 주셨다. 그런데 이웃에서 누군가 그 사실을 알고 밀고해서(그때는 밀고하면 포상을 주었다.) 일본 순사가 들이닥쳐서 온 집안을 수색하였다. 그때 당숙은 장롱 뒤편에 숨어계셨고 아버지는 앞마당에서 전신을 결박당하여 무릎을 꿇고 계셨다. 농을 다 뒤질 때 어머니는 너무 불안해서 전신이 떨고 있었으나 겉으로는 태연한 모습으로 눈을 감고 계셨다. 다행히 장롱 뒷면을 보지 않았다고 했다.

온 집안을 다 뒤진 후에 아무 단서도 찾지 못하게 되자 아버지는 경찰서로 끌려가셨고 그 모습에 온 가족은 걱정했다. 그때는 일단 일본순사에 끌려가서 고문을 받으면 정상으로 돌아오지 못하고 죽거나 불구가 되어서야 돌아오는 것이었다. 아버지가 고문을 견디지 못하면 유 씨 집안은 끝이라는 것은 불을 보듯 훤한 일이었다.

어머니는 마음을 가다듬고 그날 밤으로 숨어계시던 당숙에게 승복을 입혀서 남모르게 그곳을 떠나게 했다. 그 후로도 온 가족은 몇 날 며칠 아무 일도 할 수 없었다고 한다.

아버지는 감옥에 끌려가서 일본 순사들로부터 몇 날 며칠 주야로 고문을 당했다. 일본 순사들은 아버지의 전신을 다 못 쓰도록 가죽으로 된 밧줄로 후려치고 손가락마다 바늘을 꽂았고, 거꾸로 매달아 전신을 때렸다. 기절하면 다시 물을 쏟아 부어 정신을 차리게 한 후에 또다시 고문을 했다. 아버지는 그런 고문을 견디며 아무것도 말하지 않으셨다.

며칠이 지난 후 일본 감옥에서 연락이 왔다. 집안의 장정들이 감옥에 가서 실신한 아버지를 구루마에 싣고 왔는데, 아버지의 모습은 다시는 살 수 없을 만큼 처참한 모습이었다. 반죽음 상태로 돌아온 아버지를 맞이하면서 온 가족은 눈물바다였다고 한다. 그 후 온 가족이 정성 들여 간호를 하고 큰아버지가 약을 지으셔서 정성을 들인 후에 겨우 정신을 차릴 수 있었다. 그제야 아버지는 쉰 목소리로 큰아버지께 귀띔으로 모든 것을 말씀해 주시기 시작하셨다.

아버지께서 일본 형사들의 고문을 견디었다는 사실에 대해 아버지가 참으로 독한 사람이라는 소식이 유 씨 집안에 널리 알려지면서 곳곳에서 병문안을 오셨다. 모두들 가족을 지키기 위한 아버지의 노고에 감사를 표하는 것이었다. 어머니께서 많은 정신적 고통을 견디고 침착히 당숙에게 승복을 입혀 무사히 떠날 수 있도록 하셨던 것도 또 다른 화제로 남았다. 두 분 중 한 분만이라도 고백을 하였더라도 유 씨 집안은 끝장났을 것이다.

그때는 수많은 독립투사들이나 반일 운동으로 일제에 끌려갔던 사람들이 거의 다 병신이 되어서 생애를 마치거나, 옥중에서 목숨을 잃던 슬픈 때였다.

해방(1945. 8. 15.)

조국에도 드디어 봄이 왔다. 영원할 것 같았던 일본인들은 썰물같이 사라졌다. 일제에 억눌렸던 백성들이 태극기를 들고 밀물처럼 길거리로 나오기 시작했다. 서로 얼싸안고 만세를 외쳤다.

일본인들과 일본 경찰 그리고 그들의 앞잡이들도 모습을 감추었다. 그러나 황폐된 조국은 해방을 맞이하기에는 준비가 되어있지 않았다. 해방을 부르짖고 독립군을 후원하고는 있었으나, 예측하지 못했던 해방이었다.

"대한 독립 만세! 대한 독립 만세! 대한 독립 만세!"

함성이 삼천리 만수강산에 울려 퍼졌다.

그러나 해방의 기쁨을 맞이한 것도 잠시였다. 우리 집안은 대 가족이 먹고 살 길이 없어서 하나둘 독립하여 고향을 떠나게 되었다. 그런데 엎친 데 겹친다고 자유의 물결을 따라서 지난날에 유 씨 집안에 들어와 종으로 살던 사람들이 몰려와서 "유 씨 집안은 안성을 떠나 달라!"는 요구를 하는 것이었다. 그들은 옛날에 종살이를 하던 자신들의 처지가 다음 세대에 알려지는 것을 꺼려했던 것이었다. 그 사람들은 자유와 해방이라는 것이 자기들의 모든 것을 해결해주는 것으로 믿고 그런 행동을 하는 것이었다.

유 씨 집안 어른들은 학자 집안이라서 글이나 읽으면서 살던 분들이라서 머슴 생활을 하던 사람들에 비해서 힘이 약한 편이었다. 그리고 양반이라는 체면에 그들과 맞서지도 못하고 집안에서만 고민을 하고 계셨다.

옛 종들이 모여서 거친 항의를 했다. 어머니가 가족 중 안사람들과 함께 부엌에서 일을 할 때 그들이 우르르 몰려와서 대문을 흔들며 소리 지르는 일이 자주 있었다. 옛 종들의 항의는 나날이 거칠어지기 시작했다. 어머니가 부엌에서 보기에도 집안의 어른들은 헛기침만 하실 뿐 해결책을 찾지 못하고 계셨다. 집안의 여자분들은 문맹이 많아서 언변도 좋지 않았고 여자로서 앞장서서 나서기를 꺼려하여 그대로 당하기만 하던 나날들이었다.

어느 날도 대문이 부서지듯이 밖에서 밀고 당기며 "유 씨 집안 모두가 동네를 떠나라!"는 소리가 집안을 흔들었다. 그들의 행동을 보니 머지않아 대문이 부서질 것만 같았다. 어머니는 여자분들을 선동해서 어른들께 건의했다. 잠시 후 어른들로부터 허락을 받은 후 어머니는 대문 앞으로 갔다. 그리고는 대문을 활짝 열었다. 갑자기 안으로 열리는 대문을 잡아당기니 대문 밖에 서 있던 장정들이 안마당으로 나가떨어졌다. 그러다가 여자들의 나가라는 함성에 놀라서 그들은 도망치듯이 문밖으로 달아났다. 문밖으로 나간 그들을 향해 여자분들이 "이곳에 더 이상 오지 말라!"고 고함을 지르셨다. 그리고 어머니께서 그들에게 다가 가서 그들이 가지고 온 자전거들을 두 손으로 번쩍 들어 구루마 위에 올려놓은 후 "당장 가라!"고 고함을 하시니 모두들 뒤도 보지 않고 문 앞을 떠났다. 그 후로부터 옛 종들은 우리 어머니 신의주댁이 집안에 있으면 유 씨 집 앞 근처에는 얼씬도 하지 않았다. 더 이상 행패를 부리지 않았다.

　옛날 자전거는 무쇠로 만든 것이라 장정이 둘이서 들어야 들 수 있는 무게였는데 그것을 어머니가 두 손으로 번쩍 들어서 구루마 위에 얹어 놓았으니 그들이 놀랄 만도 했다고 어머니께서 훗날 웃으시며 말씀하셨다.

　그 후에 안성에서는 '신의주댁'의 명성이 자자하게 소문이 났다.

6·25전쟁

어머니께서 경기도 안성에서 99칸 큰 집에서 시집살이를 하시던 중, 잠시 충북 중봉리 종재터로 출산을 위해 내려오셨을 때 일이다. 내가 태어난 (6월 21일) 후 4일이 지나서 안성으로 돌아가려는 때였다.

1950년 6월 25일(일요일 새벽), 북한의 남침 공세가 라디오 방송을 통해서 전파되면서 북쪽 마을에서 살던 사람들과 서울에서부터 많은 사람들이 남쪽을 향해 피란 이동을 하기 시작했다. 안성 유 씨 집안 사람들도 각자 99칸 집을 버리고 가족단위로 헤어져서 피란길을 떠나야 했다. 그러나 그 와중에도 집을 지키겠다고 떠나지 않던 분들도 있었다.

북한의 본격적인 공세에 아버지는 형들과 누이를 데리고 조치원으로 오셨다가 잠시 쌍둥이가 태어난 모습을 본 후 공격이 더욱 심해지자 데리고 오신 형과 누이를 어머니께 부탁하신 후에 집안의 대를 이어야 할 '병덕' 큰형만 데리고 부산으로 피란을 하셨다.

폭탄과 총소리가 심해지면서 피란을 가지 못한 어린이와 할머니들은 종재터에서 강줄기를 타고 더 깊은 산속으로 피신을 해야만 했다. 어머니는 갓 낳은 쌍둥이를 업고 안고 형과 누이는 여러 짐보퉁이를 들고, 피란을 가지 못하고 모여든 어린이와 노인들과 함께 산속으로 이동을 했다.

어머니가 산후 몸조리를 하실 때 함께 피란 온 할머니들이 어머니를 위해 미역국도 끓여 주고 그 외에 많은 도움을 주셨다고 했다. 어머니는 그때 할머니들의 도움에 대해 자주 말씀을 하셨다. 잠시 서울 수복의 소식은 있었으나 그대로 한겨울에 산속에서 먹을 것을 찾아야 했고, 추위를 견디어야 했다.

그렇게 힘든 겨울을 보내고 봄이 왔으나 아버지는 돌아오지 않으셨다. 부산에서 큰형을 데리고 삼년을 사시면서 큰형의 됨됨이를 자세히 보실 수 있었고 병덕 형이 집안을 지킬 수 있는 인물임을 아시고 기대를 많이 하셨던 아버지였다.

그렇게 어려운 2년 반의 피란살이를 마치고 서둘러 조치원으로 돌아와서 종재터를 찾아 오셨다. 그때는 다 큰 쌍둥이가 아빠를 반겼다. 형과 누이는 어머니를 위해 피란살이에 많은 도움을 주었다. 그 사이에 사춘기가 되어서 훌쩍 큰 큰아들을 보신 어머니는 한없는 기쁨으로 두 부자를 맞이했다. 그후 아버지는 형제들을 다시 만났고 큰집, 작은집도 조치원 명동초등학교 주위로 모여서 보금자리를 만들고 함께 살게 되었다.

나의 어린 시절

나의 어린 시절은 조치원에서 명동초등학교 2학년이 될 때까지 살다가 서울로 이사를 한 때까지이다. 우리가 살던 집은 기차역에서 가까웠고 명동초등학교 가까이 위치해서 나 홀로도 뒷길로 학교를 다닐 수 있는 거리였다. 또 학교 운동장을 가로질러 갈 수 있는 거리에 큰집과 사촌이 살고 있었다.

시냇물을 따라서 쌓아 놓은 둑을 올라가면 큰 물이 흐르고 오른쪽으로 멀리서 기차 철로길 다리가 가로질러 있었다. 그 반대쪽으로 강줄기를 따라가다 보면 중봉리 다리가 보였다. 중봉리 다리와 철로 넘어 강을 건너면 충북이었다.

어린 시절에 형을 따라서 시냇물에 가서 목욕도 하고 물고기를 잡기도 하면서 놀았다. 장마철이 되면 흐르는 물이 둑을 위협할 정도로 가득 찰 때도 있었다. 가끔 형을 따라 둑을 걸어서 철로길까지 가서 철로를 따라서 강을 건너가 보기도 했다.

너무 무서웠던 어느 날의 기억이다. 철로 위로 한 칸 한 칸을 기어서 다리를 건너다가 다리 중간 즈음에 도착하니 밑에는 깊은 시냇물이 거칠게 흐르고 있었고, 철로 사이의 공간을 통해서 시냇물을 내려다보니 아찔했다. 손과 발이 떨어지지 않았다. 벌벌 떨면서 그 철로를 기어 건

넘던 기억이 난다. 혹시라도 기차가 달려올 것을 생각하니 멈출 수도 없이 허겁지겁 목판을 건넜던 날 집에 돌아와서 몸살이 났다. 그때가 대여섯 살쯤이었다.

아버지께서 집 앞마당에 많은 꽃과 채소를 심어놓으셔서 항상 싱싱한 야채로 식사를 할 수가 있었다. 거동이 불편했던 나는 마루에 앉아 앞터에서 여동생이 친구들과 놀고 있는 것을 보고만 있었다. 몸이 불편했던 나는 모든 것을 마루에 앉아서 구경만 하고 있었기 때문에 그 집을 자세히 기억하고 있다.

안방에서 나오면 마루가 있었는데 그 앞으로 두 단계로 된 계단식 층을 내려가야 했다. 마루 앞 터에는 우물이 있었고 그 옆에는 장독들이 여러 개 모여 있었다. 우물 옆에는 무궁화나무가 몇 그루 있어서 항상 무궁화꽃을 볼 수가 있었다. 안으로는 넓은 밭이 있었는데 상추, 아욱, 무, 배추, 고추 등등 여러 가지 채소를 아버지가 심어 기르셨다. 우리 가족들은 항상 싱싱한 야채로 식사를 할 수 있었다.

밭으로 들어가기 전에 채송화와 함께 작은 꽃들이 줄을 지어 나란히 있었고 밭의 왼쪽으로는 옆집과 담으로 구성된 가늘고 긴 소나무와 키가 큰 느티나무가 있었다. 작은 대나무 숲이 있어서 옆집과 구분되는 담이 되어있었다. 집의 대문을 열고 밖

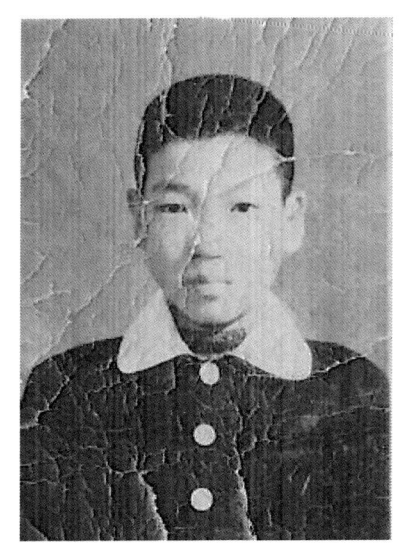

으로 나가면 좁은 길을 따라서 흐르는 작은 개천이 있었다. 마루에서 오른쪽으로는 옆집과 구분되는 느릅나무가 있었는데 봄이면 그 위에 올라가서 순앵이를 따 고추장을 묻혀서 먹기도 했고, 말 타듯이 흔들며 놀던 기억이 난다. 마루에서 오른쪽 뒤편으로 변소가 있었는데 그 곁에 호박덩굴이 뒷벽을 가리고 있었다. 그래서 가끔 변소로 갔다가 돌아오는 길에 큼직한 호박을 어머니께 따다 드리던 것도 기억에 남아있다.

나는 어린 시절에 가슴을 다쳐서 여동생처럼 다른 아이들과 함께 어울려 놀지 못하고 마루에서 친구들이 놀고 있는 것을 구경만 해야 했다. 거기에는 사연이 있다.

6.25전쟁이 끝나고 아버지는 큰형을 데리고 조치원으로 돌아오신 후에 과자 공장을 차리셨는데 그때 나는 3살이었다. 아버지는 예전에 고문으로 손을 크게 다치셔서 직접 과자 제조기술을 쓸 수는 없는 일이었으나 경험을 기초로 하여 사람들을 써서 과자공장을 경영했다. 많은 사람을 고용하고 일하시느라 부모님께서는 바쁘셔서 우리 쌍둥이는 보모를 고용해서 그 처녀에게 맡기고 일로 하루를 보내실 때였다.

어느 날 내가 이유 모르게 자주 자지러지듯 울기 시작했다. 부모님은 왜 그런지 알 수가 없어서 주의해서 보시기만 하셨다. 그러다가 보모를 보던 처녀가 시집을 간 후 잠시 외할머니께서 서울에서 내려오셔서 우리를 돌보시던 때였다. 외할머니는 내가 자주 우는 모습에 걱정을 하시다 누워있던 나를 일으켜서 안아주려니 내가 자지러지게 울었다. 아기를 눕혀서 옷을 벗기고 몸을 자세히 살펴보니 앞가슴이 앞으로 불쑥 튀어 나온 것이다. 그곳을 살짝 만지기만 해도 아기는 자지러지게 울었다.

그 후에 부모님도 아기의 가슴이 꼽추같이 변해가고 있는 것을 아시고 유 씨 집안에 그런 유전이 있었는지 알아보셨는데 유 씨 집안에는 꼽추가 없었다. 오 씨 집안에도 외할머니를 통해서 그런 유전이 없다는 것을 알아내셨다. 그때 옛날 보모 하던 처녀는 이미 먼 곳으로 시집을 갔으나 어머니는 포기하지 않고 그 집을 찾아가서 책임을 묻지 않는 조건으로 아기의 상태에 대해 물었다. 보모는 언젠가 자신이 쌍둥이를 돌볼 때 싣고 다니던 구르마에서 내가 일어서서 몸을 흔들다가 앞으로 넘어지면서 땅에 떨어진 후부터 그렇게 자주 울었다는 얘기를 했다. 그 후에 처녀도 늘 걱정을 하다가 시집을 가게 되어 마음에 걸려있던 일이었다고 했다.

어머니와 아버지는 상의하신 후 제과 공장을 포기하시고 생계로 조치원 역 앞에 작은 빵 가게를 열어 집안을 지키기로 했다. 그후 어머니는 나를 데리고 서울의 병원을 전전하시면서 진단을 받기로 했다. 얼마 후 서울 대학병원의 접골 전문 의사를 만나서 엑스레이를 찍어서 확인하고 보니 내 가슴 중간의 뼈가 부러져 가슴뼈가 불균형적으로 자라고 있는 상태였다.

부모님은 어머니가 시집오면서 가지고 온 모든 비싼 물품을 팔아서 나의 가슴을 수술할 비용을 마련하셨다. 그리고 서울 대학 접골 전문 의사와 수술 날짜를 잡으셨다. 그때가 전쟁이 끝난 지 얼마 되지 않아서 사방에 불구자와 환자들이 많았고 거의 모든 사람들이 수술할 생각을 선뜻 하지 못하던 시절이었다. 하루하루 생계에 여념이 없었고 그런 큰 수술비를 준비할 형편도 아니던 시절이었다.

수술 날이 되어 어머니는 의사의 지시에 따라 수술실에 나를 데리고 가셨다. 그리고 수술하는 과정을 볼 수 있도록 의사들로부터 허락받고 수술실을 들여다볼 수 있는 옆 방에서 내가 수술받는 모습을 보셨다고 한다.

    수술대 위 나의 곁에는 큰 토끼가 누워있었다고 하셨다. 나는 눈을 감고 있었으나 큰 토끼는 마취되어 눈을 크게 뜨고 있었다. 어머니는 토끼의 가슴을 갈라놓고 나의 가슴을 갈라서 놓은 다음 토끼 뼈를 자르고 나의 가슴뼈 부러진 부분을 도려낸 후 같은 위치에 있는 자리에 접골을 하는 과정을 직접 보셨다. 어머니는 나의 가슴이 가쁘게 숨을 몰아쉬는 모습을 보시면서 눈을 한순간도 돌릴 수가 없었다고 하셨다. 그렇게 수술을 마친 후 나의 가슴에 소가죽으로 둘러 조여 놓고 전체 가슴을 고정시켰다.

    수술이 그렇게 끝난 뒤로 조치원의 지정된 의사가 있는 병원에서 규칙적으로 신체의 변화를 관찰하고 필요한 약을 먹어야 했다. 한여름 내내 조치원 병원에서 치료를 받으며 생활을 하는 사이에 매달 서울병원에 올라가서 의사들의 진찰도 받아야 했다.

    어느 날 내 가슴을 조이던 소가죽을 벗겨 놓고 생활하도록 해주어서 내가 그렇게 좋아했다고 한다. 소가죽으로 가슴이 항상 조여 있던 때에는 나의 몸과 소가죽 사이에 땀띠가 생겨 가려워서 흰 가루로 된 약을 뿌리고 깨끗하게 소독을 해 주어야 했다. 그런 일들이 나에게는 고통의 날들이었다. 그 무겁던 소가죽을 벗겨놓았으니 얼마나 가벼웠을까.

박쥐와 한약

수술한 자리에서 고름이 멈추지 않았다. 현대의학으로는 더 이상 어쩔 수가 없다고 했다. 그러던 중에 아버지는 큰아버지께 상의를 하셔서 한의로 길을 바꾸셨다. 결과는 박쥐와 한약을 제조하여 탕을 만들어 복용하라는 진단이 내려졌다. 나의 몸은 아직도 완전히 자유롭지 않았다.

나는 밖으로 나가서 쌍둥이 여동생과 형과 같이 어울리지 못하고 마루에서 홀로 앉아 그들이 노는 것만 구경해야 했다. 어머니는 그때의 내 모습이 마치 '병든 병아리' 같았다고 하셨다.

의사들은 나의 가슴을 수술한 곳에서 흘러나오는 고름을 막을 길이 없었다. 부모님은 조치원에서 이름 있다는 한의사와 상의를 하셨고 그 결과가 '박쥐와 한약'으로 약을 제조하여 마시면 효과가 있을 것이라는 말이었다.

그 후에 부모님은 모든 필요한 한약재를 준비하시고 박쥐를 기다리고 있었다. 그런데 주말이면 장터에 가서 땅꾼이나 나무꾼들에게 박쥐를 부탁하고 기다려도 희소식이 오지 않은 것이었다. 문제는 박쥐를 잡을 길이 없다는 것이다.

아버지께서 전문적으로 야생동물을 잡는 사냥꾼들을 찾아가 박쥐를 부탁했으나 몇 달을 기다려도 아무도 연락이 없었다. 서울로 여기저기 알아보아도 박쥐 구하기가 불가능할 때였다.

　어느 날 병용 형이 숨 가쁘게 집 마당으로 뛰어 들어오면서 무어라고 소리를 지르면서 어머니께로 뛰어왔다. 그때는 나도 곁에 있었기 때문에 기억에 남아있다.

　"박쥐를 잡아오게 우물에 쓰던 물 푸는 두레박이 필요해요!"
　"무슨 장난을 하려고 저러는지?"
　어머니는 장난을 하려는 짓으로 생각하면서도 허락해 주셨다. 형은 방 안에 들어와서 학교 갈 때 가지고 다니던 신발주머니와 두레박을 들고 밖으로 나가는 것이었다. 잠시 후
　"박쥐를 잡았어요!"
　형이 숨 가쁘게 외치며 집 마당으로 뛰어 들어왔다.

　어머니는 믿지 않고 혹시나 하는 생각에 문을 열고 형을 보니 형의 양손에는 신발주머니와 가지고 갔던 물 푸는 두레박이 들려 있었다. 어머니는 형의 손에 있는 신발주머니에 무엇인가 들어있는 것 같아서 방문을 열어 주셨다.

　마침 어머니는 옆집 아주머니와 얘기를 하고 계시던 중이었고, 나는 어머니 등에 기대어 있었다.

　"이놈들이 날아가니 문을 닫으셔야 해요."
　형이 방에 들어오면서 방문을 닫는 것이었다. 방안으로 들어온 형이 들고 있던 신발주머니를 여니 그 안에서 여러 마리의 박쥐가 푸드덕 나오면서 온 방안을 날기 시작했다. 다른 어른들은 깜짝 놀라서 몸을 피하였지만 어머니는 손 빠르게 박쥐를 잡아서 다시 신발주머니에 넣으셨다. 수많은 박쥐가 어두운 방안을 사방으로 날고 있었다.

나는 박쥐가 무서워서 엄마 가슴으로 숨었던 기억이 아직도 생생하다. 어머니께서 모든 박쥐를 다시 잡아서 신발주머니에 넣으시면서 세어보니 자그만치 열두 마리나 되었다.

저녁에 집에 돌아오신 아버지께 말씀드리니 아주 기뻐하셨다. 아버지는 큰아버지에게 연락을 드린 후 한의사를 찾아가서 나의 몸에 맞는 한약을 제조하였다.

어머니는 아버지의 지시에 따라 한약과 박쥐를 삶아 며칠 동안 앞마당에서 정성 들여 한약을 제조하셨다. 그 후 나는 시간을 맞추어 한 그릇씩 그 약을 마시기 시작했다. 며칠 동안 마시고 나서 부모님은 나머지 박쥐고기를 나에게 먹도록 하셨다. 나는 때마다 박쥐고기를 달라고 "꼬이 꼬이" 하며 졸랐다고 한다.

그 후 몇 주가 지나면서 마침내 나의 가슴에서 흘러나오던 노란 고름이 멈추기 시작했다. 그런 기적이 일어나면서 나는 조금씩 안마당에 발을 딛기 시작했다. 그제야 나는 여태껏 눈으로 보기만 했던 것들을 가까이 다가가 구경하며 만져볼 수 있게 되었다.

그때 내 생애 처음으로 땅을 밟을 수 있게 되었다.

꼽추라는 별명

옆집에 사는 아이들과 동네 아이들을 만날 수 있는 기회가 생기기 시작했다. 뒤늦게 다섯 살이 다 되어서야 형을 따라 시냇가에 놀러가 물놀이도 하고, 잠자리를 잡으러 다니기도 하고 조치원역으로 가는 길가 연못에 피어난 연꽃을 구경하기도 했다. 넓적한 연잎 위에 방울방울 동그랗게 굴러다니는 물방울은 너무나 신기한 것이었다.

차차 시야가 넓어지면서 홀로 걸어서 아버지와 어머니가 운영하시는 빵집으로도 놀러가곤 했다. 그 가게는 기차역 앞에 위치했는데 나 홀로 그곳을 가기에는 긴 시간이 필요했다. 늦게 어머니 곁을 떠나기 시작한 나는 형과 동생보다 부모님을 더욱 보고 싶어 했다. 그래서 나 홀로 기차역을 찾아가곤 했다.

부모님이 일하시는 것을 구경하면서 잠시 가게에 앉아 있다가 역 앞으로 가서 오고 가는 기차를 구경하기도 하면서 모든 것을 뒤늦게 배우는 것이었다. 언젠가는 나도 기차를 탈 수가 있으리라는 생각도 하며.

홀로 걸어서 동네를 돌아다닐 수 있는 시간이 그렇게 나에게는 즐거웠다. 나이가 다섯 살이 되도록 바깥 세상을 제대로 보지 못하고 집안에서만 자란 탓이었다. 그 전에는 바깥 구경이라고는 어머니의 등에 업혀서 의사를 만나러 가는 날 외에는 기회가 없었다. 그때서야 나는 더

넓은 다른 세상을 구경할 수 있었다. 그 후에도 나는 홀로 다니기를 좋아했다.

그런데 모든 친구들이 나와 같이 놀기를 싫어했다. 나의 머리에는 항상 피부가 상해서 진물이 흐르고 있었는데 아프던 긴 시간 동안 주사를 맞아서 그 독이 흘러서 머리 위로 흘러나오는 상태였다. 그때까지도 나의 자세는 목이 짧고 가슴이 앞으로 나와 있었다. 친구들은 나를 "꼽추"라고 불렀다. 그 말이 싫어서 친구를 사귀지도 않았다. 학교에 들어간 후에도 나의 여동생과 쌍둥이라는 별칭도 듣기 싫어서 여동생과 다른 시간에 학교를 갔다. 집에서는 좋은 말동무였지만 남들이 있는 곳에서는 거리를 두었다. 내가 태어난 시가 이른 새벽 동이 트기 훨씬 전 2시경이었는데 어머니는 나를 낳고 미역국을 마신 후 한참 쉬시다가 다시 배가 아프기 시작해서 여동생을 낳으셨다.

쌍둥이였지만 아기보가 달리 태어나서인지 여동생과 나는 닮은 점이 적었다. 보통 남매보다는 닮은 점이 많았겠지만 함께 태어난 쌍둥이같이 꼭 닮지는 않았다. 그리고 전쟁 중에 태어나서 항상 젖이 모자랐던 어머니는 여동생은 젖동냥을 하면서 기르셨다. 나는 학교에 들어가서도 같은 반에 여동생과 있기 싫어서 선생님이 다른 반으로 옮겨주었다. 집에 올 때도 여동생은 여자 친구들과 집에 돌아오고 나는 친구 없이 홀로 돌아오곤 했다.

집의 구조를 자세히 알고 있었지만 몸이 불편해서 쉽게 이리저리 다닐 수가 없었다. 홀로 앞마당으로 내려가서 아버지께서 가꾸시던 밭을 이곳저곳 가까이 볼 수가 있었다.

봄마다 제비가 날아와서 처마에 집을 짓고 새끼를 낳았고 새끼들이

어미가 먹이를 물고 돌아오면 모두들 입을 벌리면서 짹짹대는 소리를 내며 곤충을 받아먹는데 시끄러울 정도였다. 엄마 제비가 어디서인지 물고 오는 것들이 나무에서나 야채에서 기어 다니던 벌레들이었는데 가끔 잠자리도 물어오곤 했다. 서너 마리의 새끼들이 한시에 노란색 테두리를 한 입을 벌리고 소리를 내던 모습이 병약한 나에게는 너무나 예쁘게 보였다. 물끄러미 그 광경을 구경하던 일도 나만의 특별하고 재미있는 시간이었다.

4·19와 5·16

1960년 4·19 혁명과 1961년 5·16 군사혁명으로 나라가 혼란에 휩싸였다. 어느 날 집에서 홀로 공부하다가 시끄러운 소리가 들려 밖으로 나가 보았다. 길거리에서 수많은 학생들이 버스와 트럭을 빼앗아 타고 소리 지르며 어디론가 몰려가는 것이었다. 4·19 학생데모였다.

며칠 후인 4월 26일 이승만 대통령이 하야를 발표하고 하와이로 떠났다. 이듬해 5·16 군사혁명이 일어났다. 1962년 12월 17일 군사정부 출범, 제3공화국 제5대 대통령이 취임하는 모습을 흑백텔레비전을 통해 구경할 수가 있었다.

새로운 시대가 도래하던 때였다. 내가 초등학교 5학년 때였다. 외삼촌들이 우리 집에 와서 술을 드시면서 큰외삼촌이 살아있었다면 4·19 학생데모의 리더로서 몸을 다쳤을 것이라고 말씀을 하시곤 했다.

1963년 12월 16일 이후부터 국내 실업문제 해소와 외화 획득을 위해 해외 인력수출의 일환으로 서독으로 파견할 간호사와 광부의 지원이 있었다. 당시 500명을 모집하는데 4만 5천 명이 지원할 정도로 한국의 실업난은 심각한 상태였다.

우신초등학교에 다닐 때였는데 아침마다 학교에서 훈화 시간에 춥고 배가 고픈 아이들이 쓰러지는 모습을 볼 수 있었다. 교장 선생님이 무엇을 말씀하시는지는 알아들을 수도 없었던, 배고팠던 어린 시절이었다.

중학교에 들어가면서부터는 서독으로 간호사와 광부를 보내서 나라의 자금을 빌려야 하는 시대가 되었다. 그리고 월남전에 1차 파병되어 참전(1964년 9월 11일)하기 시작했다. 나는 군인들이 군함에 실려서 전쟁에 참전하기 위해 부산항을 떠나는 것을 구경했다. 모든 국민들이 그들의 무사귀환을 빌며 손을 흔들어주었다.

희망의 나날이었다. 국민들은 무슨 일거리든 찾아 헤매었다. 몸을 아끼지 않았다. 집안에서는 여성들이 일본에 수출한다는 '꽃꽂이' 일에 시간을 아껴 썼다.

모두가 가슴에 희망을 품고 일터로 나가던 시대였다.

초등학교와 스승들

서울로 이사를 한 후에 나는 부모님의 마음과 가정이 안정될 때까지 한 해를 학교에 가지 못하고 홀로 책을 보며 집에서 시간을 보냈다. 나의 말투에는 충청도 말투가 섞여있어서 말하는 습관도 많이 고쳐야 했다. 집 뒷길에서 동네 친구들과 어울려 놀다가 그다음 해에 우신국민학교 2학년으로 입학할 수가 있었다.

지방 교육이 서울 교육을 따라가지 못했기 때문인지 초등학교 3학년 때는 성적이 좋지 않았다. 그래도 외롭게 생활하다 보니 같은 또래들이 모여 있는 학교가 늘 재미있었다.

학교생활에서 공부를 하는 데 가장 큰 영향을 주는 분은 선생님이었다. 나는 매 학년마다 바뀌는 선생님에 이상할 정도로 민감했다. 나의 학교성적은 담임선생님이 나에게 관심을 써 주느냐 아니냐에 따라 모든 것이 좌우되고 결정되었다.

2학년 때 담임선생님은 여선생님이셨는데 무척 친절하셨다. 어쩌다 학교에서 아이들의 구강을 검사한 후 그 결과에 따라 상을 주기도 했는데 그때마다 선생님은 이곳저곳으로 나를 데리고 다니면서 상을 받도록 주선해주셨다. 그 외에도 내가 학교 가기를 좋아하게 된 큰 이유가, 시골에서 올라온 후 충청도 사투리가 거의 사라지면서 친구들이 더 많아졌기 때문이었다.

　4학년 때도 여선생님이었는데 마치 이모같이 다정하셔서 나의 서투른 모든 질문을 받아주셨고 구구단을 완전히 외우는 데 자신이 없었던 나에게 다른 아이들의 구구법을 검사하도록 해주시면서 자신감이 생기도록 도와주셨다. 그렇게 나를 믿어주는 만큼 나는 집에서 학습준비를 하고 예습하는 습관이 생겼다. 선생님은 무슨 일에서든 내가 지도자의 위치에 설 수 있도록 해 주셨다.

　5학년 때 선생님은 나의 사기를 꺾어 놓았다. 키가 작고 대머리형의 교감 선생님이셨는데 그는 나에게 관심이 없었고 학생들에게 자주 벌을 주곤 했다. 그가 가르치는 산수 시간에는 고의적으로 딴 생각을 했기 때문에 나의 산수 성적은 최저로 가고 있었다. 나는 선생님이 나에게 관심이 없거나 무시한다는 기분이 들면 반항적으로 공부를 거부했다.

　6학년 때 담임선생님은 5학년 때의 부정적인 생각을 완전히 벗어나게 해 주신 고마운 분이었다. 아직도 기억에 남아있는 선생님의 성함은 '이창해'였다. 6학년 1반으로 편성되어 교실에 순서 없이 앉아서 선생님을 기다리던 첫날, 교단에서 자신을 소개할 때 칠판에 한자로 이李 자를 쓴 후에 그림으로 창을 그렸다. 그리고 태양의 모습을 그려서 이창해라는 이름을 소개하셨다. 오랜만에 긍정적인 생각이 시작되었다.

　앉을 자리를 나이순으로 정해주었는데, 내가 반에서 두 번째로 나이가 많았다. 내 바로 앞자리에는 나보다 한 살 더 먹은 꼽추 아이가 앉아 있었다. 공부 시간마다 그의 뒤에 앉아 신체적인 모습을 자주 볼 수 있었는데 그의 신체 조건과 나의 신체 조건을 비교하게 되었다. 그는 등

판이 튀어 나와 굽어있었고 목이 어깨 안으로 들어가 있었다. 그리고 가슴이 앞으로 구부러져 나왔다.

나는 꼽추가 아니었다. 그의 뒷모습에 비해 나는 등이 굽어있지 않았고 앞가슴이 튀어 나오지도 않았다. 온몸이 똑바로 되어 있었다. 옛 습관이 몸에 익숙해져서 목을 길게 하려고 어깨를 올리고 있었지만 가슴은 정상에 가까운 모양이었다.

조치원에서 학교를 다닐 때에는 아이들이 나를 '꼽추'라는 별명으로 놀리곤 했지만 그동안 성장하는 사이에 나의 신체가 정상적으로 변해 있었다. 그리고 서울에 올라와서는 그 별명을 부르는 친구도 없었기 때문에 잊고 생활을 했었다. 단지 아직은 나의 신체가 목이 내려와 짧았고, 어깨가 올라와 있었다.

그 후 나는 생각을 바꾸었다. '나는 꼽추가 아니며 운동을 하면 정상으로 될 수 있겠다.'는 희망을 가졌다. 그리고 선생님의 조그마한 칭찬이 나의 마음에 용기를 주어서 공부도 잘하려는 욕심도 생겼다. 또, 다른 아이들에게 놀림받는 것도 정당하게 물리치는 방법도 배웠다. 게다가 나의 사투리도 완전히 사라진 후였기에 나는 이미 '서울내기'가 되어 있었다.

그때부터 운동을 하는 데 마음을 먹고 동네에서도 활동적으로 친구들을 사귀었다. 공부도 열심히 해서 그날그날 숙제도 완전히 끝내고 미리 예습한 후 학교에 가는 습관이 생겼고, 나의 학교성적은 급속도로 오르기 시작했다. 여름 방학이 되기 전에 선생님은 키순으로 앉도록 자리 배치를 했는데. 그때 키가 큰 아이들과 섞이기 시작하니 나의 키도 작은 키가 아니었다.

가을에 전 학교에서 매년 하는 운동회날이었다. 작년 5학년 때 달리기를 했던 것을 떠올리면서 다시 달리기에 도전하려고 마음이 들떠 있었다. 그날 아침에 여동생이 운동회에서 먹을 점심을 준비하느라 야단법석을 떨고 있을 때 나는 아무것도 준비하지 않고 있다가 운동회라는 말도 없이 등교했다. 그것이 어머니께 걱정이 되었던 모양이었다. 나는 오로지 달리기에 도전할 생각만 하고 있었기 때문에 아무것도 생각하지 않았다.

운동회에서 달리기 1등을 한 후 점심시간이 되었다. 나는 아무것도 가지고 온 것이 없어서 집에 가서 점심을 먹을까 하는 생각을 했다. 학교 운동장 안에서 많은 아이들이 몰려다닐 때 홀로 거닐고 있었는데 어머니께서 나를 찾으셨다. 그 큰 운동장에서 그 많은 학생들이 자유롭게 돌아다니는 시간에 어머니는 나를 찾아내셨다.

"오늘 왜? 점심도 가지고 오지 않았냐?" 하고 물으셨다. 집이 가까우니까 집에 가서 밥을 먹을 생각이었다고 말씀 드리고 달리기에서 받은 상을 어머니께 보여드렸다. 어머니는 나보다 더 기뻐하셨다. 어머니는 계란 두 개를 나의 손에 꼭 쥐어주시고 집으로 가셨다.

그 후로부터 나의 도전은 매일 아침 일어나서 뜀을 뛴 후에 학교를 가는 것이었다. 부모님은 나의 새벽운동을 아주 좋아하셨다. 내가 더 이상 불구자가 아니라는 사실이 부모님께는 기쁜 일이었기 때문이었다. 거울 앞에 서서 어깨를 내리고 목을 길게 아래위로 한 나의 모습을 자주 보실 수 있게 되었다. 내가 꼽추가 되지 않은 것만 해도 감사한데 운동을 즐기고 도전을 하는 모습에 더 이상 바랄 바가 없으셨던 것이다.

학교 성적도 좋았다. 다른 아이들처럼 과외공부를 시켜주지 않은 상태에서 예상외의 결과였다. 형과 여동생은 공부와는 거리가 먼 생활을 했는데 특히, 여동생은 옛날식으로 집안일을 많이 시키셨다. 부모님은 나에게는 그런 일은 시키지 않으셨다.

그 후로 나의 자존심이 살아나기 시작했다. 그 전에는 지는 것을 정상으로 생각하고 살았지만, 어떤 일에서든 지는 것을 싫어하기 시작하면서 나의 생활은 급속도로 달라지기 시작했다. 그런 활동적인 생활 속에서 초등학교 생활이 끝날 무렵에 선생님께서는 내가 '강남중학교'에 가도록 추천해 주셨다. 강남중학교는 서울 공고 부속의 중학교였는데 가정이 부유하지 못해 고등학교를 졸업한 후 사회에 나가서 취직하려는 학생들에게 공부를 가르치는 학교였다.

강남중학교 입학시험 합격통지서가 집으로 날아왔다. 오랜만에 집안에 경사가 생겼다.

불사조

4 사춘기

강남중학교
이유 없는 반항
나무장 '하리마오'
뇌진탕
문주란 쇼

강남중학교

나에게서 '꼽추'라는 별명이 사라졌다. 조치원에서 내내 듣던 별명이었다. 가슴 수술을 한 후 성장기에도 나는 꼽추라는 생각을 하면서 자랐다. 우신국민학교에 입학을 하니 나이가 다른 아이들보다 한 살이 위였다. 그래서 '나이배기'라는 별명도 붙어 다녔다.

강남중학교에 입학하면서 아무도 꼽추라는 별명을 알지 못했는데 신체적인 변화를 위해 일이 년을 노력한 결과였다. 또 시골에서 올라온 학생들이 많아서 '나이배기'라는 말도 더 이상 나의 별명이 아니었다.

개학하자마자 3학년 선배들이 교실에 들어와서 유도부에 대해 소개하고 갔다. 밴드부, 농구부, 축구부 등등 다른 운동부들이 지나간 후 나는 유도부를 택했다. 자주 넘어지면서 자란 나로서는 낙법에 관심이 많았기 때문에 넘어지지 않는 유도낙법을 가르친다는 말이 귀에 쏙 들어왔다. 부모님께 유도부에 들어가는 것을 여쭈니 반가워하셨다. 그렇게 해서 유도부에 가입했다.

꾸준히 유도를 즐기던 학생으로는 '김팔수'와 내가 있었다. 팔수는 힘도 세고 덩치도 있어서 부담스러운 친구였지만 그와 단짝이 되어 유도를 즐겁게 할 수 있었다. 팔수는 반장이기도 해서 반에서 그와 맞먹을 자는 없었다. 그와 유도부 단짝이 되었으니 나에게 시비를 거는 학생이 저절로 없어졌다. 내 키도 작은 편이 아니어서 뒷자리에 자리를 잡고 또래 친구들을 사귈 수 있었다.

나는 체육시간에는 늘 가슴을 가렸다. 가슴에 3살 때 수술 후 완치되면서 남아있는 흉터가 보기 흉했기 때문이다. 가슴 부위의 피부가 뼈와 붙어있어서 가슴이 쑥 들어가 있었다. 동네 친구들과 여의도 샛강에 가서 물놀이를 할 때도 늘 셔츠를 입고 수영을 할 정도였다. 그러나 유도부 친구들에게는 가슴을 가릴 수는 없었다. 특히 단짝이었던 팔수는 나의 가슴에 있는 흉터를 잘 알고 있었다.

우리 유도부는 가끔 기술 교류로 이웃 성남으로 유도를 하러 가곤 했다. 선생님이 이웃인 두 학교에서 유도를 가르치는 분이었기 때문에 성남 유도부와 기술교류로 함께 훈련을 했다. 성남 유도부가 더욱 체계적이었다. 어린 유단자들도 눈에 띄었다. 고등학생들 간의 기술교류로 중학생인 우리도 많은 기술과 대련을 구경할 수 있었다.

유도부에서는 6개월 동안 낙법만 배워야 했는데 선배들의 기술을 보고 우리끼리 흉내를 내면서 익혔다. 넘어지거나 떨어질 때 안전을 위한 낙법이 없이는 위험하다. 낙법이 몸에 익은 후 넘어지는 습관도 없어지고 넘어져도 구르는 기술을 이용해서 몸을 잘 다룰 수 있게 되었다.

유도 기술로서 업어치기, 밭다리 후리기, 옆으로 누르기 등등 훈련을 한 후에는 선배들이 쓰던 자전거 타이어를 기둥에 매달고 당기고 미는 수련을 익히는 시간이 많았다. 나의 상대는 주로 팔수였고 우리는 기술 교환의 수련을 했다. 서울 공고생들과 함께 하는 날도 많았다.

영등포 구청 앞 철로길 건너 윤흥렬 사범님이 운영하던 도장이 있어서 잠시 동안은 유도와 태권도를 겸하기도 했다. 나는 당수도 무덕관 38회 유단자가 되고 유도에도 유단자가 되었다. 유도만 하던 때에는 싸움에 자신이 없었는데 태권도를 하면서 싸움에 자신이 붙기 시작했다. 유도는 방어적으로 상대방을 잡기 전에는 별수가 없고 일 대 일에 대한 기술뿐이다. 그러나 태권도는 여러 무리 와도 빠르게 공격과 방어를 할 수 있다. 특히 사춘기에 들면 1대1 싸움보다는 무리들의 싸움이 많았다.

나는 내성적인 성격에서 벗어나 자신감이 생기면서 사춘기를 맞이했다. 더 이상 친구들 앞에 서는 것도 꺼려하지 않았다. 목소리도 변하고 키도 빠르게 크는 시기였다.

그즈음 형이 군 복무를 마치고 제대를 하자마자 태권도 도장을 개관했다. 부모님은 형이 하는 일을 본격적으로 후원해 주셨다. 도장은 때가 맞아 급속도로 관원이 불어났다.

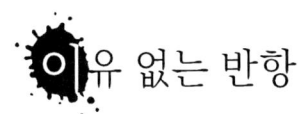유 없는 반항

나이가 나이인지라 구석구석에서 여학생 얘기들로 한창이었다. 가끔 못된 그림을 가지고 돌려 보며 몰려다니던 때였고, 여학생들에 대해서 신경을 쓰면서 몸과 의상에도 민감하던 때였다.

하교 후 친구들과 집으로 돌아오는 거리가 가깝지는 않았다. 신길동에서 대방동 고개를 넘어서 해군본부 뒷문을 지나서도 한참을 걸어야 했다. 그렇게 집과 학교를 가다 보니 우연히 만나는 친구가 생겼는데, 대인이와 형서였다. 그들은 나보다 더 멀리서 걸어서 등교를 하는 친구들이었다. 등교시각을 맞추다 보니 자주 만나게 되어서 친한 친구가 되었다. 대인이 집으로 가는 길로 통해서 더 멀리서 걸어 다니던 성구가 대인이와 친구가 되었다. 성구는 더 멀리 농사터를 지나 강을 건너서야 시작되는 마을에 살고 있어서 자연히 대인이 집 앞을 지나가야 했다.

유도부 훈련이 없는 날에는 형서, 대인이와 만나서 함께 하교했다. 우리들은 미래의 꿈과 오늘의 고민을 털어놓으며 순수한 대화로 재미있게 말을 이어갔다. 먼 길을 돌아오는 길이었지만 말도 안 되는 얘기를 나누고 장난을 치면서 시간 가는 줄 모르고 함께 다니는 시간은 즐겁기만 했다. 가끔 여학생 얘기가 나오면 서로 얼굴을 붉히곤 했다. 여자 친구에 대한 이론은 청춘과 미래의 시작이었다. 떠벌리다 보면 나도 모르게 거짓말을 하게 되고 좀 더 재미있게 전하고 싶어서 더 화려하게 말을 꾸몄다. 다른 아이들과는 말을 잘 하지 않던 우리 셋은 모이기만 하면 앞 다투어 떠벌리는 것이었다. 가끔 거짓말을 지적하는 친구는 대인이었다. 그는 화려하고 재미있는 허상보다는 정직한 것을 좋아했다.

학교에서는 유도부에 가입하면서 김팔수와 단짝이 되어 운동을 즐겼다. 유도부 때문에 늦게 홀로 집을 돌아오는 날은 대인이와 성구와 짝이 되어서 집으로 오곤 했다. 성구는 정길, 장덕이와 같은 반으로 친했다. 장덕이와 정길이는 이름이 있던 학생들이었다. 특히 오락 시간이나 소풍 가는 날은 최고 인기였는데 그들의 노래와 하모니카 실력은 프로를 능가하고 있었다. 장덕이는 반장이라서 학교 선생님들과도 가까운 입장이었다. 가끔 장덕이가 여선생님과 팔짱을 끼고 교무실로 갈 때면 모두들 창가에서 내다보면서 부러워했다. 성구는 규율부장으로 완장을 차고 다니곤 했다.

그렇게 세 짝들과 그렇게 삼 대 삼으로 한 무리가 되기 시작하던 때였다. 어느 날 성구가 희소식을 전해주었다. 홀로 걸어서 집으로 가던 중 우연히 교회 앞을 지나가다가 한 여학생 무리를 만났다고 한다. 그 중에 한 명의 남학생이 있었는데 휘문을 다니던 유덕환이었다. 같은 학년이니까 성구와 얘기를 하다가 교회에 나오면 여학생들을 쉽게 만날 수 있다는 희소식을 우리에게 전해주었다.

우리는 날짜를 잡아 모두 신풍교회를 방문했다. 학생들 예배는 고등학교 3학년이나 대학생들이 담당했다. 우리는 모두 예배에는 신경을 쓰지 않고 여학생들에게 신경을 쓰고 있었다. 그러던 중에 여학생들도 우리 쪽에 신경을 쓰게 되면서 덕환이의 지도하에 서로 만남의 기회를 가질 수 있었다.

이웃에 살던 여학생 정녀가 신풍교회를 나오기 시작하면서 본격적인 만남이 시작되었다. 편지가 오가고 개개인이 대화를 하고 오락 시간도 가지게 되었다.

어느 날 우리를 지도하던 대학생이 우리들의 만남을 막으려고 간섭하기 시작했다. 그것이 싫었던 우리는 토의한 결과 날짜를 잡아서 항의하기로 결정했다. 개개인이 그럴 수는 없었다. 그 대학생은 덩치도 크고 힘도 세어보였다.

예배가 끝나고 그를 둘러싸고 덕환이가 설명을 했으나 씨알도 먹히지 않았다. 할 수 없이 우리는 무언중에 주먹으로 처리하기로 감을 잡고 성구가 센팅을 날렸다. 사방에서 주먹이 날아갔고, 그는 몰매를 맞아 주저앉았다. 쓰러진 사람을 밟을 생각은 없었다. 잠시 후 모두들 뿔뿔이 교회를 벗어나 도망치듯이 헤어졌다.

다음 날 학교에서 만난 우리들은 그날의 사건에 대해 의논했다. 우리들의 그런 무모한 객기로 이제는 더 교회에 갈 수는 없었다. 하지만 다행히도 그 후 오래 전부터 교회에 나가던 덕환이가 새로운 정보를 알려주면서 계속 여학생들을 만날 수 있는 길을 이어갔다.

나무장 '하리마오'*

주말이면 친구들과 만나 다른 동네로 몰려가서 놀다가 신길동에 사는 청남이네 집으로 몰려들기 시작했다. 그곳에서 또 다른 무리들을 만났는데, 그들은 우신 초등학교 동창들이어서 쉽게 친해질 수 있었다.

청남이네 집이 운동도 하고 바둑도 둘 수 있는 우리의 아지트가 될 수 있었던 것은 청남이네 여러 형제가 우리들과 잘 어울릴 수 있었기 때문이었다. 주중에는 저마다 공부를 하느라 모이기가 어려웠지만 주말이면 몰려들었다. 아침 일찍부터 모여든 친구들과 뒷방에 모여서 바둑을 두고 화투를 치고 나날이 일어났던 사건을 주제로 얘기를 나누었다. 그러면 날이 기울어 나무장 일이 끝날 때가 되어 시간이 맞아떨어졌다. 시제 일치였다.

나무장에서 일하던 사람들은 온종일 나무를 잘라서 건축자재로 쓸 수 있는 재목을 만들어내는 일을 했다. 그 과정에서 나온 많은 톱밥을 태우는 것이 그날의 마지막 일인데 그 일을 우리가 맡아서 처리를 해주니 그들도 고마워했다. 누이 좋고 매부 좋은 일이었다. 온종일 쌓여있던 톱밥을 모아다가 약간의 기름을 부어놓고 불을 붙인다. 톱밥을 태우

---

* 하리마오 : 인도네시아어로 '용맹한 호랑이'라는 뜻.

는 동안 우리는 모닥불 주위에 둘러앉아 기타를 치고 노래하고 춤을 춘다. 그래서 나무장은 우리들의 최상의 놀이터였다.

나의 별명은 '쏠', 함께 모여 놀 때 춘 나의 화려한 춤이 그들을 압도했던 모양이었다. '상하이 울리 불리'는 우리 친구들을 격한 환희 속으로 몰아넣기에 충분했다. 노래와 춤 그리고 어디선가 나와 한 잔씩 돌아가는 밀주가 우리들을 취하게 해주었다. 고 2□3 그때가 사춘기의 고비, 절정이었다. 대학에 갈 친구들과 가지 않을 친구를 구분하지 않고 모두들 잘 어울려 놀았다.

그 집 뒤뜰에는 승이 형이 밀주를 만드는 곳이 있었다. 옆집과 나무판으로 가려진 공간이 밀주를 만드는 곳이었는데 그런 조건에서 친구들은 알게 모르게 밀주를 훔쳐 먹고 취하였다. 헐값으로 술에 취할 수 있는 호조건이었다. 승이 형은 그런 우리를 막을 수 없었다. 혹시 밀고가 되면 끝이었기 때문이다. 그래도 우리들은 양심에 걸려서 기본 값은 가끔 드렸던 것 같다. 주말이면 일찍 모여들어 바둑을 두는 덕에 큰형인 청일 형님도 모임을 눈감아주는 것이었다.

청남이네 가족은 형제가 많았다. 큰형 청일 맏형, 둘째 청운 형, 청하 형, 누님, 청남이, 청욱이 그리고 끝으로 막내 짱구 해서 7남매의 대가족이었다. 부모님은 이북에서 내려오셔서 가족이 없었던 탓에 자녀들의 친구들이 많이 오는 것을 환영하셨다. 그 집은 우리의 만남의 장소로서 아무런 걸림이 없었다.

그 시기가 사춘기의 이유 없는 반항의 마지막 절정기와 맞아떨어졌다. 반항의 초기는 나를 가장 사랑하는 부모님과의 시작이었다. 늘 부모님의 말씀에 순응하던 내가 말대꾸를 하기 시작했다. 내 일에 간섭하는 것이 싫어졌다. 오로지 친구들만 세상에 있으면 좋겠다는 생각으로 시간만 있으면 친구들을 만나서 떠벌리고 다녔다. 영어사전을 사야 할 일이 있으면 영어를 모르시는 부모님께 거짓말로 잉글리시 딕셔너리를 사야 한다고 두 권의 책값을 받았다. 그렇게 위대해 보이던 부모님이 세대가 지나간 어른들같이 고리타분해 보였다. 어른들의 충고는 아무 필요 없는 잔소리로만 들렸고 모두 듣기 귀찮은 말들이었다. 복덕방 할아버지들을 더 이상 무서워하지 않고 인사도 하지 않고 지나다녔다.

　나는 형 대신 도장을 운영해야 했기 때문에 주중에 마지막 부를 마치고 그곳에 가면 친구들은 벌써 술에 취해있었고 일차 사건은 지나간 후였다. 술과 담배를 하지 않던 나에게는 별 볼일이 없는 사건들이었지만 친구들과의 만남을 항상 그리워했다. 그날그날 사건이라고 해야 친구들 간의 말 같지 않은 인생론과 이유 없는 반항을 들어주는 우정이었다. 작은 갈등이나 철없는 애인에 대한 것들도 있었다. 지나가는 사람들과 다투고, 동네 깡패들과 부딪치고 근처 주차장 길가 술집에서 벌어지는 시비 같은 것이었다. 보지 않아도 뻔한 사건들이었다.

　어느 주말, 그날도 청남이네 집에 모여 바둑을 두고 있는데 동생들이 뛰어와서 하는 말이 주차장 상길이가 깽판을 놓는다는 얘기였다. 문밖으로 나가보니 상길이가 친구와 후배 몇을 데리고 나무장 뒤편으로 해서 집안으로 들어오려는 판이었다. 그것을 동생들이 말리고 있었다. 내가 앞서서 그들을 밀어내기 시작했다. 앞장선 상길이와 내가 맞서서 옥신각신 다투었다. 그래도 물러설 것 같지 않았다. 그러다가 주먹으로 그의 턱을 치고 공격을 시작했다. 그 순간 친구들이 집중적으로 그들을 공격했다. 그러다가 그 사이 골목 뒤편에서 긴 각목을 들고 휘두르면서 들어오는 복영이 앞에 기가 꺾인 그들은 쥐새끼같이 빠져나가 도망치기 시작했다. 그들의 뒤를 따라 공격하지는 않았다. 우리 친구들에겐 그렇게 도망가는 약한 사람은 공격하지 않는 정의의 룰 같은 것이 있었다. 그 사건 이후로 주차장에 놀러가도 자리싸움은 없었다.

뇌진탕

형이 제대를 하자마자 태권도장을 열었다. 나는 학교에서 유도를 하고 집에 돌아와서는 태권도 도장 일을 해야 했다. 형이 개관한 도장이니 시간이 있을 때마다 청소를 해야 했다. 대장이 바뀌었다. 전에는 아버지의 총애를 받으면서도 아버지를 무서워했지만 이제는 도장 사범인 형의 지배를 받았다. 도장에서의 그의 위력은 완전히 나를 다루기에 충분했다. 형 밑의 수십 명의 유단자 선배들도 형에게 복종하는데 나는 그야말로 '조족지혈'이었다. 어디를 가나 형의 영향이 나를 지배했다. 동네 형들도 그 역사 속에서 자라난 무리들이어서 모두 형에게는 시비 걸 생각을 하지 못했다. 어쩌면 형의 덕도 보면서 사춘기를 맞이한 나였다.

어느 날 도장에서 운동을 하고 밖에서 기다리던 친구들을 만나서 나무장으로 향하고 있을 때였다. 도서관에서 공부를 하던 학생들과 시선이 마주쳤다. 이유 없이 시비가 되어서 싸울 기세로 번졌다. 밀고 당기고 주먹이 오고 가기 시작했다. 나는 그 무리들 가운데로 깊숙이 공격을 했다. 내 실력을 믿고 용감하게 나갔다. 그러다가 어느 순간 뒤에서 벽돌이 내 뒤통수를 내리쳤다. 정말 한순간이었다. 그러나 싸움은 계속되었다. 친구들은 나의 뒤를 따라 계속 공격했다. 승리는 우리 편이었다.

  그들이 뒤로 밀려 도서실로 퇴보한 후 친구들과 헤어져 홀로 집으로 돌아왔다. 집에서 부모님이 차려 놓으신 밥을 먹는데 나도 모르게 옆으로 쓰러졌다. 그리고 다시 일어나 마루 앞에서 신발을 신다가 또 쓰러졌다. 부모님은 내가 못 먹는 술을 마시고 온 탓으로 여겼다.

  나는 걸어서 나무장에 들렀다. 그런데 잠시 친구들과 어울리는 사이에 또 몸의 중심을 잃었다. 친구들은 나의 얼굴이 이상하게 변하자 걱정을 하며 나를 도장으로 데려다 주었다. 도복을 입으려고 하다가 나는 또 쓰러졌다. 걱정이 된 친구들이 보고 있다가 서둘러 도장으로 들어와서 나를 잡아주었다. 곧바로 형이 나의 상태를 파악하고 친구들에게서 사건의 실마리를 추적했다. 그리고 패싸움에서 내가 머리를 다친 사실을 알아냈다.

  나는 친구들의 도움으로 집으로 돌아와서 부엌방에 누웠다. 성구, 재완, 장딕, 복영, 특히 나를 등에 업고 뛰었던 두성이는 진땀을 흘리고 모두 고생을 했다. 어머니는 몸살이 난 것으로 알고는 두꺼운 이불을 덮어주면서 걱정하셨다. 얼마 후 집에 돌아온 형은 서둘러 나의 친구들과 함께 택시를 잡고 서울대학 병원으로 나를 데리고 갔다. 한편으로 형은 친구들의 도움으로 우리와 싸운 모든 학생들을 그날 밤으로 기습해서 잡아 경찰서에 잡아넣었다.

  나는 병원에서 정신을 완전히 잃었다. 뇌진탕이었다. 벽돌 각으로 맞았으면 피가 났을 뿐 뇌진탕을 피했을 텐데 각이 없는 면으로 맞았던 것이다.

  나는 조용히 병실에 누워있었다. 온몸은 감각도 없이 평화로웠다. 그러나 나는 바르게 눕지 못했다. 뒷머리에 대 수술을 했기 때문이다. 친구들이 삼삼오오 짝을 지어 병문안을 왔다. 나는 그들을 기억하고 있었으나 말을 할 수 없었다. 나에 대한 얘기가 오고 갔다. 어머니는 어제 저녁에 싸웠던 일에 대해서 물었다. 친구들은 우리가 승승장구 이겼던 싸움이라고 했다. 그러나 내가 다친 일에 대해서 서로 말을 꺼려했다. 형과 미국에 갈 준비를 하던 형 선배님들과 강 사범님 사모님도 병문안을 오셨다. 모두들 걱정을 했다.

며칠 후 퇴원해서 안방에 누웠다. 친구들은 나의 상태를 걱정하느라 번갈아 가며 들러서 말을 걸었다. 나는 어린아이가 되어있었다. 친구들과 대화 중에 어린아이 목소리를 냈고 생각도 어린 아이 같아서 제대로 된 대화를 할 수 없었다. 친구들은 저녁이면 나무장에 모여서 나에 대한 걱정을 했다. 내가 어린아이처럼 말을 한다는 소문이 사방으로 번져나갔다. 재기 불능이라는 불운의 말이 모든 친구들의 마음을 슬프게 하던 날들이었다.

그러나 나날이 변화가 일어나면서 나의 건강은 빠르게 회복되었다. 일주일이 지나면서 나는 다시 일어설 수 있었다. 어린아이 같았던 말투는 사라지고 정상적인 말을 할 수 있었다.

마침내 내가 나무장으로 갔을 때 모든 친구들이 환영해 주었다. 우리 하리마오(호랑이)들은 기쁜 파티를 열고 모닥불을 크게 피워 놓고 춤을 추고 노래를 불렀고 나는 다시 쏠 춤을 출 수 있었다. 친구들은 내 주위를 돌면서 나의 회복을 기쁘게 환영해 주었다. 그 뜨거운 우정의 재회는 우리들만이 이해할 수 있는 일이었다. 세상에 누구보다도 더 반가웠던 사춘기의 우정이었다.

세상에 오로지 친구들뿐이었다. 우리의 만남은 일명 '나무장 하리마오'였다. 우리의 우정이 무르익어가는 때에 반주가 기타 줄을 타고 흘러나오면서 우리 모두는 합창으로 우리의 주제가 '애원'을 부르기 시작했다.

"목이 메여~ 불러보는~ 이 마음을 아시나요?~"

문주란 쇼

학교에서 뒷줄에 앉아서 공부에는 신경을 안 쓰고 운동에만 신경을 쓰고 있을 때였다. 가장 좋아하는 오락 시간이 다가왔다. 모두들 오늘은 누가 장기자랑을 해서 즐거운 시간을 보낼까 신경을 썼다. 그때 때 아니게 한쪽 눈을 다친 신기대가 손을 들고 칠판 앞으로 나왔다. 노래를 하겠다는데 때 아닌 문주란의 '동숙의 노래'였다. 남학생이 여가수의 노래를 한다는 것은 기이한 일이었다. 하지만 그는 허스키 목소리를 내며 노래를 부른다.

"너무나도…. 사랑했기에…."

모든 학생들이 집중하는 사이에 그가 노래를 마치고 제자리에 돌아갈 때 난리가 났다. 인기가 절정에 올라왔다. 오락 시간에 그 정도로 큰 인기를 끌기가 쉽지 않은 일이었다. 그다음에 나온 학생들은 그 기세를 넘을 수 없었다.

가수 문주란이 우리 또래였다는 사실이 우리를 사로잡았다. 항상 어른들 노래만 뒤에서 배워서 부르는 시대였는데 우리 세대가 가요계에 나타났다는 것부터 마음에 들었다. 오락시간에 그녀의 허스키한 목소리가 우리의 마음을 처음 두드렸던 날이었다.

그 후 우리들의 관심은 온통 문주란이었다. 경상도 말씨라 언뜻 보아

쌀쌀한 것 같았고 여학생처럼 단발머리로 흑백텔레비전에 비추어지는 그 모습이 우리 세대의 가슴에 불을 지른 것이었다. 학교 밖에서도 문주란 노래를 다 따라서 불렀다. 강남중학교 시절에 친구들과 등교할 때마다 문주란의 노래가 라디오에서 흘러나왔다. '춤을 추는 상하이'나 '울리 불리'가 나오면 가방을 집어던지고 트위스트와 쏠 춤으로 시간 가는 줄을 모르고 노래가 끝날 때까지 그 근처를 떠나지 않았다.

어느 날 나무장에 모여서 통기타를 치고 있을 때 성구가 우신극장에서 연예인 쇼가 있는데 문주란이 나온다는 소식을 전해주었다. 모든 친구들은 환호했다. 그러나 그 극장은 18세 이하는 불가, 라는 포스터에 미성년자 금지구역이었다. 하지만 우리는 그날까지 극장 쇼를 보러갈 자금을 모아놓고 다시 만나자는 합의를 한 후 헤어졌다.

친구들은 부모님으로부터 돈을 뜯는 데 도가 튼 아이들이었다. 장덕이가 했던, 100원이면 타자로 0을 하나 찍어서 복사를 해서 1000원이 되는 빙법도 그중 하나였다. 학교에서 묻지도 않는 서류를 작성해서 부모님의 돈을 타내는 아이들도 있었다. 그러나 모두가 그러는 것은 아니었다. 필요한 만큼 집일을 도와주거나 삼촌이나 형이 일하는 곳에 가서 노동을 하는 친구도 있었다. 방법에 대해서는 서로 관여하지 않는 우리들만의 무언의 법칙이 있었다.

드디어 우신극장에서 쇼가 시작되는 날, 극장 앞에는 포스터가 사방으로 붙어 있었다. 포스터에는 유명한 가수들과 문주란 사진이 있었다. 춤의 대가 자니 리, 정원, 트위스트 김이 우리를 흥분시키고 있었다. 우리들은 우신극장 옆 길목에서 모여 서성거렸다. 나와 복영이는 대학생 교복에 머리가 약간 길었는데 나이가 들어 보이는 복영이가 우신극장 입구에서 기도를 보는 사람에게 다가가서 비상 책을 물었다. 기도 보는 사람은 우리가 몇 명인지 확인하고 자금을 준비하여 자기에게 오라는 것이었다. 모두들 고대하던 희소식이었다.

잠시 후 모두들 입장하는 줄을 세웠다. 고3으로서 극장에서 하는 쇼를 처음 구경할 수 있는 절호의 기회가 왔다. 라디오를 통해서 듣고 흑백텔레비전을 통해 보던 우리 세대의 스타인 문주란을 실제로 볼 수 있는 행운의 날이 온 것이다. 조용히 줄지어 들어가는데 아무도 시비가 없었다. 무사히 아래층 중간 즈음에 한 줄로 자리를 잡았다. 내 바로 옆에는 두성이가 있고 장덕이가 왼편으로 줄을 잡아 앉아있었다. 완전히 매진 된 후 극장 안이 어두워지고 나서야 겨우 마음을 놓을 수 있었다.

무대가 열리면서 사회자가 화려한 입담으로 우리를 환영해주었다. 무대 위에서는 순서대로 유명한 가수들이 노래를 부르고 지나갔다. 마침내 문주란이 무대에 나와서 '동숙의 노래'를 시작했다. 그녀는 너무 예뻤고 경상도 사투리로 인사를 하는데 완전히 "뿅" 갔다. 마침 그날 개관 기념일로 성냥갑을 하나씩 주었는데 나는 공책에서 종이를 꺼내서 상자를 만들어 넣었다. 그리고 두성이에게 내가 문주란과 악수를 할 것이라고 하니 옆으로 모든 친구들에게 그 말이 전달되었다. 모두들 겁을 먹고 말리는 것이었다. 두성이는 '너 무대 위에 올라갔다가 내려오면 그 근처에서 감시하던 놈들한테 몰매를 당한다.'고 얘기했다. 하지만 나의 목적은 무대에 올라가서 문주란과 악수를 하는 것이었다. 모두들 나의 행동에 관심을 두고 문주란의 노래를 듣고 있었다. 1절이 끝나고 중간 반주가 흘러갈 때 나는 무대 앞으로 가 있었다가 순간적으로 무대 위로 뛰어 올라갔다. 문주란 앞으로 가 선물을 주고 그녀와 악수를 한 후 곧바로 무대 왼편으로 빠져 나왔다. 그리고 군중들 사이를 뚫고 다시 친구들의 옆으로 돌아왔다.

친구들은 내가 무대에 올라가는 것을 보고 기겁을 했다. 말로만 그러는 줄 알았는데 무대에서 문주란과 악수를 하다니, 돌아온 나를 향해 기쁨과 질투의 목소리가 터져 나왔다.

문주란은 동숙의 노래 2절을 불렀다. 그러던 사이에 사회자는 무대 뒤에서 선물 상자를 열어본 모양이었다. 사회자는 선물이 성냥갑이라고 웃으면서 발표를 했다. 쇼는 계속 진행되었다. 무대에서 춤의 대가들이 춤을 출 때 우리도 몸을 뒤흔들고 어깨를 들썩였다.

쇼가 끝나고 극장을 나오자 친구들은 모두 나에게 다가왔다. 그리고 문주란과 악수한 오른손을 만지려고 했다. 나는 그것을 거부하고 도망치는 척했다. 그렇게 모두들 말없이 걸어간 곳은 정해져 있었다. 바로 우리의 아지트 나무장이었다.

소식을 몰랐던 친구들이 썰렁한 나무장에서 외롭게 기타를 치고 있었다. 모닥불을 가운데로 하고 왁자지껄 떠들기 시작했다. 우리반의 행복한 시간이었다. 물론 그날의 주인공은 나였다.

잠시 후 동생들도 끼어들면서 최상의 분위기가 되었다. 사회를 진행하던 덕환이가 지장덕과 최정길에게 노래 신청을 했다. 물론 문주란의 '동숙의 노래'였다.

불사조

5 무전여행

영등포역
대구
부산항
제주도
목포항
조치원

영등포역

고등학교를 졸업하고 나서 친구들끼리 삼삼오오 짝을 지어서 여름 방학 기간에 무전여행을 떠나는 것이 얘깃거리였다. 무전여행을 다녀온 얘기들이 저마다의 자랑이며 서로 경험을 자랑 삼아 전해주면서 사회에 대한 경험을 듣고, 배우는 것이 삶의 기본이었다. 저마다의 경험을 토대로 부풀려서 더 재미있게(남의 사건을 자기의 일이었던 것처럼) 화제를 섞어가면서 떠벌리는 구라 발이었다. 어디서부터가 진짜이고 어디서부터가 거짓인지를 대강은 알면서도 서로를 인정하고 재미있게 들어주는 것도 우리의 의리였다.

나도 한여름에 어디로 떠나고 싶어서 이곳저곳에서 연초부터 자금을 끌어 모아야 했다. 부모님께서는 영어를 모르시니까. 영어사전 값, 잉글리시 딕셔너리를 사야 한다는 식으로 두 권 책값을 얻어내는 것이었다. 그리고 도장에서 가끔 개인 지도를 하면서 버는 자금도 짭짤했다. 학교에서 내라는 금액에 타자로 백 원이면 동그라미를 하나 더 쳐서 천 원을 뜯어내는 친구들도 있었다. 나는 학교에 내야 하는 금액만은 속일 수 없었던 것이 여동생이 같은 학년으로 학교를 다니고 있으니 둘이서 비슷하지 않으면 부모님들이 대강 짐작을 할 수가 있었기 때문이었다.

또 우리 집에는 방이 많았는데 자주 드나드는 방에서 세를 살던 사람들이 나가면 깨끗하게 벽에 도배를 해 준 후에 부모님과 흥정을 해서 용돈을 받기도 했다. 주로 나의 파트너는 장덕이가 대기하는 것이었다. 장덕이네도 몇 개의 방과 가게가 있어서 건수가 있었기 때문에 서로 흥정이 맞았던 것이었다.

한여름 몇 명의 친구에게 무전여행 식으로 떠나자고 말을 했으나 모두들 팀이 만들어진 후라서 늦은 감이 있었다. 다행히 성구가 함께 떠날 수가 있다고 얘기를 해서 날짜와 최소한의 비상금을 정해놓고 떠날 채비를 하기로 했다.

그러나 막상 떠나야 할 날 아침에 영등포 기차역에 성구가 조금 늦게 나타났다. 그는 준비가 되어있지 않았다. 함께 떠나고 싶었지만 그가 떠날 수가 없게 되어서 괴로웠지만 나 혼자라도 떠나야겠다는 마음으로 기차표를 사고 그와 헤어졌다. 공짜로 몰래 기차를 타는 것도 시골 기차역에서나 할 수가 있는 것이지 영등포역 정도만 해도 감시가 심해서 몰래 기차를 타기란 불가능한 일이라는 정보도 미리 알아두었다.

홀로 떠나는 친구들은 많지 않은 것이 여행 동행자가 빠지면 함께 여행을 포기하는 것이 보통이었기 때문이다. 그러나 나는 혼자라도 한여름의 여행을 가고 싶은 생각이었고, 초여름에는 해병대에 지원서를 준비하고 있었기 때문에 다시는 그런 기회가 올 수 없을지도 모른다는 생각이었다.

작년 여름에는 복영이와 재완이와 팀이 되어서 캠핑을 갔다가 날씨가 좋지 않아서 가까운 복영이가 자란 안성으로 결정짓고 그곳에서 밤 늦게 산기슭에 자리를 잡고 텐트를 쳤다. 그러다 갑자기 복영이가 우리가 텐트를 친 바로 옆이 무덤 자리라 하는 바람에 기겁을 하고 자리를 옮겨야 했던 기억이 있었다. 달빛도 없던 밤이라서 불안과 공포의 시간들이었다. 그다음 날 아침 날이 밝아서 가보니 정말로 무덤이 있었고 그 옆을 보니 무덤을 파다가 중단된 자리도 있었다. 그곳에서는 가까운 농장에서 덜 익은 오이, 호박을 서리했다. 참외는 익을 때가 되지 않아서 가지 몇 개를 따서 라면과 함께 몇 끼를 채웠다. 그 외에 근처에 구경할 곳을 복영이가 말해주어서 우리끼리 곳곳을 돌아다녔던 기억이 난다.

  나 홀로 기차표를 끊고 천안까지 값을 내고 기차에 올랐다. 그러나 나의 목적지는 천안이 아니고 부산역이었다. 일단 타야겠다는 생각뿐이었다. 몇 개의 빵을 캠핑 백에 싸놓은 것 외에 먹을 것으로는 라면이 전부였다. 그 외에는 비상금으로 만약에 몸이 아프거나 사정이 곤란해지면 돌아가는 데 필요한 것에 대비한 정도였다. 기차를 타고 홀로 떠나는 마음에 잠시는 성구에 대한 생각을 했다. 성구와 함께 떠났어야 했다는 생각은 기차가 떠난 후에야 떠오른 생각이었다. 홀로 떠나는 무전여행이라서 의존할 곳이 없으니 마음을 굳게 먹어야만 했다. 어쨌든 내 생애에 부산을 여행해보지 않았고 부산에 위치한 이름 있는 해운대 바닷가도 아직 구경해보지 못했다. 다른 친구들 중에는 그곳을 다녀온 친구들이 많았다.

  막상 기차를 타고 내려야 할 천안을 지나면서부터는 기차표를 검사하는 사람들이 오는 것을 경계해서 자리를 자주 옮겨야 했다. 그들에게 걸리면 멱살 잡혀 끌려간다는 얘기, 그리고 얻어맞는 것이 보통 일이라는 얘기도 들어서 잘 알고 있었다. 천안을 지나면서 조치원, 내가 자랐던 역을 지나가면서 밖을 보니 옛 모습 그대로인 듯했다.

그렇게 이리저리 버티고 있다가 빈자리에 앉아 졸고 있는 사이에 대구역에서 관리인에게 걸렸다. 천안역 표를 가지고 거기까지 도착을 했으니 관리인이 나를 끌어내고 기차역에서 나가도록 했다. 다행히 멱살을 잡거나 때리지는 않았다. 많이 봐주는 것 같았다.

대구역에서 밖으로 나오는 것도 문제였다. 그러나 관리인이 뒤로 나가는 길을 가르쳐주었다. 역 정문을 피해서 한참을 걸어가야 했다. 철조망이 끝나는 곳에 개구멍이 있어서 무사히 나갈 수가 있었다. 걸어서 역전에 나가니 많은 사람들이 오고 가는 분주한 대구역이라는 혼란한 생각이 들었다. 그들의 대화는 알아들을 수가 없는 말투라 모두들 딱딱하고 친절한 것 같지가 않았다.

그러나 우선 배가 고픈 것을 해결해야만 했다. 배가 고프니까 부정적인 생각은 없어지고 배를 채워야 한다는 생각뿐이었다. 이곳저곳을 서성이다 보니 하교 시간이라 많은 학생들이 나타나기 시작했다. 기차로 통학하는 학생들이 그렇게 많은 줄 몰랐다. 방학기간이었는데도….

그렇게 서성거리고 있는데 내가 자꾸 음식에 시선을 주면서도 사 먹지를 않는 것을 보던 한 아저씨가 나에게 다가와서 여행 중이냐고 물었다. 그렇다고 대답을 하니 서울 아이로구나 하면서 배가 고프면 먹어야 한다며 길거리에서 파는 상가에서 옥수수를 하나 사서 건네주었다. 배가 고팠던 탓에 고맙다는 말을 하지도 않고 급히 먹고 있다가 그 아저씨가 하나를 더 주고는 떠나려 할 때에서야 "감사합니다!" 라고 말을 했다. 그는 '괜찮다.'고 하면서 "여행 중에 몸을 잘 챙겨야 한다." 라고 하더니 어디론가 사람들 사이로 사라졌다. 배고픈 것을 면하고 나니 졸음이 쏟아지기 시작하고 피로가 몰려오기 시작했다. 다시 기차역 객실로 들어가서 벤치에 자리를 잡고 앉아 있다가 그대로 누워서 잠이 들었다.

　누군가 나를 깨워서 일어나 보니 마지막 열차가 떠난 후라서 역무원이 깨웠던 것이었다. 그는 가까운 경찰서에 가면 잘 수 있는 곳을 알려 줄 것이라고 말해 주었다. 그러나 그의 말을 믿을 수가 없어서 바람이 들지 않는 막다른 골목 근처에 가보니 몇 명의 거지들 같은 사람들이 있었다. 자리를 잡고 앉으니 그들이 하는 말이 귀에 들어오기 시작했다. 대구 말투였다. 그러나 무어라고 하는지 얘기를 알아들을 수가 없었다.

　잠깐 잠들었다가 깨어보니 몸이 추웠다. 밤이슬이 나를 적시고 있었다.

　일어나서 다시 기차역으로 갔다. 기차 시간이 새벽이라는 것을 확인했기 때문에 그 시간에는 다시 역 대합실이 열릴 것이라는 나의 추측이 맞아떨어져서 그곳에 들어가니 내가 졸던 자리가 눈에 보였다.

대구

 아침이 되어서 깨어나 역 밖으로 나가보니 이곳저곳의 길거리 식당에서 여러 가지 음식을 팔고 있었다. 안면몰수하고 적은 돈으로 배를 채울 생각으로 음식 값을 물어보니 개시라는 이유로 맞이해주어서 따끈한 라면에 어묵국물까지 섞여있는 식사를 할 수가 있었다. 아주머니께 이 근처에 구경할 곳이 있는지 물어보니 가까운 곳에 달성공원과 동물원이 있다고 알려주었다. 그가 가르쳐준 방향을 향해서 한참을 구경하면서 걷다 보니 대구 달성공원이 눈에 들어왔다.
 달성공원에 들어가서 이곳저곳을 구경하다가 이른 점심으로 사 가지고 간 삶은 옥수수 두 개로 배를 채운 후에 벤치에 앉아서 보니 동물원 근처에 많은 관광객들이 어린이들을 데리고 줄을 서 있었다. 학교에서 선생님과 아이들이 나들이를 온 것 같았다. 동물원에 들어갈 생각은 없어서 공원만 걸어 다녔다. 아주 높은 나무들이 큰 공간을 이루면서 그늘을 만들어주고 있어서 그늘에 있는 벤치에 앉아서 여행 기록을 무릎 위에 놓고 생각을 글로 기록하고 나의 대구에 대한 인상을 써놓았다. 사람들이 무뚝뚝하고 말에 악센트가 있었고 불친절한 느낌을 받았으나 학교를 가던 여고생들은 키가 컸고 예쁜 모습으로 교복을 입고 있었다.

잠시 생각하는 시간에 어떤 젊은 사람이 다가와서 나에게 무엇을 하느냐고 묻기에 여행 기간에 생각을 기록하고 있는 중이라고 말을 하니 나에게 시편을 부탁해서 나는 그 수준의 사람은 아니라고 사양을 했다. 그래도 나에 대한 관심을 가지고 있어서 여러 가지 얘기를 나누었다. 나의 여행의 지나간 길과 앞으로 갈 여정을 알고 싶어 했다. 그 사람은 제주도 사람인데 제주도를 한번 가보라고 말을 해서 나의 계획에 없던 제주도를 생각하게 해 주었다. 그는 제주도로 가는 길을 알려주었다. 부산항에서 승선권을 헐값에 살 수 있는 방법도 가르쳐 주었다.

그가 떠난 후에 잠시 생각을 하다가 대구 기차역으로 돌아왔다. 대구역이 생각보다는 멀리 있지 않았다. 잠시 기차역에서 서성거리다가 날이 기울어 어두워지면서 부산으로 가는 기차 시간을 맞추어서 내가 나왔던 개구멍으로 들어갔다. 한구석에 숨어서 잠시 동정을 살피다가 다른 객들이 있는 곳으로 몸을 옮겨서 기차를 기다렸다. 그리고 기차 안으로 들어가서 한구석에 자리를 했다.

그러나 출발하기 전에 기차표를 확인하는 역 조사원이 다가오기 시작해서 다시 몸을 뒤로 향해 밖으로 나가서 그가 지나간 열차 칸으로 들어갔다. 잡혀서 끌려 나가도 어쩔 수 없는 입장이니 이판사판이었으나 그 후에는 아무도 나에게 다가오는 사람은 없었고 나는 무사히 부산역에 도착을 할 수가 있었다.

나가는 출구에는 아무도 검사하는 사람이 없어서 다른 객들과 휩쓸려 역 밖으로 나왔다. 부산역은 대구역과는 구조가 달랐다. 둥글게 택시들이 서 있었고 버스들이 돌아서 지나가는 모습이었다. 근처의 식당에 가서 헐값의 식사를 신청하고 제주도 가는 길을 물었다. 항구는 걸어서 가기에는 멀어서 버스를 타야만 했다.
 식사 후에 값을 지불하고 배낭을 메고 길을 나섰다. 해운대를 구경하는 것은 포기하고 식당 주인이 가르쳐준 항구로 가는 버스를 탔다.

부산항

 옆 사람에게 물어보니 그곳이 제주도로 가는 배를 탈 수가 있는 곳이라고 얘기해주었다. 잠시 흔들거리는 버스에서 주위를 구경하면서 여행을 즐겼다. 도착하여 내렸더니 온통 생선냄새가 코를 찔렀다. 그러나 그것은 나에게 문제가 되지 않는 일이었다.
 내가 탈 배표를 샀다. 그리고 근처를 구경했다. 생전처음으로 바다 음식을 볼 수가 있었다. 영등포 시장에서 보던 생선 파는 곳보다 광범위했다. 구석구석을 구경하면서 가다 보니 자갈치시장이라는 곳에 도착해 더 많은 생선들을 구경할 수가 있었다. 살아있는 물고기들이 큰 물탱크에서 움직이는 것도 생전처음으로 구경을 할 수가 있었다. 시간을 맞추어 다시 항구로 돌아와서 떠날 시간이 될 때까지는 근처에서 구경을 하고 있었다.
 얼마 후 사람들이 내가 탈 배 앞에 줄을 서기 시작해서 나도 그곳에 줄을 섰다. 감시하는 사람이 신분을 조사하는 것 같았다. 나는 학생이려니 물어보지 않고 표에 도장을 찍어주고 지나갔다. 옆 사람에게 물어보니 그것을 버리지 말고 가지고 있어야 한다고 알려주었다.
 사무소 앞을 통과해서 사람들 사이에 줄을 서서 기다리다가 배를 탔다. 많은 사람들이 거의 다 제주도에서 장사를 하고 돌아가는 사람들

같았다. 간혹 젊은이들도 보였다. 배 안에 들어가 한구석에 잠잘 수 있는 공간에 자리를 잡고 주위를 둘러보니 이상하게 요강, 큰 깡통 그리고 바스켓이 널려 있었다. 그러나 관심을 쓰지 않고 잠시 취미로 써오던 여행일기를 정리하고 있으려니 배가 좌우로 흔들리기 시작했다. 그리고 배가 떠난다는 신호가 밖으로부터 들렸다.

드디어 배는 육지로부터 멀어지는 것 같았으나 배 밑바닥에 위치한 객실에서는 구경을 할 수가 없게 되어 있었다. 가장 싼 배를 타는 돈을 낸 것이 이유인 듯했다. 그러나 불만은 없었다. 나의 인생에서 처음으로 육지를 떠나서 섬으로 간다는 것만으로도 기분이 좋았다. 우선 친구들 중에서도 무전여행으로 제주도를 다녀왔다는 친구는 아직 없었으니 그랬다.

두세 시간 항해가 진행되는 동안 가슴이 답답해서 좌우를 둘러보니 많은 사람들이 곳곳에 구박받고 있던 요강과 깡통을 애지중지 껴안고 잎이 있었다. 아차, 나는 때가 늦었던 것이다. 나에게는 그것이 없었다. 사람들이 구역질을 시작했고 주위에서 토해내는 냄새가 배 안에 꽉 차서 숨을 쉬기가 힘들 지경이었으나 나 또한 속이 메슥거리기 시작하면서 냄새에 대해서는 더 생각할 시간이 없었다. 단지 그 통을 좀 빌려서 나도 토해내고 싶은 생각뿐이었다.

잠시 후 배에서 일하는 사람이 무표정하게 와서 내 앞에 빈 깡통을 던지고 사라졌다. 다행히 나도 그 통을 애지중지 다리 사이에 끼고 있으려니 구역질이 시작되었다. 아침에 먹었던 라면과 떡이 모조리 쏟아져 나올 때마다 몸을 비틀고 양어깨에 힘을 주는 것이었다. 예전에 동네 친구들과 파티에서 못 먹는 술을 먹고서 한참을 토해냈던 기억이 떠올랐다. 완전히 끌어낸 나의 뱃속에서 더 이상 나올 것이 없을 때까지 뱃멀미를 하면서 항해를 했다. 몇 시간이 지나갔는지도 모르고 있었다.

제주도

　제주도 서귀포항에 입항을 한다고 선원이 알려주었다. 모두들 껴안고 있던 깡통과 요강을 한쪽으로 밀어내면서 밖으로 나갈 준비를 하고 있었다. 주위를 둘러보니 모두가 그런 것은 아니었다. 아주 멀쩡한 사람도 있었는데 그들은 제주도 사람들 같았다. 무표정으로 쳐다보고는 배 위로 올라가서 선착장으로 나갈 준비를 하고 있었다. 나도 나의 여행 가방을 정리하고 나서 그들을 따라서 나가려고 일어서는데 속이 메슥거리는 것은 지나간 것 같았으나 어지러웠다.

　배 위로 올라오니 제주도 서귀포항이 눈앞에 나타나기 시작했다. 줄 서서 나오는 길목에서 경찰들이 주민등록증이나 학생증을 재확인하고서야 배를 벗어날 수가 있었다. 항구에서 길을 걸으면서 쉴 곳을 찾으려 식당을 찾고 있는데 땅이 배처럼 출렁이고 있었다. 배를 타면서부터 들었던 싫은 느낌이었다.

　근처에 있는 한 식당에 들어가서 의자에 앉으니 비로소 땅이 흔들리는 것이 멈추었다. 남은 자금이 라면을 며칠 먹을 값은 되었다. 그 식당에서 꽁치 한 마리는 공짜로 주는지 라면을 시키니 같이 나왔다. 천천히 배를 채웠다. 따스한 국물이 나의 장에 스며드는 기분이 들면서 모든 것이 원상으로 돌아오는 기분이었다.

잠시 쉬었다가. 주인에게 한라산 정상으로 올라가는 코스를 물어보았다. 나 말고도 많은 객이 물어보는 모양이었다. 준비된 듯한 인쇄된 지도를 내주었다. 우선 버스를 타야만이 본격적으로 정상으로 올라가는 길을 갈 수가 있었다. 다가오는 버스를 타고 산을 타고 어디에 도착을 하니 그곳부터는 보행 외에는 방법이 없었다.

날이 기울어가고 있어서 그 근처 마을로 걸어서 들어가니 한 농부가 밭을 갈고 있었다. 근처 숙박할 곳이 있는지 물으니 쾌히 자기 집으로 가서 쉬었다가 가라고 하면서 나를 인도해주었다. 처음에는 제주도 관습이 원래 이렇게 관광객들을 잘 대해주는 줄로 알았다.

마침 저녁이 되어서 가족이 모여 식사를 하는 시간에 합석을 해서 식사를 할 기회가 왔다. 여행 백을 내려놓고 체면 불고하고 주어진 자리에 앉아서 식사를 함께했다. 그들은 내가 어디서 왔는지와 서울에 대해 많은 것을 물어보았다. 제주도는 식사하는 법이 달랐다. 밥을 가운데 큰 그릇에 놓고 돌아가면서 반찬을 골고루 덜어 먹었다. 또 국그릇이 하나하나 나누어져 앞에 있었고 물을 마실 수 있도록 되어 있었다. 그리고 밥은 가운데서 자기가 원하는 대로 퍼서 먹을 수 있다. 오랜만에 배를 채울 수 있는 행운의 날이었다.

식사가 끝난 후에 내가 잠잘 자리를 만들어 주었다. 나는 여행 백에서 일지와 여행용 기구를 꺼내서 양치질을 한 후에 다시 그 자리에 돌아와서 잠자리에 누웠다. 그러자 주인이 나의 여행 목적지와 이모저모를 물어보더니 여행 자금이 필요하면 내일 하루 자기 농사일을 도와주면 일당을 주겠다고 했다. 기쁜 소식이었다.

그다음 날 아침에 가족과 식사를 한 후에 그를 따라서 밭으로 따라갔다. 밭을 개간하는 자리였다. 땅에서 돌이 수없이 나오는 것을 골라내서 돌은 돌대로 한곳으로 모아 놓았다. 어느 정도 땅 깊이가 되면 옆에 있는 흙을 덮으면 채소를 심을 수 있는 깊이의 땅이 되는 것이었다. 땅 밑으로 무한의 돌덩어리가 자리하고 있다는 것을 알 수가 있었다. 단지 농사에 필요한 깊이만을 흙으로 덮고 농사를 하는 셈이었다.

점심시간이 되면서 이웃이라는 사람 두 명이 놀러왔다고 해서 함께 식사를 하게 되었다. 그들은 나에 대한 신분을 자세히 물어보기 시작했다. 나의 신분과 여행 행로를 자세히 얘기해주었다. 그리고 식사가 끝나면서 그들 자신은 이 지역의 담당경찰들이라고 밝히면서 나에 대한 신분을 확인한 것이라고 말해주었다. 근래에 많은 이북 간첩들이 밀입항한 후에 첩보원 역할을 하고 있기 때문에 나의 신분을 확인하려고 나온 것이라고 했다. 주인이 어젯밤에 경찰에 보고를 했던 것이었다. 그리고 일거리를 준답시고 나를 떠나지 않도록 했던 것이었다. 순간 기분은 나빴으나 다행히 이상없이 여행을 할 수가 있어서 고맙기도 했다.

그날 저녁에 주인이 나에게 사과를 하면서 시민으로서 필수적인 보고할 의무였다고 이해를 구했다. 그리고 용돈도 주고 한라산을 향하여 백록담을 올라가는 길까지 자세히 설명을 해주었다.

그다음 날 나는 아침 식사를 얻어먹고서 길을 나섰다. 그길로 가는 사람들을 따라서 쉬지 않고 가다 보니 모두들 쉬는 장소가 나왔다. 나도 잠시 걸음을 멈추고 산 아래를 내려다보니 제주시의 모습이 또렷하게 보였다. 쉬는 사이에 아침에 주인이 건네준 익힌 감자를 꺼내 먹으며 허기를 달랬다. 모두들 쉬는 시간이 너무 긴 것 같아서 나는 홀로 지도를 찾아서 걸음을 재촉했다. 산의 정상이 가까워져 올수록 가파른 길들이 나타나기 시작하면서 나의 걸음은 흔들리고 있었다. 발걸음마다 손을 무릎에 짚어가면서 올라가야 했다.

큰 바위를 돌아서 정상에 오르니 드디어 학교에서 배운 백록담이 눈 앞에 나타났다. 백록담에 물은 많지 않았다. 온통 노란 꽃으로 덮여 있었고 나비들이 넘나들면서 꽃들과 장난을 하는 듯했다. 그리고 고추잠자리가 꽃나무 잎에 앉아서 무엇인가를 먹고 있는 듯이 입이 움직이고 있었다. 물가에 가까이 가서 물을 한 손에 담아 물맛을 보니 산뜻한 입가심을 한 듯했다. 가까이 머물던 개구리가 나의 물 마시는 모습을 보고 있다가 다른 곳으로 가는 듯 몇 발을 뛰더니 물속으로 잠수해 버렸다. 물통에 물을 담았다.

잠시 바위에 앉아서 주위를 둘러보았다. 울퉁불퉁하게 둥근 모양을 한 바위들로 구성된 모양의 백록담의 모습이었다. 잠시 쉬었다가 백록담을 가로질러서 반대 정상에서 아래를 내려다보니 또 다른 시가지가 구름과 안개 사이로 흐리게 보였다. 반대 방향으로 하산을 하기 시작했다. 하산하는 데는 힘이 들지 않아서 한층 빠르게 내려올 수가 있었다. 그러나 미끄러지는 실수를 연발해야 했다. 부서진 작은 돌들이 깔려있는 장소를 지나가면서는 한발 한발을 조심해 중심을 잡으려고 신경을 써야 했다.

산을 내려오면서 만난 첫 마을에서 잠시 쉬어서 하산할 길을 물어보았다. 친절한 사람들을 만나서 다행이었다. 여행 기간에 많은 사람들이 여러 모습으로 다가오는 것에 주의를 하라던, 나를 조사하러 왔던 경찰들의 충고와는 달랐다.

거의 다 내려와서 작은 폭포에 도착해서 쉬면서 신발을 벗고 발을 물에 담갔다. 물은 아주 차가운 기가 있었으나 발에 열이 나 있어서인지 괜찮은 기분이었다. 폭포 가에는 몇몇 연인들이 사진을 찍고 있기에 가까이 가서 함께 찍어주겠다는 제의를 하고 두 연인의 사진을 찍어주었다.

　오후 시간이 많이 지나간 후에야 폭포 지역을 벗어나서 버스를 탔다. 식당에 가서 가장 싼값으로 메뉴에서 음식을 골랐다. 잠시 벽에 걸려있는 제주도 사진이 있는 달력을 한 장 한 장을 넘기면서 보았다. 그것을 모두 구경하기에는 불가능한 것 같았다. 그 외에는 용두암을 보았는데 용두암이 양쪽에 두개가 있었던 것도 몰랐었다. 그날은 몸살이 날 것같이 피로했다.

　항구 근처 한구석에서 잠시 앉아 있다가 잠이 들었다. 목포로 가는 배의 출항시간을 기다리고 있었다. 배는 하루에 두 번 나가는데 다음날 아침에 떠나는 배를 기다리려면 밤을 항구에서 지새워야 했다. 다행히 몇 사람도 그렇게 기다리는 덕에 외롭거나 불안한 마음은 없이 객실에서 졸고 깨고 하면서 시간을 때웠다.

목포항

깜박 졸고 있던 사이에 햇볕이 스며들기 시작해서 대합실 안이 밝아지기 시작했다. 대합실 밖으로 나와서 길거리에 먹을 것을 파시는 할머니 앞에 가서 구운 옥수수와 떡을 사 먹었다. 그것이 개시라는 할머니의 인심으로 옥수수를 하나 더 받아들고 대합실로 돌아왔다.

몇 시간이나 기다려야 했다. 그 사이에 나는 여행에 대한 기록을 여행지에 적어놓았다. 제주도에 대한 기록들이었다. 뱃멀미, 밭에서 하루 일, 백록담에서 본 나비와 노란 꽃들, 그리고 개구리 등등이었다. 그러다가 다시 잠시 졸고 있었다.

제주도에서 3박 4일이 되는 날에 목포행 선박을 기다리는 셈이었다. 부산에서 배를 타본 경험이 있어서 아침을 적게 먹고 물을 많이 마셔놓았다. 배가 도착하자 표를 파는 가게도 문을 열고 표를 팔기 시작해서 그 앞에 줄을 섰다. 피로한 탓으로 다른 지혜를 모아서 신세를 지겠다는 의지도 없었다. 가장 싼값으로 목포행 표를 사고 나서 잠시 바닷가에 앉아 넘나드는 갈매기들을 구경하고 있었다.

잠시 후 배가 출항을 준비하면서 객들이 하나하나 배 안으로 들어가기 시작했다. 배의 가장 낮은 장소에 들어가서 배낭을 내려놓고도 다리를 펴고 누워있었다. 등짝으로 배의 울림에 흔들리는 것을 느낄 수가 있었다. 시간이 되어서 출항의 소식이 전해졌다. 그리고 배는 오던 길을 향해서 떠나는 것이었다. 이층으로 올라가서 선원들에게 바다 구경을 해도 되는지 허락을 맡고서 배 앞부분에 기대어 제주도의 모습을 보았다. 한 폭의 그림같이, 그러나 서서히 멀어지면서 뱃길에 이루어지는 물결만이 길을 재촉했다.

아래층에 내려와서 다시 배낭을 풀고 잠시 누워서 잠을 청했다. 조금만 더 있으면 다가올 뱃멀미를 하기 전에 쉬는 것이었다. 때가 되면서 다시 주위에 있는 깡통을 다리 사이에 끼워 놓고서 헛구역질을 시작했다. 이번에는 먹은 것이 적어서인지 더 이상 나오는 것은 없었고 처음 배를 탈 때보다는 정신적으로나 신체적으로 견딜 만했다.

시간이 되어서 배는 목포항에 도착했다.

배에서 내리자마자 눈앞에 보이는 것은 이순신 장군의 동상이었다. 버스 노선의 종착지이기도 해서 달리 사람들에게 길을 물을 것이 없었다. 근처 식당에 들어가서 뜨거운 순댓국을 밥 두 그릇과 함께 신청을 하고서 밖을 내다보았다. 부산 말과 목포 말은 발음이 달랐고 악센트도 달랐다. 그러나 알아들을 수는 있었다. 제주도는 완전히 다른 말과 말투라서 잘 알아들을 수 없었다.

속이 비어 있었으나 뱃멀미에 시달렸기 때문에 서두르지 않고 식사를 해야 했다. 주인은 배를 타고 온 사람들의 고행을 잘 안다는 듯이 주전자에서 따끈따끈한 차를 무한으로 마실 수 있도록 큰 컵을 갖다 주었다. 나의 식사 시간은 아주 빨랐는데 그때만은 이것저것 주위를 구경하면서 한 박자를 늦추어 먹으니 배가 부른 기분을 느끼지 못하고 끝이 났다.

그곳에서 이름이 있다는 유달산을 물어물어 찾아가 보았다. 그런데 유달산은 나무가 없는 둥근 모습으로 덩그러니 바닷가에 있었다. 사연이 많은 만큼 기대했다가 실망을 했다. 잠시 쉬었다가 서울행 기차를 타는 곳을 물어서 확인한 뒤에 버스를 타고 그곳을 떠났다.

목포역에서 요금표를 보니 조치원까지는 갈 수 있는 기차비가 남아 있었다. 그래서 조치원까지 갈 수 있는 표를 산 후에 기차역에서 시간을 기다리는 사이에 잠시 잠이 들었다. 다행히 역에서 일하는 사람이 깨워주어서 기차를 놓치지 않고 탑승할 수가 있었다.

나의 맞은편에서 젊은 친구가 말을 걸어왔다. 나도 외로운 여행이라서 말동무가 되어서 좋았다. 그런데 그 사람이 내려야 할 곳은 군산이라서 아쉬웠다. 그와 얘기를 하다 보니 그는 탈영병이었다. 군대에서 문제가 있어서 부대를 벗어났는데 그것이 탈영이 된 것이었다. 잠시 부대를 벗어났다가 고향 생각에 기차를 탄 모양이었다. 자기 마을에 같이 가는 것을 제의했으나 나는 그럴 생각이 없어서 나의 길을 재촉했다.

그가 떠나고 나니 잠시 말동무가 없었다. 외롭다는 생각이 들지는 않았다. 시간만 있으면 졸고 있는 것이 나의 여행이었다. 창밖을 보니 농사를 짓는 농부들이 손을 흔들어 주었다. 다니던 여행 중에 가장 친절을 느낄 수가 있었던 순간이었다.

배는 고팠지만 자금이 바닥나서 꼼짝없이 견디어야만 했던 시간이었다.

치원

어릴 때 자란 나의 고향 조치원역에 기차가 서자 내려서 역 출구로 나왔다. 밖으로 나오자마자 떠나는 기차를 뒤돌아보니 옛날 어린 시절에 기차역 철창을 통해 역을 바라보던 날이 생각났다.

내가 살던 길을 따라서 옛날 장터를 지나가는데 그날은 장날이 아니라서 텅 빈 장소였다. 작은 연꽃이 피던 호숫가를 지나면서 옛 생각에 젖어들었다. 그 많던 잠자리들이 때가 아직 이른 탓인지 보이지 않았으나 연꽃은 여전히 피어서 꽃과 잎마다 물방울이 움직이고 있었다.

큰집에 도착하니 어린 조카들이 모여서 놀고 있었다. 안방에 들어가 큰아버지께 절을 하고 아버지의 안부를 전했다. 그러지 않아도 아버지가 내 걱정을 하셨던지 여행을 떠났다는 내 소식을 잘 알고 계셨던 모양이었다. 그리고 항상 명동초등학교 운동장을 가로질러서 놀러 갈 때마다 우리를 챙겨주시던 큰어머니의 푸짐한 음식이 건넌방에서 나를 기다리고 있었다.

시간이 남아서 바로 옆에 흐르는 강을 막은 둑으로 올라가 보았다. 강물은 여전히 흐르고 있었고 멀리서 보이는 기찻길 철로를 가로지르는 다리가 보였다. 시냇물이 흐르는 물가에 가서 물에 손을 적셔보았다. 옛날에 내가 형을 따라서 멱도 감고 물길을 막아서 물고기도 잡던 시절이 떠올랐다. 다시 둑으로 올라와서 명동초등학교 옆으로 지나가는데 옛 생각이 났다. 우리가 어릴 때는 그곳을 지나가지 못했다. 당시 그곳에는 몇 명의 문둥병 환자들이 둑에 작은 천막을 치고 살았었다. 문둥병 환자는 어린아이들의 간을 빼먹어야 낫는다고 해서 어린 우리들을 공포로 몰고 가던 둑이었다. 멀리서 문둥병 환자를 보면 그들은 손가락과 발가락이 잘려있었고 눈도 찌그러지고 무섭게 생겼었다. 그러나 내가 청년이 된 후에는 그런 겁은 없었다.

둑으로 가서 학교 맞은편에 다다라서 옛날에 우리가 자란 집으로 가 보았다. 모습은 그대로였으나 주위에 사는 사람들은 보이지 않았다. 큰 길로 나서니 입구에 있던 방앗간도 여전히 있었으나 많이 축소된 모습이었다. 내가 그만큼 자란 탓이었다. 빨간 양철집도 여전했는데 많이 낡아있었다. 그 집에 살던 나의 학교 친구는 아직도 그곳에서 살고 있는지 모르겠다.

그렇게 한 바퀴를 돌아서 병기 형이 운영하는 재봉틀을 판매하는 가게에 갔다. 병기 형의 형수님은 늘 집에서만 계시던 분이었는데 이제는 가게에 나와서 일을 돕고 있었다. 조금 후에 병기 형이 오토바이를 타고 오셔서 반가이 맞이해 주었다. 나의 무전여행 소식에 모두들 걱정을 하고 있었다고 말씀하시면서 여행에 대해 물으셔서 곳곳을 지나가면서 얻은 경험을 자세히 말씀드렸다. 그런데 병기 형이 제일 놀라는 것은 나의 여행에 대한 얘기보다는 나의 변화된 말투와 적극적인 태도였다. 우리 또래의 사촌들과 어울리면서 자란 나는 숙맥이었다. 종일 말을 하지 않고 따라다니기만 했고 누가 말을 시키면 수줍어하고 얼굴을 붉히던 나였다. 별명이 꼽추라고 해서 늘 어깨가 올라가 있었고 목이 짧았던 나의 예전 모습에 비해서 너무 밝게 변해 있는 지금의 모습과 언변이었다.

　잠시 앉아 있다가 큰집에서 가까운 사촌 집에 갔더니 넷째 아주머니만 집에 계셨다. 몸이 불편하셔서 늘 고생을 하시는 분이었으나 내가 들러서 인사를 하니 아주 반가워하셨다. 병일 형은 해병대에 지원해서 월남전에 참전 중이었고 둘째 병이 형은 졸업 후 서울로 취직한다고 갔고 동갑내기 병삼이는 새마을 운동에 일거리를 맡아서 아주 바쁘게 일하고 있었다. 그리고 병순이는 어린 여학생이었다.

　저녁이 되면서 조카들도 모이고 사촌도 모여서 함께 많은 지난날을 얘기했다. 모두들 나의 적극적인 성격 변화에 자극을 받은 모양이었다.

　병기 형이 영등포 사촌 누이께 전화를 해서 내가 조치원에 도착해서 쉬고 있다고 집에서 걱정하시던 부모님께 전해준 모양이었다.

　저녁을 먹은 후에 바람을 쐬러 시냇가 둑에 가서 모닥불을 피워놓고 옛날 얘기에 꽃을 피웠다. 큰형이 자살한 후에 부모님이 겪은 정신적인 고통에 대해서도 들을 수가 있었다.

　내가 떠나야 하는 그 전날 저녁에는 병기 형이 나에게 특실 기차표를 사서 쥐어주고 용돈도 주머니에 넣어주셨다. 내가 기대하던 것보다는 너무나 큰 선물이었다.

　아침 일찍 큰집 가족이 일어나기 전에 큰형수님이 나에게 밥상을 차려주셨다. 그리고 큰형이 나를 오토바이 뒤에 싣고서 역까지 데려다 주셔서 작별인사를 하고 나는 조치원을 떠났다.

　기차도 고급이라서 자리도 넓고 누울 수도 있는 좌석이어서 한층 기분이 좋은 상태에서 창밖으로 보이는 기찻길을 구경할 수 있었다. 곳곳마다 농사를 짓는 이른 아침의 모습을 볼 수가 있었다.

천안역을 지나면서부터는 더 빠르게 기차가 질주하는 것 같았다. 영등포역에서 내려 뒷길로 빠른 길을 택해서 집으로 올 수가 있었다. 집에 도착해서 안방에 계시는 아버지께 인사를 드리고 있으려니 어머니는 시장에 가셨다가 돌아오셔서 안방에 들어오시더니 나의 어깨를 어루만져주셨다.

내가 떠났다는 전화가 사촌누이 가게로 미리 왔었기에 음식을 준비해 두고 계셨다. 내가 무전여행을 하는 동안에 대구에서 그리고 제주도에서 보내드린 엽서에 내가 좋아하는 음식이 꽁치에 무, 그리고 미역국이라고 적어드렸던 그대로 나의 저녁 식사를 준비하신 것이었다. 어머니의 음식은 나의 입맛에 꼭 맞는 최고의 맛이었다. 그렇게 나의 무전여행은 끝을 맺었다.

불사조

6 태권도

태권도 도장
여름 캠핑
친구들의 대련
수녀원 깡패들
안양교도소
신길동 밤동산

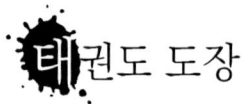권도 도장

형이 미국으로 떠난 후에 신풍동 고개에 위치한 새로 지은 건물로 도장을 옮기게 되었다. 도장에서는 각 부를 선배들이 맡아서 지도했다. 나도 학교에서 돌아오면 곧바로 도장에 가서 아이들을 가르쳐야 했다.

부모님이 형을 미국으로 보내시느라 경제적인 고생을 겪던 때였다. 미국에 간 형이 가끔 보내주는 돈으로는 재정적으로 조금도 도움이 되질 않았다. 형이 미국에 가자마자 모든 빚을 갚을 것 같았던 기대가 어긋나고 있었다. 그리고 도장을 운영해 나간다는 것도 보기보다는 실속이 없었다.

형이 미국 갈 수속을 하고 있을 때 나는 패싸움에서 머리를 다쳐 뇌진탕 수술을 해야 했다. 나의 수술 결과에 부모님께서 걱정했지만 다행히 나의 건강이 회복되면서 성격도 더 활발해지고 사람들과 잘 어울리는 성격으로 변해가고 있었다.

도장을 도와준답시고 그곳에서 숙식하는 선배들이 꽤 있었다. 아버지께서 손수 한구석에 잠을 잘 수 있는 작은 방을 만들어주셨는데 그 자리가 선배들이 숙식하는 곳이었다. 그러나 그들도 병역의무나 취직이 되면 하나둘 갈 길로 떠나가야 했다. 할 수 없이 내가 학교에서 돌아와서 어린이 부를 가르치며 선배들의 대를 이어가야 했다.

저녁 마지막 부는 유단자들과 함께 수련을 하며 대련을 하는 시간으로 유지해 나갔다. 모두들 나보다 나이는 많았으나 태권도에서는 내가 선배라서 지도를 했다. 가끔 사회적인 나이를 따지면서 불만을 터트리는 후배들이 하나둘 나타나기 시작하면서 나와 갈등이 생기는 문제도 있었다.

도장을 운영하고 원생을 지도하고 태권도 시합에 나갈 준비를 하는 시간이었지만 마음은 온통 나무장에 모이는 죽마고우들에게 신경을 쓰고 있었다. 그곳에 가서 항상 함께 어울리지는 못하지만 주어진 조건 하에 시간을 내서 친구들과 어울렸다. 시합이 없는 주말이나 가끔 태권도 시합을 갔다가 돌아와서 친구들을 만나면 그들은 일찍부터 술에 취해 있었고, 그날그날 한바탕 사건이 지나간 다음이었지만 그저 그들로부터 이야기를 듣는 것이 나의 재미였다.

나는 시합에 나가기 위한 체급 관리에 신경을 쓰고 있어 항상 몸을 조절해야 했다. 또 그들과 어울려서 술 담배를 할 시간이 없었고 관심도 없었다. 무덕관 중앙 도장이나 태권도 협회에서 진행하는 시합을 준비해야 하기에 늘 몸을 조절하고 있어야 했다. 그때 나는 학교 공부보다는 태권도 선수로 나가고 싶은 마음에 운동에 치중했다. 체전에 나가 뛰고 싶어서 시합 경험이 있는 선배들을 통해서 시합 대련에 대해 가끔 지도 받았다. 무덕관의 전통적인 대련보다는 시합에서 필요한 실리적인 기술을 몸에 익혔다. 가끔 중앙도장에서 시합이 있으면 선수들을 데리고 가서 참가하고 대표로 뛰고 있는 선수들과 대련을 했다. 그들은 시합에 자주 나가면서 차근차근 실력을 쌓아가고 있었다.

중앙도장에서는 김상수 사범님이 직접 선수들을 관리 지도하시기 때문에 그들은 무덕관의 대표급 선수들이었다. 그래도 무덕관 내의 시합은 승산이 있어서 메달을 따기도 했다. 3단으로 승단하면서 국가 대표급의 실력자들과 함께 고단부를 뛰게 되었다.

실력과 경험이 많이 있던 선수들은 여러 모로 달랐다. 고단부에서는 내 나이가 어린 편이어서 경험이 많은 유단자들한테 밀려있는 상태의 연속이었다. 주위를 오가던 선배들의 충고로 기술을 배웠지만 시합을 나가는 데 필요한 요령은 중앙도장에서 시합을 참가하면서 배운 기술이 주를 이루었다. 체전에 나가는 일도 쉽지 않아서 코치가 필요한 때에 나 홀로 신청서를 가지고 시합에 나가는 일이 자주 있었다. 전국체전은 체계가 서 있는 그룹들이 장악하고 있었고 대개의 시합은 편파적인 심판원들이 권한을 쥐고, 낯선 선수들은 거들떠보지도 않는 것이었다.

어느 날 시합을 마치고 단체전을 구경했다. 성인부들은 확실히 스피드 대련이었다. 발도 빠르게 치고 빠지는 것이었다. 무덕관은 전통적인 대련으로 속도보다는 힘 있는 공격을 주로 하는 기술을 수련하던 때였다.

체전은 그런 낯선 분위기에 지도관, 오도관, 창무관 유단자들이 장악하고 있었고 무덕관 출신들은 맥을 쓰지 못하고 있었다. 그나마 김상수 사범님이 이끌고 있던 선수단이 명예를 지키고 있었다.

나는 시합 전후로 대학 대표선수들과 군속 대표선수들의 시합을 구경하며 많은 것을 보고 배웠다. 특히 해병대 태권도 대표선수 팀이 시합에 적응하는 모습이 인상적으로 보였고 그들의 활기가 나의 마음을 끌어들였다.

주말 시합이 끝나면 도장으로 돌아오고 주중에는 도장 내 유단자들과 시합식으로 많은 대련을 하면서 실력을 쌓아갔다. 도장에서 먹고 자면서 새벽이면 홀로 일어나서 뜀을 뛰면서 땀을 흘리고 찬물로 목욕하고 학교를 다니는 것이었다.

가끔 메달을 따면 그것을 목에 걸고 사촌누이 가게 앞으로 지나가면서 인사를 하면 동네에 소문은 빠르게 번져서 나에 대한 명성이 차츰 알려졌다.

도장의 마지막 부가 끝난 후에는 서둘러 친구들이 모여 있는 나무장으로 직행해서 친구들과 어울려 놀았다. 그때는 벌써 한 판의 사건이 지나간 후라서 그날그날 분위기를 알아보아야 했다. 친구들이 그곳에 없는 날이면 주차장 근처 길거리에 줄서 있는 술집으로 찾아갔다. 술에 취해서 용트림을 하는 친구들과 맨정신으로 어울리지 못해서 쓸쓸히 도장으로 돌아오는 날도 자주 있었다.

 여름 캠핑

    관원들을 데리고 바닷가로 떠나기로 계획을 세우고 신청서를 만들어 캠핑에 갈 관원들을 모집했다. 여러 선배들이 함께 가기로 했다가 포기를 하는 바람에 내가 리드해야 했다. 다행히 박필복 선배께서 함께 가시기로 약속해 주어서 한층 마음의 도움이 되었다.
    나의 총 책임 아래 여러 후배들을 지휘하며 기차를 타고 무사히 목적지인 대천 해수욕장에 도착했다. 조장을 뽑고 각 팀이 텐트를 치고 캠핑장의 구조를 점검한 후 모두들 가지고 온 도복을 입고 수련을 했다. 그것이 우리의 목적이며 필수적인 수련이다. 특수한 훈련이라고 후배들을 지휘하면서 단결 정신도 지도하고 무도에 대한 예의도 가르쳤다.
    그러나 피끓는 사춘기인지라 근처에 오가는 처녀들을 쳐다보면서 장난도 치곤 했다. 그럴 때마다 박필복 선배가 모든 지휘를 하고 어린 후배들도 하나하나 잘 챙겨서 안전하게 지도해주셨다. 그는 선배라는 위치에서 모든 관원들을 주의해 돌보아주었다. 그런 선배가 있어서 마음으로 의존하면서 캠핑 기분을 낼 수가 있었다. 곳곳마다 파티가 벌어지는 저녁 시간이면 나는 또래 유단자와 어울려 이웃의 파티에 참석해서 춤을 추고 즐거운 시간을 보냈는데그것 역시 박필복 선배의 리드와 보호가 있었기 때문에 가능한 일이었다.

3박 4일 바닷가에서 수많은 무리들 사이에 끼어서 해변을 오고 가면서 기분을 낸 즐거운 여름 캠프였지만 매일 밤 어떤 사건이 벌어지고 있었고 그때마다 전 관원이 안전한지 확인해야 했다. 또 바다의 파도와 물결을 즐기며 놀다 보니 어떤 관원들은 얼굴이 검게 타기 시작했고 선크림을 바르지 않은 관원들은 등피부가 벗겨지는 고통을 감수해야만 했다.

 그렇게 캠핑을 즐기다가 3일이 훌쩍 지나가고 돌아갈 날짜가 다가왔다. 아쉬운 마음에 돌아오기 싫었지만 집 생각에 기가 죽은 어린 관원들도 있어서 계획대로 모두를 이끌고 무사히 돌아왔다.

 도장에 도착하니 예상대로 어린 관원들의 부모들이 미리 기다리고 있었다. 한 명씩 부모님께 인계한 후에 유단자들끼리 모여서 식사를 하면서 내년을 약속했다.

 빨랫감을 들고 집에 돌아오니 부모님이 반겨주셨다. 어머니는 내가 배를 채울 수 있는 밥과 반찬을 준비하고 계셨다. 오랜만에 안방에서 잠도 자고 편히 쉴 수가 있었다.

 아무 사고 없이 무사히 돌아온 캠핑에서 일어난 작고 큰일들을 부모님께 재미있게 들려드렸다.

친구들의 대련

나무장에서 서성거리던 친구들이 툭하면 투닥거리고 거칠게 노는 모습을 자주 볼 수가 있었다. 그 모습을 본 청하 형이 친구들에게 권투글러브를 빌려주면서 복싱을 시켜서 재미있었던 때였다. 나도 복싱을 해보았으나 툭하면 나도 모르게 발길질을 하는 바람에 청하 형이 나에게는 많은 기회를 주지 않았다.

하루는 친구들이 내게 발을 쓰는 기술을 배우고 싶다고 묻길래 생각해보니 마지막 부가 끝나고 나면 시간이 될 것 같았다. 그래서 그들에게 도장에서 운동을 함께 해보자고 제안하니 모두들 찬성해서 몇 주에 걸쳐서 준비해 놓고 도장 선배와 담당 정 사범님께도 양해를 구해놓았다.

하루는 저녁 늦게 모두들 어디서 구해왔는지 도복을 가지고 나무장에 모였다. 그날 밤으로 모든 친구들을 도장에 입관시킨 셈이었다.

지도를 하는 내 입장에서 너무 무질서하게 해서는 계속 운동을 할 수가 없게 되니 주의 사항을 가르쳐 주고 기초부터 가르쳐야 했다. 그러나 그들은 기초에는 관심이 없었고 다구리식으로 길거리 싸움같이 다수 대련에만 신경을 쓰고 서로 옥신각신 장난과 논쟁으로 운동에 치중하지 않았다. 나도 친구들의 기분을 충분히 이해할 수가 있었기 때문에, 첫날부터 대련에 들어갔다. 무술의 기초적인 규칙을 대강 설명해주고서 대련을 시켰다. 그들은 모두 흥분해서 수군거리고 있었을 때 우선 가장 먼저 대련을 하고 싶어 하는 상대를 찾아 짝을 짓도록 했다. 그들은 장난기 있게 선택을 했으나 저마다 자기보다 약한 상대를 잡으려고 해서 그리 쉽지 않았다.

우선 양쪽이 뜻이 맞아 짝을 지은 친구끼리 먼저 대련을 시작했다. 우선 성구와 장덕이었다. 서로 인사를 시키고 대련을 시작하니 그들은 생각보다 심각했다. 서로 지지 않으려는 기술을 부리지만둘 다 개 발질에다가 움직임은 어설펐다. 그래도 싸움에는 자질이 있었기 때문에 후다닥거리다가 서로 약간의 상처를 입고 대련을 마쳤다. 재완이와 복영이의 대련은 가관이었다. 둘 다 덩치가 크니까 움직임도 묵직했고 서로 한 방으로 끝내려는 것이다. 그러나 대련의 목적은 서로 이기는 것보다는 기술을 이용해서 공격과 방어를 하는 데 목적이 있음을 상기시켰다. 청남이와 두성이는 둘 다 복싱에 재질이 있는 편이라서 막상막하로 기술을 교환했으나 역시 발기술은 개판이었다. 첫날은 그렇게 해서 한 시간이 지나갔다. 다행히 모두들 다치지 않고 끝나니 서로 자기 자랑에 상대방의 얘기는 듣지 않고 일방적인 자랑만 오고 갔다. 모두가 승자라는 기분으로 질벅댄 수련의 첫날이었다.

그 후에 동네에서 그들을 만나면 첫날의 대련시간이 화젯거리였다. 다음 주말이 되자 몇 명의 친구가 더 따라와서 참가의 뜻을 밝혀서 받아들였다. 하지만 대체로 도장의 룰을 중요시하는 편이었지만 개개인의 시야비야는 여전히 문제가 되었다. 그들에게 준비과정의 중요성과 대련을 하려면 기초적인 발기술을 이해하고 훈련을 해야 실력이 늘어가는 것이라고 설득을 했다. 그리고 다시 기초적인 발기술에 조금 시간을 보냈으나 모두들 건성으로 따라하는 것을 알 수가 있었다.

다시 대련을 하는 시간을 앞당겨서 준비를 시키니 모두들 그제야 제정신으로 돌아온 모습이었다. 하나둘 자기들끼리 먼저 한판 붙어보고 싶은 상대가 정해져 있는 모양이었다. 우선으로 거수하는 대로 짝을 지어 대련을 시작했다. 전번보다는 나아진 듯했지만 여전히 주먹질을 자주 해서 대련의 기본을 흩트리는 친구가 있었다. 그전에 청하 형한테 배운 권투가 영향을 준 것 같다. 하나하나 기본적인 대련에 대한 움직임과 자세를 이해시켜 주었다. 모두들 대련이 시작되어서야 귀를 기울여 듣는다. 대련을 하려는 친구들이 지나가고 준비가 되지 않았던 친구들도 구경을 한 후에야 대련을 시켜주었다. 어쨌든 두 번째 수련시간에도 크게 다친 친구는 없어서 다행이었다.

그러나 세 번째 수련 시간이 되면서 문제가 생기기 시작했다. 어느 정도 경험이 있거나 싸움에 자질이 있던 성구, 복영, 청남이한테 하나둘 얻어맞기 시작하니 화를 내는 친구들이 나타나기 시작했다.

그렇게 한 달이 지나가면서 도장 선배들이 우리들의 수련에 대해서 잘못을 지적하기 시작했다. 너무 거칠고, 말이 많고, 서로 존경하는 무도의 예의가 모자란다는 것이었다. 나는 다리 사이를 넓히고 늘리는 스트레칭으로 시간을 보냈다. 하나둘 내가 직접 다리를 벌려서 찢고 벽에 세워놓고 다리를 올리면서 스트레칭을 해주었는데 그들에게는 최대의 고통이었다. 스트레칭을 하고 나서 대련을 하는데 발을 자유롭게 쓸 형편이 아니라서 불만이 나타난다.

얼마 후 다수 대련(다구리 싸움)을 시켰다. 마치 길거리에서 동네 대 동네 건달들이 벌이는 싸움과 비슷한 조건이었다. 단지 시작과 끝이 있고 서로 인사를 한 후에 시작하고 끝이 나는 것만이 달랐다. 2대 2 그리고 3대 3 짝을 지어서 대련을 붙였다. 그러자 다치는 친구들이 속출하기 시작했다. 모두가 좋게 시작을 했으나 감정적으로 변하는 대련이었다. 나로서는 구경 잘하고 싸움을 붙이는 재미있는 시간이었다.

하루는 몸을 푸는 시간을 줄이고 대련에 들어가서 하나둘 내가 상대하면서 기술을 지도하고 나서 다수 대련 1대 3, 2대 3 등으로 대련을 시켰다. 전체가 열 명이 넘는 그들을 반반 나누어서 패싸움 식으로 다수 대련을 붙이고 나니 도장은 개판이 되었다. 얻어맞고 공격한 적을 감정적으로 쫓아가고, 도망가고 예상외로 공격을 받고 치고받는 것이었다. 깡패들의 패싸움 식으로 변해가고 있었으나 단지 도장이라는 조건에서 무기만 들지 않았을 뿐이었다. 마침내 사무실 쪽으로 밀려오는 패를 이단 옆차기로 질러대면서 사무실은 완전히 부서져서 개판이 되었다. 그날 다친 친구들도 많았고, 도장 밖으로 도망간 친구도 있었다. 그 후에 어쩔 수 없이 그 부를 취소해야 했다. 주위의 평가도 안 좋았고 너무나 무질서한 모습이었다.

몇 주 후에 다시 집합시켜 수련하려고 친구들이 있는 곳으로 나갔더니 보통 때보다 적은 친구들이 모여 있었다. 도장에서 다시 수련을 하고자 하는 친구는 극소수였다. 재완이는 핑계로 대학입시 공부를 한다는 얘기를 하기에 어이가 없었다. 그의 실력과 평소에 하던 행동으로 보아서 그런 얘기를 할 정도가 아닌 것을 다들 알고 있어서 모두들 웃었다.

나는 모든 것을 포기하고 다시 옛날로 돌아가서 그들과 도장 밖에서 어울렸다. 나의 강남중학교 출신 친구들은 우수한 성적을 보이지만 대학에 진학할 가정 형편이 아닌 것을 무언중에 잘 알고 있었다. 나도 대학보다는 해병대에 입대해서 태권도 대표로 뛰어야 한다는 생각뿐이었다.

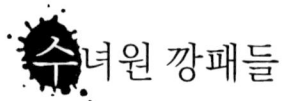수녀원 깡패들

도장은 큰 도로 고개 정상에 위치하고 있었다. 근처에 버스 정류장이 있고 맞은편으로 동네의 입구가 되어서 번잡한 자리였다. 그곳을 원점으로 동네 건달들이 텃세를 부리는 일이 많았는데 나는 태권도 도장을 리드하는 입장이라서 그들과 알력이 생기기 시작했다. 그들도 당시 내 나이 또래의 질이 좋지 않은 청소년들이었으니 별 생각 없이 부딪치고 잦은 논쟁이 일어나곤 했다.

하루는 도장 앞에서 깡패들이 술에 취해 주정을 하고 있을 때 가게 주인들은 눈치만 보고 있었는데 내가 나서서 그들을 설득해서 그곳을 떠나도록 했다.

그 후 그들이 그날 일로 인해 감정을 가지고 있었던 것을 생각하지 못했다. 당시 타동네에 살던 나의 친구들이 나를 만나러 자주 그 옆 다방으로 놀러오곤 했는데, 그들에게는 신경이 쓰이는 일이었다.

어느 날 다방에서 친구들의 무리가 나가려는데 입구에서 건달의 우두머리급인 대원이가 혼자 길을 막았다. 그러자 용문이가 그대로 주먹을 날렸다. 그리고 옆에서 성구가 발로 그의 배를 차버렸다. 그리고 난 후에 커피 값을 내고 뒤늦게 나왔다. 일단 이미 판은 벌어져 있었다. 나는 친구들이 더 공격을 하기 전에 말렸다. 그리고 친구들을 보낸 후 그에게 미안하다는 뜻을 말하고 진정시켜 보냈다.

하루는 대원이가 나에게 다가와서 잠시 얘기 좀 하자고 해서 생각 없이 그가 원하는 곳으로 따라갔다. 그들 무리가 계획을 세워놓고 나를 기다린다는 사실은 짐작하지 못했다. 언제든지 그 정도는 다룰 수 있다는 것이 나의 자존심이었다. 몇 마디 주고받으며 그가 리드하는 방향을 따라가다 보니 수녀원 맞은편의 어두운 벽돌 공장으로 접어드는데 예감이 좋지 않았다.

몇 걸음을 더 내려가다 보니 나의 뒤쪽으로 여러 명이 각목, 자전거 체인 등등 무기를 휘두르면서 건달들이 다가오고 있었다. 대원이는 그때부터 말을 놓기 시작했다. 앞을 보니 또 다른 무리 몇십 명이 대기하고 있었다. 그때서야 때가 늦었다는 감을 잡았다. 날이 기울면서 달빛도 없었던 날이라서 그들 하나하나의 얼굴을 알아볼 수는 없었다.

대원이가 멈추어 서서 요전에 있었던 일로 자기들이 자존심을 상했다며 시비를 건다. 그래서 나는 그것에 대해 사과를 했다. 하지만 나를 그대로 돌려보낼 분위기는 아니었다. 그렇게 판단을 하고 있을 때 대원이가 나의 어깨를 밀면서 무어라고 중얼거렸다. 나는 그 말에는 신경을 쓰지 않고 근처 나의 위치를 확인했다.

한 걸음 뒤로 밀리면서 탈출구로 정해 놓았던 방향을 보니 그쪽에는 한두 명 정도만 서성거린다. 하지만 벽돌을 쌓아 담이 무척 높았다. 그곳 외에는 완전 무장을 한 패거리들을 피해 빠져나가기는 어려울 것 같았다. 게다가 십여 명씩 짝을 지어서 길목도 가로막고 있었다.

그런 생각을 하고 있는 사이 대원이가 나의 어깨를 다시 밀면서 공갈을 쳤다. 그의 얼굴 정면을 향해 주먹을 날렸다. 어설프게나마 그가 나를 잡고 있는 형편에 공격을 먼저 하지 않으면 나를 붙잡을 수 있는 거리여서 그곳을 빠져나갈 시간이 없을 것 같았다. 그런 생각에 선제공격을 한 것이었다. 오른쪽 주먹이 얼큰했다. 나는 뒤도 보지 않고 높이 쌓여있는 벽돌 벽을 향해 뛰어서 그 담 위에 올라섰다. 사방을 둘러 보니 근처에 아무도 없었다. 반대쪽으로 뛰어내려 바르게 달렸다. 뒤에서 짱돌과 벽돌이 빗발치듯이 떨어지고 그들의 함성이 야단법석을 떨고 있었으나 나와의 거리는 멀어진다는 것을 짐작할 수가 있었다.

  길거리로 나와서 숨을 돌리며 뒤를 돌아보니 나를 따라 나오는 놈은 하나도 없었다. 적어도 한둘은 따라올 줄로 생각해서 얼굴을 보고 싶은 생각이었으나 포기하고 천천히 걸어서 도장으로 돌아왔다.

  다음 날 아침 어젯밤에 그들이 모여 있던 곳으로 가보았다. 내가 뛰어서 넘어간 벽돌 벽은 나의 키 두 배가 넘는 높이였다. 아무리 보아도 보통때 같으면 쉽게 넘을 수 있는 높이가 아니었다. 삼국지에서 유비가 쫓길 때 황토 말을 잡아타고 불가능한 강을 넘어갔다는 옛 얘기가 생각나 혼자 실소를 지었다.

  그 후 나는 대원이를 잡아 복수를 하겠다고 나날이 벼르고 있었고 친구들도 그 얘기를 들은 터라 신경을 바짝 쓰고 있었다.

  하루는 친구들과 저녁을 먹고 도장으로 돌아오는데 대원이가 도장 앞 벽에 기대어 있었다. 나는 그를 보자마자 그를 향해 뛰다시피 빠르게 걸었다. 뒤에서 친구들이 나를 불렀다. 대원이는 나를 보자 놀라는 표정으로 잠바 속에 있던 날카로운 단도를 꺼내들었다. 그런데 싸움이 시작되기 전에 성구가 나의 팔을 잡아당기면서 멈추게 했다. 대원이는 사람들 속에서 소리만 질렀지 가까이 오거나 칼부림을 하려는 자세는 아니었기 때문이다. 게다가 이웃 사람들도 싸움을 말리는 터라 복수를 할 수가 없었다.

그 후에도 나는 항상 싸움을 준비하고 있었는데 어느날 도장으로 쪽지가 날아왔다. 만나서 대화로 풀자는 제의였다. 날짜를 잡아서 지나가는 친구에게 전달해주라고 답을 한 후 그날을 기다렸다. 그날이 되자 대원이는 그의 친구 중에 모사꾼을 하나 데리고 나타났다. 그는 다른 도장에서 운동을 하는 유단자였다. 테이블에 마주 앉아서 하는 대화는 간단했다. 서로 자존심이 상하지 않는 선에서 잘 지내자는 합의였다. 나도 도장을 운영하는 데 지장이 없는 조건이 우선이었기 때문에 쉽게 합의를 하고 악수를 한 후 헤어졌다.

그런데 그 후 다시 사건이 있었다. 하리마오 친구들 예닐곱이 모여서 도장 옆 다방으로 놀러왔다. 나는 시간이 잘 없는 탓으로 동네에 자주 놀러가지 못하므로 친구들이 나를 방문한 셈이었다. 그때 친구들은 대학을 갈 준비에 여념이 없었다. 우리는 깡패라는 말과는 거리가 먼 학생들이었다.

얘기들을 나누고 다방에서 나오고 있는데 대원이가 시비조로 친구들의 앞을 막았다. 터줏대감 곤조였다. 그들과 화합을 얘기한 것이 얼마 되지 않아서인지 설마 동네에서 자기를 공격할 사람은 없을 거라고 생각하는 듯했다. 하지만 용문이가 그의 턱을 주먹으로 날리고 비틀거리는 그에게 곧이어 성구가 한 방을 더 날림으로써 완전히 그는 쓰러졌다. 뒤를 이어 다른 친구가 밟으려는 동작에 나는 서둘러 그를 제지하고 친구들을 떠나도록 했다.

잠시 후 저녁을 먹고 도장으로 돌아와 보니 종이 쪽지가 들어와 있었다. 자기의 턱을 주먹으로 날린 용문이를 만나게 해 달라는 얘기다. 다음 날 다방에서 그 무리들을 다시 만났다. 나는 그들이 다구리를 놓으려고 모여 있던 자들을 모조리 집합시켜 주면 내 친구를 만나게 할 수 있다는 조건을 걸었다. 그러자 그들은 잠시 상의를 하더니 모든 것을 포기하고 서로 화합하는 길로 가자고 마무리를 지었다.

그 날 이후에 그 무리들은 더는 도장 근처에 나타나지 않았다. 이후로 나도 도장 운영과 밀린 공부에 치중할 수 있게 되었다.

 안양 교도소

하루는 도장의 마지막 부를 끝내고 잠시 밖으로 나와서 바람을 쐬고 있는데 성구와 덕환이가 빠른 걸음으로 나를 향해 걸어왔다. 성구가 지나가는 길에 수녀원 놈들에게 다구리를 맞았다고는 숨 가쁘게 말했다. 항상 침착하던 성구가 흥분하고 있었다. 옆에서 덕환이가 하는 말이 지금 그들을 잡기 위해서 그 가게에 들렀으나 하나도 없어서 그냥 돌아오는 길이라고 했다.

성구의 말에 따르면, 신풍동 고개를 넘어서 이곳으로 오다가 가게 앞에서 여러 놈들에게 폭행을 당했다는 것이었다. 그래서 라디오 방에 오자마자 단도를 들고 성구가 그곳으로 돌아가 모여 있는 놈 중 한 놈의 등에 칼을 꽂았는데 깊숙이 들어가는 기분이었다고 했다. 큰일이다! 라디오 방으로 돌아와서 덕환이와 다시 한 바퀴를 돌아보고 온 성구는 아직도 화가 풀리지 않았던지 씩씩거린다. 나를 만나자 또다시 가보고 싶은 모양이었다.

나는 곧바로 싸울 준비를 하고 그들과 함께 그 장소를 돌아보았다. 작은 잡화가게 앞에는 아무도 없었고, 전깃불만 깜빡이고 있었다. 한 바퀴를 돌고 나니 성구가 많이 진정된 모습이다. 내일 다시 수녀원 깡패들을 찾아 가보기로 하고 덕환이와 성구는 집으로 돌아갔다.

그다음 날 아침 나는 새벽 운동을 한 후에 라디오 방에 들어가니 덕환이가 출근을 하지 않았다. 이상하다, 생각하고 있는데 라디오 가게 주인이 놀라운 사실을 얘기한다. 어젯밤에 성구와 덕환이가 집으로 돌아가는 길에 형사들에게 잡혀 갔다는 얘기다. 밤늦게까지 나와 같이 있던 친구들이 경찰에 잡혀갔다는 말을 믿기 힘들었다. 잠시 생각을 하다가 덕환이 집에 가보았더니 어머니와 할머니께서 큰 걱정을 하고 계셨다. 그렇게 큰 사고는 아니니 곧 해결이 되어서 나올 것이라고 안심시켜 드리고 돌아왔다.

주말이라서 도장은 아침 부만 끝나면 자유 시간이다. 아침 부는 담당 교사가 최현규 사범이었는데 제시간에 나타나서 도복을 갈아입고 있어서 나는 집으로 돌아왔다. 어머니가 준비해 주신 점심밥을 먹고 잠시 낮잠을 자고 있는데 복영이가 놀러왔다. 그런데 그의 말은 어젯밤에 잡혀간 성구와 덕환이 사건이 살인 미수 사건이라는 것이었다. 나는 친구에게 내가 그곳에 있었는데 그렇게 큰일은 아닐 거라고 안심 시키고 그와 함께 나무장으로 갔다. 소식은 빠르게 돌아서 많은 친구들이 둘 셋 모이기 시작하면서 어젯밤 사건이 주제가 되어서 모두들 걱정하고 있었다. 어디서 들었는지 나보다도 더 잘들 알고 있었다. 일이 크게 부풀려져서 와글와글 떠들어대는 친구들 때문에 걱정은 눈덩이처럼 커지고 있었다.

주말이면 나타나던 성구와 덕환이가 일요일에도 모습을 보이지 않고 하나둘 부정적인 소식만 날아오고 있었다. 부모님들도 해결책을 찾을 수가 없었던 모양이었다. 경찰이신 덕환이 아버지도 어쩔 수가 없게 된 사건이라니 일이 심각하게 전환되고 있었다. 일주일이 지나면서 성구와 덕환이는 경찰서에서 감방으로 들어가야 하는 상황이라는 소문이 돌았다. 속수무책으로 덕환이네와 성구네 집을 들러서 자세히 알아보는 수밖에 없었다.

등에 칼을 맞은 사람 집에서 치료비를 받으려는 뜻으로 합의를 하려는 사이에 두 친구가 안양교도소로 옮긴다는 소식이 전달되었다. 걱정으로 나는 쉽게 잠을 이룰 수가 없었다.

얼마 후 라디오방 주인이 알려준 교도소로 친구들과 면회를 가려고 제의했으나 모두들 이유를 대고 동참할 것을 회피했다. 그러나 나는 감방에 가 있는 친구들을 방문하고 싶었다. 어쩌면 나도 그날 밤 그곳을 돌아볼 때 함께 있었으면 잡혔갔을지도 모른다. 친구들에게 너무 미안하고 걱정이 많이 되었다.

어느 날 나 홀로 버스를 타고 안양교도소로 갔다. 면회실에서 기다리고 있다가 좁은 면회 방에 들어가니 성구가 삭발을 하고 앞에 나타나는 것이다. 반갑기도 하고 미안하기도 하다. 그러나 성구는 그렇게 힘든 생활은 아니라고 나를 위로한다. 그리고는 나의 애인에 대한 얘기를 해서 다음 주말에는 함께 오마 약속을 했다. 덕환이에 대해서 물어보니 그는 다른 방에 있는데 그도 그런대로 잘 견디어내고 있다고 했다. 그가 물어보는 다른 친구들에 대한 소식과 집에 있는 가족 소식도 전해주었다. 면회 시간이 다 되어서 사무실로 와 있다가 덕환이 면회도 했다. 몸이 약한 덕환이가 걱정되었는데 불안해하지 않아서 다행이었다. 덕환이도 오히려 내 걱정을 덜어준다.

그다음 주말에는 선희와 함께 버스를 타고 안양교도소로 방문했다. 선희는 처음으로 교도소를 구경해서 불안한 표정이었으나 성구를 만나본 후 여기도 사람이 사는 곳이라는 느낌이 든다고 했다.

　그 후로 나는 매번 주말이면 버스를 타고 안양교도소로 가서 그들과 이야기를 나누고 돌아오곤 했다. 다른 친구들도 가끔 시간을 내서 찾아보고 걱정해주었지만 나는 매 주말마다 안양교도소로 방문했다. 그들이 그곳을 나올 때까지….

　그러던 중, 힘들게 합의가 이루어져서 성구와 덕환이는 6개월 만에 출감할 수 있게 되었다. 그들이 나오던 날 우리는 나무장에 모두 모여서 기쁨과 축하의 술잔을 들었다.

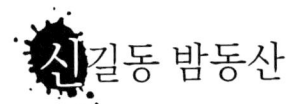길동 밤동산

조용한 도장 사무실에서 숙제를 하고 있던 때였다. 새벽부 교사인 최현규 사범이 사무실로 오더니 이번 주말에 보신탕을 먹을 사건이 하나 있다고 한다. 귀가 번쩍한다. 무슨 일인지 물어보니, 내일 오전 중으로 한 친구가 집에서 속을 썩이고 도망간 동생을 잡으러 가는데 도와주면 그 후에 밤동산 보신탕 전문 동네로 가 저녁을 사 주겠다는 것이다. 대개의 친구들이 대학입시 준비에 바쁜 때였고 그렇지 않아도 친구들이 도장에서 운동하는 것도 멈추고 저마다 도서관이나 자기 방에서 머리띠를 싸매고 공부하니 시간을 보낼 때였다. 그래서 흔쾌히 그의 제의를 받아들이고 다음 날 아침부터 기분이 부풀어 있었다.

최 사범은 고등학교를 졸업한 후이기 때문에 사회에 적응하려는 시기였다. 그 또한 친형이 나의 형과 함께 미국으로 갔기 때문에 미국에 대한 소식을 많이 알고 있고 군 복무에 대해서도 마음의 준비를 하고 있을 때였다. 그의 친구는 가정이 부유해서 목재업을 하는 아버지를 도우면서 사업을 배우는 위치라서 재정적인 여유가 있다고 했다. 나는 어린 시절에 한 해를 구웠기 때문에 그의 친구들과 나이 차이가 없는 편이어서 쉽게 어울릴 수가 있었다.

그날은 아침부터 새벽운동을 마치고 도장에서 쉬고 있었다. 그가 친구와 도장으로 들어오면서 나를 불렀다. 기다리던 중이라서 곧바로 대답을 하면서 도장 문 쪽으로 나갔다. 우리는 서로 인사하고 악수를 한 후에 그가 몰고 온 트럭을 함께 타고 안양 쪽으로 향했다. 중간에 현규가 분위기를 돋우기 위해서 우리 양쪽에 대한 얘기를 하며 어색함을 지워주려 노력했다. 원래 최현규는 말이 없는 사람이었다. 그 집안 내력이 그랬다. 주로 남의 얘기를 듣고 대답도 없이 미소만 짓는 것이 주를 이루는 사람인데 그날은 분위기가 자기가 말을 하지 않으면 안 될 입장이라서인지 말을 많이 했다. 우선 나는 학교에서 유도를 했고 현재 태권도 시합에도 나가는 친구라는 것과 여러 친구들과의 인맥도 넓다고 얘기해 주었다. 그렇게 믿을 만한 사람이라는 얘기였다. 그리고 그의 친구에 대해서는 고등학교 동창이면서 권투를 좀 했고 힘이 있다고 소개를 했다. 내가 보기에도 키가 작지 않고 어깨가 넓은 편에 얼굴도 시원하게 대화를 할 만한 인상으로 느껴졌다.

현규의 친구가 가지고 온 지도에 따라서 안양역을 지나서 골짜기 마을을 지나가는데 그 근처가 자기 동생이 집을 뛰쳐나와 숙식하는 곳이라는 것이다. 근처를 주의해 보기 시작했다. 혹시나 우리를 보고 도망을 가는 자가 있으면 잡아야 하는 입장이었다. 골짜기 마을에 들어가면서 주위를 살펴보았지만 젊은이는 나타나지 않았다.

그의 동생은 지금 중학교에서 고등학교를 들어가기 위해 한창 공부해야 하는 나이였다. 그때 내가 나의 과거를 회상하면서 웃었던 것은 나도 그 나이에 다구리 싸움에 뇌진탕을 당하기도 했던, 겁이 없는 사춘기의 시작 때였기 때문이다. 집에서 그의 부모님이 걱정을 하는 이유는 동생의 성격이 괴팍해서 아무에게도 순응하지 않는 편이었으나 친형한테는 꼼짝 못 하던 놈이 지금 형에게 반발하면서 집을 뛰쳐나가 버렸으니 옛날같이 쉽게 다스릴 수는 없는 형편이었다. 힘으로 쥐어박아서라도 잡아서 집으로 돌아갈 수도 있겠지만 그렇게 동생을 다치게 하고 집에 끌고 가면 오히려 부모님께 야단을 맞을까 봐서 우리를 데리고 가는 것이었다. 되도록 다치지 않는 선에서 동생을 무사히 잡아가야 하는 입장이었다.

마을 끝까지 트럭을 몰고 올라가도 그의 동생은 보이지 않았다. 차에서 내려 집집마다 들러 동생의 발자취를 물어보면서 이 잡듯이 뒤져보았지만 아무런 성과를 얻지 못했다. 하는 수 없이 차를 타고 안양 시내로 돌아와서 이름 있는 수원식당에 들어갔다. 푸짐한 음식으로 마음껏 먹도록 주문했다. 오랜만에 먹는 잔칫날 같은 식사였다.

우리는 동생 얘기는 하지 않고 앞으로 군에 가야 할 얘기와 애인 얘기를 주로 했다. 그때 나는 애인이 있었고 그들은 애인이 없었으니 나에게 연애에 대한 조언이라도 들으려는 형편이었다. 그러나 나는 나의 순수한 연애에 대한 얘기는 항상 가리는 편이었다. 그날도 아주 간단한 대답만 해주고 자세한 사연은 말하지 않으니 그들은 맥이 빠진 모습이었다.

식후에 그들은 소주잔을 기울였으나 나는 술을 거부하고 그들의 여담을 들었다. 최현규도 말을 잘 하지 않는 편이라서 주로 그의 친구가 이것저것 화제를 꺼내 기분을 돋구어주는 대화였다.

식당에서 나와 차를 타고 그 마을로 돌아가다가 우연히 동생의 친구를 하나 만났다. 그를 붙잡고 동생에 대한 소식을 물으니 동생은 형이 자기를 잡으러 온다는 말을 듣고 엊그제 다른 곳으로 이동을 한 후라는 것이다. 더구나 태권도 유단자를 데리고 온다는 소식까지 누군가의 정보로 귀에 들어갔다는 것이다.

　돌아오는 길에 약속대로 밤동산으로 차를 몰았다. 친구들과 몇 번 가 본 적이 있는 마을이었다. 그곳은 보신탕을 잘해 서울에서도 먹으러 오는 유명한 곳이었다. 개고기 냄새가 진동하는 길목을 지나서 한 식당에 차를 세우고 들어갔다. 테이블을 선택하고 시원한 얼음물로 적신 수건으로 얼굴과 목을 닦아냈다. 그때가 삼복 중 말복이라서 많은 손님이 몰려드는 때였으나 우리가 간 시간은 저녁시간 치고는 이른 편이었다. 야채와 비빈 푸짐한 보신탕과 보신용 고기가 나왔다. 맛있게 먹으며 나눈 여담도 주로 그 친구의 말이었으나 그는 말을 아주 재미있게 해서 우리는 시간 가는 줄도 모르고 그의 이야기에 귀를 쫑긋했다.

　그날은 그가 원하던 목적인, 동생을 잡아다가 아버지 앞에 데려가야 했는데 그 계획이 발설되는 바람에 아무 성과도 없게 되었다. 그러나 수고의 대가로 푸짐한 점심 식사와 이른 저녁 식사로 신길동 밤동산에서 개고기와 함께 소주도 몇 잔 얻어마신, 재미있었던 기억이다.

불사조

7 첫사랑

첫사랑
해병대 송별회
송별회 그 후 이야기
용산역

사랑

패싸움에서 머리를 다친 후 홍익공전에 입학했다. 다른 친구들도 각자의 가정환경에 따라 진학을 해야 했다.

매일 아침 버스를 타고 제2한강교를 지나 다녔다. 홍대 뒷문으로 나가 신촌 로터리를 가다 보면 대학생들이 집결하는 곳이 있었다. 친구 복영이와 함께 그곳에 위치한 화방을 전전하면서 그림을 배울 때였다. 손에 목탄을 쥐고 '생각하는 사람' 같은 석고상을 입체감 살려 그렸다. 우리 학교 교복이 홍익대학교 학생 교복과 똑같아서 우리는 홍대 대학생 행세를 하면서 자주 들러 그림을 그릴 때였다.

어느 날 그녀가 한눈에 들어왔다. 그녀 또한 그렇게 느꼈는지 서로 다가간 순간이었다. 긴 머리에 조용한 미소 그리고 다정한 목소리가 나를 사로잡았다. 처음으로 이성으로 다가온 그녀는 나의 그림의 기본 틀을 잡아주고 데생을 도와주었다. 나의 생애에 처음으로 사랑이 그렇게 다가오던 날이었다.

그녀는 나보다 화방에서 선배였다. 자주 나의 어설픈 그림을 잡아주었다. 그녀가 곁에 서 줄 때면 마음이 구름을 타고 다니는 기분이었다. 우리는 화방을 나와서 제과점으로 가서 대화를 나누었다. 특이한 질문도 없었다. 어디에서 왔는지 어디로 가는지도 묻지 않고 단순한 그림에 대한 얘기를 나누다가 시간이 되면 서로 다른 버스를 타고 헤어졌다. 내일의 약속도 없이 그렇게 헤어졌다. 내일 다시 만날 것을 무언으로 알고 있었다.

그녀는 대학생이었다. 하지만 나보다 연상이라는 생각이 들지 않았다. 사랑에는 아무런 말이 필요하지 않았다. 그녀는 시를 좋아하고 그림 그리기를 좋아했다. 나는 태권도를 하고 그림을 좋아하는 학생이었다. 헤어지면 나누던 말은 하나도 기억에 남지 않고 그녀의 다정한 미소만 눈앞에 있었다. 사랑은 어떤 조건도 요구하지 않았다. 오로지 그녀만 보면 행복한 시간들이었다. 가정에 대한 얘기도 없었다. 모든 것은 썰물처럼 밀려나가고 사랑만이 기다리고 있었다. 우리는 서로 사랑했다. 아무런 조건이 없는 사랑이었다.

나는 나의 마음을 시로 전해주었다. 그녀는 나의 시를 좋아했다. 우리가 가는 곳은 단지 우리 둘뿐이었다. 사랑이 맺어진 후에는 어떠한 조건에도 개의치 않았다

나는 젊음의 방황을 하던 때였다. 오로지 그녀를 만나는 시간이 되면 나도 모르게 어느새 그녀 앞에 서 있었다. 서로를 그리워하는 만남에 다시 만날 약속도 하지 않았다. 서로를 더 이상 알려고 하지도 않았다. 오로지 서로의 만남이 세상에서 우선일 뿐이었다.

시간이 있는 주말이면 우리는 버스를 타고 멀리 버스 종점까지 여행하면서 많은 얘기를 했다. 서로가 가난한 주머니 사정도 이해하면서 이심전심으로 가난한 식사로 대처했지만 행복했다. 그녀는 말이 없는 편이었다. 주로 듣는 편이었다. 나의 서투른 말에도 그녀는 미소 지으며 들어주었다. 모든 면에서 나의 편에 서 주었다. 수줍어 떨리는 나의 손

은 그녀의 손을 잡을 용기 외에는 아무것도 없었다.

그녀는 나의 친구들이 모여드는 신길동 나무장에도 잘 어울려주는 여자였다. 그녀는 세상 어디에서라도 나와 함께 할 수 있는 마음이라는 것을 나는 잘 알았다. 가끔 서둘러 도장에 와서 아이들을 가르치는 시간에도 기다려주었다. 몇 번 도장을 방문한 후 가까운 곳에 위치한 다방에 디제이로 일을 하면서 가까이 있어 주었다. 우리는 서로 그렇게 가까이 있기를 원했다.

내가 도장을 운영하고, 태권도 선수로 시합을 준비하느라 바쁜 시간을 보내는 가운데 그녀와 만날 때면 성구가 자주 우리의 데이트 시간을 함께해 주었다. 우리의 사랑을 응원해주었다. 그의 애인인 순조는 한 살 어린 학생이어서 철이 없는 편이었으나, 나의 애인은 나이가 위라서 우리보다도 더 앞을 생각하는 사람이었다.

그녀는 학비를 벌어야 해서 우리는 자주 만나지 못할 때가 많았다.

우리들의 만남은 신길동 '나무장'을 중심으로였다. 우리 친구들의 호는 '하리마오' 주제곡은 '애원'으로 친구가 작사, 작곡한 것이었다. 그 노래는 라디오를 타기 몇 년 전부터 불러서 익숙했다.

친구들은 호랑이(하리마오)띠가 주를 이루었다. 전쟁 전후로 태어난 친구들은 거의 다 호랑이띠였다. 우리들의 만남은 '나무장 하리마오'로 불렸다. 애인도 '애원' 노래를 좋아해서 따라 불렀다. 세월이 흐른 후에 그 노래의 사연이 나의 사랑에 대한 고독과 그리움의 사연이 될 줄은 예측하지 못했다.

노래의 가사가 나의 마음을 잘 그려준다.

〈애원〉

목이 메여 불러보는 내 마음을 아시나요
사랑했던 내 님은 철새 따라 가버렸네
허무한 마음으로 올리는 기도 소리
그대는 아나요 무정한 내 사랑아
몸부림쳐봐도 재회의 기약 없이
가버린 그 님을 소리쳐 불러본다
내 사랑아 내 사랑아
소식이나 전해다오 ….

이 노래는 우리들의 주제곡이며 나의 첫 애인을 그리는 것으로 지금도 만나는 친구들은 모두 함께 부르고 있다.

어느 날 나는 그녀의 곁을 떠나야 했다. 그녀에게 말도 하지 않고 해병대를 지원했다. 떠나도 잠시 훈련을 마친 후 만날 수 있다는 생각에서였다. 그러나 그 길이 그녀와 영원히 헤어지는 길이라는 것을 상상도 하지 못하고, 우리의 마지막 만남은 친구들이 준비해주었던 '송별식'이었다. 나의 첫사랑은 그렇게 끝이었다.

몇 년이 흐르고 난 후-

어머니는 내가 미국으로 떠나기 몇 개월 전에 조심스레 말씀해주셨다. 나의 애인이 내가 월남전에 참전했을 즈음에 예쁜 꽃과 선물을 들고 집을 찾아 왔었다고…. 그렇게 충격적인 소식을 감추시고 계셨던 어머니였다. 애인이 결혼할 날을 결정한 후에야 어머니께 이별 인사차 들렀다는 것을 알 수가 있으셨기 때문이었다. 해병대 지원을 하고 떠났던 내가 월남전에서 몸을 다친 후에 병원 생활을 할 때에도 말씀을 하시지 않으셨던 것은 떠나버린 나의 애인에 대한 소식이 아들의 마음에 충격이 되어서 마음과 몸을 더 상할까 봐 감추신 것이었다. 어머니는 내가 언젠가 물어보게 되면 전해 주려고 했지만 나는 애인에 대한 말을 한 번도 하지 않았다. 그래서 어머니도 말씀을 하시지 않았던 것이었다.

나의 애인은 예쁘게 생기고 긴 머리를 한 얌전한 여자였다고 하셨다. 막내며느리로서 맞이해 줄 만한 여자였다고 평가를 하시고 기다리던 여자였다. 그러나 전쟁에서 몸을 다친 불구자에게 시집 올 여자는 많지 않을 것을 생각하여 어머니의 심정은 괴로우셨던 것이다. 내가 잊으려고 다른 생각에 몰두하고 있는 모습을 보고 계셨던 날이었던 것도 그제야 알 수가 있었다.

사랑했기에 잊으려 했다…. 내가 여의도에서 열리는 국군의 날 행사를 포기하고 포항 소총 소대로 빠져서 월남을 간 이유도 애인에 대한 생각을 멀리하기 위해서 선택했던 일이었다는 것도 나만이 알고 있는 일이었다. 내가 나의 마음을 그렇게 몰아친 것이 나의 운명이었다. 그녀는 긴 세월이 흐르고 난 후에도 잊히지 않는 나의 첫사랑이었다.

어머니께서 나에게 말씀을 해 주시던 그날. 나는 친구들이 모여 있는 곳에서 말없이 깊숙이 자리를 잡고 있었다. 마시지 않던 밀주를 계속 마시고 있었다. 나의 곁에서 바둑을 두면서 나의 모습을 보고 있던 성구가 물었다.

"야! 너 오늘 무슨 일로 술을 마시고 그러냐?"

나는 말을 하지 않고 술만 마시고 있었다. 그러자 성구가 자세를 바꾸어 바로 물었다.

"야! 인마!"

"우리들이 무엇을 감추고 살았냐?"

"말 좀 해봐, 인마!"

주위에 앉아서 바둑을 두던 친구들도 이구동성이었다. 나는 속에 맺혀있던 말을 해주었다.

"야! 자식들아, 나의 고통을 조금이라도 덜어다오!"

고함을 지르고 싶은 심정으로 얘기해 주었다.

"야! 어머니께서 오늘 아침에 나에게 말씀을 해 주셨는데…."

"내가 군 생활을 할 때 선희 씨가 어머니를 찾아와서 인사했었단다."

모든 친구들은 바둑을 뒤로 미루고 나의 곁으로 가까이 좁혀들었다.

"야 그래서….”

"그녀는 다른 곳으로 시집가게 되어서 어머니께 인사를 드리러 왔었단 말이다. 이 자식들아, 알아듣겠냐?"

나는 다시 손에 들고 있던 술잔을 입에 털어 넣었다. 고요한 시간이 흐르고 있었다. 나는 과일을 자르던 칼을 집어 들었다. 나의 사랑에 대한 맹세를 표현하고 싶었다. 왼팔을 내밀었다. 잠시 침묵이 흐른 후 성구가 나의 칼을 빼앗았다. 그리고 그는 나의 왼팔을 칼로 찍었다. 칼은 깊이 들어가서 뼈까지 건드린 것 같았다. 나는 흘러나오는 피를 오른손 인지로 '아직도 너를 사랑한다'고 글을 써 내려갔다. 모두들 조용히 나의 행동을 보고 있었다. 성구가 흐르는 피를 닦아주었다. 진정을 하자 흐르던 피는 멈추었다.

"미안하다."

"이것이 나의 고백이었다."

대답해주었다. 성구는 양 어깨를 감싸주었다. 친구들은 하나둘 한숨을 쉬면서 밖으로 나가기 시작했다.

말없이 나무장 한가운데 모닥불을 피우기 시작했다. 나는 친구들과 함께 무리가 되어서 모닥불 가까이 앉았다. 통기타에서 '애원' 노래의 반주가 흘러나오자 노래를 부르기 시작했다.

"목이 메여 불러보는 내 마음을 아시나요?"

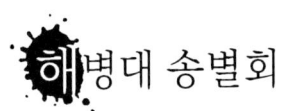 해병대 송별회

이른 봄 열흘을 홀로 무전여행을 무사히 마친 후 며칠 집에서 쉬었다. 여행지마다 부모님께 보냈던 '엽서 다섯 장'이 아버지 머리 베개 옆에 나열되어 있었다. 주로 무사하다는 소식과 언제 즈음에 집에 돌아갈 것이라는 얘기였다. 대전, 대구, 부산, 제주도, 목포 각 지역을 돌면서 유명한 지역의 특성을 간단하게 알려드리는 엽서 글이었다. 그것이 부모님의 근심을 다소 덜어드린 모양이었다. 엽서를 통해서 나의 행로를 짐작하실 수 있으셨다.

"나를 닮아서 여행을 좋아하는 모양이다."

나는 아버지가 화를 내시지 않은 것만으로도 마음이 놓였다. 부모님께 한마디 말도 없이 집을 나와 무전여행을 떠났으니 벌을 각오하고 돌아온 것이었다. 그러나 각 지역에서 보내드린 엽서가 효과가 있었다.

성구와 같이 후암동 해병대 지원 사무실을 찾아갔다. 군에 지원하려는 젊은이들 사이에 줄을 서서 신청서를 받아왔다. 성구와 함께 해병대를 지원하기로 결심했다. 해병대 태권도 팀이 전국체전에 출전하는 게 나의 꿈이다. 체전에서 보았던 그들의 절도 있는 행동이 인상적이었고, 기합이 들어있던 태도가 나의 마음을 끌었다. 그리고 복무기간도 오륙 개월 타군보다 짧다는 것도 하나의 선택 이유였다.

집에 돌아와 아버지께 군에 간다는 신청서를 보여드리고 준비를 시작했다. 학교를 졸업하면서 결정한 것이었다. 그해 정월이 되면서 아버지는 심각하게 말씀하셨다. 대학을 진학하든지 군 복무를 마치든지 양자택일이었다. 그냥 허송세월을 하지 말라는 아버지의 충고에 따라 결정을 했다.

다음 날, 아침에 만나 함께 가기로 한 성구와 몇 친구들은 나타나지 않았다. 잠시 망설이다가 나 홀로 해병대 사무소에 가서 지원서를 접수했다. 친구들은 다음에 지원하겠다고 미루고 있었다. 일주일이 되면서 해병대 소집 통지서가 날아왔다. 자세히 읽어보니 통지서를 받고서도 '신체검사와 여러 검열'에 통과를 해야만 해병대에 입대할 수가 있었다. 나는 다른 친구들에게는 말을 하지 않았다. 혹시 불합격되면 거짓말이 되는 것이 싫었다. 그리고 애인에게도 말을 하지 않았다. 그녀 때문에 내 마음이 흔들리고 싶지는 않았다.

소집일 아침 일찍이 지정된 지역에 도착하니 많은 젊은이들이 모여 있었다. 팔각모를 쓴 해병이 호루라기를 불면서 무리들을 지휘하기 시작했다. 그의 절도 있는 명령에 순응했다. 해병대 지원 장소에서 가까운 고등학교의 큼직한 체육관이었다. 서류를 들고 옆에 있는 친구들과 초면에도 마음을 열어 대화를 할 수 있었던 것은 모두 해병대에 입대하려는 벗이었기 때문이었다. 이름을 불러서 지역별로 구분된 장소에서 기다렸다. 하나하나 구분되어 신체검사를 받았다. 입고 온 옷을 벗고서 팬티만 입고 줄서서 눈 검사부터 모든 신체를 자세히 검사하기 시작했다. 마지막으로 성기와 치질 검사였다. 그것도 무사히 통과된 후에 다음 장소로 줄을 서다 보니, 실격한 젊은이들이 다시 줄을 서서 퇴장하는 모습을 볼 수 있었다. 그 후에 엑스레이를 찍고 나서야 옷을 다시 입을 수 있었다. 여러 가지의 정신 상태와 사상에 대한 질문에 사나이답게 대답해야 했다. 모든 검사가 끝나고 저녁시간이 되어서야 집으로 돌아올 수 있었다. 신청서 비고란에 태권도 4단이라는 기록을 해 놓았던 것이 나의 희망이었다.

그 후 일주일이 지나가면서 해병대 신체검사의 합격통지서가 날아왔다. 부모님께 해병대 합격통지서를 보여드리고 저녁에 만나는 친구들에게도 보여주었다. 내가 입대해야 할 날짜도 적혀있었다. 나의 생일 한 달 전인 5월 초였다. 애인에게도 그날을 알려주었다. 입대명령 서류였다. 그 후부터는 하루하루가 나를 압박하는 기분으로 시간을 보내야 했었다. 선희는 다소 놀라는 듯했으나 침착하게 나의 입대에 대해서 여러 조건을 물어보았다. 그리고 그녀는 내가 떠나는 날을 쪽지에 적어 핸드백에 넣었다. 우리는 언젠가는 헤어졌다가 다시 만나야 하는 것을 예측하고 있었다. 그녀는 나보다 나이가 위였다. 그러나 우리는 그런 문제를 의식하지 않고 사귀는 사이였다.

친구들은 나의 송별식을 계획하고 있었다. 내가 알게 모르게 그렇게 진행되고 있었던 것이었다. 내가 떠날 그 전날 밤 신길동 어느 곳에서 할 송별식 예약도 준비가 진행되어 가고 있다는 말이 나에게 전달되었다. 막상 떠나려니 시원섭섭한 미련들이 다시 나를 놓아 주지 않으려 했다. 나의 애인도 말은 하지 않았지만 가지 않기를 기대하는 모습이었다.

부모님의 걱정도 피부로 느낄 수가 있었다. 그러나 나는 도장도 선배들이 맡아 주었고, 대학을 가지 않으면 할 일이 없는 것이 싫었다. 그리고 해병대에 필요한 신체적 정신적인 고난을 견딜 수 있는 자신이 있었다. 떠난 후 애인 걱정도 있었지만 하늘같이 믿고 나는 길을 택한 것이었다.

그렇게 하루하루 혼란스럽고 불안정한 시간이 흘러갔다. 마지막 전날 아침에 부모님께 이별의 절을 드리고 집을 나왔다. 부모님은 마지막 날 곁에서 자고 가기를 원하셨으나 친구들의 송별식이 기다리고 있다고 이해를 구했다. 어머니는 떠나는 나의 손을 잡고 무사히 다녀오기를 기도하셨다.

"잘 다녀오거라."

문밖에는 애인과 몇 친구들이 기다리고 있었다. 나는 다음 날 아침 일찍이 용산 기차역 앞에서 정해진 집결지에 10시까지 도착해야 했다.

이웃에 사시는 어른들께도 인사를 드린 후, 나무장에 들러서 그곳에서 일하시는 분들과 청일 형님과 누님께도 인사를 드렸다. 하나둘 모여드는 친구들과 조용한 음악을 들었다. 기대하던 애인도 나의 곁에 앉아있었다. 친구들의 배려 하에 잠시 시간을 내어서 애인과 단둘이 길을 걸었다. 내가 떠난다는 말을 믿고 싶지 않았던 날들이라며 눈물을 보였다. 그러나 나는 내가 가야 할 길을 떠나는 것이라고 이해를 구했다.

저녁시간이 되어서 친구들이 나를 찾았다. 친구들과 함께 신길동 입구에 위치한 송별식을 할 자리로 옮겼다. 식당이면서 파티장소를 제공하는 이층에 친구들이 예약을 해 놓은 것이었다. 식당 이층에 들어서니 자리가 넓은 방에 여럿이 앉을 수 있는 가운데 상 위에 음식이 준비되어 있었다. 애인과 친구들이 정해준 자리에 앉아있으려니 잠시 후 친구들이 하나둘 모여들었다. 그날 입대를 축하해줄 동생들도 합석을 허락한 모양이었다.

근래에 보기 드문 최대의 사람들이 모여들었다. 모두들 모여서 분위기가 조성되면서 정해진 시간이 되었다.

사회는 덕환이가 맡아서 시작했다.

"하리마오 친구들에게 작별의 인사를 할 시간을 주어 감사합니다. 우리 모두들 이런 날이 오게 될 것이며 나라를 지키는 군 복무를 위해서 떠나는 길에 파티를 준비해 주어서 감사합니다."

덕환이가 대행으로 나의 감사를 표했다. 그리고 나의 애인을 보지 못했던 동생들에게도 인사 소개를 한 후에 자리에 앉았다. 순서에 의해 친구의 대표로 성구가 친구를 보내는 마음을 전해주었다. 그리고 나는 송별 모임을 준비해준 친구들에게 감사의 말을 이어갔다.

"우리에겐 언젠가 이별의 시간이 올 것입니다. 그것은 만남의 한 부분이라는 것을 잘 알고 있습니다. 우리의 우정과 사랑은 영원히 서로를 위로하며 그리워할 것입니다. 나는 첫째로 나라를 지켜야 하는 임무를 선택하였습니다. 그리고 떠나는 마지막 날을 준비해 주신 데 대하여 모든 분들께 감사를 드립니다."

모두들 축하의 술잔을 높이 들고 이별과 다시 만남을 위해 축배를 들었다. 파티의 순서에 의해서 모두들 흥이 나서 노래를 부르고 나에게 권하는 술잔이 줄을 이어가고 있었다. 선배가 없는 친구들만의 만남이었기에 우리 외에는 동생들뿐이었다. 장덕이의 노래가 주를 이루었고, 성구, 복영, 재완, 두성이 순으로 친구들이 노래를 불렀다. 춤이 시작되면서 아우들도 일어나서 함께 어울렸다. 수줍어하던 애인도 춤을 추었다. 파티는 절정으로 흐르고 있었다. 시간이 11시가 되면서 통금시간이 다가와서 다함께 '애원'이라는 우리의 대표곡을 작별 노래로 불렀다. 내려오다가 한구석을 보니 구들장이 가라앉았다. 모두들 비비고 뛰고 춤을 춘 결과였다. 그러나 친구들은 알아서 처리를 할 테이니 걱정 말고 떠나라는 말과 함께 나를 밖으로 밀어냈다.

나는 친구들에게 부탁해서 택시를 잡아 애인을 집으로 보내주었다. 내일 아침에 용산역에서 8시에 다시 만나기로 약속하고 보냈다. 먼 데서 온 친구들은 함께 자고 용산역까지 가기로 되어 있었다.

12시가 다 되면서 계산을 하기 전에 친구들이 나를 미리 여관에 가서 기다리도록 보내주었다. 홀로 나와서 길 건너 여관으로 가서 이층 방으로 들어가 창밖을 보니 그 식당이 정면으로 보였다. 잠시 그곳을 보고 있으려니 친구들이 갑자기 하나둘 뛰어나오면서 질주하는 것이었다. 몰려나오면서 사방으로 도망을 치는 모습에 홀로 웃으면서 생각을 해 보았다.

'모두들 자금을 걷어서 지불하기로 했다는 친구들의 말이…. 거짓말이었단 말인가.' 미안한 마음이 들었다. 나를 위한 송별식이었는데…. 나는 여관방 위층에서 그 광경을 보고 있었다.

그 후에 파티가 끝나고 성구와 복영이 등등은 따로 여관에 와서 함께 자고 내일 아침에 용산역까지 동행해 주기로 약속을 했었다. 잠을 자지 않고 기다렸으나 두어 시간이 지나도 한 명도 여관에 찾아오지 않은 외로운 마지막 날 밤이었다.

송별회 그 후 이야기

 그 후의 사건은 내가 훈련병으로 땀을 흘릴 때 친구들이 저마다 보내준 편지를 모아서 구성한 송별식날 밤의 얘기다. 제대를 한 후에도 오랜 세월 동안 나의 송별식에 대한 얘기가 나오면 저마다 그날 일어난 사건에 대하여 이야기꽃을 피웠다.
 그날의 사건은 이러했다.
 내가 떠나자 계산을 하려고 두 아가리(덕환, 하나는 동생 중에 하나로 말을 잘해서 별명이 아가리였다.)가 주인을 불러서 값을 흥정하고 있었다. 그러다가 위층의 놀던 자리로 올라가 본 후에 주인은 마음을 바꾼 것이었다. 파티를 하던 방은 구석구석 곳곳에 구들장이 가라앉아 무너져 있었고 술상이 엉망이 된 상태였다. 주인은 경찰서에 전화를 했다. 주인 생각으로는 술값만 받아서는 안 되겠다는 생각이었다. 파티장소에서 얼마나 뛰고 춤을 주었는지 구들장이 가라앉았으니 그것에 대한 배상을 요구해야 했다. 그것을 짐작하지 못했던 두 아가리는 흥정으로 들어갔으나 주인은 그 둘을 잡고 경찰이 올 때까지 시간을 보내는 것이었다. 그러자 하나둘 정신을 차리고 나서야 그곳을 빠져나오기 시작한 것이었다. 그렇게 각개 전투로 도망을 한 것이었다. 그러나 모두들 도망 중인데도 두 아가리가 주인에게 흥정을 하다 보니 경찰이 들이

닥치면서 둘은 경찰에게 붙잡혔다. 방범대원과 경찰은 한 명이라도 더 잡으려고 사방을 추적했으나 하나도 못 잡았다.

도망을 간 각자의 얘기들은 화려했다. 훈련 중에 날아온 편지들의 사연이었다.

복영이는 자신은 천천히 걸어서 차도를 걷고 나무장을 향해 걷고 있으려니 방범들이 "이쪽으로 도망간 몇 놈들을 보았습니까?" 하고 묻더라는 것이었다. 그가 "몇 사람이 반대방향으로 뛰더라."고 말을 해주니 방범들은 다른 쪽으로 뛰어갔고, 그것을 보고는 웃으면서 혼자 밤길을 걸어서 나무장에 도착을 하니 많은 친구들이 그곳에 도착해 있더라는 얘기였다.

그렇게 튀는 데는 도가 트인 친구들이었다. 그렇게 도망을 해서 다시 집결된 곳이 나무장이었다. 방범과 경찰은 각 방향으로 도망가는 자들을 추적하다 보니 나무장 방향이었다. 집결된 나무장으로 도착을 했을 때 모두들 모여서 어두운 그곳에서 도망간 자기의 사연들을 흥분된 상태에서 말하던 중 경찰이 플래시 라이트를 비추면서 다가오는 것을 알고는 모두들 들쥐같이 재빠르게 구석구석에 몸을 감추었다. 그리고 플래시를 비추는 시간에 숨을 죽이고 숨어있었다.

재빠르게 도망을 친 왕방은 방범들이 방을 노크할 때 일꾼들이 잘 때 입는 잠옷을 입고 있다가 잠자리에서 자다가 일어난 사람같이 눈을 비비면서 "왜들 이러는 거요!" 하니 혹시 누가 이곳으로 도망 온 것을 모르냐고 묻더라는 것이었다.

"아니, 이거 잠자는데 왜들 이러쇼!"

항의를 하니 방범들은 "미안합니다." 라고 말을 하면서 문을 닫고 밖으로 향해 다른 쪽으로 가더라는 것이었다. 그리고 청욱이는 자기 집 대문 앞이 바로 옆이니까 집 앞에 서 있으려니 방범이 자기에게 물어보더라는 것이었다. "저는 여기에 사는 사람인데 그런 일이 없었습니다."고 대답을 해주니 그들은 그러냐고 한 후에 돌아가려 했다.

교방이 드럼통을 반 잘라서 연결된 물통 안에 들어가서 가마니를 덮고 있으려니 플래시 불이 그 위를 왔다 갔다 하기에 숨이 막힐 지경이었는데 플래시가 비친 후 그냥 지나가더라는 것이었다. 그는 세워진 나무 사이에 숨어 있었다. 저마다 숨을 죽이면서 조용히 숨어있던 중에 재봉이는 불안하여 자기를 비추는 것 같아서 뛰어나왔다. 그대로 몇 분만 있었으면 방범과 경찰은 떠났을 것이다. 목재가 쌓여있던 곳에서 뛰어나오니 각 지역에 숨어있던 친구들이 모두 나와서 도망을 하는데 맨 먼저 구멍을 향하는데 재봉이의 엉덩이가 커서 걸려있는 것을 보고 이단 옆차기로 질러버렸다. 그렇게 전 벽이 무너지면서 모두 도망을 갈 수 있었나. 모두들 순간적으로 집중되어 나오니 경찰과 방범들은 놀래서 뒷걸음질을 하고 망설였다. 그렇게 십여 명 중에 하나도 잡히지 않고 사라질 수 있었다.

그 목재소에서 일을 하는 사람처럼 옷을 갈아입고 구경을 하던 영주와 곁에서 이불을 쓰고 누워있던 청남이는 일꾼들처럼 얼굴에 약간 먼지를 바르고 나와서 경찰들에게 몇 명이나 잡았냐고 물으니, "그렇게 빠른 놈들은 처음 보았다!" 한 놈도 잡지 못했다고 불평을 하면서 돌아가더라는 것이었다.

"그날 술값과 구들장 무너진 값을 어떻게 해결했느냐고 물으니 친구들은 이구동성으로 말을 했다. 그날 밤 잡혀 간 두 아가리는 며칠 경찰서에 잡혀있을 줄 알았다고 했다. 작은 아가리 아버지께서 그날 밤으로 경찰서에 직접 오셔서 모든 값을 지불해주시고 가셨다고 했다. 물론 아무런 야단도 맞지 않았다고 했다. 그렇게 나의 송별식을 마무리지었다

그러나 그 후에 경찰서에서 나무장을 깡패들의 소굴로 지정을 해 놓고서 자주 순찰을 나오는 바람에 그 후에는 모임이 이루어지지 않았다. 다른 친구들은 하나둘 해군, 공군으로 지원을 해 떠났고 대학을 갈 친구들은 학업에 집중을 하게 되었다. '나무장 하리마오들의 만남의 무대'는 그렇게 막을 내렸다.

그러나 그날의 송별식이 신길동 역대에 가장 화려하고 재미있었던 행사였다는 전설이 되었다. 그 후 각자 뿔뿔이 개개인으로 우리는 우리의 아지트이며 고향이었던 '신길동 나무장'을 떠났다.

그 후 모든 친구들은 나에 대한 소식을 성구와 왕래한 편지로 들을 수 있었다. 나의 해병대 훈련부터 월남전까지 얘기를 다 전해 듣고 있었다 한다. 내가 전상을 당해 불구의 몸으로 대구통합병원에 돌아왔을 때에도 소식을 접하고는 슬픔에 빠져있었다는 친구들의 얘기들이었다. 아직도 회복되지 못한 나의 건강을 누구보다도 걱정을 해주던 친구들이다.

한 해가 지나면서 일병을 달고 제대해서 동네에 나타났을 때는 친구들 중 반 이상이 군복무에 지원해서 떠난 후였다.

용산역

  나의 마음은 뒤돌아볼 생각도 없이 결정한 곳을 향해 질주하고 있었다. 어젯밤 죽마고우들이 '해병대 입대'를 위하여 동생들과 함께 나를 위해 준비한 송별회는 나의 생애 가장 화려하고 멋진 행사였다. 그러나 선희에게는 아무런 미래의 약속도 없이…. 어젯밤 늦게 택시를 태워 떠나보내는 마지막 시간에도 그녀는 미소만 보일 뿐이었다.

  아침 일찍이 택시를 타고 용산역으로 향했다. 도착하자마자 해병대 지원생들이 모이는 곳으로 향했다. 해병대 소집소 앞에서 선희는 나를 기다리고 있었다. 나에게 다가온 따스한 그녀의 손이 나의 팔을 잡아주었다. 지원생들이 모이는 곳을 향해 손을 잡고 걸으면서도 아무런 말을 하지 않았다.

  "어젯밤 파티 후에 어떻게 되었나요?"

  어젯밤에 건너 여관에서 홀로 잠을 자고 왔다는 말에 이상한 표정으로 쳐다보았다. 몇 명의 친한 친구들과 잔다고 자기를 홀로 보냈던 것이 우스운 얘기가 된 셈이다. 그날의 파티가 끝나면서 여관방 이층 창가에서 보았던 마지막 친구들의 사연을 설명하니 그제야 웃었다.

  "지불해야 할 술값을 내지 않았나 보지요?"

  대답을 하지 않고 걸었다. 지원생들이 모인 곳에 도착한 후 잠시 그곳을 응시하다가 애인의 손을 놓고 집결된 곳을 향해서 걸어 들어갔다. 마지막 작별의 키스도 잊었다. 뒤를 돌아보지 않았다.

젊은 사나이들이 웅성대는 곳으로 망설임 없이 걸어갔다. 용산역 앞에서 팔각모를 쓴 해병대가 우리들을 향해 명령조로 지휘하기 시작하였다. 우리는 줄을 서서 그들이 지휘하는 방향으로 옮겨 가면서 기차에 올라탔다. 모두들 해병대에 지원해 가는 젊은이들이라서 저마다 용기가 있어 보였고 그들의 사기는 나의 사기를 북돋아주고 있었다. 처음 만난 친구들이었지만 기를 살리는 대화로 서로를 위로해 주면서 해병대의 정신을 불어넣어 주는 것이었다.

'사나이로 태어나서 할 일도 많지만 너와 나는 나라 지키는 영광을 향했다!'

곁에 서성거리는 젊은이들과 스스럼없이 인사를 하고 화제를 이어갔다. 기차 안이 어느 정도 정리가 되면서 창밖을 내다보았다.

선희는 보이지 않았다. 헤어지면서 뒤돌아보지 않았던 것이 후회되었다. 그러나 눈물로 손을 흔드는 그녀의 모습에 마음이 더 아플까봐 돌아보지 않았던 것이다. 혹시 뒤늦게 달려온 친구들이라도 있을까 곳곳에 눈을 돌려보았으나 이별을 위해 모여든 군중 속에서 아는 얼굴을 찾을 없었다. 선희…!

헌병대 몇이 주위에 서 있었다. 기차 안에도 팔각모를 쓴 해병대가 곳곳에 자리하고 있었다. 팔각모를 코 아래까지 내려 쓴 탓에 그들의 얼굴은 눈과 입만 보이는 모습이었는데 머리를 뒤로 당기고 내려다볼 때는 우리를 제압하고도 남음이 있었다. 그들은 각 곳에 배치되어서 기합이 든 모습으로 우리들에게 지시했다.

기차가 서서히 움직이기 시작했다. 기차 안에는 앉을 자리가 없었다. 서울역에서 일차 지원병들이 자리를 다 차지한 후라서 그런 모양이었다.

　기차가 기적소리를 내면서 움직이기 시작하니 모두들 조용히 이별의 시간을 위해 창가를 주시하고 있었다. 기차는 서서히 용산역을 떠나기 시작하였다. 수많은 사람들이 작별의 손을 흔들어주고 있었는데, 그 사람들은 가족이나 친구들과 이별하는 사람들이었다. 내가 아는 사람은 아무도 볼 수 없었다. 이제는 군 복무의 의무를 다하고 무사히 돌아오리라는 생각뿐이었다.

　옆에 서 있던 친구들은 저마다 인사를 하고 얘기를 나누었다. 동네에서 용기 있고 사나이다웠던 지난날들이 그들의 전 재산일 것이다. 겉으로는 그렇게 용기 있는 사나이들이었으나 친구들과 가족들과 헤어지는 아쉬움을 기억하는 모습 속에서 그들의 말은 자주 끊어지고 있었다. 서로가 그 마음을 이해할 수 있는 우리는 모두들 같은 배에 탄 친구들이었다. 그들은 지난날의 기억과 아쉬움이 서린 우정과 사랑, 그리고 부모님께 다하지 못한 효심과 철없던 시절의 일들에 대해 용서를 빌고 있는 것만 같았다.

　잠시 후 한강다리를 건너는 시간에 창밖을 볼 수 있었는데 기차는 생각보다 빠르게 한강을 건너가고 있었다. 기차는 노량진을 통과해서 영등포 신길동을 지나친 후 영등포역을 무심하게 지나갔다. 나에게는 영등포역을 지나간다는 방송이 귀에 남아있을 뿐 이제는 사라져가는 고향이었다. 내가 해병대를 갈 때까지 자라던 나의 고향이었다.

　내가 자주 놀러다녔던 안양역을 지나가면서부터는 기차 내에서 말하는 친구들이 서서히 적어지기 시작했다.

저마다 지난날을 생각하는지 아니면 미래에 다가올 일들을 생각하는지…. 나는 친구들과 부모님을 생각하면서 마음을 강하게 먹고 견디어 그들 앞에 떳떳하고 '의젓한 해병대'로 태어날 것을 미래에 약속했다. 또한 떠나는 순간 이별의 배웅을 해준 선희에게 아무 약속도 하지 않고 떠났지만 우리는 다시 만날 날이 있을 것이다. 그녀의 손을 놓고 올 때 뒤를 돌아보지 않았던 것도 혹시 그녀의 흐느끼는 모습이나 눈물을 보게 되면 마음이 약해질까 봐서였다. 나의 약한 모습을 보여주기 싫었기 때문이다.

천안역을 지나고 잠시 후 조치원역이 다가오고 있었다. 기차가 조치원역을 지나갈 때 내가 어릴 때 서성거리던 역 앞을 내다보니 옛 모습 그대로였다.

여태껏 서 있던 지원병들은 기차 안 구석구석에 자리를 잡고 몸을 기대고 앉고 눕기 시작하였다. 이제는 조용히 생각에 잠기거나 청하는 모습이었다. 대전역을 지나갈 때는 모두가 지쳐서 잠이 든 것 같았다. 나도 피로를 느끼면서 기차 창문에 기대어 눈을 감고 생각에 잠겼다. 어젯밤에 친구들이나 동생들이 주는 송별주로 받아 마신 것이 적어도 30잔은 되었을 것 같았다. 친구들이 벌써 그리워졌다. 못 먹는 술을 이별주라고 권하던 죽마고우들과 동생들이 생각났다. 나에게 그런 큰 송별식을 준비해 주었으니 고맙기 그지없다.

졸음이 쏟아지기 시작하면서 나도 바닥에 앉은 친구 곁에 자리잡고 그들과 함께 잠을 청했다. 기차가 철로 위를 달리는 요동이 나의 몸을 더욱 흔들어대고 있었다. 그러나 나의 졸음과 피로함을 지배할 수는 없었다.

긴 여행길이었다. 모두들 늘어져 있었다. 기차는 완행열차, 우리를 싣고 해병대 훈련소로 질주하고 있었다.

> 불사조

⑧ 해병대 입대

진해훈련소
임시 편성
226기 향도병
총 방아쇠 긴바이 사건
한밤의 진해 앞바다
상륙훈련
천자봉
어머니의 방문
상남 보병훈련소
달빛 아래 사나이들의 승부

진해훈련소

잠시 후에 진해역에 도착한다는 해병대의 선포가 들렸다. 지원병들이 움직이기 시작하고 기지개를 펴는 모습이다. 어젯밤 모두들 작별의 마지막 밤을 지새웠으리라 생각하니 웃음이 나왔다.

훈련소에서 근무하는 해병대들의 모습이 나를 깨웠다. 모두 검게 탄 얼굴에 팔각모를 내려쓰고 곧바른 자세로 절도 있게 지시와 명령을 내리며 우리를 완전히 제압했다. 그들의 목소리는 기차 소리보다 더 크게 들렸다. 박력있고 멋이 있는 해병대의 첫 인상이다.

진해는 나의 생애에 처음으로 발을 밟아보는 타지였으나 낯설지는 않았다. 모두들 줄을 맞추어 서서 그들의 지휘 하에 기차에서 내려서 양 무리들같이 몰려갔다. 그리고 역 앞에 다시 집합하였다.

"오늘 저녁은 자유의 몸이고 내일 아침 ○○시에 다시 집합할 것입니다!"

명령이 떨어진 후 해산하여 자유로운 몸이 되었다. 뿔뿔이 흩어져 각자 근처에서 잠잘 자리를 찾아야 했다. 다행히 시내 구석구석에 방은 있었다. 들여다보고 자리가 있으면 싼값을 내고 들어가 저마다 누울 자리를 잡는 것이었다. 여관 주인들은 매달 몰려오는 지원병에 대해 잘 알고 있는 전문적인 사람들이었다.

우선으로 식당을 찾아서 배를 채워야 했다. 곳곳에 술집이 자리를 하고 있었고 길거리에는 많은 여자들이 손님을 유혹하고 있었다. '내일이면 여자와 술을 즐길 수 없으니 오늘을 즐겨라! 내일이면 늦으리.' 그런 말들이 이곳저곳에서 나오고 있었고 젊은이들은 그런 분위기에 어울리게 곳곳을 기웃거리고 있었다. 사방에서 유행가가 흘러나오고 있었다.

나는 술을 좋아하지 않아서 다소 떨어진 곳에 잠자리 방을 하나 정했다. 여러 명이 합숙하는 곳으로 하룻밤의 방값을 선불해야 했다. 그곳은 그렇게 이용되는 전문적인 방들이 많았다. 투숙객 모두가 해병대를 지원한 젊은이라서 서로 가릴 이유도 없이 정다운 친구처럼 대화를 하면서 자리를 잡았다.

그날이 우리에게는 사회에서의 마지막 밤이었다. 손님을 잡기 위해서 곳곳마다 술집 광고지가 들이닥쳤다.

식사를 한 후에 잠을 자기는 너무 일러서 짐을 풀고 밖으로 나가 돌아다니는 시간을 가졌다. 짐이라고 해 봤자 세면도구와 여기저기에 감추어 놓은 비상금 같은 뻔한 것들이라 아무 데나 잠자리 근처에 보따리를 던져두었다.

그 동네 길을 걸었다. 내일이면 다가올 해병대 훈련에 대해서는 겁이 나지 않았다.

태권도 수련에서 단련이 되어있는 몸이라서 남들이 하는 것은 다 할 수 있다는 자부심이 있었다. 마음의 준비도 되어있었다.

구석구석을 보니 많은 친구들이 미련이 남아서인지 무리 지어 술집에 들어가고 있었다. 날이 기울면서 요염하게 화장을 하고 유혹하는 여자들이 부쩍 눈에 띄기 시작했다. 그녀들은 사나이 마음을 끌어당기고 있었다. 나는 그런 것에는 관심이 없어서 길거리를 거닐면서 진해의 풍경을 구경하였다. 길거리는 마치 영등포 역 뒷골목의 사창가와 비슷했다. 누군가 서성거리는 매춘 가와 비슷하다고 생각하면서 홀로 쓸쓸한 미소를 지었다. 나의 잠자리에 돌아와 이른 잠을 청했다.

다음 날 새벽에 운동을 하는 습관 탓인지 일찍 깼다. 밖으로 나와서 길거리를 돌아보았다. 지저분해진 길거리에는 온통 술집이 자리하고 있는데 훈련소에서 가까운 곳이었다. 어제는 보지 못했던 훈련소 입구가 눈에 보였다.

해병대 지원생들이 모일 곳으로 집합하라는 예비명령이 우리들의 숙소마다 방송되기 시작했다. 나는 남들보다 일찍이 그곳에 가서 기다리고 있었는데 그 앞에는 헌병들과 훈련된 조교들이 기다리고 있었다. 많은 지원병들은 어제 저녁에 술을 마시고 노래를 부르고 기분을 내다가 늦잠을 자서 뒤늦게 서둘러 뛰어오는 모습도 보였다.

그곳의 신병들을 지휘하는 해병들은 용산역에 서 있던 해병대와 기차에서 지휘하던 해병대와는 달랐다. 훈련이 몸에 밴 조교들이라서 완전히 우리를 제압하고 지휘했다. 그들은 무리들이 모이는 대로 줄을 세워 소몰이꾼처럼 부대 입구를 통제하면서 우리들을 훈련장 안으로 데리고 들어갔다.

시 편성

 훈련된 조교들의 지시 하에 모든 지원병들이 줄을 섰다. 훈련소 소장으로부터 인사가 있었다. 조직적으로 구분하여 소대 중대 편성을 한 후에 부대 깊숙이 우리들을 끌고 들어가는 것이었다.
 서로 눈이 마주치고 줄 서서 행진하는 가운데 우리는 운명을 각오하고 온 사나이들이라는 무언의 대화가 오고 갔다.
 임시편성이라서 우선 지역으로 구분하였다. 나의 중대원은 모두가 서울 출신들이었다. 연병장에서 군복, 군화, 셔츠, 팬티를 나누어 주었는데 그 크기는 모두 달라 훈련병끼리 알아서 바꿔서 입어야 했다. 군화와 훈련병 신발도 대강으로 나누어 주어서 저마다 자기에게 맞는 것으로 다른 훈련병과 바꾸어 맞추는 것이었다. 마지막으로 훈련병 팔각모를 한 번에 뿌려서 각자가 하나씩 주웠는데 그것도 크기가 달라서 서로 교환해 머리에 맞는 것을 찾아서 써야 했다. 그리고 조그마한 소포용 상자를 나누어주었는데 거기에 사회에서 입던 옷과 신발을 넣고 집으로 보내는 것이었다. 그 안에 어떤 편지도 넣을 수 없다는 지시가 있었으나 저마다 작은 쪽지에 식구들에게 하고 싶은 말들을 써서 구석구석에 감추어 넣었다. 대개의 사연들은 무사히 도착하여 훈련에 임한다는 편지들이었으나 저마다 고향의 그리움이 묻어있었다. 특히 부모님께 속을 썩였던 철없던 시절을 사죄하는 글과 사이가 나빴던 형제들에게도 화해를 하는 글이 주였다. 그렇게 쓴 편지는 인생에서 몇 번 되지 않을 진심의 사연들이었기에 그 글을 받는 집에서는 반가워하고 모든 지나간 잘못을 용서와 사랑으로 이해할 것이다.

우선 교훈을 외워야 했고 거기에 따른 명령 복종이 철칙이었다. 해병대 정신을 심어주기 위한 정신훈련이 그날부터 시작되었다. '모여 헤쳐!'부터 '우향우 좌향좌 뒤로 돌아가'가 반복되어 정신을 혼란시켰으나 모두들 긴장하면서 명령에 따라 움직였다. 잠시 후 조교로부터 훈련된 시범이 있었는데 훈련병들의 자세를 지시하는 그들의 우렁찬 목소리처럼 그 대답이 확실하고 정확하게 나오도록 기합을 되풀이했다.

첫날 하루에 했던 엎드려뻗쳐가 수백 번을 넘었고 구보하는 규칙과 종렬과 횡렬로 서는 훈련법, 기본동작을 끝없이 반복했다. 그리고 한 명 한 명이 같은 시간에 힘을 쓰지 않으면 불가능한 큰 전봇대를 들어 올려 하늘로 올렸다가 왼쪽에서 오른쪽으로 이동하는 훈련도 반복했다. 그 외에 다른 생각을 하지 못하도록 쉬는 시간은 기대보다 훨씬 짧았다. 훈련은 초보 생들을 지칠 대로 지치게 만들었다. 그래도 낙오자는 아무도 나타나지 않았다.

점심시간이 되어 왕자식당 앞에 줄을 세워놓고 정신교육을 시켰으나 모두들 식사 시간만 기다렸다. 식사하는 법과 식사 전 후의 처리법을 주입시킨 후에야 줄 세워 식당으로 들어갈 수 있었다. 사회에서 하던 식사할 때의 나쁜 버릇은 고쳐야 했다. 식사 바로 전에 "감사히 먹겠습니다!" 그 소리가 큰소리로 나오도록 교육을 받은 후에야 식사를 시작하는 것이었다.

첫날 저녁부터 기합이 들지 못한 훈련병들이 속출했다. 식사시간 내에는 사회에서의 버릇을 완전히 끝을 내지 못했던지 반찬투정을 하기도 했으나 그것도 완전히 없어졌다. 식사시간 제한으로 아주 짧은 시간이었으나 평소에 무척 빠르게 식사를 하던 나는 문제가 되지 않았다.

식사가 끝나고 나면 식당 앞에 줄 세워 땅바닥에 앉아서 담배를 피우는 시간을 주었다. 훈련병에게는 최상의 시간이었다. 나는 담배를 피우지 않았기 때문에 화랑담배가 분배되었을 때 그것을 이웃에게 주고 그냥 앉아서 농담이나 하는 여유가 있었다.

첫날밤부터 후회하는 훈련병도 보였다. 길고 긴 3일이 지나가면서 마지막으로 훈련을 포기하려는 자들에게 기회를 주는 시간이었다. 몇몇이 그 대열에 서는 것을 보면서 나는 스스로에게 맹세했다.

'나는 어떠한 일이 있어도 포기하지는 않을 것이다.'

"오늘로서 마지막 퇴출할 기회를 주겠으니 밖으로 나오라!"

이곳저곳에서 눈치를 보면서 일어나 나가는 지원병 몇 명이 보였다.

226기 향도병

아침 식사가 끝나고 소대 별로 땅바닥에 앉아서 담배를 피우는 시간이었다. 이발사 경험이 있는 훈련생을 고르고 있었으나 두세 명 이발사 가지고는 부족하여 아무나 끌어내서 그 자리에서 이발하는 법을 가르쳐주었다. 그런 후에 머리를 자르지 않고 온 지원병을 줄 세워서 삭발을 시작했다.

나는 미리 머리를 아주 짧게 깎고 왔기 때문에 삭발하는 시간이 자유로웠다. 삭발하지 않고 입대한 훈련병들은 줄을 서 있다가 아마추어 이발사 앞에 있는 의자에 앉아서 머리를 잘라야 했다. 이발 기계 쓰는 기술을 그날로 배운 이발사한테 머리를 맡기고 있는 훈련병의 얼굴이 울상이었다. 내가 보아도 이발 기술이 수준 이하였다.

이발 시간이 끝나고 연병장에 줄을 서서 소대 중대 편성을 했다. 대위 계급장을 단 중대장이 지나가다가 나를 지목해서 다른 소속으로 가라고 명령을 내렸다. 그가 속한 중대에 향도병으로 지목한 것이었다.

내가 소속된 곳은 지원병들이 모두 서울 출신들이었는데 향도병으로 지명된 중대는 모두가 시골에서 입대한 나이 든 친구들이 많았다. 주로 전라남도나 강원도에서 징집을 받아 온 동지들이었다. 그들은 일반 지원병들보다 두세 살 나이가 위였다.

나는 그날로부터 그 중대의 향도병으로서 임무를 맡게 되었다. 중대장과 조교로부터 모든 것을 지시받아 훈련병들에게 명령하는 위치였다. 각 소대 간의 문제를 해결해주는 임무도 있었다. 매일 아침 중대훈련병이 일어나기 10분, 5분 전 "총 기상 5분 전!"을 큰 소리로 하달해야 했다. 기상을 해서 취침에 들어갈 때까지 훈련병의 지도자가 되어서 조교와 화합해야 하는 것이 향도병의 임무였다.

훈련 중에는 모든 중대 병사들이 정신적으로 기합이 빠질까 봐 항상 명령에 따라 움직여야 했다. 짧은 휴식에 긴 훈련의 연속이었다. 그러나 나의 성격으로 적성이었던 것이 지도자로서 움직이는 위치라서 좋았다.

가끔 개인적인 문제로 부탁을 하는 훈련병의 사정을 조교나 중대장께 보고해서 도와줄 수가 있었기에 모든 중대 훈련병들의 민심을 잃지 않았다. 특히 내가 담배를 피우지 않으니까 골초들은 내 담배를 얻으려고 평소에도 잘 호응해 주었다. 모두들 취침 시간이 되면 야간근무를 교대시켜야 했다. 그런 날이 계속되어 마음놓고 잠을 잘 수 있는 날은 내게 없었다.

훈련 중 자다가 말고 총 기상을 시켜서 완전무장으로 연병장을 뛰어야 했고, 팬티 바람으로 PT 훈련도 자주 했다. 훈련병의 생활은 명령에 죽고 명령에 사는 것을 배우는 시간이었다. 일주일이 지나면서 식사에 문제가 있던 사병은 사라졌다. 그런 사소한 것들은 신체적인 단련과 정신적인 훈련에서 있을 수 없는 문제였다. 그런 와중에도 고향에서 날아오는 편지를 읽을 시간도 있었고 답장을 할 시간도 있었는데 그때 취침 시간 후에 남몰래 자기 시간을 만드는 지혜가 생긴 것이었다.

입대를 한 후 소포로 보낸 나의 옷을 받아든 부모님의 사랑과 염려의 글에 눈시울을 적시었다. 다 못한 효를 생각하니 더욱더 죄송한 생각에 잠을 이루지 못했다. 그립던 죽마고우들의 편지에서는 우정을 느끼면서 보고 싶은 시간도 겹겹이 쌓여가는 훈련병의 생활이었다. 배부되는 편지지와 봉투를 받고는 저마다 고향을 향한 마음을 글로 엮어서 보내는 훈련병의 사연은 저마다 깊었다.

아침이 되면 또 기상명령을 시작으로 또 하루의 훈련이 시작되는 훈련병 신세이지만은 그때그때 재미도 있었다. 식사 후 왕자식당 앞 땅바닥에 앉아서 화랑담배를 피우면 해병대정신과 전우애가 무르익는 것이었다. 모두들 모여서 담배를 피울 때는 마치 큰 공장에서 나오는 연기통같이 많은 담배연기가 하늘로 올라갔다.

하루는 모두들 취침에 들어가는 시간에 한 병사가 나의 침대에 다가와서 부탁을 했다. DDT와 면도칼이 필요하다는 것이었다. 이유는 입대 전날 술을 마신 후 여자의 유혹에 빠진 탓이었는데, 세발이가 그의 아랫부분을 파고들어 근질거리는 고통을 받고 있다는 것이었다. 훈련병은 면도칼이나 DDT를 구할 길이 없고 중대장이 외출을 할 때에 중대장 사무실에서 구할 수 있었다. 그래서 나는 도와줄 것을 약속하고 기회를 봐서 조교에게 말을 했더니 자주 있는 일이라는 것이었다. 중대장 사무실에 청소를 한다고 들어가서 버려진 면도칼과 DDT를 구해다가 그 훈련병에게 전달해 주었다.

그런 크고 작은 일들을 도와주던 나의 향도병 생활은 무도인 정신인 리더십과 신체적인 수련에 도움을 주었다. 목숨을 함께하는 전우애를 해병대에서 배웠던 보람있던 훈련 시간이었다.

방아쇠 긴바이 사건

야밤에 전원을 기상 시켜 놓고 명령을 내렸다.
"오른발에는 군화, 왼발에는 운동화, 바지를 입지 않고 팬티 바람에, 위는 샤스만 입고, 철모를 쓰고 M1을 들고 연병장으로 5분 안으로 집합! 알겠나?"
"네! 알겠습니다!"
나는 그대로 중대에 복창하고 명령을 하달했다. 전 훈련병은 빠른 동작으로 서로를 도와주면서 신속히 준비하여 연병장에 집합했다. 전 중대의 훈련병을 줄을 맞추어 세워놓은 다음 조교가 나와서 검열하였다. 명령을 수행하지 못한 병사가 속출하자 중대장이 그들을 따로 집합시켜서 완전무장에 연병장을 구보하도록 명령했다. 그들 외의 모든 훈련병들은 달빛 아래 줄을 서 있으면서도 연병장을 구보하고 있는 훈련병과 한마음으로 함께 뛰고 있었다. 한 바퀴를 돌고 앞으로 지나갈 때마다 모두 응원하고 구보하는 훈련병은 응답했다. 야밤에 연병장을 뛰는 해병이나 부동자세로 줄 서 있는 해병이나 한 몸이 되는 정신훈련이었다.

연병장 구보가 끝난 후에 모든 무장을 해제하고 달밤에 간단한 체조를 한 후 땀을 흘리고 있는 훈련병의 등목을 서로 도와주었다. 지친 병사나 도와주는 병사가 함께하는 우정의 단합이 되었다. 죽음을 함께 할 수 있는 전우애가 생기던 야간훈련이었다.

　4주가 지날 때쯤 각 중대에서 긴바이 사건이 터지기 시작했다. 그런 사건 때문에 훈련은 더욱 고달팠다.

　어느 날 완전무장을 해제하고 M1 총을 가지고 16개 동작을 훈련하던 중이었다. 잠시 쉬는 시간에 총을 분대별로 모아 세워놓고 신체적인 훈련을 할 때였다. 전우들과 여담을 하고 있었는데 기분이 이상해서 나의 소총을 확인하니 방아쇠가 없어진 것이었다. 누군가가 그것을 빼간 것이었다. '긴바이'를 당한 것이었다.

　조교에게 보고를 할까 하다가 생각을 바꾸어 스스로 대처하기로 결심했다. 내일 훈련시간 내에 방아쇠를 찾아서 맞추어 놓지 않으면 뒤따르는 벌칙과 고생길을 생각하니 아찔했다. 나의 말동무들에게 돌아와서 사실을 말해준 후 모두가 나를 도와줄 것을 부탁했다. 잠시 쉬는 그 시간에 다른 중대가 훈련하는 장소에 가서 방아쇠를 훔쳐오는 작전을 세웠다. 대낮은 불가능하여 야밤으로 작전을 바꾸고 방아쇠가 없는 내 총을 들고 아무도 모르게 움직였다.

　훈련을 계속하다가 쉬는 시간이 되었을 때 총대를 분대별로 세워놓고 팀을 데리고 옆 중대를 기습했다. 나는 전우들에게 망을 보게 하고 직접 다른 중대가 총을 모아놓은 곳에 가서 순식간에 총의 방아쇠를 뽑았다. 그리고 망을 보던 전우들과 함께 중대로 돌아왔다. 그 순간의 스릴은 말로 표현할 정도로 한순간의 움직임이었다.

　무사히 나의 총에 방아쇠를 껴놓고서야 그날의 야외훈련이 끝났다. 모든 중대의 총을 확인시키고 주의사항을 전달했는데 그날 옆 중대가 저녁 식사 전에 기합을 받는 것이었다. 그 모습을 보면서 나를 도운 팀과 눈빛을 마주치고 미소를 주고받았다.

  그런데 얼마 후에 조교가 내 총의 방아쇠를 가지고 와서 나에게 돌려주는 것이었다. 아찔했다. 총마다 각 부속에 고유번호가 찍혀있었던 것을 생각하지 못하고 긴바이를 했던 것이었다. 나 또한 조용히 긴바이해 온 방아쇠를 빼서 조교에게 돌려주었다. 조교가 아무런 직책 없이 총을 받아서 중대장실로 돌아가는 것을 보니 '긴바이'가 조교들이 훈련병을 긴장시키고 뺑뺑이를 돌리는 훈련의 방식인 것 같았다.

  해병대들이 긴박한 순간에 하는 긴바이도 훈련의 한 종목이라는 얘기를 들었으나 내가 직접 당하고 나니 장난이 아니었다. 우리가 적을 제압하기 위해서는 필요불가결한 훈련인 것은 분명해 보였다.

한밤의 진해 앞바다

　기합이 빠질 시간이 될 만하면 야밤에 집합을 시키고 훈련을 한다. 어느 날도 모두 기상시켜서 팬티 바람으로 연병장을 뛰게 했다. 그렇게 땀을 흘린 후에 모든 훈련병을 바닷가에서 줄을 세워놓고
　"한발 앞으로 갓!"
　하면 한발 한발 바닷가를 향해 걸어야 했다. 물에 차차 잠기기 시작하여 몸이 거의 다 들어가면 바닷물이 코앞에서 출렁이고 있다. 더 이상 앞으로 가면 수영을 해야 하는 때에야 잠시 멈추게 했다. 그때 고향을 생각하는 시간을 주는 것이었다. 그런데 눈앞에 무엇인가 왔다 갔다 했는데 자세히 보니 달빛에 보이는 것이 '똥 덩어리들'이었다. 둥둥 떠다닌다. 옆으로 보니 우리가 매일 쓰는 큰 변소가 자리하고 있다. 그러나 비록 똥 덩어리들이 나의 코앞에 둥둥 떠 있고 코 앞을 치고 지나가도 그 순간이 달빛 아래 고향을 생각하기에는 최상이었다.
　"모두 뒤로 돌아! 한 발 앞으로 갓!"
　"연병장 앞으로 집합!"
　"선착순이다! 마지막 순으로 벌칙이 내려질 것이다."
　명령이 떨어지자 저마다 서둘러 바닷물을 헤치고 뛰어나와 연병장으로 집합하여 줄을 섰다. 나는 향도병 의무로 확인 번호를 불렀다. 하

나! 둘! 셋, 넷 번호를 불러서 마지막 번호로서 전 훈련병 인원을 확인하였다.

"전원 이상 없습니다!"

그런 다음 모두 야외 목욕하는 장소로 이동해서 빠른 시간에 몸을 씻고 전과 같이 정돈된 상태에서 땅바닥에 앉도록 명령을 했다.

잠시 후 중대장의 자비로 준비했다는 큼직한 빵을 하나씩 나누어 주었다. 달빛 아래 연병장 땅바닥에 앉아서 빵을 먹는 즐거운 시간이었다. 그 빵은 입에 들어가자마자 녹아서 목으로 순식간에 빨려 들어갔다. 그 기쁨은 말로 표현할 수 없을 정도였다.

그다음 모두 돌아와 취침시간을 맞이하는 것이다. 오늘의 야간 훈련은 이것으로 끝이 난 것이니 중간에 깨우지 않을 것이다. 몸은 훈훈하고 배도 부르고 잠은 절로 왔다.

우리는 해병대…. 그러나 훈련병 쫄다구 신세였다.

 상륙 훈련

아침부터 식사를 마치자마자 모든 것이 바쁘게 돌아가는 듯했다. 중대장으로부터 명령이 내려졌다.

"모두들 완전무장을 하고 연병장에 집합!"

재창 소리가 조교로부터 내려지자 모두들 서둘러 완전무장을 한 후 연병장에 줄을 섰다. 인원을 확인한 후 조교에게 보고했다.

부대 입구 쪽으로 이동을 하니 그곳에 트럭이 대기하고 있었다. 조교의 지시에 따라 순서대로 올라가 자리를 잡으니 트럭이 이동하기 시작했다. 모두들 오늘은 무엇을 할 것인지 알지 못하는 상태에서 그날그날 중대장의 계획으로 훈련에 임하는 것이 훈련병 신세였다. 절대 우리의 선택은 없었다.

진해 바닷가에 도착을 하고 나니 우리들 앞에 큰 군함이 기다리고 있었다. 전 226기가 함께 군함에 연결된 사다리를 타고 올라갔다. 군함에서는 해군의 지휘를 받아야 했다. 그들은 나이가 젊었는데 계급을 떼고 우리를 지휘하고 있으나 마음으로 타 군이라는 생각에 반발심이 생기는 것이었다. 그런 마음은 나만이 아니었다. 서로 눈길로 그런 감정을 알 수 있었다. 그러나 배 안의 구조를 잘알지 못하는 우리로서는 어쩔 수 없이 그들의 지시에 따라야 했다. 그러다 보니 배 안에 가장 낮은 자리 좁은 구석에 박혀있게 되었다.

군함 계단 몇 층 밑으로 군함의 최하 바닥으로 내려간 기분이었다. 완전무장을 풀고 앉을만한 준비된 자리가 있었다. 그 좁은 공간에서도 병사들이 누울 만한 자리가 눈에 들어왔다. 해군이 우리들에게 군함에서의 규칙과 군함의 위치 구조를 설명해주고 떠난 후 조교의 명령을 따라서 자리를 잡았다.

배가 이동하기 시작하면서 식사할 시간이 되자 모두들 줄을 서서 식당으로 이동하여 쟁반에 식사를 받아와 제자리에 돌아와 식사를 하는 것이었다. 공간이 비좁아 답답하지만 별도리는 없었다. 예전에 제주도 무전여행을 하던 생각이 떠올랐다. 배멀미에 진저리 치던 그 기억에 홀로 웃었다.

조교와 함께 해군이 설명한 것에 대해 다시 복습을 했다. 배가 기울 때 각 위치에서 균형을 잡는 법, 구조물을 찾아서 몸에 부착하여 바다에 적응하는 법, 위험에 처한 전우를 구조하는 방법 등 군함 선상에서 해야 할 동작을 시범과 함께 훈련에 들어가는 것이었다. 전투에 임할 때 완전무장을 하고 하선하는 것도 훈련하였다.

모든 것이 몸에 익을 만할 때쯤 선상에 있을 때 또 다른 군함이 우리 곁으로 다가왔다. 군함과 군함 사이에 출렁대는 밧줄다리를 놓고 건너가는 훈련을 하기 위해서였다. 완전무장을 풀고서 군함과 군함 사이를 수영으로 건너가는 훈련이었는데 군함 사이 물 밑에 망이 쳐져 있어서 훈련병을 보호하는 것 같았다. 그러나 실제로 바닷물 속으로 들어가보니 우리 키보다 깊어서 수영을 해야 했다. 정상적인 수영을 할 수 있는 입장이 아니니까 모두들 개헤엄으로 물 위에서 버티는 것이었다. 그렇게 해서 다른 군함으로 이동하는 훈련이었다. 모두들 몸에 전투에 필요한 것을 부착하고 물에 들어갔으니 하체 두 다리로만 물밑으로 저어가야 하는 그야말로 개헤엄이었다. 그렇게 흩어졌다 모였다 하는데 그런 수상훈련에는 정상적인 수영이 통하지 않았다. 전투복을 입고 완전히 바닷물에 젖어서 몸이 자유롭지 않은 상태에서 움직이는 것이어서 우리는 짧은 시간에 지치고 있었다. 선상에서 조교와 중대장이 물밑으로 가라앉는 수병이 있을 때마다 뛰어들어 물 위로 끌어 올려서 보호하고 있었다. 그래서인지 훈련이 그렇게 심했어도 익사하는 훈련병은 없었다.

　잠시 쉬는 사이에 선상으로 모두 나와서 서로를 위로하였다. 조교의 농담에 웃기도 하는 시간이었다. 모두들 물속에서 훈련하니 배가 자주 고파 휴식 시간이면 간식으로 먹을 건빵을 한 봉지씩 받아 배를 채웠다. 해군과 해병대는 사촌이라는 인식을 주입시켰고 해군에 반항하는 해병대가 없도록 교육받았다. 해군들이 훈련 중 "이래라 저래라" 반말로 명령하는 모습이 좋게 생각되지는 않았지만 감정을 누르고 훈련을 받았다.

　잠시 휴식 후 상륙작전에 대한 훈련으로 연결되었다. 선상에 있는 상륙에 필요한 기구에 대해서 설명을 한 후 각 조끼리 튜브 보트를 짊어지고 상륙훈련에 임했다. 바닷가 진흙바닥을 나오는 훈련으로 서로 엉키어 기대며 낮은 포복으로 상륙하는 훈련이었다. 그럴 때 오로지 조교가 선창하는 '곤조가' 가 정신적인 힘이 되어 악을 쓰고 앞으로 전진하는 해병들이었다.

　그렇게 긴 하루의 해가 질 때쯤 훈련병들은 지칠 대로 지쳐있었다. 온

몸에 묻은 바닷물의 진흙을 닦아내고 젖은 훈련복에 완전무장을 하고 부대로 돌아올 때 부르던 곤조가는 우리의 신조였다. 악을 쓰지 않고는 견딜 수 없었던 해병대의 영혼이 스며들던 시간이었다. 그 외에도 낙하 훈련과 산악훈련의 위험한 고비를 넘고 견디어 나가면서 강한 해병대로 다시 태어나던 진해 훈련소였다.

자봉

완전한 해병이 되려면 '천자봉' 완주가 남아있었다.

며칠 전 조교가 나에게 개인적으로 알려준 천자봉을 왕복 구보하는 날이었다. 아침부터 비상사태였다. 전 226기생들은 구보하기 위해서 준비를 한 후에 아침 식사를 하러 모두 왕자식당 앞에 도착하였다.

모두들 줄 서서 급식대 앞을 지나가면서 밥과 반찬들 그리고 도루묵 국을 쟁반에 올려 받았다. 나는 잠깐 정신적인 여유가 있어서 취사반이 하는 것을 구경할 수가 있었는데 그들은 각자 자기의 위치에서 땀을 흘리며 일하고 있었다. 초년생이었을 때는 이곳저곳이 낯설었다. 그러나 6주가 지나가면서 밥을 주는 뒤편에서 병사들이 셔츠를 벗고 땀을 흘리며 장화를 신고 큰 밥솥으로 들어가서 밥을 삽으로 푸는 것을 볼 수 있었다. 그만큼 군대 밥솥은 무지하게 컸다. 도루묵국을 퍼내는 국솥도 그와 비슷한 크기여서 국자를 화이바(철모 안에 쓰는)로 퍼내는 것이었다. 모두가 자기의 식사 쟁반을 탁자에 올려놓고서 부동자세로 기다리고 있다가 침묵 후

"식사 개시!"

"감사히 먹겠습니다!"

기합 든 대답을 한 후에 식사를 개시하는 것이다. 항상 밥맛은 꿀맛

이요 도루묵국은 소고깃국 맛이었다. 모두들 말없이 식사를 하면서 짧은 여담도 있었으나 먹는 속도와는 관계가 없는 여유였다. 그중에서도 식사하는 시간이 빨랐던 나는 식후에 여유의 몇 초가 남아있었다. 모두들 식사 시간이 끝나기 전에 식사를 마치고 식기를 닦아 정돈하는 자리에 놓고 식당 앞에 소대별로 줄 서서 땅바닥에 앉아 화랑담배를 피웠다. 모두들 담배를 즐기는 시간에 나는 그들을 구경하면서 옆 해병과 여담을 즐겼다. 내가 배당받은 담배는 옆 해병이나 나를 돕는 해병에게 나누어 주었다.

짧은 휴식 시간이 끝나고 조교의 구령에 발맞추어 중대별로 집합하였다. 준비한 완전 무장한 배낭을 어깨에 얹고 몸에 맞도록 한 후 줄을 섰다. 드디어 마지막 가장 힘든 코스인 '천자봉 구보' 훈련에 임하는 것이다.

부대 안에서 발을 맞추어 부대 밖으로 나오니 동네사람들이 환영의 손을 흔들어 주었다. 잠시는 멋도 있었으나 멀고도 먼 천자봉 정상을 향해 가는 길은 쉽지 않았다. 훈련된 조교의 지시에 따라 박력 있게 발맞추어 구보하던 우리는 지칠 듯할 때마다 조교로부터 배운 곤조가를 부르며 스스로에게 용기를 북돋아주었다.

온몸이 완전히 땀으로 젖어 있어도 우리는 쉬지 않고 뛰었다. 가끔 길거리에서 예쁜 모습의 아가씨들이 지나가면 곁눈으로 그 모습을 훔쳐보기도 했다. 오랜만에 사회의 모습을 다시 보니 뜀을 뛰는 데 활력소가 다시 일어나는 기분이었다.

중대장님과 조교는 가벼운 군복을 입고 뛰고 있었지만 앞으로 뒤로 오고 가면서 감시와 지휘를 하느라 훈련병들보다 분주했다. 온통 땀으로 흠뻑 젖은 그들의 모습이 훈련병의 사기를 살려주었다. 오전 중에 천자봉 정상에 도착할 수가 있었다. 온몸에 젖은 땀도 식히고 소대별로 모여서 화랑담배를 피우는 시간이 그렇게 평화로운 시간일 수가 없었다. 잠시 쉬면서 배워 온 방식으로 준비된 식기를 이용해 각자 불 때기로 점심을 해 먹는 시간도 훈련병만의 즐거운 한때였다.

휴식 시간이 끝나자 집합을 시켜서 특기 자랑과 노래 자랑의 시간이 있었다. 모두들 동네에서 놀던 때의 특기를 발휘하면서 흥을 돋우었다. 당시에 기억나는 동기생 하나가 있었는데 그렇게 말을 재미있게 하며 사회를 잘보면서 분위기를 살렸다. 제대 후 연예계에 진출할 것으로 기대했지만 제대 후에 볼 수가 없어서 아쉽다.

모두들 해병대라는 자부심에 서슴지 않고 나와서 노래와 특기 자랑으로 위로를 나누고 즐거운 시간을 보냈다. 그 시간이 지나면서 다시 하산을 했는데 올라가는 구보보다는 훨씬 쉬웠다. 구보도 발 박자가 잘 맞아서 조교와 중대장도 걱정을 덜 하는 것 같았다. 나는 향도병으로서 맨 앞에서 조교의 명령을 복창하여 훈련병에게 전달했다.

종일 불러대던 해병대의 곤조가, "우리는 해병대 ROK MC, 헤이빠빠리빠, 때리고 부시고 마시고 조져라, 헤이빠빠리빠." 목이 쉬도록 종일 구보 시에 불러댔던 그 "해병대 곤조가"는 한평생 나를 위로해주는 곡이 되었다. 많은 해병대 곤조가는 우리들을 단합시켰고 해병대 정신을 깊이 심어주었다. 그것은 노래가 아니라 정신적으로 영혼이 피 끓는 악쓰는 소리였다. 무사히 훈련소 정문을 통해서 돌아올 때는 모두들 땀으로 범벅이 되었지만 완주했다는 자신감과 기쁨에 환한 웃음을 교환하였다.

어머니의 방문

　내일이면 고향에서 가족들이 방문 오는 날이라서 모두들 마음이 들떠 있었다. 자유 시간이 조금 더 길어졌다. 저마다 방문객을 맞이하기 위해서 면도도 하고 입을 군복도 잠자리 밑에 깔아 놓아 주름을 잡고 팔각모는 밥풀로 각을 세웠다.

　나의 팔각모에는 이병 작대기 하나, 오른 가슴에는 붉은 명찰에 노란색으로 이름이 새겨져 있다. '유병홍' 빨간색은 피, 노란색은 땀을 상징하는 영원한 해병대였다.

　산친이 온다는 취침 점호도 한결 부드러워졌고 구석구석에서 잠을 이루지 못하는 훈련병들이 꿈틀거리고 있다가 잠드는 날이었다.

　다음 날 아침, "총 기상 5분 전!" 전 중대 훈련병에게 명령을 하달했다. 간밤에 잠을 설친 해병들이 어렵게 일어나는 모습들이었다. 모두 연병장으로 나와서 기초운동을 한 후 연병장을 구보하면서 짧은 대화를 나누는데 마음이 들떠있는 것을 짐작할 수가 있었다. 나는 '향도병'으로 앞에서 뛰며 조교와 함께 중대를 리드했다.

　아침 식사시간이 되어 모두 왕자식당 앞에 도착했다. 잠시 다음 중대를 기다렸다가 226기 모두가 도착한 후 서열을 맞추고나니 훈련소 소장으로부터 주의 사항이 전달되었다. 방문객 앞에 해병대의 기상을 보여주어 실망스러운 모습이 없기를 기대한다는 말씀이었다.

줄 서서 식당으로 들어가서 순서대로 쟁반에 음식을 받아들었다. 식탁 위에 쟁반을 줄 맞추어 놓은 후 잠시 자리에 앉아서 기다렸다. 모든 훈련병들이 자리를 앉은 후 조교들과 중대장들이 자세를 확인하고 지나갔다. 무엇이든 명령에 따라서 움직이는 것이 훈련병의 기본이었다.

"식사 시작!"

"감사히 먹겠습니다!"

그 큰 식당이 흔들리듯 울리는 응답을 한 후 동시에 식사를 시작했다. 하지만 오늘 만날 가족과 친구들을 생각하느라 마음이 분산되어서 먹은 둥 마는 둥 식사에 집중을 할 수 없는 시간이었다.

모두 식사를 마친 후 정해진 시간에 빈 식기 쟁반을 들고 깨끗이 닦아서 정리해 놓았다. 식당 앞으로 나와서 줄을 맞추어 차렷 자세로 명령을 기다렸다. 중대별로 소대별로 줄을 세워 모두 땅바닥에 앉을 것을 명령했다. 보통 때 쉬는 시간이었으면 담배를 피우면서 여담을 할 수 있었다. 모두들 식당 앞 땅바닥에 주저앉아서 주머니에 간직하던 화랑 담배를 꺼내 불을 붙였다. 담배연기가 오늘따라 느릿느릿 창공으로 날아가고 있었다. 하늘도 맑고 바람도 쉬는 조용한 기쁨의 날이었다. 모두들 마음이 서두르는 것과는 반대로 시간은 늑장을 부리며 게으르게 일초 이초 움직이는 것 같았다.

잠시 후 명령에 의해 가벼운 구보로 정해진 장소를 향해 뛰기 시작하면서 모두의 얼굴에 미소를 띠기 시작했다. 누가 그 먼 길을 기차를 갈아타고 나를 만나보러 왔을까 생각하니 마음이 들뜨기 시작했다. 하지만 어제 저녁에 조교들로부터 지시받은 말을 생각하니 다소 마음을 진정시킬 수 있었다.

"모두들 방문객 앞에서 약한 모습을 보이지 않도록 하라!"

어제 저녁에 조교들이 알려준 충고를 아침에 다시 상사님으로부터 지시받았다.

정문과 가까운 면회 장소에 도착하니 집결하여 벤치에 앉아있던 분들이 하나둘 일어나면서 아들이나 친구를 먼저 보려고 고개를 기웃거렸다. 우리가 도착할 즈음에는 모두들 환영의 박수를 쳐주었다. 우리는 훈련병으로서 많은 방문객이 모인 곳을 향해 눈을 돌릴 수가 없었다. 모두들 중대장의 명령 하에 움직일 뿐이었다. 중대장의 설명과 방문객의 대표가 환영 인사를 한 후에야 자유로운 만남의 시간이 허락되었다.

곳곳에서 가족과 친구들을 만나 거수경례를 먼저 한 후에 서로를 얼싸안는 모습을 볼 수가 있었다. 어머니가 홀로 와 계셨다. 나는 거수경례를 한 후에 어머니의 손을 잡았다. 어머니는 향도로서 제일 앞에서 뛰는 것이 나라고는 생각하시지 않으셨던 모양이었다. 반가운 마음으로 맞이하시는 어머니의 얼굴이 그 사이에 더 늙으신 듯했다. 모든 훈련병이 검게 그을린 얼굴로 변해 좀 더 강해보였듯이 나도 어머니가 그렇게 보시겠다고 생각하며 바른 자세로 어머니를 맞이해 드렸다. 어머니는 향도로 맨 앞에 오던 사람이 나였다는 것을 한참 후에야 알아보셨다고 말씀하셨다. 모두가 같은 훈련복을 입고 검게 타오른 얼굴과 자세가 같으니 설마 하셨던 모양이었다.

어머니의 마음에 나는 어릴 때 꼽추가 될 뻔했던 막내아들이라 남보다 더 염려를 하셨으리라. 어머니께 가족들 안부를 물었다. 아버지의 건강, 여동생, 집안의 꽃 귀여운 조카딸 은주, 그리고 형수의 안부였다.

어머니는 모두들 건강히 잘 있으니 걱정 말고 "군무에 충실해라."는 말씀만 되풀이하셨다. 그리고 미국에 간 형으로부터 소식도 자주 온다고 말씀해 주셨다. 어머니의 손을 잡고 철없던 사춘기 때의 실수 실언을 사죄의 뜻으로 말씀드렸다. 훈련 기간에 많이 생각하고 후회한 나의 사죄였다. 그리고 어머니의 손을 잡았다. 어머니는 모든 것을 용서해 주셨고 사랑으로 나를 만나기만을 기다리신 분이었다. 훌륭히 해병대 훈련을 완수하고 어머니 앞에 앉아있는 막내아들이 대견스럽기만 하셨던지 웃으시면서 나의 얼굴을 쓰다듬어주셨다.

어머니가 앉으실 자리를 찾아서 모시고 가지고 오신 음식을 골고루 먹어보았다. 특히, 내가 가장 좋아하던 김밥을 아버지께서 직접 만들어 주셨다고 하셔서 가슴이 울컥했다. 아버지의 손길이 담겨 전달된 김밥이었다. 훈련 중 먹던 도루묵국도 맛있게 먹으며 훈련에 임했으나 부모님이 만드신 음식은 나의 모든 것을 알고 만드신 것이라서 더욱 그리운 음식이었다.

친구들의 소식도 자세히 전해주셨다. 자주 집에 들러 나의 안부를 묻고 인사를 한다고 친구들의 우정 어린 마음을 전해주셨다. 나에게 편지를 써 보내준 성구, 복영이가 자주 들러 인사를 하는 모양이었다.

곳곳에 선물들이 보였다. 몇몇은 애인이 가족과 함께 와서 시간을 보내는 것도 볼 수 있었다. 그러나 나는 애인에 대한 생각을 냉정하게 잊으려 했기 때문에 별로 관심이 가질 않았다.

어머니는 말씀 중에 자주 나의 건강상태를 주의해 살펴보셨다. 해병대 기본 훈련이 끝나고 보병으로 편성되어서 다음 주에는 그곳에서 멀지않은 상남 보병훈련소에서 한 달을 더 훈련을 받는 것을 알려드렸다.

나는 어머니가 궁금해하시던 훈련소에 있었던 일들과 재미있던 얘기들을 전해드렸다. 시간은 빠르게 지나가고 있었다.

5분 전 명령에 어머니의 손을 잡고 집합장소로 향했다. 다른 훈련병보다 먼저 어머니께 거수경례를 하고 향도병의 위치로 돌아가야 했다. 모두 집합을 시켜야 하는 향도병이었다. "전원 집합!" 소속 훈련병들을 확인하고 줄을 세우는 나의 모습을 보신 어머니는 집에 돌아와 그렇게 자랑을 많이 하셨다고 했다.

모두들 집합하여 작별의 인사를 마치고 돌아서서 구보로 훈련소로 돌아왔다.

저녁 시간이 되면서 조교가 나에게 귀띔을 해 주었다. 향도병이 알아서 중대장님께 선물을 준비하라는 얘기였다. 모든 병사들은 이심전심으로 그런 일을 눈치껏 이해하고 나의 지시를 따랐다. 우리들을 두 달 동안 무사히 훈련에 임하도록 지도해 주신 중대장님께 감사의 선물을 모아서 드리고 그 외 조교님께도 그에 못지않은 선물을 준비해 모든 훈련병들의 박수 속에 전해드렸다.

그날 밤은 조용히 잠을 잘 수가 있었다. 단지 불침번만이 시간마다 순서대로 교대하는 조용한 밤이었다.

상남 보병훈련소

진해 훈련소에서 226기 해병대 기본 훈련을 마치고 완전무장으로 몇 명의 조교의 지시를 따라서 진해 훈련소를 떠나 구보를 시작했다. 산 능선을 넘어 밭과 논을 가르는 시골길을 지나가면서 농부들이 일하는 모습을 볼 수 있었다. 그들은 일을 멈추고 우리들을 향해 손을 흔들어주었다.

온몸에 땀을 흘리면서 뛰는 우리에게 서두르라는 명령은 없었다. 기합과 지시도 하지 않아 평화로운 완전무장 구보였다. 점심시간이 되기 전에 '상남 보병특수훈련소'에 도착할 수 있었다. 잠시 연병장에 앉아서 땀을 식힌 후 소대 편성이 이루어졌다.

담당 소대장이 각 소대를 데리고 식당으로 이동했다. 진해에 있을 때보다 훨씬 적은 동기생들이었다. 226기 동기생들이 각자 다른 병과로 구분되어 흩어지는 것이 아쉬웠다. 모두들 서로와 악수하고 행운을 빌었다. 어느 병과가 편하고 어느 병과가 힘들다는 얘기는 오고 갔지만 해병대 생활에 말단 졸병 신세는 마찬가지였다.

키가 크지 않은 중사님이 우리를 지정된 장소에 모아 인사말을 했다. 이름은 '김영웅 중사님'이었다. 자기의 이름을 소개한 후 7월 한 달을 훈련시킬 소대장이라고 한 후 물었다.

"진해에서 향도병을 하던 병사가 있는가?"

나는 일어나 차렷 자세로 거수경례를 했다. 그 자리에서 나에게 '향도'를 맡을 것을 명령하였다. 나는 진해에서 리드를 한 경험이 있어서 자신이 있었다.

"이름이 영웅이라서 멋이 있습니다!"

아부성 있는 말을 하니 그는 싫지 않은 듯 웃기만 했다. 지금도 진해 훈련소 중대장 이름은 기억을 못 해도 상남 보병훈련소의 소대장 이름은 기억에 남아있다.

나의 특수병과는 박격포 사수였기에 그 특기로 전쟁에 임하는 훈련을 한다. 소대장은 엄했다. 나에게 모든 훈련병들이 문제가 생기지 않도록 선두 지휘하여 조절해 주기를 부탁했다.

보병훈련소 소장은 전 훈련병에게 약속을 했다. 만약에 최우수 성적으로 훈련을 마치게 되면 병사에게는 2주 휴가를 보내준다는 것이었다. 그의 약속이 모든 훈련병의 마음을 사로잡았다. 첫 휴가. 달콤한 꿈에 그리던 휴가였다. 상상만 해도 마음 설레는 보상 조건이었다.

나는 훈련에 최선으로 임했다. 박격포에 대한 훈련은 기본적으로 두 병사가 짝이 되어 한 명은 박격포를 위치에 잡고 목표를 향하여 각도를 맞추는 것이다. 그리고 한 명은 그 포구에 포탄을 집어넣어 발포를 한 박격포를 들고 산등선을 넘나드는 훈련과, 명령에 따라 빠르게 위치를 변경하는 힘든 훈련이 필수적이었다. 야간 이동훈련과 산악훈련도 있었다. 온종일 쉬는 시간은 짧고 훈련은 길었다. 박격포가 무거운 편은 아니었으나 포탄이 무겁고 위험한 것이었다. 사격훈련은 지정된 장소에서 산등선에 목표를 두고 포의 각도를 맞추어서 발포한다. 발포 시에 폭음이 크기 때문에 귀를 막고 몸을 낮추어야 했다. 온종일 포를 쏘고 나면 귀가 얼얼해서 한참동안 전우의 말을 알아들을 수 없었다. 얼마 전에 발포 순간에 실수가 있었다는 얘기가 오가는 것이 더욱 긴장을 시켰다. 포의 목적지를 격파하는 성적으로 등수를 매기는데 나는 백발백중 목표를 맞추었다. 동기생들을 보조하고 감시하는 일도 게으르지 않았다. 아무도 의심할 바 없는 최고의 득점을 유지하고 있었다. 달콤한 휴가가 다가오는 기분으로 훈련을 즐겼다.

취침 후 야간 초소에 근무자를 편성하고 잠시 나의 침대에 몸을 눕힌다. 야간 근무에서는 툭하면 일어나는 개인 사건들이 보고돼 들어온다. 어떤 때는 잠시 개인으로 소변을 보러 가는 사이에 숲속에서 할머니들이 가끔 나타나서 "떡 사세요." 하며 다가오곤 했는데 다른 병사와 친구로부터 약간 떨어져서 소변을 보는 데서 그러는 것이었다. 앞을 가리고 돌아서면서 "오시지 마세요…." 하면 "어두운데 가리긴 뭘 가리나? 군바리 ○이 ○이냐!?" 라고 했다.

훈련병들이 가끔 떡을 사 먹는 모양이었다. 가까운 근처 마을에 할머니들이 그 시간과 장소를 알아서 떡을 팔러오는 모양이었다.

야간 모포부대가 이동하면서 개개인을 유혹하기도 했다. 그들은 사병들의 심정을 파악하고 있었다. 밝은 달밤 처량하게 고향을 생각하다가 조용한 시간이 되면 소리 없이 다가오는 여자들의 향수와 달콤한 목소리에 유혹을 받는다. 외상으로도 할 수 있다는 소문은 다들 알고 있었다. 그녀들은 술도 가지고 다닌다는 얘기도 들렸다. 근무에 능숙해지면서 술 냄새를 풍기면서 돌아오는 근무자들도 가끔 나오곤 했다.

달빛 아래 사나이들의 승부

어느 날 모두 밖으로 집합시키는 명령을 하고 서두르고 있던 때에 훈련병 하나가 거드름을 떨고 있었다. 빨리 움직이라고 지시를 하니 눈을 마주치면서 거부 반응의 자세를 취했다. 그의 어깨를 치면서 밀어냈다. 그는 싸울 듯이 엉겨 붙었다.

그 자리에서 싸울 수는 없고 해서 야간 8시에 맞장을 뜨기로 약속했다. 모두를 밖으로 집합시켰다. 그를 보니 덩치가 있고 나이도 들어보였다. 그러나 향도병으로서 그런 자들을 잘 다루지 않으면 전체를 통솔하는 것이 문제가 된다. 그러면 단체를 다룰 수 없다는 것을 나는 잘 알고 있었기에 필수적으로 그를 다루어야 했다.

저녁 식사가 끝나고 그가 있는 자리에 가서 눈이 마주쳤다. 그도 나와 맞장을 붙을 시간을 잘 알고 기다리는 것 같았다. 그가 말없이 나를 따라 훈련장을 나왔다. 곳곳에 불이 환하게 켜져 있었다. 보이지 않는 곳을 찾다 보니 철조망과 훈련장 사이에 비탈로 된 공터가 보였다. 검문소의 보초병들을 피해 달빛 아래 비탈진 자리에서 서로 자세를 취했다. 주먹이 오고 가다가 내가 발차기를 하며 중심을 잃자 그가 곧바로 다가와 곁누르기로 공격을 했다. 나는 유도에 몸이 익어서 겁이 없었다. 그는 그 외에는 주먹을 쓸 줄 모르는 모양이었다. 누르기를 벗어나서 다시 싸움 자세로 돌아갔다. 그는 거친 공격을 하지 않고 방어적이었다. 오가는 주먹질과 발길질로 나를 제압하기는 힘들다는 것을 느낀 모양이었다. 그래서 나는 평지로 그를 유도했다.

그 후 다시 싸움이 시작되려는 때에 덩치가 좋은 동기생들이 어떻게 알았는지 몰려와서 싸움을 말렸다. 모두들 내일 기합을 받는다면서 우리 둘을 갈라놓았다. 승부를 가르기가 쉽지 않다는 것을 느낄 수 있었다. 모두들 말리고 있으니 계속하기에는 불가능했고 마음도 많이 진정되어 있었다. 동기생들의 요구대로 화해의 악수를 했다. 소대 안으로 돌아오니 소대는 조용했으나 모두들 우리의 대결을 잘 알고 있었던 것 같았다.

그 후로부터 모든 훈련병들이 나의 지휘에 잘 응해주었다. 그 후 그의 태도도 변해서 다른 병들과 같이 나의 지시를 잘 따라주었다. 나중에 우리는 친해져서 서로를 이해할 수 있었다. 그는 유도대학을 졸업하고 해병대에 지원했다고 했다. 대학 친구들은 소위를 달고 있는 자기의 동창이라고 했다. 그날 밤 우리의 달빛 아래 결투에 대해 모두 비밀을 지켜주어서 소대장이나 중대장으로부터 벌칙이 내려오지는 않았다. 실제로는 중대에서도 다 알고 있었는데 눈감아주고 있다는 소문이 돌았다. 이후로 별 이상 없이 단체를 통솔하여 무사히 훈련을 마칠 수가 있었다.

한 달은 빠르게 지나갔다. 다음 주가 지나면 우리의 훈련이 끝나는 날이다. 소대장이 나에게 지시를 내렸다. 우리 소대만 야밤 10시에 철조망 옆으로 나오도록 했다. 보초병만 빼놓고 모두 철조망 곁에서 한 가마 건빵을 풀어서 마음껏 먹도록 해주었다. 훈련병들은 늘 배가 고픈 것을 잘 알고 있었다. 그 고요한 달빛 아래서 모두들 무엇을 생각하는지 말없이 한 가마의 건빵을 모두 비우는 데 긴 시간이 필요하지 않았다. 다른 소대 모르게 자비를 베풀어준 소대장님의 은혜는 잊을 수 없는 '달빛 아래 내려진 자비'였다. 초소에 근무하는 병에게도 소대장님께서 충분한 건빵을 배급하신 것을 다음 날 아침에 알 수 있었다.

최우수성적으로 박격포 훈련을 마친 나는 강원도에서 온 친구와 8월 훈련이 끝나면 포상으로 2주의 '달콤한 휴가'를 기대하고 있었다. 그러나 곧이어 한 달 후 국군의 날 행사 때문에 모든 것이 무효가 되었다는 소식에 실망을 했다. 훈련병 졸때기 신세에 선택은 없었다.

10월 국군의 날 행사에 차출된 226기생은 행사 준비훈련으로 다시 진해훈련소로 돌아가야 했다.

불사조

9 포항 사단

여의도 추억
소총소대
신병 생활
특기 자랑 시간
사고병과 제대 병장
고향에서 날아온 편지들
이청운 소위님
어느 상병의 공갈과 협박
교회와 절

의도 추억

완전무장을 하고 진해훈련소로 돌아갔다. 각 부대에서 키가 큰 해병이 차출되어 진해훈련소로 집결했다.

그곳에서 고참병들도 볼 수 있었다. 그들은 신병 훈련을 마친 우리들과는 달랐다. 우선 여유가 있었다. 우리는 8월 말로 훈련을 마치고 처음으로 9월 한 달을 행사하는 것이라서 최고 기합이 든 신병들이었다. 때가 그렇게 맞아들어 갔다. 신병들은 아무것도 모르고 눈치만 볼 뿐이었다. 그러나 집결되어 행사 훈련을 함께 하니 기합은 신병들이 더 철저하게 들어갔다. 훈련 때보다는 훨씬 기합도 적어졌고 식사도 자유로웠다. 그러나 고참들의 눈치에 여유는 없었다.

국군의 날에 서울에서 행사를 한다는 소식이 들어온 후에 나는 혼란스러웠다. 더구나 여의도에서 한 달을 훈련하게 된다는 소식이었다. 여의도면 샛강을 건너면 바로 신길동 영등포구청이었다. 걸어서 10분도 걸리지 않는 거리였다. 바로 코앞에 신길동을 놓고 한 달을 훈련을 하는 동안 내 마음의 변화가 있을 것만 같았다. 그러다가 탈영을 할 수도 있겠다는 생각이 들자 더욱 심각한 문제가 되었다. 아무리 부모 친구 애인이 그리워도 탈영은 해서는 안 된다는 생각이 들면서 나는 행사를 포기하기로 결정을 했다. 담당 상사에게 개인적인 이유로 탈퇴할 것을 신청했다. 담당 상사는 귀찮은 모양이었다. 훈련을 우수하게 마치고서 행사에서 빠진다는 것이 이해가 어려운 모양이었다. 그러나 계속 엄살을 부리고 부탁을 해서 겨우 허락을 얻어냈다. 국군의 날 행사 훈련에서 빠지려고 댄 핑계는 나의 머리 뒤에 있는 큰 상처다. 고등학교 때 패싸움에서 다쳤던 뇌진탕의 기억을 말하면서 큼직한 수술 자국을 이유로 두통을 하소연했던 것이다. 그렇게 나는 훈련에서 제외되었다.

얼마 후 어느 부대로 이동될 것인지 알려 주었다. 이틀을 진해훈련소 한구석에서 소총소대의 발령을 기다리게 되었다. 막상 행사에서 제외되고 하는 일 없이 이틀을 보내자니 고향 생각을 할 수밖에 없었다. 국군의 날(10월 1일) 행사에 가지 않기로 결심하고 훈련을 여의도에서 한다는 소식을 들으면서 그 결정을 하고 나니 또 다른 혼란이 밀려왔다. 어느 부대로 갈지도 하나의 고민이었다. 서울 근처 김포 쪽으로 가고 싶었다. 그러면 고향으로 다닐 기회가 자주 올 것만 같은 생각에서였다. 태권도 시합을 뛸 수 있는 기회도 올 것 같았다.

여의도는 내가 자라던 신길동에서 샛강을 건너면 되는 가까운 거리에 위치한 섬이었다. 그 작은 섬은 한강을 가르는 마포와 영등포 사이에 위치한 미군부대 지역이다. 그곳을 가게 되면 혼란스러운 나날을 보낼 것만 같은데 샛강을 건너서 신길동을 가는 데 10분도 채 걸리지 않는 거리였기 때문이다. 비가 많이 오지 않으면 건너가는 데 아무 지장이 없는 샛강이었다.

만약에 내가 신길동으로 가면 우선 부모님이 보고 싶고, 다음에는 나무장으로 질주할 것 같았다. 오늘밤도 친구들이 모닥불을 피워놓고 통기타를 치면서 놀고 있을 것만 같았다. 또 훈련 기간에 단 한 장의 편지도 보내주지 않았던 애인이 생각날 것이고 나는 또 수소문을 해서 그녀를 찾으려 할 것이 확실하다. 그렇게 며칠을 보내면서 찾아 헤매다 보면 나는 탈영병이라는 불명예로 치욕적인 인생의 기록을 남기게 될 것만 같았다. 그 후 나의 인생은 사회에 발을 들여놓을 수도 없게 될 것이 분명했다. 그런 나의 심적인 혼란은 바로 나의 결정에 달린 것이었다.

나는 군 복무에 충실한 해병이 되어서 군무를 완성하고 제대를 하고 싶었다. 그렇게 생각하고 결심한 후에 다른 이유로 행사부대에서 벗어난 것은 잘한 것이었다. (하지만 실제로 제대 후에 동기생에게 들은 바에 의하면 여의도에 훈련을 하는 동안에 서울 근교에 살던 사병들은 밤이면 섬 밖으로 나가서 밤새 친구들을 만나고 새벽 기상 시간 전에 돌아올 수 있었다고 한다. 나는 여의도에 가지 않은 것에 대해 군 생활 중에서 최고로 후회했다.)

조치원에서 영등포 신길동으로 이사했을 때가 초등학교 2학년이었다. 여름에는 형이나 친구들을 따라서 샛강에 놀러가서 물이 고인 곳에서 물놀이를 즐겼다. 내가 수영하는 것을 항상 꺼려했던 이유가 있다. 어릴 때 가슴을 다쳐서 큰 수술을 한 자리에 있던 흉터의 살이 뼈와 달라붙어서 보기가 흉했기 때문이다. 그것을 가리기 위해서 나는 늘 위 셔츠를 입고 물놀이를 했다.

놀다가 배가 고프면 당시 여의도에 주둔하던 미군부대 근처로 기어가서 철조망 옆에 크지 않은 땅콩 나무 밑을 파서 땅콩을 훔쳐 먹고서 배를 채웠다. 물줄기를 따라서 조금 올라가면 물이 고인 곳이 있었는데, 소문에 그곳에는 물귀신이 있어서 물속으로 끌어당긴다고 한다. 실제로 그곳에서 익사한 사람이 많이 나왔다. 신길동 쪽으로 큰 바위가

서너 개가 있었고 그 밑으로 물길이 강하게 흐르고 있었다. 그곳이 홍수가 나면 한강물을 빼는 장소라는 것을 나중에 알게 되었다. 겨울이면 얼음 위에서 채찍질로 팽이를 돌리면서 놀기도 하고, 썰매나 스케이트를 즐기던 곳이었다. 그런 나의 어린 시절 추억이 담겨있던 곳이 여의도였다.

강 건너 보이던 마포의 불빛에 반짝이던 야경도 나에게는 환상의 모습이었다. 여의도 마포 쪽 당인리 발전소 옆으로 흐르는 물은 거칠었다. 그쪽으로는 놀러갈 생각을 하지 못했다. 그런 어린 시절을 보냈던 여의도가 미군부대가 다른 곳으로 이동하면서 개발지역으로 변해서 황무지에 가까울 때였다. 그곳을 훈련장소로 이용했다. 그곳에서 국군의 날 행사를 하면 나는 샛강 건너 신길동을 밤마다 보면서 참고 견딜 수가 없을 것만 같았다.

소총소대

나는 10월 국군의 날 행사에서 빠졌다. 그것은 나의 어쩔 수 없는 선택의 결과였다. 서울 쪽 김포여단으로 명령이 내려오기를 학수고대하고 있었다. 그러나 이틀 후 포항 사단으로 명령이 내려왔다. 나의 훈련병 동기생들보다 빨리 소총소대 말단으로 가야한다는 사실에 후회했으나 이미 넘어진 물그릇이었다.

"이병 유병홍!"

"넷!"

대답을 한 후에 곤봉을 짊어지고 트럭 뒷부분으로 올라탔다. 나 외에도 몇 명의 사병이 자리하고 있었다. 모두가 나보다 선임자이었는데 말을 하지 않아서 알 수 없는 개인 사정이 있는 것 같았다. 트럭은 먼지를 일으키며 시골길을 달렸다. 길가로 한여름 무르익은 농사지역의 모습을 볼 수가 있었다.

한참을 달리다 보니 기찻길이 보이기 시작했다. 곧 기차역 앞에 멈추었다. 내리라는 명령이 내려지자 곧바로 곤봉을 들고 뛰어내렸다. 기다리던 헌병을 따라가서 대기실에서 다시 기다리는 것이다. 기차가 도착하자 모두들 기차에 타도록 명령을 내렸다. 일반인들이 탄 기차인 것 같았다.

기차는 어디론가 달리고 있었다. 나는 말없이 전에 한 무전여행을 생각하면서 기차 창밖을 바라보고 있었다.

깊은 산길을 가로질러서 몇 번이나 기찻길 어두운 철로를 통하여 도착한 곳이 포항 사단이었다. 신상신고를 한 후에 부대 내 트럭에 올라타고 또 어디론가 낯선 지점에 배치되는 것이었다. 사병들은 각 군사 기지소를 지나면서 하나둘 내리고 있었다. 마지막 중대본부 앞 소총 소대에 트럭이 멈추었다. 중대장 사무소에 가서 신원보고를 했다.

"이병 유병홍 군번 9366293 신원 보고 드립니다."

"따라와!"

사무실에서 근무하던 상사님께서 투박한 말투로 말을 던진 뒤에 뒤도 보지 않고 어디론가 갔다. 나는 서둘러 그의 뒤를 따라가다가 멀지 않은 부대에서 멈추었다. 중대였다. 나의 서류를 그 중대에 접수한 후에 나를 쳐다보지도 않고 상사님은 돌아가고 나는 차렷 자세로 기다리고 있었다.

잠시 후 중사님이 나를 데리러 왔다. 그를 따라서 소총 소대 말단의 소속부대에 들어서자마자 나의 곤봉을 지정된 소대장 사무실에 내려놓고 식당으로 갔다.

선임자들이 식사를 하면서 여담을 나누고 있는 모습을 볼 수 있었다. 식사대에서 먹을 것을 배분받아서 한 자리에 앉아서 식사를 하도록 해주었다. 나의 옆에는 선임자들이 있었는데, 그들은 내가 있어야 할 소총소대 선임자들이었다.

"어서 와!"

"편히 앉아서 식사를 해!"

선임들이 친절한 말로 환영해주었다.

서둘러 식사를 마치고 그들을 따라서 소총소대 소대장 사무실에서 소대장을 만나 신상신고를 했다. 선임들이 소대분대로 배치하면서 나를 소개했다. 어느 상병이 나를 데리고 가더니 자기 옆자리의 잠자리를 정해주었다. 가지고 온 물건을 꺼내서 나의 관리소에 정리하는데 상병이 상세히 가르쳐주어서 정돈하는 법을 처음으로 배웠다. 모든 것을 정리한 후에 상병을 따라서 고참들 앞에 가서 개인적인 신상 신고식을 했다.

한 바퀴 소대를 돌고 나서야 취침시간이 되었다. 잠시 잠이 들 만한 시간에 옆 상병이 나를 깨웠다. 야간근무시간이 되었다는 것이었다. 야밤 1시 2시가 주로 졸병들의 근무 시간이었다. 똑같은 야간근무를 해도 고참들은 초저녁이나 기상시각이 다가올 때 근무를 하기 때문에 잠을 충분히 잘 수 있는 시간이었으나 졸병은 한참 자다 말고 일어나 야간근무를 하는 것이었다. 시간은 똑같은 한 시간 근무였으나 때가 중요한 것을 그제야 알 수가 있었다.

야간근무시간에 알아야 할 암호를 외워야 했는데 감시관이 지날 때마다 상호 교환되는 그것이 그날의 암호였다. 감시하는 인적이 보이면 "누구냐!?" 묻고 감시하는 중사나 상사가 그날의 암호로 대답을 한다. 근무자는 답으로 그날의 암호가 오고 가고 안전과 근무에 충실한지 검사받는 것이었다. 암호는 그날그날 변경되기 때문에 잘 기억해야 했다. 특히 초년병은 우선 외워야 할 부대의 교훈이 있고, 사단장에서 병사 순으로 조직의 직책과 이름을 기억해야 했다.

# 신병 생활

첫날밤부터 야간근무를 시작하면서 매일 변화무쌍한 계획 아래 부딪치는 것이 졸병생활의 일과였다. 그런 졸병 생활의 사연이 담긴 노래이다.

> 아침에는 식사 당번 저녁에는 불침번에
> 때때로 완전무장 연병장을 구보하네.
> 이것이 졸병 생활, 저것이 신병 생활
> 알고도 모르는 게 졸병인가 하노라

졸병생활은 노래 그대로였다. 그것만이 기합을 덜 받는 지름길이었다. 나는 담배를 피우지 않는 덕에 배급 나오는 담배를 고참들께 상납하면 한결 부드러워지는 분위기가 되었다. 신병이 배급받아 온 양말과 팬티 그리고 셔츠는 고참들이 가끔 들러서 헌것과 바꾸어 가는 바람에 졸병은 고참이 쓰던 것을 입고 생활을 해야 했다. 그런 일에 거부할 수 있는 졸병생활이 아니라는 것을 곧바로 알 수 있던 소총소대 생활이었다.

밤마다 한밤중에 깨어서 불침번을 서야 했다. 신병이라서 항상 상병들과 짝이 되어서 근무해야 했다. 고참들은 가끔 짝으로 야밤에 근무하지만 졸병은 매일 밤 야밤에 일어나서 고참을 모시고 나가는 것이었다. 고참은 근무처에 도착을 하자마자 다시 초소 구석에서 총을 기대어 눈을 감고 있고 신병은 홀로 초소 문 앞에서 차렷 자세를 하고 있어야 했다. 고참들은 어느 시간에 검열이 나오는지를 잘알고 있어서 그 시각이 되면 스스로 일어났다. 졸병 곁에서 함께 있노라면 검열이 지나가면서 암호 교환을 한 후 이상 없음을 보고하는 것이었다. 졸병인 나는 고참들이 어떻게 그런 때를 아는지 깨우지 않아도 일어나서 자세를 바로 하는 것이 신기해 보였다. 나도 고참이 되면 그 정도로 도가 트여야 된다는 것을 배웠다. 그렇게 잠시 일어나서 서로 개인적인 얘기를 하는 것이 다소 위로가 되는 시간이 기도 했다. 대체로 고참이 물어보는 말에 대답하고 고참의 얘기를 경청해 주는 것이 졸병의 의무였다. 대개 고향을 물어보는 선배가 어느 지역 출신이라는 것도 알 수가 있었고, 그들의 학력과 취미, 직업과 꿈 이야기를 들어주며 눈치껏 감탄하는 말대꾸했다. 훌륭하신 멋진 선배님이라는 말을 자주 해서 그를 위로해주는 것이 예의였다. 그렇게 해야 그가 부대에 돌아와서 나쁜 말을 하지 않게 되고 그래야 졸병생활에 괴롭지 않다는 통수는 곧바로 배우는 기본이었다.

가끔 애인이 있는 고참들의 사연을 들을 수가 있었는데 대개가 휴가 나가보니 다른 남자친구가 생겼다든지, 시집을 가버렸다는 사연이 주를 이루었다. 그런 말을 들을 때마다 나도 애인을 생각도 했으나 나의 사연은 고참이 듣고 싶은 것이 아니었고, 말을 할 기회도 없었다. 또 나의 애인에 대한 얘기는 사연이 길어지는 것을 잘 알아서 묻지도 않았다. 여동생이 있다든지 누이가 있는데 예쁘고 마음씨가 곱다고 묻는 말에 대답을 해주면 대우가 좋아지기도 했다. 그로 인해서 고참이 자기의 여동생과 편지로 왕래하는 졸병도 있었는데 그는 군 생활에 많은 혜택을 받는 것이었다. 실제로 혜택이라고 해봤자, 눈치껏 단체기합 때 뒤로 빼주고 야간 근무 때 편한 것 등이긴 했지만.

  나는 가끔 고향에서 온 편지를 주머니에 간직하고 나와서 시간 있을 때마다 읽어보는 시간이 즐거움이었다. 개인 사정이고 주로 홀로 읽는 사연들이어서 대체로 편지에는 간섭을 하지 않았다. 단지 애인의 편지만은 고참들이 빼앗다시피 해서 탐독을 했다.

  어쩌다 면회나 외출을 나갔던 병사들은 이것저것을 가지고 와서 고참들에게 상납을 하는 덕에 사회에 있는 과자 부스러기를 얻어먹기도 했다. 고달픈 졸병생활에 간혹 찾아오는 기쁨이었다. 가끔 글씨를 잘 쓰는 사병을 뽑아서 사무실에서 근무를 하는 졸병도 있었으나 나의 글체로는 자격이 미달이었다.

  마르고 닳도록 졸병생활이 몸에 배어가고 있었다. 눈치가 없었던 나였지만 차차 민감하게 되어서 충성스러운 명견으로 변해가던 것이 나의 졸병생활이었다. 짧은 여러 경험을 거쳐 완전한 해병으로 거듭나는 해병대 신병 생활이었다.

  '○으로 밤송이를 까라면 까는 것이 졸병이다.'

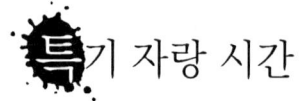기 자랑 시간

아무리 거칠고 사나워도 잠시 쉬고 즐기는 시간은 주어지는 것이 군 생활이었다. 잠시 쉴 때마다 각자의 특유한 재주를 보여주는 특기 자랑 시간이 있어서 서로를 웃게 만들었다. 해병대 기상에 어울리게 고참이 지적하기 전에 자발적인 모습으로 병사들이 둘러싸여 있는 중앙에 나가서 노래 부르고, 춤을 추고, 코미디 흉내도 내는 특기 자랑 시간이었다.

나는 졸병 신세에 특별한 재주도 없었다. 그저 그때마다 구석에 앉아서 큰 박수와 응원을 하고 환호를 지르는 것이 내가 할 수 있는 것이었다. 어느 날 몇 번의 오락시간이 지나가도 내가 신고를 하지 않고 있으려니 제대 말년 병장님이 지적했다. 일어나서 차렷으로 명령을 받는 시간이었다.

"야 인마!"
"오락 시간에는 졸병 신상신고와는 무관하게 실력을 보여주는 거야!"
"알겠나!"
정신이 번쩍 났다. 그 자리에서
"저는 노래도, 춤도 자랑할 만한 수준이 못 됩니다!"
"아무거나 해봐."
"태권도 형을 시범하겠습니다."
신고하니 박수갈채가 터져 나왔다.

중앙으로 나오니 고참이 다른 상병을 불러냈다.

"야! 너도 유단자라고 신고했지?"

나보다 훨씬 위 기수였다. 그가 나의 곁으로 다가왔다. 그에게 소속을 물어보니 무덕관 유단자였다.

4단이 배우는 '찐또'를 아느냐고 물었더니 배워서 알고 있다고 했다. 그래서 그와 찐또 형을 함께 하기로 하고 줄을 맞추어 준비 자세를 했다. 모두들 조용히 관람하고 있는 중에 그와 속도를 맞추면서 찐또 형을 무사히 마칠 수가 있었다. 모두들 박수가 이어지며 또다른 시범을 요구하는 것이었다. 그러자 나의 파트너는 자신이 없는지 뒤로 빠지면서 고참한테 조금 배운 것이라면서 내가 선배라고 양보를 했다.

나는 아무나 나오라고 하고 한 사람을 불러냈다. 둘이서 하나는 어깨 위에 올라가 앉은 자세에서 모포를 둥글게 말아 들고 있도록 해 놓았다. 그리고 차렷 자세에서 손을 뻗어 올려 손이 닿지 않는 높이로 모포를 올려놓았다. 그리고 뒤로 예닐곱 발을 뒤로 물러섰다가 뛰면서 이단 앞차기로 모포를 찼다. 그러자 모포가 병사들이 둘러앉은 테두리를 벗어나 멀리 날아갔다. 격파 시범을 보인 것이다. 화려한 박수를 받으면서 오락 시간이 끝났다.

그 후로부터 모두들 나를 누르려는 고참도 사라졌고 나에게 친절한 소대로 변했다. 나의 시범이 부대에서 소문이 퍼지면서 나의 졸병생활이 편해지는 분위기가 되었다. 얼마 후 총칼로 격투기를 할 때에도 조교로 임해서 지도하는 위치에 있으니 군 생활은 잘나가게 되었다. 아무리 생각을 해도 특기 자랑 시간에 시범을 했던 일이 행운의 날을 가져온 것 같았다.

사고병과 제대 병장

　신병 생활은 마음 놓고 긴장을 풀 시간이 없는 나날이다. 이것이 군 생활이려니 생각하면서 시간을 보내고 있었다. 가끔 외출을 나가는 고참들도 눈에 띄기 시작했다. 그러던 중에 이상하게 나의 눈에 비치는 두 고참이 보통 군생활과 동떨어진 행동을 하고 있었다. 그들은 어떠한 명령에도 제외되는 것이었다. 나는 친분을 쌓아놓은 선임 상병에게 물어보았다.
　"저 두 선임님들은 왜? 모든 명령에서 제외되는 거지요?"
　그는 그 고참들을 쳐다보면서 조용히 말해주었다. 우선 창가에 기대어 시름없이 앉아있는 고참을 가리키면서
　"몇 주 후에 제대 명령을 받은 고참이시다."
라며 그는 제대병 환자라는 것이었다. 하루하루 제대 날짜만 기다리는 병장이었다. 기수는 197기였다. 제대병 환자들은 날이 가까워지면 밥그릇 숫자를 세면서 제대 날짜를 기다린다는 것이다. 말년에는 모든 병사들이 그렇게 변한다는 것이다. 아침부터 일어나서 깊은 생각을 하는 모습이 부럽기도 하고 안타깝기까지 했다. 휴가, 외출도 한 번 나가보지 못한 나에게는 이해할 수가 없는 모습일 뿐이었다. 며칠 지나 나는 식당 당번으로 아침 식사를 배달하기 위해 그의 앞에 밥과 도루묵국을 가져다 바쳤다.

그는 나를 쳐다보지도 않고 창밖을 처량하게 바라보고만 있었다.

"식사를 어떻게 할까요?"

그는 무뚝뚝하게 대답을 해주었다.

"네가 먹든지 식당에 가져다 버려라."

"유 일병!"

"넷!"

차렷 자세를 하고 긴장하고 있었다. 말이 없던 병장님께서 '야! 인마!'도 아니고 일전에 '이병'에서 진급된 '일병'이 되었는데 어떻게 알았는지 '유 일병'으로 부르니 더욱 곤란한 생각이 들었다. 그는 다시 창밖을 보고 있었다.

"자네 휴가는 가봤나?"

"아닙니다."

"아직은 가보지 못했습니다."

"아! 첫 번째 휴가가 최상이지. 첫 휴가 때는 어머니가 버선도 벗지 않으시고 문밖까지 마중 나오신다. 모든 사람들이 너를 반기는 절정의 휴가가 첫 휴가다. 두 번째 휴가 때는 문을 열어주시고 너를 반기지. 세 번째 휴가 때는 또 나왔냐? 네 번째는, '너 왜 나왔냐?'다. 다섯 번째는 반가워하시지도 않으시고 '말뚝 박지 그러냐?' 하더라. 그리고 제대 때가 되면 '너는 무엇을 해서 먹고 살 거냐?' 그런 세월을 보낸 지금의 내 심정이다."

"언젠가 첫 휴가를 나가게 되면 나에게 얘기를 해라. 고참이 신병 휴가 때 군복을 다리미로 다려주는 관습은 아나?"

"모릅니다."

"첫 휴가를 다녀오는 일병에게 부모님이 많은 것을 주는 때다. 그리고 휴가를 마치고 돌아와서 선임들께 작은 선물을 나누어 주는 것이지….
그래서 그때 최고 병장이 일병 외출이나 휴가 때 자비를 베푸는 거다."

말이 없다가 하는 그의 긴 충고는 일사천리였다. 이주 후에 그가 떠나고 그 자리가 빈자리로 변해 있었다. 그는 곤봉을 메고 고향으로 돌아간 것이다. 제대해서 사회로 해방되는 것이 바로 내가 가장 갈망하는 꿈인데….

상병에게 자세히 물어보았다. 그것도 화랑 담배 배급이 있던 날이라서 나에게 분배된 담배를 상납해서야 가능했다. 고참 대개가 졸병에게는 무뚝뚝하고 거친 말투였고 억압적인 단어를 썼는데 그는 화랑 담배를 받은 후에 한결 부드러웠다. 자세한 설명을 하는데….

제대의 꿈을 향해 세월을 보내면서 군 복무에 충실하다가 어느덧 제대 명령이 내려 올 즈음이면 (대개가 병장을 달면서) 제대 후에 사회에 어떻게 적응할지 심각한 문제가 밀려든다는 것이었다. 대학 진학을 하든지 사회에서 하던 직업으로 돌아가는 고참들은 행운아들이였다. 그야말로 하던 일 없이 동네에서 말썽 많던 사고뭉치로 찍혔다가 도망치듯이 입대한 고참들은 사회에 나가서 무엇을 하면서 생계를 유지할 것인가가 보통 심각한 일이 아니라는 것이었다. 듣고 보니 이해할 수가 있었다. 그러나 나 같은 졸병에게는 아직 멀고 먼 꿈속의 얘기였다.

매번 집합 때마다 이층 구석에서 홀로 앉아있던 고참은 가슴에 명찰도 달지 않고 건들건들 다니는 사고자로 군대 감방에 다녀 온 전과자라는 낙인이 찍힌 영원한 이병이었다. 감방에 갔다가 돌아오면 계급도 강등되고 정확한 직책도 주지 않는 것이었다. 그런 사람들은 부대 내에서도 제외되는 사람들이었다. 그가 몇 번 이층 구석에서 나와서 줄을 선

모습을 볼 수가 있었는데 대대장급이 지나가는 검열이라 나와서 줄을 서는 모양이었다. 식사도 자유롭게 혼자서 먹는 모습을 볼 수가 있었다. 그런 병사는 제대도 시키지 않는 것 같다는 말이 돌고 있었다.

내가 태권도 시범한 후부터 그가 나에게 관심을 가지고 가까워지기 시작했다. 친근감을 가지고 대화를 하다 보니 그렇게 나쁜 병사는 아닌 것 같았다. 그와 가까워지면서 주위의 병사들이 나에게 말을 조심하는 것 같은 느낌을 받을 수 있었다.

하루는 아침부터 산악훈련이 발표되어서 모두들 준비하느라 정신이 없던 날이었다. 그가 나에게 다가와서 산악훈련을 가지 않아도 된다는 말을 해주었다. 최하 졸병으로서는 불가능한 꿈같은 얘기였다. 나를 보더니 오늘 훈련을 가지 말고 자기와 바둑이나 두자는 얘기를 남겨두고 어디론가 가는 것이었다. 모두들 정문 앞으로 집합되어 있을 때 그가 나타나서 중사님께 나를 열외로 할 것을 부탁했다. 담당 중사님께 자기와 같이 부대에 남아 있도록 요구하는 것이었다. 그리고는 훈련 명단에서 나의 이름을 제외시켜 주었다. 미리 허락을 받은 모양이었다.

나는 열외로 나와 그를 따라서 부대 안으로 다시 들어가 모든 준비한 것을 풀고 원대복귀를 해 놓았다. 내가 바둑을 둘 줄 안다는 소식에 나를 불러낸 것이었는데 그의 바둑 실력은 초년생이었다. 한 판을 두고 나서 나에게 태권도 기초를 물었다. 정성껏 기초적인 발기술을 가르쳐 주었다. 그리고 호신법의 기초도 가르쳐주었다. 식당에서 자유롭게 점심 식사를 했는데 그 후 나에게 자유롭게 부대에서 쉴 수 있도록 해 주었다. 그날은 밀려있던 고향의 부모님과 친구들에게 편지를 쓸 수 있는 시간이 생긴 것이었다.

고향에서 날아온 편지들

 포항사단 소총소대에 떨어지자마자 고향에 편지를 띄웠다. 말단 소대에 온 초년 병사에게 주어지는 첫 자비였다.
 상남 훈련소에서의 보병 훈련이 끝나고 국군의 날에 행사대로 갈 것 같다던 나의 편지를 받아들고 부모님은 걱정하셨을 것이다. 떠도는 나의 졸병 생활에 연락할 수 있는 소속부대가 없어서 더욱 불안한 나날을 보내실 것 같았다. 흐르다가 멈춘 포항사단 소총소대의 주소로 편지가 도착하게 되면 우선 제일 반가워하실 것 같았다. 친구들에게도 편지를 쓰고 나니 저녁 식사 시간이 되었다.
 고참들 사이에 줄을 서서 쟁반에 던져지는 밥과 도루묵국을 들고서 가다가 나오는 자리가 나의 식사 자리였다. 고향 생각에 묻혀서 글을 쓰느라고 고참들께 인사가 소홀하지는 않았는지 주의해 처신을 해야 했다. 그날 저녁 신상신고와 야간근무는 제외가 아니었다.
 나날이 시달리는 졸병 생활에서 그때그때 작은 기쁨도 있었다. 가는 비에 웃통을 벗고 땅을 파다가 잠시 쉴 때 들려오던 유행가 소리가 나에게는 찬송가보다도 달콤했다. 유행가는 나를 과거의 기억 속으로 데려가 주기에 충분했다. 사회에서는 흔해빠진 유행가도 부대에서는 윗사람이 기분 좋은 날에나 들을 수 있다. 일주일이 넘어가면서 부모님의 편지를 시작으로 줄지어 편지가 날아오기 시작했다. 훈련 기간에 배달되던 편지보다는 더 빠르게 오는 것 같았다. 그날그날 취침시간 전의 편지 배달 시간이 무척 기다려졌다. 그날의 의무를 다하고 샤워를 한 후에 줄 맞추어 침상에 부동자세로 앉아서 나의 이름을 부르면 번개같이 뛰어나가 받아드는 편지가 세상의 무엇보다도 반가웠다. 내가 어릴 때 국군들에게 보내주던 편지가 이 정도로 군바리들에게 위로가 될 것이라고는 상상도 하지 못했었다. 나의 편지에는 충성심이 가득 찬 해병의 기상이 스며들었던 모양이었다. 친구들의 글은 나의 변화에 다소 놀라는 글들이었다. 부모님께서는 믿음이 가는 글을 쓴 모양이었다. 실제로는 소총소대 졸병 신세는 말짱 도루묵이었지만….

곁에 있던 고참은 애인의 편지를 몇 번이고 읽느라고 줄곧 미소를 지었다. 그러나 나는 애인의 소식이 두절된 신세에 그런 글은 보낼 곳을 잃어버린 신세였다. 남의 편지에 위로를 받는 스스로에게 한숨을 돌리면서 주위를 둘러보니, 부모님의 안부 편지에 지난날 다하지 못했던 효도에 눈물을 흘리는 고참도 있었다. 편지가 전달되는 날이면 밤늦게까지 부대 곳곳에 불이 켜져 있는 모습이었는데 편지 몇 번을 읽고서 답장을 쓰느라고 그러는 것 같았다.

부모님의 편지는 간단했다. 부디 건강히 책임 완수하기를 비는 마음은 한결같았다. 다소 짧기만 한 부모님의 편지는 나의 깊은 마음에 자리하고 있는 글들이었다. 친구들의 편지들은 나의 미래를 위해서 하루하루를 잘 보내라는 진행형 편지들이었다. 단지 성구의 편지는 나의 애인에 대한 애처로움과 자신의 애인과 얘기들을 상세히 글로 묘사해서 전해주는 우정의 편지였다. 성구의 편지는 그때그때 옮겨지는 나의 주소마다 날아왔다. 고마운 우정을 더욱 느끼게 해주는 편지였다.

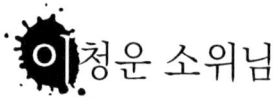청운 소위님

 졸병생활에는 고향 생각할 시간도 많지 않았다. 그날그날 어떤 일이 일어날지 예측할 수 없는 것이 졸병이었다. 그나마 고향에서 날아오는 편지가 오는 날이 최대의 위로되는 날이었다. 청남이의 편지가 도착했다. 복영, 성구, 청남이가 제일 자주 편지를 보내주어 많은 위로가 되었다. 동네 친구들은 옛날과 같이 자주 만나는 것 같지는 않았으나 그의 둘째 형인 청운 형님이 간부 후보로 해병대에 입대하셨다는 소식을 보내 왔다. 대학을 마치고 'ROTC'로 해병 소위에 임명을 받으시고 부대로 배치되셨는데…. 소속 주소를 보내주었는데 내가 속한 부대와 거리가 얼마인지 알 수 없었다. 눈치를 봐서 소대장님께 청운 형님이 계시는 소속을 물어보았더니 사단 안에서 과히 멀지 않다는 것을 알 수가 있었다.

 그 후 물어물어 그 소속부대를 확인했다. 며칠을 생각하다가 소대장님의 사무실을 노크했다. 소대장님께 나의 문의 사항을 물어볼 때 친구에게서 받은 청운 형의 주소를 보여드리면서 한번 만나보고 싶다고 말을 했다. 다행히 소대장님이 청운 형님과 서로 알고 있는 사이였다. 그래서 내가 자란 동네 친구의 형이었다고 보고하니 소위님께서 내가 찾아갈 수 있는 길을 알려주셨다. 또 그날 부대 안의 암호를 미리 가르쳐

주었다. 길을 안내하고 허락을 해준 것이었다. 시간 착오 없이 돌아와야 한다는 약속을 한 후에 날이 어두워질 때 홀로 길을 떠났다. 몇몇 소속의 부대를 걸쳐 몇 중대를 넘어서 청운 형님이 계시는 부대에 도착할 수가 있었다. 입구에서 신상신고를 하는데 나의 소대장님이 전화를 해주셨는지 이청운 소위님이 나오셔서 반가이 맞이해 주셨다.

타향에서는 고향의 까마귀만 보아도 반갑다더니 정말 반가운 마음이었다. 그를 따라서 사무실로 들어가서 기합이 든 자세로 신상신고로 보고를 했다. 형님께서는 나의 어깨를 치시면서 "긴장을 풀고 의자에 앉아라." 하시며 앉도록 해 주셨다. 청남이 친구들 중에 그렇게 눈에 드러났던 내가 아니어서인지 나에 대한 기억은 과히 없으셨던 같았다. 나는 태권도 도장을 운영하면서 늦게 들렀고 주말이면 태권도시합을 나가는 생활에 다른 친구들같이 매일 출근을 할 입장이 아니라서 그럴만 했다. 그러나 나는 항상 청운 형에 대한 얘기를 귀담아 들었고 형들 중에 가장 존경하던 분이었다. 나에 대한 인사를 먼저 했다. 태권도 유단자라는 말을 한 후에야 나를 기억하시는 것 같았다. 반가워하시면서 나의 어깨를 잡아주셨다. 청남이 친구들이 형제의 친구들 중에 가장 많았고 시끄러웠던 것을 기억하시면서 웃으셨다.

어떻게 해병대를 지원해서 오게 되었는지…. 그러지 않아도 청남이로부터 자기 친구가 해병대를 지원해서 훈련 중이라는 소식을 받아서 만나 보기를 기대하시고 계셨던 것이었다. 해병대 기본 훈련도 마치고 포항사단에 올 때까지 고향 사람을 만나보지 못했던 나는 마음의 위로가 될 의지할 동네 형님을 만나니 반가웠다.

청운 형님은 그 가족 중에서 가장 멋이 있었다. 고학으로 대학을 다니시던 분이었는데 우리가 그 집 앞에 모여서 떠들고 있을 때도 그 형님은 대학 입시생들을 모아서 과외 공부를 시키고 학비를 버시던 분이었다. 친구의 형들 중에 가장 공부를 많이 하시고 꿈도 있으셨던 분이라서 우리의 존경의 대상이었다.

  해병대에 입대한 후 처음으로 고향 형님을 만난 것이 군 생활에 의지가 되었다. 그 후 내가 월남 훈련을 받고 월남에 도착한 후 청남이의 편지로 청운 형님도 청룡부대로 월남에 도착하셨다는 소식을 받았다. 전투에서 임하고 계시다는 소식이었고 월남은 전쟁 중이라서 찾아가서 만나볼 길은 없었다. 가끔 작전에 나갈 때 청운형님을 모시는 졸병이 되어서 정글을 누빌 수만 있으면 얼마나 좋을까 하는 생각도 해보았다.

  시간이 되어서 나의 부대로 돌아와야 했다. 군대가 그렇게 길게 시간을 보낼 조건이 아니라서 시간을 맞추어 이별의 거수경례를 하고 어두운 밤길을 찾아서 나의 부대로 돌아왔다. 소대장님께 보고를 하니 청운 형님이 전화로 나에 대해서 자세히 말씀드린 것 같았다. 나의 침상에서 잠을 자려고 누웠으나 그때까지도 나의 마음은 고향 생각에서 벗어나지 못하고 몸을 이리저리 뒤척이고 있었다.

어느 상병의 공갈 협박

그야말로 졸병생활은 정신적인 여유가 없었다. 그리고 소총소대에서도 이런저런 인간관계의 갈등이 있었다. 황 상병은 월남에서 돌아온 것이 몇 달 되지 않아서 얼굴이 특이하게 검었다. 그도 부대에 들어온 지 얼마 되지 않아서 익숙지 않은 선임이었다. 그는 동기생도 없었고 제대 날짜를 기다리는 병장 그룹으로도 끼지 못하는 위치에 있었다. 서로 안면은 있었으나 직접적인 접촉은 없었다가 어느 날 그와 함께 팀이 되어서 부대 앞에 호를 열쇠만큼 파야 했다. 특이한 목적은 없는 노동훈련이었다.

고참들이 들려주는 말에 의하면 특이한 의무가 없을 때는 이렇게 호를 파고 다시 그 호를 메꾸는 게 일이었다. 그야말로 "까라면 까는 것"이 졸병 생활이었다. 오전으로 호를 다 파놓고서 점심 식사 때 그와 마주쳐서 식사를 하면서 짧은 얘기를 했으나 가까운 감정은 없었다.

오후에는 파놓은 호를 다시 완전히 전과 같이 메꾸라는 지시가 내려왔다. 그러나 파서 끌어낸 흙이 다 들어가지 못했고 나머지 흙을 다져서 메꾸는 일이 쉬운 일이 아니었다. 흙을 다시 호에 넣으면서 물로 흙을 적시어야 했다. 그렇게 야무지게 메꾸어도 남는 나머지 흙은 근처 가까운 곳에 버려야 했다. 아주 버리는 것이 아니라 며칠 후에 호를 판

자리에 다시 가라앉은 땅을 채워야 하는 것이었다. 그렇다고 나머지 흙이 상사의 눈에 보이면 벌을 내리니 멀리도 가까이도 아닌 우리만이 알 수 있는 지역에 흙을 버려야 했다.

온종일 그렇게 일을 마치고 샤워장에서 샤워를 하는 시간이었다. 나는 아직 신병 티가 나서 내가 가지고 있던 비누를 잊어버리고 들어간 것이었다. 샤워 시간은 짧게 정해져 있어서 다시 물에 젖은 몸으로 다시 나의 침상에 돌아가기가 번거러워 황 상병이 나가는 길에 비누를 좀 빌려달라고 말을 했다. 그러자 그는 비누를 빌려주지도 않으면서 나를 보고 기합이 빠졌다는 얘기를 다른 고참들이 다 들리도록 소리를 쳤다. "앞으로 너의 모든 것을 빼앗을 것이다."라며 공갈을 쳤다.

졸병으로서 겁도 없이 고참에게 그런 신세를 지려는 것이 그의 불만이었다. 나는 비누칠도 못 하고 목욕을 마친 후에 침상에 돌아와서 새 옷으로 갈아입고 앉아있었다. 그러자 그가 다시 나의 침상 앞으로 와서 "기합이 빠졌다"는 말을 개인적으로 전하고 지나갔다. 나는 실수를 인정해야 하는 졸병이라서 말대꾸도 못 하고 고개를 떨구고 조용히 있었다.

그 후부터 그 고참이 나에게 귀찮은 심부름을 시키고 정신적인 시달림이 시작되었다. 다른 고참들은 일체 간섭을 하지 않고 고개를 돌리고 있는 분위기였다. 그렇게 며칠을 지나가고 나니 나의 생각이 바뀌는 것이었다. 이렇게 2년 반을 견디기에는 너무 힘들 것 같았다. 결단을 내린 후에 다른 고참에게 형편을 말하고, 어떻게 해야 되겠냐고 물어보았다. 고참은 소대장님께 얘기를 하는 건 좋지 않고 사병끼리의 일들을 고자질하는 모양으로 비추어지면 모든 사병으로부터 미움을 살 수 있다고 충고했다. 개인적으로 소주 한 병을 사고 안주를 사 드리면서 사과를 하고 합의를 보는 편이 어떻겠냐는 비상 책을 알려주어서 졸병으로 처음 타본 월급으로 피엑스에 가서 소주 한 병을 샀다. 그리고 안주로 구운 오징어도 사 놓았다. 그날 저녁 취침 검열이 지나간 후 나는 먹지 못하는 소주를 홀로 몇 잔을 마신 후에 고참이 가르쳐준 황 상병이 잠자는 자리인 이층 구석으로 올라갔다. 벽 쪽으로 자리하고 돌아누워 잠이 든 것 같은 황 상병 곁에 가서 조용히 불렀다. 그러나 그는 아는 척을 하지 않고 누워있었다. 나는 소주병을 들고 한 잔을 더 마셨다. 그리고 그의 어깨를 조용히 흔들면서 "황 상병님!" 하고 불렀다. 그러나 그는 모르는 척하고 계속 누워만 있었다. 하는 수 없이 못 먹는 술을 그 자리에 놓고 내려와서 나의 침실에서 잠을 청했다. 못 먹는 술을 서너 잔을 마시고 나니 어지럽기도 하고 얼굴에 열이 올랐다. 그날 밤 야간근무는 다른 고참과 함께했다. 마치고 나오다가 그의 잠자리를 보니 그는 그대로 잠이 든 것 같았다. 내일 아침에 다시 사과를 하기로 하고 잠을 청했다.

"기상 5분 전!"

소리가 진동을 치는 기상나팔이 나를 깨웠다. 서둘러 일어나서 졸병의 의무를 다해야 했다. 고참의 아침 식사를 내것과 같이 가지고 와서 고참의 자리에 식사 준비를 해 놓아야 했다. 나의 자리에서 식사를 하다가 맞은편 위층에 있는 황 상병을 보니 그는 아무 일이 없었던 모양으로 식사를 하고 있었다.

그 후로 그는 나와 마주치지 않으려는지 나와 가까이 있지를 않았다. 그리고 더 이상 나에게 귀찮게 굴던 것도 멈추었다. 들리는 소문으로 황 상병은 나에 대한 정보를 얻으려고 하나하나 수소문을 하다가 내가 태권도 유단자이며 소대장과도 가깝다는 말을 듣고는 마음이 약해진 모양이었다. 게다가 내가 술병을 들고 잠자리에 갔던 일을 내가 그를 깨워서 술병으로 이마라도 치려고 올라간 것으로 판단을 한 것이었다. 고참과 함께 술병을 열면서 시작해야 하는 대화에 나는 술을 먹는 법도 몰랐고, 고참한테 얻어맞을 각오를 하려면 술을 조금은 먹어놓아야 될 것 같은 생각에 몇 잔을 미리 먹고서 그의 잠자리에 올라갔던 것이었는데 그것이 그를 완전히 겁먹게 했던 것이었다. 나의 목적은 화해였으나 그에게는 완전한 공갈이 된 것이었다. 그리고 그 공갈이 씨가 먹혀서 황 상병은 기가 꺾였던 모양이었다. 그 후에 다소 미안한 감이 있었으나 사과를 할 기회는 오지 않았다.

회와 절

 소총소대 말단에 소속된 후에 첫 주말은 부대 내의 분위기 파악을 하지 못했고 주말도 주말인 줄을 모르고 지나갔다. 주말은 종교적인 행사를 하는 날이었다. 나의 신원 보고서에는 종교가 없다는 것이 문제였던 것 같았다. 유교 집안에서 자란 나는 제사를 주말마다 지내지는 않고 일 년에 몇 번 특이한 날만 지냈던 기억이 있다. 가정에서 자라면서 유교는 종교가 아닌 생활 관습이었다. 그래서 유교라고 적지 않고 무종교로 기록해서 주말에도 별 볼일이 없다.
 주위의 고참들의 충고는 교회를 가든지 불교인으로 절을 가든지 하면 점심도 먹고 마음의 휴식 시간을 가질 수 있다는 것이었다.
 그 후 주말에 그렇게 하라고 설득한 고참이 나를 교회로 인도했다. 지나간 날들의 기억이 떠올랐다. 교회는 중고교 때 잠깐 친구 따라서 몰려갔던 것 외에는 경험이 없었다. 토요일 저녁부터 종교가 있는 군인에게 자유의 시간을 주는 것 같았다. 일요일 날 아침 식사를 한 후에 군복을 다려 입고 외출하는 기분으로 교회로 갔다. 여태껏 가까운 곳에 교회가 있었던 것도 모르고 있었다.
 교회로 들어가서 자리를 잡고서 주위 고참들을 보니 모두가 나를 미소로 맞이하는 얼굴들이었다. 매일 도끼 상을 하고 있던 고참들의 미소를 처음 본 것 같았다. 예배 시간이 되기 전부터 편하게 의자에 앉으니 긴장이 풀리고 잠이 쏟아지기 시작했다. 군목이 무어라고 말을 하는지 나의 귀에 들리지도 않았으나 가끔 사람들이 일어났다가 앉는 것만 인식하고 따라하면서 행동을 하는 편한 시간이었다.

예배가 끝나고 나니 사회 교회의 성가대원들이 가까이 와서 원하는 음식과 떡을 대접해주어 먹어볼 수 있었던 즐거운 시간이었다. 입대 후 처음으로 평화롭게 사람을 만나는 시간이라 새로운 기분이었다. 모두들 웃는 얼굴로 맞이해주어 처음으로 마음의 긴장을 풀어주기에 충분했다.

고참을 따라서 돌아오는 길에 다음 주에도 교회를 가고 싶다는 대답을 해놓았다. 그렇게 좋은 시간이 군대 안에 있다는 것은 상상도 하지 못했던 일이었다.

그런데 일주일이 지나가면서 새로운 얘기가 들려오기 시작했다. 함께 생활하던 고참이 나에게 다가와서 불교에 대한 얘기를 해주었다. 내가 어릴 때 산에 놀러갈 때마다 잠시 쉬어가던 절이 생각이 났다. 주말에 그를 따라서 군 내의 절을 방문하는 기회가 있었다. 절도 하고 불경의 얘기를 들을 수가 있었는데 교회보다는 더 친근감을 느낄 수 있었다. 그 이웃은 한국의 역사에서 배워온 대사들의 말씀 때문이었다. 그날의 주관 스님은 함께 군 생활을 하고 있던 상병이었다. 그전까지 그는 조용히 미소를 짓고 나에게 친절히 충고하던 말이 없던 상병이었다.

교회는 모두가 반가운 벗같이 맞이해 주었다. 그러나 절은 조금은 신중한 모습이고 웃음과 친절보다는 미소로 모든 것을 말하는 듯했다.

주말이 되면 군 생활을 벗어나는 기분으로 하루 오전을 보낼 수 있다는 것이 내겐 반가운 소식이었다. 입대 후 하루 24시간을 긴장해야 하는 졸병 신세에게는 '해방과 자유'의 시간이었다. 예배나 예불시간에 졸고 있던 나를 깨우는 사람이 없다는 것도 중요한 조건이었다.

 군 내의 종교 활동에서 신앙이 있는 사병들에게 어느 정도 개인적인 고충을 해결해 주는 상담 시간이 있다는 것이 큰 위로가 되어주었다.

불사조

10 화랑무공훈장

귀국선
조국의 품으로 돌아오다
병원 생활
다시 만난 전우
세월이 약이겠지요
어머니의 방문
두개골 재 봉합수술
화랑무공훈장 수여식
첫 외출

국선

나는 전투에서 머리에 파편을 맞고 몇 주 몇 날 동안 사경을 헤매고 있었다. 미 해병대 병원에서 간호를 받는 동안 지난날들이 기억나기 시작했다. 기적적으로 겨우 깨어난 나의 삶은 모든 것을 기억하기에는 아직 불가능했다.

간호사가 알려준 '군번 9366293' 그리고 '해병대 일병 유병홍!'뿐 해병대라는 자부심으로 시작해서 포기하지 않고 기억을 더듬어 갔다. 부모님 그리고 친구들과 그리운 고향이 하나하나 수순 없이 떠오르기 시작했다.

"나는 고향으로 가겠다. 죽어도 조국 땅에…."

어렴풋이 떠오르는 기억에 매달려 길을 물었다. 부모형제가 살고 있는 고향을 가고 싶다는 소망이 시작되었다. 하루 이틀 나의 몸이 빠르게 회복된다고 생각하며….

아직은 간호사의 보조에 의존하고 있었다. 고향에 갈 수 있다는 생각을 간호사에게 전했다. 그것은 "전상 후 첫 나의 표현"이었다. 간호사만이 알아들을 수 있었던 첫 표현은 사실 그녀도 잘 알 수 없었던 나의 첫 표현이었는지도 모르겠다. 그래도 내가 무엇인가를 말하기 시작했다는 것이 간호사에게는 반가운 소식일 수도 있었다.

'건강을 찾는 길이 고향에 가는 지름길' 이것이 간호사가 가르쳐준 첫 번째 지름길이었다. 불구의 몸으로 고향에 갈 수는 없다는 생각이 들었다. 나를 기다리는 고향에 계신 부모님과 죽마고우들은 그런 '불구자의 모습'을 원하지 않을 것 같았다. 의사들의 진단과 치료, 수술 결과와 간호사들의 간호와 보호가 나를 하루하루 인도해 주고 있었다.

그녀들의 애정 어린 대화가 귀를 일깨워주었고…. 사라졌던 과거를 이끌어내어 주었고…. 그녀들의 손길은 생명의 신비로움을 일깨워주기에 충분했다. 그 천사들은 내가 잠들 때까지 곁에서 말동무가 되어 주었다. 외롭다는 생각은 없었다. 모든 고통은 느끼지 못했다. 실은 나의 고통이 밀려오기 전에 간호사들이 미리 처리를 해 주기 때문이다. 약과 주사로 고통을 견디도록 신경을 써 주었던 덕이었다. 내가 잠든 듯하면 나의 곁을 떠나갔다. 병실을 나가기 전에 나의 병상기록부를 기록하는 그녀들의 모습은 천사였다. 지상에서 가장 아름다운 천사의 모습이었다.

간호사가 손에 쥐어준 펜은 나의 영혼을 깨워주기에 충분했다. 나의 기억과 마음을 글로 쓰고 싶은 욕심에 온종일 펜을 들고 손을 놀리는 일이 일상이 되었다. 그 후 시간날 때마다 글 쓰는 일이 하루 일과였다. 서투른 나의 손은 흔들리고 있었다. 그러나 매일 쉬지 않고 목적을 향해 걷는 절름발이처럼 걸었다. 그녀가 알려준 나의 이름, 군번, 소속 부대, 그리고 고향을, 서투른 말보다 글로 쓰고 싶은 생각이었으나 나의 손은 아직도 떨리고 있었다. 잠시 몰두를 하면 머리가 어지러웠다. 펜을 놓고 잠시 쉬었다가 다시 펜을 들고 무엇인가를 쓰려는 욕망은 계속되었다.

나날이 나아지는 나의 글씨를 보고 있던 간호사가 고향의 부모님에게 편지를 써보라는 말에 용기를 내어서 편지를 쓰기 시작했다. 서툰 글의 편지를 써서 보내기 싫다는 생각이 들기 시작했다. 그런 글씨는 내가 건강할 때의 글씨가 아니라는 것을 느끼면서 실망을 했다. 간호사는 내 곁에서 다소 거리를 주면서 나의 개인 시간을 만들어주었다.

내 담당 한국인 간호사가 곁에서 매일 한 장 한 장의 편지들을 읽어주었다. 나의 지난날들이 기억에 떠오르도록 도움을 주었다. 전쟁터에서도 무엇보다 소중히 간직하던 전쟁 일기와 고국에서 날아온 편지들…. 홀로 있을 때마다 편지를 꺼내서 읽어보기 시작했다. 나의 기억은 한발 한발 천천히 과거로 돌아가고 있었다. 그리고 미래를 향한 꿈을 꾸기 시작했다.

어느 날, 화창한 아침이었다. 그날은 기분이 아주 좋은 아침이었다. 간호사가 곧 귀국할 거라는 것을 알려주었다. 군 생활을 하면서 휴가 한 번, 외출도 한 번 가보지 못했던 말단 일병에게는 최고의 소식이었다. 첫 휴가와 같은 기분이었다. '귀국!'이라는 기쁜 소식이었다. 그 말을 알아들을 수 있었던 것이 신기한 모양이었는지 간호사는 애정의 손길로 내 얼굴을 쓰다듬어 주었다. 생각보다는 빠르게 나아가는 나의 모습에 다소 놀라는 모양이었다.

부산항을 떠나서 월남으로 오던 긴 항해의 시간과 그때 돌아가던 귀국선 생각을 하다가 언제 부산항에 도착할 수 있게 되느냐고 물었다. 간호사는 웃으면서 그렇게 긴 날을 배를 타서 돌아가는 것이 아니고, 비행기로 하룻밤에 귀국할 것이라고 알려주었다. 그러나 어느 날인지는 말해주지 않았다.

나는 간호사가 나의 침상 식대로 가져다주던 음식도 이제는 느린 걸음일지라도 남들과 같이 식당에 걸어가서 먹겠다고 했다. 간호사의 보조를 받으면서 식당에서 남들과 같이 식사를 하기 시작했다. 그것이 나의 발전이었다. 그제야 처음으로 식당 안에서 많은 환자들이 식사를 하는 모습을 볼 수 있었다. 모두들 전투에서 상처를 입은 용사들이었다. 대개의 병사들은 팔과 다리가 절단되어있어 간호사들의 도움으로 식사하는 모습들이었다.

  기다리고 기다리던 날이 다가왔다. 저녁에 비행기를 타고 귀국한다는 소식에 마음이 들뜨기 시작하면서 또 다른 걱정이 앞서기 시작했다. 그리운 부모님과 친구들은 어떤 모습으로 나를 기다릴까? 고국의 품이라는 말만 들어도 가슴이 뛰었다. 나의 몸이 정상이 아닌 것을 부모님과 친구들에게 보이고 싶지 않은 생각에 여러 날 남몰래 더 많은 운동을 해왔다.

  아침부터 두 간호사가 나의 병상 침대보를 하얗고 가벼운 것으로 바꾸어 주었다. 조국의 글이 예쁘게 쓰여 있었다.

  '조국에 오시는 것을 환영합니다.'

  이제는 정말 떠나는 것이 실감되는 인사말이었다.

  비행기를 타면 다음 날 아침에 도착한다고 알려주었다. 다음 날? 내일? 꿈에 그리던 조국에 그렇게 짧은 시간 내에 도착한다는 것은 상상하지도 못했었다. 부산항을 떠나서 일주일이라는 긴 항해를 해야 했던 군함이 아니라는 소식에 기쁘기도 했지만 다낭에서 상행선과 하행선이 교차하던 그런 귀국을 꿈꾸고 있었다.

  저녁 식사를 한 후에 일찍이 잠을 자두어야 한다는 간호사의 충고에 순응하면서 침대에 누워 눈을 감고 잠을 청했다. 내가 누워있는 침대가 어디론가 이동하고 있다는 것을 의식하며 깊은 잠이 들었던 같다. 아주 깊은 잠이었다.

조국의 품으로 돌아오다

 주위에서 누군가가 한국말로 속닥이고 있었다. 눈을 떠보니 예쁜 간호사가 나에게 다가왔다. '조국에 돌아오신 것을 축하합니다!'라고 적힌 예쁜 카드와 작은 꽃을 나의 머리맡 윗자리에 놓아 주었다. 조용한 방에서 홀로 하룻밤을 보내는 것 같았다.
 잠시 후 내가 누워있는 침대가 이동하기 시작했다. 훨씬 큰 병실로 옮겨지고 있었다.
 누운 채로 주위를 둘러보니 곳곳에 한글로 쓰인 작은 간판들이 보였고, 지나가는 길 창문으로 무궁화와 개나리가 보였다. 오가는 사람들은 무엇인가 다정하게 속삭이고 있었다. 드디어 긴 세월을 기다리며 그렇게 그리워하던 조국에 돌아왔다는 것이 큰 기쁨이었다.
 병실에 도착하자 아침 식사 시간이라고 나의 침상 앞 이동 식탁 위에 음식을 가져다주었다. 주위를 둘러보니 환자복을 입은 사람들이 이곳저곳에 모여서 이야기를 하고 있었다. 하루를 생각 없이 지냈다. 의사나 간호사 외에는 나의 곁에 다가오는 사람이 없었으나 그들의 말을 들을 수가 있었다. 잘 들리지는 않았지만 대강은 들을 수가 있는 말들이었다.
 다음 날 아침 잠에서 깨어 잠시 주위를 돌아보고 있는데 누군가 그 전부터 나의 침대 곁에 휠체어를 대기하고 있었다. 강요하지 않는 지시에 따라서 휠체어에 몸을 싣고 그녀가 데리고 가는 곳을 주시하며 구경을 했다. 병실 밖으로 나가니 창문을 통해서 보던 뒷동산 정원이 보였다. 넓은 공원에는 언제든지 앉을 수 있는 벤치가 곳곳에 정리되어 있었다. 크고 작은 꽃들과 나무들이 주위에 잘 정리되어 아름다운 공원같이 어울리고 있었다. 맑고 차가운 공기를 폐 속으로 깊숙이 느끼니 드디어 조국이라는 실감이 들었다. 월남의 공기와는 완전히 달랐다.

곳곳에 피어있는 꽃들은 노란 개나리꽃이 많았고 키가 작은 진달래꽃도 눈에 보였다. 키다리 소나무들과 어울리게 하늘에는 새들도 소리내며 날고 있었다. 월남에서는 볼 수 없었던 조국의 모습이었다. 하늘도 푸르고 이름 모르는 꽃들도 어울려 있었다. 나의 옛 고향의 앞마당에 피어있던 꽃들의 모습들이었다.

밖에서 나의 병실을 바라보니 다른 간호사가 나의 침대를 정리해주고 있었다. 간호사가 밀어주는 휠체어에 앉아 다니다가 쉬는 시간에 벤치에 앉아서 간호사와 대화를 나누었다. 경상도 사투리가 어색하지 않았다. 처음 대구 말씨를 들었던 것이 학교를 졸업한 후에 처음으로 무전여행을 떠나서 대구역에 도착한 때였다. 그때 그 말투였다.

"조국에 돌아오니 기쁩니꺼?"

목소리는 고운데 말투는 거친 것 같았다. 고개를 끄떡이면서 웃음으로 답했다. 마음은 내가 작년 봄에 무전여행을 다녀갔던 얘기라도 해주고 싶었으나 표현력에 자신이 없어서 말하지 않았다. 기억나는 대로 말로 표현하지 못하는 나였다.

다시 이동할 때 휠체어를 거부하고 걸으려고 하니 그녀는 알아차리고 나의 팔을 잡아서 일어서는 데 도움을 주었다. 한 걸음 한 걸음을 천천히 걸어서 주위를 구경하면서 대화를 나누었다.

　식사 시간이 되어서 병실로 돌아오니 나의 침대는 깨끗이 정리되어 있었다. 아침 식사도 침대 위의 이동식탁에 준비되어 있었다. 침대에서 식사를 하는 것이 오히려 불편한 기분을 들면서 다른 환자들과 같이 식당에 걸어가서 식사를 하고 싶었다. 다음 날부터 남들과 같이 걸어서 식당에서 먹고 싶은 것을 골라서 줄서 있다가 식당 테이블에서 앉아 식사를 하기 시작했다. 식사에 누군가의 도움이 필요 없음을 보여주고 싶었다.

　홀로 내 침대를 머리 부분을 올려서 반 누운 자세에서 남들이 보는 곳을 보니 벽에 걸려있는 텔레비전에서 뉴스를 방송하고 있었다. 주위를 돌아보니 나의 주위에는 거의 모두가 머리를 다친 친구들이고, 뒤편으로는 움직임에 불편이 있는 듯한 환자들이 자리하고 있었다.

　다시 텔레비전을 보니 화려한 의상의 여가수가 이상하게 몸놀림을 하며 노래를 하고 있었다. 입대 전에 보지 못했던 가수이어서 다른 나라 가수인 줄 알았는데 한국 노래를 하고 있었다. 잠시 후에 그녀의 말투가 들렸다. 그 여자 가수가 부르던 노래가 '월남에서 돌아온 김 상사'였는데 처음 본 여가수였다. 처음에는 그 여가수의 몸놀림이 자극적이었다. 내가 입대하기 전까지만 해도 대개의 가수들은 다소곳이 바른 자세로 노래를 했다. 구경을 하다 보니 그런대로 받아들일 만했다.

월남에서 돌아온 새까만 김 상사. 이기고 돌아왔네⋯.
말썽 많던 김 총각 말은 많이 했지만 훈장 달고 돌아온⋯.

나의 가슴을 두드리는 가사였다.

나도 휴가라도 갈 수 있다면 동네 사람들이 환영해 줄 것만 같고, 어머니는 동네에서 잔치를 하실 것만 같았다. 친구들은 다 함께 모여서 나무장 한가운데서 모닥불을 피워놓고 합창을 할 것만 같았다.

내가 대구통합병원에 도착했다는 소식을 어떻게 알았는지 부모님과 친구들로부터 위로의 편지가 날아들기 시작했다. 그렇게 기다리던 편지들은 과거와 현실을 이어주는 행복한 시간을 만들어주었다. 읽고, 또 읽으면서 마음은 고향 신길동 길목을 거닐고 있었다. 날이 기울면 모여들던 나무장의 그 모습이 눈에 보이는 듯했다.

오른팔에 감각이 없어서 불편했지만 왼손보다는 나은 것 같았다. 한 자 한 자 눌러 쓴 편지에 내 그리움과 꿈을 그려 넣었다. 이제는 귀국해서 대구통합병원에서 하루하루를 생활하고 있다고. 지금 당장이라도 고향에 돌아가서 모두 만나보고 싶은 마음뿐이었다.

# 병원 생활

하루 이틀 병원 생활에 익숙해지고, 건강상태가 좋아지면서 간호사들의 도움이 뜸해지기 시작했다. 내가 머물고 있는 병실에서 가까운 이웃 환자들과 대화를 나누기도 했다. 그 친구들과 함께 식당에 가서 식사를 할 수 있는 정도로 병원 생활에 적응이 되어가고 있었다. 병실의 환자들은 대개가 육군 환자들이었다. 내가 해병대라는 것만으로도 시비를 걸 만한 사람은 아무도 없었다.

대구통합병원이 생기기 전에는 월남전에서 전상을 당한 해병대 선배들은 부산이나 진해 근처에 있는 병원으로 이송되었다고 한다. 그러다가 얼마 전 대구통합병원이 생기면서 청룡부대 해병대들도 대구통합병원으로 이동되기 시작한 것이었다.

어느 날 병실에서 쉬고 있는데 처음 보는 해병이 나에게 찾아와서 '해병대 집합'이라는 연락을 개인적으로 전달했다. 이곳에도 해병대가 있다는 것이 나에게는 병원 생활 중에서 가장 반가운 소식이었다. 오후에 지정된 병실을 찾아가 보니 예닐곱 명의 해병대들이 모여 있었다. 모두들 전쟁에서 몸을 다친 환자들이어서 서로 이해하면서 안면으로 인사를 할 뿐이지 군기를 잡는 일은 없었다.

"우리는 해병대라는 자부심을 잊지 말자!"고 나이 든 중사께서 부탁하였다. 모두들 기합 찬 대답으로 넷! 복창을 했다. 지난날 기합이 잔뜩 들었던 때가 되살아났다. 하나의 부탁이라면 스스로 이동이 가능한 해병대만 모일 수 있으나, 그 외에 이동이 불가능한 해병대들이 각 병실에 여럿이 있으니 시간이 있으면 찾아가서 서로 위로할 것을 알려주었다. 이 병원은 이층으로 구성된 병실에 각자 다른 부상 정도의 환자들이 구분되어 있다는 것이었다.

각 병실에 입원한 해병대원의 명단을 기록해서 한 장씩 나누어 주었다. 성명과 계급을 불러주었으나 이름들이 기억에 없었다. 월남전에서 가까웠던 전우라면 방문해 줄 것도 부탁했다. 모두들 단합대회 같은 자부심을 불어넣어주는 해병들의 모임이었다. 내가 전상을 당한 이후 처음으로 만나보는 해병들이 꼭 형제들 같았다. 동네에서 함께 자란 친구들 같았다. 그 후 그 해병대원들과의 개인적인 접촉이 있어서 서로를 도울 수 있는 관계로 구성되기 시작했다. 그러나 당시는 모두가 전상을 입은 병사들이라서 언제 어떤 일이 일어날지 모르는 상태라서 지속적인 만남은 쉽지 않아 보였다.

전투를 함께 하던 친구들을 만나는 것이 나의 자그마한 기대였다. 중대에 근무를 할 때 지뢰를 밟아서 후송되어 떠났던 상병을 찾아보려고 아래층에 위치한 병실을 자주 지나가 보았으나 볼 수 없었다. 함께 전투에 참전하던 특수 분대원들…. 특히 나와 함께 같은 호구에서 서로를 의지하던 전우는 보이지 않았다. 보고 싶은 전우들이었다. 그들은 모두들 전사자로 끝이 났는가?

병실 생활이라는 것은 이웃에 위치한 환자들이 서로 말동무가 되어서 서로를 위로하며 불편함을 도와주고 보호해주는 것이다. 나에게는 같은 병실 가까운 이웃에 위치한 친구가 몇 명이 있었다. 월남전에 참전했던 육군 병장이었는데 '유병록'이었다. '맑을 유'가에 불꽃 '병' 자 돌림이라서 같은 집안이었다. 그는 전쟁 중에 어깨에 가까운 팔 윗부분에 파편을 맞아 한쪽 팔이 균형을 잃은 상태였으나 수술 후 어느 정도 쉬운 일은 할 수 있던 친구였다. 순수하게 시골에서 농사일을 하던 전우였다.

또 다른 친구는 월남에 가지는 않았는데 대구에서 택시운전을 하다가 군에 들어와서 생활하다가 허리 부분을 다쳐 불편한 몸이었다. 그는 어려운 형편으로 군 생활을 할 수가 없는 상태인 것 같았다. 모든 식구가 자기에게 의존하던 중에 입대를 하게 되어서 늘 가족을 걱정하는 모습이었다. 그의 희망은 속히 제대를 한 후에 다시 부모 형제의 생계를 도와야 하는 입장이라서, 제대 명령이 내려오기를 누구보다도 기다리는 친구였다. 군의관의 진단 결과에 따라 제대 못 하고 부대로 돌아갈 수도 있다는 점이 그의 걱정이었다.

그 두 사람이 나의 병실 생활의 친한 친구가 되어주었다. 그들은 해병대 월남 전투에 대한 나의 얘기를 재미있게 들었다. 그때그때 기억이 나는 대로 전투에 대한 일들을 얘기해주었다. 정글과 늪지대를 누비며 전투에 임하던 기억이 하나둘 더욱 뚜렷해지는 데 도움이 되어서 더 자주 얘기를 해주었다.

우리는 가까운 친구가 되어서 식사도 함께 하고 휴식 시간에는 뒷동산을 걸어 다니면서 많은 얘기를 나누는 친한 사이가 되었다. 그들의 사연도 들어볼 수가 있었는데, 그들은 사회에 대한 경험을 들려주었다. 나는 태권도 운동만 해서 사회에서 일한 경험이 없어서 사회의 구조를 잘 이해하지 못했다. 그런데 그렇게 친하던 친구들이었는데 하나둘 제대를 하면서는 온다 간다는 말 한마디도 없이 내 곁을 떠났다. 대개가 그렇게 이별을 하는 게 전통이었던 병실이라서 이해는 했지만…. 나는 '우정'을 중요시하면서 자란 탓인지 섭섭한 마음이 좀체 가시지를 않았다. 제대 후에도 서로 연락을 할 수 있는 친구가 되었으면 하는 기대였다.

다시 홀로 외로운 생활을 하고 있었다. 그 외에 여러 친구들도 있었으나 마음을 주지 않는 이웃이었다. 병실에서도 우두머리가 있었다. 그들과 간호병이 모든 병실을 장악하고 있는 듯했으나, 나에게는 아무런 영향을 주지 않았다. 해병대이며, 태권도 4단 유단자라는 것이 간호사들을 통해서 잘 알려진 탓으로 병원에서의 생활은 편했다. 오로지 나의 상처를 회복하기 위해 간호사의 보조와 군의관의 지시에 마음을 쓰고 있었다.

하루는 키가 작은 호남 말을 쓰는 육군 상병이 다가와서 말동무가 되었다. 정다운 말 친구라면 언제든지 받아들이는 것이 내 환자 생활이었다.

병실에서 생활하는 환자들 중에서 리더십을 가진 한 친구가 공개적으로 우두머리 노릇을 했다. 어느날 그는 자기가 외박을 나가니 다른 병장에게 모든 책임을 넘기겠다면서 다른 병장을 소개했다.

그날 밤 잠을 청하기 전에 갑자기 상병이 발작이 난 듯이 날뛰고 있었다. 늦은 밤이라서 간호사도 없어서 근처 환자들이 도움을 주어도 효과가 없었다. 그러자 임시로 책임을 맡은 병장이 여러 환자들이 둘러서 있는 자리에서 그를 무지막지하게 발로 차고 주먹으로 공격을 했다. 나는 구타하는 것을 막으려고 앞으로 나가려 할 때 곁에서 나의 손을 잡았다. 간섭을 하지 않는 것이 좋을 것이라는 충고였다. 그는 습관적으로 자주 행패를 부리는 전과자였다. 이유는 부대로 돌아가기 싫어서 하는 짓이라고 했다. 비상으로 남자 간호사들이 와서 쓰러진 그를 이동침대에 올려놓고 줄로 묶은 다음 어디론가 자리를 떠났다.

다음 날 아침 덩치가 큰 병장이(어제 저녁에 사고를 친 친구를 무자비하게 치고받은 병장) 나에게 다가와서 사과를 했다. 어제 있었던 일에 대해서 설명해 주었다. 어제 그렇게 처리를 해야 하는 조건이 무엇이었냐 하면 그렇게 때가 되면 발광을 하는 자가 나를 지목해 놓았던 것이었고 그는 계획적으로 나와 친분을 맺어놓은 것이었다. 그래서 나의 곁에서 준비하고 있던 친구가 나의 손을 잡은 것이었다. 그 상병은 그렇게 하는 것이 한두 번이 아닌 환자였다. 그의 말을 듣고 나니 마음은 한결 가벼워졌다. 다행히 그 일에 내가 나서지 않았다는 것이 행운이었다고 생각했다.

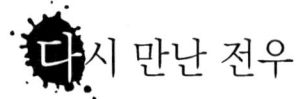시 만난 전우

홀로 식당을 향해서 생각 없이 걸어가는데 눈앞에 어디서 낯익은 친구가 나타난 것이었다. 나는 어디선가 보았던 친구 정도로 생각을 하고 있을 때 그도 나를 보고 놀라는 눈빛이었다. 그는 바로 월남 전쟁 중에 정글에서 같은 호를 파고 함께 전투를 하던 바로 그 전우였다. 서로를 의심하면서 가까이 다가가다 서로의 손을 잡고 악수를 하며 아무 말을 하지 못하고 있었다. 잠시 후에야 함께 껴안으며 반가워 어쩔 줄을 몰랐다.

그렇게 우리가 다시 만날 수 있다는 것은 꿈에도 상상을 할 수 없는 일이었다. 말로 표현할 수 있는 일이 아니었다. 전투에서 같은 호를 파고 밤을 지새우던 친구가 나의 앞에 서 있었다.

너무도 반가운 전우!

전상 후 적십자 헬기에 몸을 맡기고 시선이 오가던 그때가 우리의 마지막 함께한 시간이었다. 그 후는 서로의 수술과 치료에 여념이 없었다. 홀로 외로이 있을 때면 가끔 생각은 났으나, 다시 만난다는 생각은 하지 못했었다.

우리는 그날 이후 그리고 매일 점심시간이면 만나서 지나간 날들을 기억하면서 대화를 나누었다. 각자 담당 간호사가 우리를 찾기 전까지는, 지나간 얘기들에 헤어질 줄을 몰랐다. 우리는 중환자로서 시간마다 담당 간호사가 약이나 건강 상태를 기록하고 지나가야 했다. 그는 힘이 부족한 탓으로 고향 친구가 항상 그의 곁에 있으면서 보조해주고 있었다.

나는 머리에 파편을 맞았기 때문에 기억이 없는 편이어서 그가 주로 지나간 전투의 날들을 말해주었다. 우리의 마지막 전투 상황을 말해주었다. 우리는 적십자 헬기로 후송되어서 미 해병 병원에 도착하자 각자 전상 상태와 부상 부분이 달라서 다른 병원으로 이송되어 수술을 받은 것이었다. 그는 내가 혼수상태에서 두 번 눈을 뜨려는 것을 기억하고 있었다. 나의 눈은 초점을 잃고 다시 눈을 감았다고 했다.

그는 마지막 전투에 대한 얘기를 내게 자세히 말해주었다. 그제야 나는 비로소 전투에 대해 자세히 알 수 있었다.

그날 새벽 그는 나의 곁에서 벽에 기대어 있었으나 귀는 비상이 걸려 있는 상태로 눈을 감고 있었다고 한다. 우리가 서로 교대로 그렇게 쉬는 시간에 숲에서 무엇인가 이상하게 움직이는 소리가 부스럭거리고 있었다. 그래서 귀를 기울이다가 눈을 뜨고 어두운 정글을 자세히 보니 그곳에 베트콩이 움직이고 있었다. 그것을 보고 그는 베트콩을 생포하면 포상과 귀국을 할 수 있다는 생각에 M16을 들고 호를 벗어나서 나는 왼팔에 걸려있는 선을 당기어 다음 호에 연락을 하고 뛰쳐나가는 전우를 보호하기 위해서 그의 좌우를 엄호사격하며 뒤를 따랐다. 그렇게 두세 발을 뛰려 할 때 우리 분대는 초비상이 걸린 것이었다. 그는 자신의 오른 팔목에 철선이 걸려있었던 것을 몰랐다. 나의 엄호사격을 의식하면서 달리다가 허리에 찬 탄띠(총알을 준비하여 두른 띠)

가 끊어져 내려 쓰러진 것이었다. 그러다가 뒤를 돌아보니 뒤따르던 나는 보이지 않았다. 우리가 쓰러져 있던 지역은 적이 심어놓는 부비트랩 폭탄이 있는 곳이 한두 곳이 아니었다. 연속적으로 부비트랩이 터졌다. 그는 안전한 숲으로 이동한 후 주위를 감시하고 몸을 피하고 있었다. 그가 쓰러진 것은 몸의 뒷면에서 터진 부비트랩이 안전재킷의 아랫부분으로 내려갔기 때문이었다. 우리가 있는 주위로 아군이 집중 사격을 하면서 우리를 보호하여 적의 접근을 막아주고 있었고, 전투 장소는 야광탄이 연속적으로 터져나가면서 정글은 대낮같이 밝아지기 시작했다. 그리고 잠시 아군의 집중사격이 잠시 멈추었을 때 창공에는 '건십'(공격용 헬기)이 조금 먼 지역을 집중 사격해주고 있었다. 그러다가 그는 신체의 힘을 견디지 못하고 그 자리에서 실신 상태로 쓰러져 버렸다고 한다.

해가 뜨면서 전투는 멈추었고 잠시 후 분대장과 또 다른 전우가 그를 업고 안전지역으로 옮겼다. 그때 그 전우가 유 일병에 대해 물으니 전사로 보고가 되어 있었다고 했다. 그래서 우선 살아있는 전우를 구하러 간 것이었다. 전투가 완전히 끝난 후 유 일병 시신을 거두러 갈 계획이었다고 얘기했다.

시간이 흐른 후 분대장은 부비트랩 선을 제거하면서 유 일병이 쓰러져 있는 늪지대로 접근했다. 그리고 쓰러진 유 일병을 업고 안전지역으로 옮겨놓은 것이었다. 아군의 위치에서 내가 가까웠으나 나는 머리가 파열되어서 철모에 피가 고여 있었고 숨을 멈추었기 때문에 다음으로 미루고 우선 살아있는 전우를 구하려 나를 지나간 것이었다. 그리고 그때 이미 통신병은 "한 명 전사 한 명 중상"으로 전상보고를 마친 후였다.

　내가 위험지역에서 하사관의 등에 업혀 안전지역으로 나올 때는 해가 정상 가까이 떠 있었다. 그때 내가 두어 번 눈을 떴다가 감은 것을 그들은 몰랐던 모양이었다. 그 후 적십자 헬기가 우리를 싣고 전선의 미해병 병원으로 옮겨간 것이었다.

　그의 복부는 투명 플라스틱으로 가려져 있어서 그의 내장이 움직이고 있는 것을 볼 수 있었다. 나는 난생처음 장 내의 움직임을 보았다. 그는 허리를 관통한 파편에 거동이 불가능해서 자주 나와서 돌아다닐 수도 없었다. 복근이 없어서 자기 스스로는 일어날 수 없는 환자였다.

　그가 나타나지 않는 점심시간이면 식사 후에 그의 병실을 찾아가서 얘기를 나누었다. 그의 얘기 속에서 나의 그때 모습을 찾을 수가 있었기 때문에 나는 더욱 그와 얘기하기를 원했다.

　자신이 안전지역으로 이동된 후 한참 후에 전우의 시체를 구해야 하겠다는 생각에 전우는 다시 위험한 정글에 들어온 것이었다. 그렇게 나의 몸을 안전지역으로 옮겨놓고 적십자 헬기가 올 때까지 사방을 엄호하고 있었다. 전우는 기다리고 있는 사이에 분대장이 비상으로 쓰는 마취주사를 맞아서 고통은 없었다고 했다. 그것은 신경을 마취하는 담배였다. 그의 얘기와 나의 끊겼던 기억들을 모자이크 식으로 이어 나의 전투를 그려볼 수가 있었다. 전쟁에서 피를 나누었던 전우들의 얘기였다.

　그때의 우리의 마지막 전투가 월남전 최대의 마지막 전투(퀘산 전투)의 시발이 되었다

세월이 약이겠지요

전투 중에서도 귀중히 간직하던 나의 편지들을 모아서 곤봉에 넣어 보내 주었던 전우들에 대한 감사한 마음은 영원히 내 마음 깊이 자리하고 있다.

"세월이 흐르면 고통의 슬픔은 잊어지겠지. 이 슬픔 모두가 세월이 약이겠지요. 세월이 약이랍니다."

하루는 머리 수술을 한 친구가 그날따라 얼굴이 뻘겋게 변해 흥분을 하는데 그 언행이 눈에 걸렸다. 평소에는 친구들과 잘 어울리던 친구인데 그날은 말수도 적어지면서 그의 친구들도 그의 곁을 멀리하고 있었다. 그는 화장실에서 나오면서 소리를 지르는 것이었다. 무슨 말인지는 구분이 되지 않았으나 목소리는 전 병실을 뒤흔들었다.

그런데 잠시 후 그가 일자로 뒤로 넘어지면서 머리 뒷부분을 바닥에 부딪치고 쓰러지는 것이었다. 아무도 그에게 다가가지 않고 있었다. 잠시 후 그의 몸은 비틀리기 시작하면서 입에서 거품을 쏟아내고 사지를 떨면서 눈동자는 돌아가고 계속적으로 뒤틀리고 있었다. 모두들 속수무책으로 구경할 뿐이었다. 시간이 지나가고 조용해지면서 스스로 몸을 챙겨서 일어나 옷을 털고 있었다. 정상적으로 돌아온 그의 표정은 평화로워져 있었고, 아무 일이 없었던 것처럼 자기의 침대로 돌아갔다.

잠시 후 간호사가 들어와서 그의 건강 상태를 진단했다. 정신 발작 때는 두 배의 힘을 발산하기 때문에 그 힘을 억제할 수 있는 건장한 보조원이 간호사를 따르게 되어있었다. 그것이 뇌를 다친 환자들의 간질병적인 모습이었다. 한 달에 한 번씩 일어나는 발작이었다. 그것이 내가 속해있는 뇌 충격을 받은 환자들 병과였다. 그러나 나는 그렇게 심한 경련과 발광기를 보이지는 않았다. 단지 조용히 머리가 텅 빈 기분에 얼굴에 피가 모자란 것 같이 창백해지면서 귀에 파편이 폭발되는 소리와 헬기가 다가오는 소리가 점점 커지면서 어지럽고 정상적인 동작을 할 수 없을 뿐이었다. 잠시 조용히 구석에서 웅크려 앉아 있으면 어느 정도의 시간이 흐른 후에 몸에서 식은땀이 흐르고 다시 정상적인 상태로 돌아오는 것이 나의 신체 상태였다.

어느 날 병실 뒷자리에 위치한 척추 환자들이 모여 있는 곳에 젊은 여자가 할머니와 면회를 왔는데 너무 자주 울고 있어서 신경이 거슬렸다. 하지만 그들이 하루 외박을 함께 나가는 모습을 보면서 부러운 생각이 들었다. 나도 애인이 면회를 온다면 얼마나 좋을까? 나의 희망은 봄날의 꿈이었다. 입대한 후 나에게 편지 한 장 보내주지 않은 애인에게 정을 끊고 마음을 챙기고 군 생활을 한 나였다.

'잊어주리라.'

새로운 애인같이 나에게 이름을 남겨준 비둘기 부대 소속 윤 중위 간호사를 마음에 간직하고 병원 생활을 하던 나였다.

다음 날 어제 외박한 병사가 오전 중으로 돌아와서는 침울한 상태를 지속하고 있었다. 애인이 아니라 아내가 어머니를 모시고 왔던 것이라는 말이 돌았다. 오후가 되자 그의 슬픔은 가속되기 시작하면서 통곡에 가까운 울음을 멈추지 않았다. 그녀가 떠났다는 말이 돌기 시작하면서 비로소 짐작을 할 수 있었다. 몇 주 전에도 면회를 와서 외박을 했던 일이 있었다. 척추 환자들의 슬픔은 발기가 되지 않는다는 것이었다. 아무리 사랑을 해도 '물건이 실하지 못하면 여자는 떠난다'는 얘기는 들었지만 실제로 한 병실에서 그런 일을 보면서 척추 환자들의 고민을 짐작할 수가 있었다.

군의관들이 새로 나온 간호사들에게 충고를 했던 말이 기억이 난다. 화이바(머리) 나간 아이들은 고르지 않고 거친 성격이지만 힘을 쓸 수 있는 환자들이었다. 척추 환자들은 점잖으나 야간 근무에 무능하다는 것이었다. 바른 자세로 조용히 걸어다니는 척추 환자와 연애를 하지 말고 "거친 화이바 나간 남자들과 데이트를 하라!"는 것이 그의 절대적인 충고였다.

내가 있던 병실에는 두 종류의 환자들이 자리하고 있었다. 병실 입구에서 가까이 위치한 환자들은 머리에 충격을 받거나 파편에 의해 상체를 다쳤다. 그러나 사지는 다 붙어있는 환자들이어서 겉으로 보기에는 볼썽사납지 않았다. 저마다 자신의 신체적인 상처를 마음으로 치료하고 있는 그들이었다.

뒤편으로 위치한 환자들은 척추에 충격을 받아서 입원해 있었다. 그들은 조용한 언행이었다. 때문에 초년생 간호사 후보 학생들은 그들과 더 가까이하려고 했다. 거칠지 않고, 친절한 언행에 간호사들이 다루기도 편한 환자들이었다.

나와 비슷한 환자가 몇 명이 있었는데, 서로 이해를 하지만 가까이하려는 일은 없었던 것이 서로 그러한 모습을 보게 되니 정이 가지 않는 것이었다. 대개의 그런 환자들은 고향 친구라든지 개인적인 인연이 있는 친구들과만 사귀는 경향이 있었다. 나는 그런 류의 환자이지만 겉으로 그런 일은 없고 단지 나 홀로 고통을 삭일 수가 있어서 내가 말을 하지 않는 한 알 수가 없는 것이었다. 그래서 나는 홀로 외로운 생활은 없었다.

  나 자신이 나의 건강을 위한 일만은 쉬지 않고 하려고 군의관의 지시를 잘 따랐다. 간호사의 보조에도 게으르지 않았다. 자주 걸어야 하고, 책을 소리 내어 읽어서 어휘를 바로 잡아야 하고, 편지와 책을 많이 읽어서 뇌 순환에 도움이 되도록 해야 하는 것이 나의 필수의 일들이었다. 아무리 수술이 결과가 좋아도 자신이 계속적인 활동을 하지 않으면 의사들도 어쩔 수가 없다는 것도 잘 알고 있었다.

  내가 언제인가 제대를 해서 고향으로 돌아갈 때에는 건강한 모습으로 부모님과 친구들을 만나보고 싶은 욕심이 있었다. 홀로 있을 때는 늘 책을 읽었고 친구들께 편지를 쓰는 일이 나의 병실 생활이었다. 그 길만이 나의 뇌운동이 지속되는 길이었다.

  어느 날 신체검사를 받은 후에 간호사의 팔짱을 잡고 병실을 거닐고 있을 때였다. 실제로는 간호사가 나의 팔짱을 잡아주어서 균형을 잡아 걸음을 걷는 데 도움을 받아야 했지만 홀로 정상적으로 걷고 싶었다. 각종의 환자들이 위치한 병실을 지나가던 날이었다. 환자들의 쉼터 방이었다. 바둑을 두고 있던 환자들을 보았다. 나는 그 자리에 멈추어서 그들의 바둑게임을 구경하려고 발길을 멈추었다. 간호원이 "바둑을 둘 줄 아십니까?" 해서 나는 고개를 끄떡이었다.

  그 후에 군의관이 바둑을 둘 수 있도록 시간을 내 주었다. 그러나 상대방은 없었다. 그저 남들이 바둑을 두는 것을 구경하면서 나의 수를 기억하는 정도였다. 그 일이 나의 뇌를 다시 개발하는 것에 도움이 된다는 판단이었다.

가는 곳마다 다른 상태의 환자들이 모여 있었는데, 그런 모습에 정신적인 충격을 받지만 않으면 괜찮다는 것이 간호사의 충고였다. 나는 가장 건강한 환자라고 자부심을 가지고 있던 병원 생활이었다. 모든 것은 다시 정상으로 돌아오리라는 것을 절대적으로 믿고 나날을 건강복귀에 매진하며 시간을 보냈다. 고향으로 돌아갈 때 즈음에는 정상으로 되리라는 기대와 꿈이 있었다.

어느 날 군의관의 전문적인 진단이 있었다. 담당 군의관이 마주 앉아서 나의 얼굴에 눈과 입의 균형을 확인한 후 왼쪽 이마에 주름을 잡도록 해 보라는 것이었다. 군의관은 나의 얼굴을 거울로 보여주면서 나의 왼쪽 이마에 주름이 잡히지 않는 것은 파편에 신경이 끊어진 때문이라고 설명해 주었다.

그제야 나는 나의 얼굴이 불균형적인 얼굴이 되어있다는 것을 알 수 있었다. 귀에 폭음 같은 소음이 항상 울리고 있는 것은 파편 소리에 충격을 받아서 귀의 첫 단계인 고막이 파괴되어서 그 진동이 있다는 것도 알 수 있었다. 두개골이 파괴된 왼쪽 귀 윗부분에 뼈가 제거되어서 손으로 만져보니 물렁물렁한 공간이 있는 것도 알 수 있었다. 그것이 미 해병에서 수술한 나의 두개골의 상태와 결과라는 것도 알게 되었다. 뇌의 충격 때문에 신체가 균형을 잃어서 많은 노력으로 견디어야 한다는 충고였다. 그제야 나의 신체적인 조건을 자세히 알 수 있었고, 이해하게 되었다.

군의관의 지시로 나의 손으로 머리를 만져보도록 해서 나의 손으로 그곳을 만져보니 계란 반쪽만 한 왼쪽 귀 윗부분에 뼈가 없음을 알 수 있었다.

그곳은 나의 두개골이 파손된 자리였다. '인조 플라스틱'으로 봉합하는 수술을 받은 후에야 제대를 할 예정이라고 설명해 주었다. 그리고 잠을 잘 때 주로 왼편으로 눕지 않는 것이 좋을 거라는 얘기였다. 이제까지는 자유롭게 잠을 잤는데 더 이상 철모를 쓸 수 없는 파손된 나의 두개골이었다.

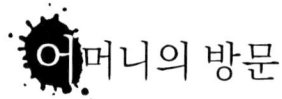머니의 방문

친구들의 편지와 부모님의 편지가 나의 침대 위에 놓여있었다. 귀국 후 처음으로 받아본 편지들과 월남에 있을 때 나에게 날아왔던 것들이었다. 해병대에 입대해서 '훈련 때부터 전쟁'까지 기록했던 글들은 전우들이 보내준 것들이었다. 군대 일병 생활에서 귀중히 간직하던 글과 소중히 간직하던 기록들이 내품에 날아온 기쁜 날이었다.

월남에서 전상을 당한 후에 날아온 친구들이 보내주었던 편지들도 뒤늦게 병실로 함께 실려 왔다. 전투에 무사하기를 빌던 기도와 우정을 편지로 보내주었던 친구들….

서투른 손으로 답서를 쓰면서 그들에게 걱정을 덜 하도록 편지를 썼다. 내가 신길동 나무장을 떠난 후 하리마오들도 하나둘 군복무에 의무를 하려고 고향을 떠났다는 소식들이었다. 내가 해병대에서 보냈던 편지에 겁을 먹었는지 해병대에 입대한 친구는 한 명도 없었다.

아침 식사를 한 후 잠시 옛 생각을 하면서 홀로 공원을 거닐고 있을 때 담당 간호사가 복용해야 할 약과 물을 컵에 담아 가지고 나를 찾았다. 그리고 나에게 방문객이 곧 병실로 들어올 것이라고 알려주었다. 가슴이 뛰었다. 누구일까? 혹시 나의 옛 애인은 아닐까? 친구들은…?

대구까지 기차표 값도 만만하지 않아서 쉽지 않았을 것 같았지만 혹시? 여러 생각을 하면서 한참을 기다리고 기다리는 지루한 시간이었다. 병실 침대에서 지나간 편지들을 하나둘 다시 읽어보면서 시간을 보냈다.

그런데 병원 입구에서 나의 병실까지 15분 정도면 도착할 수가 있는 거리인데 1시간이 다 되어가도 아무도 나의 병실에 오지 않고 있었다. '누구일까?' 병원에서는 그런 실수는 있을 수 없는 일이었다. 환자들에게는 매일 기다리는 일이 민감한 일 중에 하나였기 때문이었다.

조바심에 병실 입구만 자주 쳐다보고 기다리고 있는데 어머니께서 간호사의 보호를 받으시면서 병실로 들어오시는 것이었다. 강인하시던 어머니의 다소 약해지신 모습과 흐트러진 머리카락이 나를 우울하게 했다. 반가운 마음으로 병실 입구로 달려갔다. 사방을 두리번거리시던 어머니는 나의 모습을 보시더니 불안해 하시던 모습이 사라지고, 환한 웃음으로 나를 맞이해 주셨다. 그리고 나의 온몸을 두루 돌아보시고 "이 정도면 됐다!" 하시면서 함박웃음으로 웃으셨다.

간호사에게 감사의 말을 한 후 어머니의 손을 잡고 내가 머물고 있는 침대 자리로 모시고 왔다.

"어머니, 이 자리가 제가 먹고 자는 자리입니다."

어머니는 집에서 가지고 오신 음식을 보따리에서 꺼내시면서 나의 얼굴을 다시 보고 계셨다.

"어머니! 왜 그렇게 늦으셨어요? 병원 입구에서 그렇게 오래 걸리지 않는 거리였는데요"

어머니는 "이 정도면 됐다!"는 말씀만 되풀이하셨다. "왜요?" 나는 다시 물어보았다.

현재 나의 몸도 불균형적이어서 다소 팔과 다리가 무감각한 상태였고, 나의 말투가 둔해서 보통 사람들은 잘 알아들을 수 없는 것이라는 것을 나는 잘 알고 있었다. 그래서 매일 책도 소리 내어 읽고, 남보다 더 많은 걷기운동과 신체적인 운동을 했다. 그런 나의 태도와 말투를 어머니께서 모르실 수 없을 터인데…. 속이려 해도 속일 수 없는 전상 후유증 장애인이었다.

잠시 어머니는 병실을 둘러보고 "이곳에는 그런 환자가 없구나." 하시면서 말씀을 이어가셨다. 어머니는 입구에서부터 군무자의 안내를 받아 병원 입구까지 오셨다. 그리고 간호사의 안내에 따라서 병실로 들어오시다가 일층 첫 번째 입구 바로 앞에 위치한 병실로 서둘러 들어가셨던 것이었다.

어머니를 모시고 온 간호사가 설명을 해주었다. 그 병실에는 팔과 다리가 끊어진 환자들이 피 순환을 위해서 침대에 속한 기둥에 매달려 있었다. 그들의 끊어진 팔과 다리를 붕대로 감아서 몸보다 높은 위치에 걸어놓고 있었다. 어머니는 그들 중에 내가 있다는 생각을 하시다가 졸도를 하셨던 것이다. 그중에 어디에선가 막내아들이 어머니를 부르는 것만 같았다. 모든 환자들이 집중적으로 어머니를 보고 있었고 그 환자들 가운데 있을지도 모르는 막내아들의 모습이 떠올라 충격을 받으셨던 것이었다.

안성에서 '신의주 댁'이라면 대담한 여장부로 소문이 나있는 어머니의 담력이셨다. 그러나 어머니는 깨어나신 후, 나의 편지에 머리만 조금 다친 것이라는 사연은 거짓말일지도 모른다는 생각에 온몸이 떨려서 차마 일어나실 수가 없으셨다고 하셨다. 정신을 가다듬으시고 간호사의 도움으로 잠시 마음을 단단히 잡수시고 "살아서 돌아온 자식의 얼굴이라도 보겠다!"고 간호사에게 물었던 것이었다.

"나의 아들이 어디에 있나요?"

"이 병실이 아닙니다. 이층으로 올라가셔야 아드님을 만날 수 있습니다."

간호사가 그렇게 어머니를 모시고 이층으로 올라오신 것이었다. 나의 모습을 보시기 전까지는 오로지 팔과 다리가 절단된 환자들만 생각을 하시면서 슬픔에 잠겨있던 어머니였다. 나의 병실을 들어서면서 제 발로 걸어서 어머니 앞으로 다가오는 나의 모습이 꿈만 같았다고 하셨다. 몇 번이고, 보아도 막내아들은 사지가 다 달려있었고 말도 할 수 있었던 것이 너무 기쁘셨다는 말씀이었다.

어머니가 가지고 오신 김밥과 과일도 모두 먹는 것이 너무 감사했고, 자기표현을 하는 말에 어투가 이상했으나 걱정을 하시지 않으셨다. 내가 중 고등학교 다닐 때 뇌진탕을 당하고 수술을 한 후에 어린애같이 말을 하고 잠시 다소 말을 더듬다가 곧 나았던 일에 마음을 놓으셨던 것이었다.

어머니가 진정하신 후 나는 어머니를 모시고 뒷동산에 나가서 내가 거닐던 거리라고 구경시켜 드리면서 아버지의 건강이 어떠신지 그리고 다른 식구들 특히 집안의 꽃이었던 귀여운 조카딸 은주, 형수님 그리고 여동생에 대해서 물었다. 미국의 형으로부터 자주 편지가 날아오고 어떤 날에는 시장 매부 가게로 가서 전화도 받는다고 알려주셨다. 형이 나에게 보내주던 엽서와 미국에 대한 소식을 말해드렸다.

모든 가족이 오직 나의 건강을 염려하고 있을 뿐 모두 잘 있다는 얘기였다. 그리고 나의 친구들이 돌아가면서 자주 부모님께 인사를 온다고 말씀하셨다. 그중에 복영이, 성구는 하루건너 들르는 편이라고 하셨다.

면회는 종일 가능했고, 외박을 신청해도 되는 것인데…. 어머니는 시계를 자주 보시면서 서둘러 서울로 돌아가시겠다는 뜻을 보이셨다. 나의 곁을 떠나시는 모습에 다소 섭섭한 마음으로 어머니를 병원 입구까지 나가서 배웅해 드렸다.

어머니께서 상경하신 후에 홀로 생각했다. 차마 어머니께 내가 중상을 입었다는 얘기와 두개골이 파열되었다는 큰 상처에 대해 설명할 수 없었다. 전쟁의 잔인했던 모습도 말씀드릴 수 없었다. 부모님께서 염려하실까 생각해서 말을 줄였으나 이층으로 올라오시기 전에 충격을 받으신 것만으로도 죄송한 마음이었다. 나의 뇌 충격을 모르고 떠나가신 어머니였다. 나의 머리를 어루만지실 때에도 나의 상처를 피했다. 사실을 알고나면 놀라실 것만 같았다.

어머니는 떠나시면서 "빨리 서울로 돌아가서 걱정하시는 아버지에게 너는 크게 다치지 않았다고 알려 주어야겠다"는 말씀만 되풀이하셨다. 나에 대한 아버지의 염려가 걱정되셨고, 나의 건강과 정상적인 몸이라는 기쁜 소식을 가족과 친구들이 기다리고 있다는 말씀을 하면서 떠나셨다.

어머니가 떠나신 후에 생각해 보았다. 그렇다, 나의 고통을 꼭 말씀드릴 필요는 없다. 나의 두개골이 부서져서 빈 공간을 인조 뼈로 채워서 막아야 하는 수술이 남아 있다고 말씀드리면 어머니의 기쁨은 사라지고 다시 근심하실 것 같았다. 나 홀로 고통을 참고 견디어 나가는 것이 나의 길이었다.

   그 후 몇 주 후 형수님과 여동생이 면회를 왔다 갔다. 그들은 내가 아주 건강한 모습을 기대하고 왔기 때문에 걱정이 없었다. 아버지는 건강 상태가 많이 나아지셨으나 긴 여행을 다니실 입장은 아니라서 내려오시지 않으셨다. 가장 뵙고 싶은 아버지!

두개골 재 봉합수술

　왼쪽 귀 윗부분에 계란 크기만큼 두개골이 비어 있었다는 것을 의식하지 못하고 병원 생활을 하고 있던 나였다. 그 정도로 모든 의식이 없던 환자였다. 실제로 간호사와 의사들이 주의하도록 알려주었으나 알아듣지 못했던 건 나였는지 모르겠다.
　나의 의식이 차차 돌아오면서 재수술에 대해 군의관이 자세히 설명을 해준 후 비로소 실감할 수 있었다. 그 후부터 늘 잠자는 것을 주의하기 시작하였다. 그러다 보니 간호사들이 때를 맞추어 약과 주사를 투입하고 대화를 하는 동안에도 베개 한쪽을 높이 해 주던 이유도 이해할 수 있었다.
　그 후 나는 자주 머리 왼쪽 뼈가 없는 곳을 만져보는 습관이 생겼다. 손의 감각으로 그 자리의 물렁물렁한 뇌의 율동을 느낄 수가 있었다. 그때마다 전우의 투명한 플라스틱으로 덮여있던 복부의 모습이 떠올랐다.
　두통이 다가올 때 즈음이면 뜨거운 기분을 느낄 수도 있었고, 생각과 기억이 혼란해질 때 즈음이면 통증이 느껴지고 뇌의 파동이 멈추는 것 같았다. 물렁물렁하던 뇌가 굳어지는 기분도 느낄 수 있었다. 그리고 본격적인 진통이 다가오면서 온몸에 추워지면서 떨리기 시작했다. 사지에 식은땀이 흘러내렸다. 아무런 동작을 할 수가 없을 정도였다. 위축된 나의 몸을 따뜻하게 덮어야 했고 온몸을 고정된 한구석에 움츠리고 있어야 했다. 때마다 다르지만….

얼마 후 고통의 기간이 지나면 다시 나의 온몸에 따스한 피가 흘러들어오는 감각이 생기면서 어머니의 손길이 다가오는 느낌이 드는 것이었다. 그때야 나는 몸을 일으켜 온몸에 흘러나온 식은땀을 닦았다. 그 고통은 오로지 간호사들과 담당 군의관들만 잘 알고 이해하고 있었다.

오전 중에 간호사를 따라가서 삭발을 했다. 짧게 머리를 밀어낸 후 다시 날카로운 면도칼로 완전한 삭발을 했다. 거울을 보니 나의 모습이 스님처럼 웃고 있었다. 지나간 수술 때는 의식이 없었기 때문에 처음 그런 나의 모습을 볼 수 없었다.

몇몇 의사들이 수술실에 들어와서 나의 머리 빈 공간을 확인하면서 수술에 대한 논의를 했다. 나에게 들으라는 말들 같았다. 그리고 나에게 인조 뼈를 봉합하면 한결 안전할 것이라고 설명해 주었다. 지금까지는 그곳을 주의해서 생활해야 했었다는 얘기였다.

수술 날에는 특이한 준비는 없었다. 간호사가 가져다준 옷으로 갈아입고 기다리는 시간에 친구들에게 편지를 썼다. 수술할 계획에 대해서는 친구들에게 쓸 수 없었다.

오후에 드디어 두개골 봉합 수술을 하는 시간이 다가왔다. 간호사와 보조 병이 병실에 이동침대를 가지고 다가왔다. 나는 불안한 생각은 없었다. 또다시 잠을 자고 나면 끝날 일이라고 생각하고 있었다. 수술실에 도착하니 간호사가 약 몇 알을 주었다. 마취에 도움이 되는 약인 듯했다. 수술할 군의관이 나에게 다가와서 안심을 시키려는지 나의 두개골 부분에 밀착할 인조 뼈를 보여주면서 설명해 주었다. 지금은 다소 부드럽게 느끼지만 수술을 마치고 나면 다른 두개골 뼈와 조합되어서 단단하게 될 것이라고 이해시켜 주었다.

    미 해병 병원에서 나의 두개골에 박혀있던 파편 조각을 제거한 후에 미리 인조 뼈를 맞추어 놓은 것이었다. 그리고 한국병원으로 이동할 때 나와 함께 따라온 것이었다. 미리 인조 뼈가 준비되어있었기 때문에 수술이 빠르게 진행될 수가 있다는 얘기를 수술 담당 의사들끼리 설명하는 것으로 보아 내가 들으라는 뜻인 것 같았다. 그 시절에는 한국에서는 그런 수술을 할 수가 없었던 모양이었다.

    수술실에서 누워있는 시간에 간호사들은 무슨 말들을 하는지 속삭이고 있었다. 간호사들이 물러서면서 한 여의사가 다가와서 인사를 했다. 보편적인 인사말이라서 신경을 쓰지 않고 묻는 말에 대답을 하는 식의 대화였다.

    "잠시 후에 졸음이 올 테니까 잠을 자두십시오. 잠자고 나면 모든 것이 끝이 나는 것이니 아무 걱정은 하지 마세요."
하면서 인사하는 것이었다. 내가 그에게 대답을 했는지는 기억에 없다.

    조용한 대화가 귀에 들려왔다. 눈을 떠 보니 조용한 방이었으나 주위에서 여러 간호사들이 무엇인가 일을 하는 것 같았다.
    '수술이 무사히 마무리한 후인가? 수술을 시작하려는 것인가?'
    "수술이 성공적으로 무사히 끝났습니다."
    간호사가 알려 주었다. 그제야 나는 수술이 끝난 것을 알 수 있었다.

나의 머리에 붕대가 감겨져 있었으나 물렁물렁하던 부분의 두개골 자리가 딱딱해진 기분이었다. 이 병실에서 조금 더 쉬었다가 나의 병실로 돌아갈 것이라고 얘기를 해주었다. 자그마하고 조용한 방이었다. 간호사가 불을 꺼주면서 잠시 쉬라고 문을 닫아주어서 다시 잠이 들었다.

침대가 이동되면서 눈을 떴다. 움직이는 동안 병실의 천장이 보였다. 나의 병실로 돌아와 간호사들이 나를 일으키려 할 때 자진해 일어나 몇 걸음을 걸어서 침대로 갔다.

그사이 나의 침대가 깨끗이 정돈되어 있었고 모든 것이 새롭게 준비되어 있었다. 그날 하루는 간호사가 음식을 침대 식탁으로 옮겨다 주어서 침대 위에서 식사하고 약을 먹었다. 병실 친구들이 다가와서 수술 결과에 행운을 빌어주었고 잠시 근래에 병원에서 있었던 일을 들려주며 위로해 주었다.

다음 날 군의관 몇이 다가와서 악수를 청하면서 자기 소개를 했다.

"제가 수술을 맡았던 의사입니다. 수술이 잘 되어서 행운입니다."

"기분은 어떠신지요?"

나는 감사의 뜻으로 일어나려 했으나 누워계시라고 해서 다시 누워서 "감사합니다!" 하며 감사를 표했다.

"오늘은 머리에 감겨있는 붕대를 풀어 보아야 할 시간입니다."

군의관은 조심스럽게 머리를 감고 있던 붕대를 풀기 시작했다. 모두들 긴장하는 모습들이었다. 수술의 결과를 보는 시간이었다. 나도 수술 후 모습을 보고 싶었다.

머리를 감았던 붕대를 이곳저곳으로 다 풀었다. 그 후에 나를 둘러싼 의사들과 간호사들이 박수를 쳐 주었다. 나의 앞에 거울을 가져다주어서 나의 모습을 볼 수 있었다. 나의 왼쪽 귀 윗부분에 물렁거리던 공간이 다른 뼈와 같이 탄탄하게 되어있었다. 손으로 눌러보아도 괜찮다 해서 조심해서 눌러보았다.

"며칠 후에는 정상적인 생활을 하셔도 됩니다."

반가운 소식이었다. 늘 머리를 주의해야 한다는 염려가 사라진 기분이었다.

그들이 떠나간 후 침대에서 내려와서 홀로서기를 해보았다. 약간 어지러운 기분 외에는 모든 것을 할 수 있을 것 같은 기분이었다. 침대를 잡고 한 발 두 발 걸어보았다. 그리고 손을 침대에서 뗀 다음에 또 걸음을 걸어보았다. 지장이 없을 것 같았다. 곁에서 주의해 행동을 보고 있던 간호사가 속삭여주었다.

"하루라도 쉬었다가 걸음 연습을 하시지요."

다음 날 아침 일찍 간호사가 와서 팔에 꽂혀있던 링거도 빼주고 식사를 도와주었다. 이틀 후에 새벽에 일어나 홀로 걸어서 병실 밖으로 나갔다. 아침 이슬에 꽃과 풀잎은 흠뻑 젖어있었다. 친구들과 걷던 길을 홀로 걸었다. 걸을 만했다. 이제는 제대하면 사회에서 무엇이든 도전할 수 있을 것만 같았다.

화랑무공훈장 수여식

창밖에는 노란 개나리꽃이 다른 꽃나무들과 함께 흔들리는 바람이 센 아침이었다. 키 큰 나무들이 새들과 같이 나의 병실을 창가로 들여다보는 듯했다. 오늘은 어떤 기쁜 소식이 날아오려는지 까치가 이른 아침부터 창가에 앉아 한참 동안 노래를 해 주고 날아갔다. 간호사가 조용히 다가와 소식을 전해주었다.

"군의관실에서 누군가 기다리십니다."

외출 허락이 나오는 걸까? 그녀를 따라서 의사 사무실로 가니 담당 군의관과 해병대 대위가 반겨주었다. 차렷하고 거수경례를 하고 신상신고를 했다.

"일병 유병홍, 군번 9366293입니다!"

국방부 장관과 월남 사령관 이세호 중장으로부터 지시가 내려온 것이었다. 해병대 장교는 "화랑무공훈장이 수여될 것입니다." 라고 축하의 말을 전해준 후 공식적인 확인을 하는 듯 자리를 떠났다.

며칠 전부터 외출 허가가 나오면서 월남전에서 가슴에 달려있던 해병대 명찰(붉은 바닥에 노란색 이름)이 얼룩무늬의 전투복에 부착되어 있었다. 팔각모 안쪽에 밥풀을 짓이겨서 각을 세워서 보관했던 것을 꺼내서 다시 써보았다. 내가 전투 때 입었던 전투복은 온통 피로 엉켜서 보관을 하지 않았나 하는 생각에 아쉬운 생각이 들었다. 정글화도 닦아 놓았다. 전장에서 신었던 정글화는 아니었지만 정글을 누비던 날들을 기억나게 해 주었다. 아직도 정글의 내음이 후각을 자극해 주기에 충분했다. 월남 참전의 추억이 머리에 떠올랐다. 발부터 시작되어 발목을 지나 무릎을 지나던 붉은 독이 올라오던 가렵고 괴롭던 그날들이 기억나면서 발과 다리가 근질거렸다.

완전히 외출 준비를 하고 거울 앞에 서니 나의 모습은 멋진 해병대의 모습이었다. 함께 정글을 누비던 분대장과 통신병 그리고 전투병들은 지금은 어디에서 전투에 집중하고 있을까? 나의 동기생들은 아직도 귀국할 때가 아니었다. 무사히 살아있다면 이제야 귀국박스를 준비할 때가 되었을 것이다. 전우들보다 먼저 귀국한 것에 미안한 생각이 들었다.

기다리는 시간이 지루해서 나의 병실 침대에 앉아서 날아온 편지들을 읽어보고 있을 때 간호사가 휠체어를 가지고 나에게 다가왔다. 나는 서 있을 수가 있다고 거부하려 했다.

"여러분들은 행사 진행 동안 긴 시간을 서 있어야 합니다."

"병원의 규칙에 환자들은 앉아 있어야 합니다."

그녀가 밀어주는 휠체어에 앉아서 병실 비탈진 길을 지나 아래층으로 내려왔다. 전투에 두 눈을 잃은 환자들이 있는 병실을 지나고 다리가 절단된 환자들이 있는 병실을 지나갔다. 병원 입구 가까운 곳의 큰 건물에 들어서니 여러 사람들이 미리 와 있었다. 그곳에는 군악대들도 있었고 곳곳에 헌병대들이 서 있었다. 많은 사회 방문객들도 군들과 섞여 있었는데 그곳을 지나 맨 앞자리에 위치한 의자들 앞에 휠체어가 멈추었다. 하나둘 나의 옆으로 다른 병사들이 자리하기 시작했다.

주위를 둘러보아도 전투를 함께하던 전우는 보이지 않았다. 모든 병사들의 이름을 부를 때까지도 나의 전우는 나타나지 않았다. 그의 이름은 불리지 않았다. 각 지역장과 병원장, 그리고 장군들의 연설 시간이 생각보다 길었다.

훈장을 수여받을 병사들 이름을 부르면 앞은 자리에서 일어나 차렷 자세를 하면 어른들이 가까이 가서 훈장 수여식를 진행하였다. 그때까지도 나의 전우는 나타나질 않았다. 초조한 기분이었다. 함께 있어야 할 전우가 없다는 것에 마음이 허무하고 전우에 대한 생각뿐이었다. 무대 뒷자리에는 사회 각 지역대표, 대구시장, 병원 원장이 자리하고 있었다.

해병대 소장 한 분이 눈에 띄었다. 여러 인사들의 연설은 지루하고 귀에 들어오는 말은 없었다.

각계 인사들이 인사가 끝난 후 하나하나 이름을 부르면서 훈장을 가슴에 달아주었다. 나의 가슴에 해병대 장군님께서 화랑무공 훈장, 일남 훈장, 그리고 월남참전 훈장 등등을 달아주었다. 행사가 끝나면서 녹음으로 들려오는 '박정희 대통령'의 음성이 들리기 시작했다.

"친애하는 월남 참전 용사 여러분! 나라를 위해서 전쟁에 참전하여 목숨을 바쳐 싸워온 공로에 감사를 드립니다. … 여러분은 나라를 위해 의무를 다하였기에, 이제는 나라가 당신들을 보호할 의무를 지켜나 갈 것입니다…. 사회생활에 필요한 모든 것을 도와 드릴 것입니다. 여러분이 필요한 모든 의료와 간호를 해드릴 것이며 결혼을 하여 가정을 이루시면 살아갈 집과 자녀교육의 모든 것을 도와 드릴 것입니다 …."

대통령 박 정 희

 모든 사람들의 박수가 나오면서 각계인사들이 와서 축하의 악수를 했다. '나라를 위한 군인의 길' 그것이 나의 길이었다. 행사를 마친 후 간호사가 나의 휠체어를 밀어주면서 위로의 말을 해 주었다.
 "축하드립니다."
 나의 생애에 가장 자랑스러운 훈장의 날이었다. 그러나 생사를 함께 한 전우는 보이지 않았다.
 돌아와서 그가 있었던 병실에 가보니 그의 침대는 비어있었다. 그 곁에 있는 환자에게 물으니 그는 얼마 전에 숨을 거두었다고 알려주었다. 나 홀로 받은 훈장에 차가운 바람이 부는 기분이었다.

 외출

 외출, 외박을 해 보라는 군의관의 충고에 마음이 들떠있었다. 대구는 작년 봄 입대하기 전에 홀로 무전여행 때 잠시 들렀던 곳이다. 다시 그 거리를 돌아보고 싶었다. 군에 입대한 후 처음으로 사회의 다른 사람들과 어울려 길거리를 걸어볼 수 있다는 기분에 마음은 들떴다. 나는 해병대 입대 후 외출과 휴가 한 번 가보지 못했던 일병이었다.

 아침 일찍 식사를 마친 후 군의관님께서 내주는 1박 2일 외출증을 받고, 경례를 한 후 정문으로 나가서 외출증을 보여주었다. 입구에서 근무자들은 "살 나녀오십시오!" 격려의 거수경례를 해주어서 기분이 한결 좋았다. 어제 온종일 다시 다리미질해서 줄잡아 놓은 얼룩부늬와 각 세운 팔각모를 쓰고 정글화를 신고 거울을 보니 나의 모습은 영원한 해병이었다.

 정문에 근무하는 헌병들에게 어떻게 대구시로 나갈 수 있는지를 물어보니 정문에서 가까운 지점에 버스가 오는데 ○○번 버스가 간다고 지역 이름을 알려주었다. 그전에도 병원 내에서 외출을 자주 나가던 친구들에게 물어 대강은 알고 있었으나 다시 확인했다.

 병원 생활하는 동안 외출이나 외박을 다녀온 친구들로부터 여러 정보는 잘 들어 알고 있었다. 대개의 환자들은 '자갈마당'을 먼저 가는 것 같았다. 사나이로 몸을 풀어야 하는 것이 첫 외출의 목표였다. 그곳에 가면 예쁜 여자들이 월남에서 목숨을 바쳐 싸우고 돌아온 병사들을 특별히 반겨준다는 것이었다. 보통 병사들보다는 재정적으로 형편이 좋다는 사실과 월남전에서 다달이 받았던 월급이나 전상자에 대한 많은 조건을 잘 알고 있었던 것이었다. 단지 신체적인 조건이 불편한 것뿐이었다. 불구자라는 입장을 넘어서 '조국을 위해서 전쟁에 다녀왔다'는 것에 위로해주는 분위기가 있었다. 그리고 그곳에서 마음에 맞는 여자를 선택하면 결혼까지 가능하기도 했다. 제대가 가까워졌을 때 군의관의 안내가 있었는데 특이하게 준비가 된 '의용촌'이었다. 불구자가 되어서 제대를 하면 나라에서 결혼과 환경을 보장해준다는 것이었다. 아내와 살 수 있는 집, 자식들의 교육과 경제적인 뒷받침을 해줄 수 있다는 미래의 약속이었다.

'자갈마당'으로 가는 버스가 지나간 후 다음 버스가 왔다. 내가 탄 버스는 먼지를 뒤로하고 병원에서 멀어지면서 농가를 지나갔다. 작은 가게들이 가끔 있는 길을 지나갔다. 완전한 시골길은 아니었으나 삼륜차와 농토에 필요한 농기구 차들이 자주 지나갔다. 소를 몰고 가는 모습도 보였다. 도시의 길처럼 아스팔트길이 나타나고 가게들이 줄지어 선 모습이 보이기 시작했다.

내가 무전여행을 할 때 방문했던 동물원과 식물원이 함께한 넓은 공원이 한 해 사이에 어떻게 변했는지 다시 보고 싶었다. 무전여행은 작년 늦은 봄이었다. 불과 일 년 사이에 나의 인생은 완전히 달라져 있었다.

버스를 타고 운전사에게 부탁한 덕에 동물원 앞 정거장에 내릴 수 있었다. 주말이라서 많은 사람들이 어린 아이들의 손을 잡고 구경하러 와 있었다. 내가 무전여행할 때 들러서 식사를 하던 식당을 찾아보았으나 보이지 않았다. 정류장 근처에서 보이는 '길거리 음식을 파는 장소'를 향해 걸으면서 이것저것 구경을 했다. 입구로부터 음식 냄새가 무르익어 있었다. 곳곳을 구경하며 사람들이 붐비는 곳을 향해서 걸어 들어갔다. 오랜만에 사람들의 팔과 어깨가 스치니 한층 더 사회의 기분이 느껴지는 것 같았다.

구경을 한 만큼 배가 고파졌다. 길가에 위치한 순댓국과 김밥을 파는 곳에 자리를 잡아서 조심히 앉았다. 의자가 보통 의자들보다 훨씬 낮아서 부주의하면 땅바닥으로 쓰러질 것 같았다.

"앉으소." 뚝뚝한 아줌마의 목소리가 명령조 같았다. 순댓국을 먹으며 오고 가는 사람들을 구경하는 기분도 위로가 되었다. 전쟁터를 벗어나 병원 생활이 몸에 익었던 나에게는 모든 것이 신기한 모습들이었다. 대구말이 귀에 이상했으나 그들의 특이한 말투에는 리듬이 있어서 듣기가 싫지 않았다. 가끔 철없이 떠들며 지나가는 남녀 학생들을 보면서 오래전이 아니었던 고교 시절이 생각났다. 그때가 그렇게 즐거웠던 시절이었다는 것도 이제야 알 수가 있었다.

그리운 지난날들과 현실이 범벅이 되어서 실소와 아쉬움이 나의 얼굴에 나타나는 것 같았다. 아줌마의 질문에 대답을 망설였다. 우선 잘 알아들을 수 없었고 웃음이 없는 말이라서 신경이 더 쓰였다.

"월남 갔다 온 모양이구마…."

"네!"

"맛있게 드소…."

그런 말이었다.

그 후에 나는 무엇을 화제로 얘기해야 할지 몰랐다.

"얼마입니까?"

돈에 대한 개념이 없었다. 군 생활에서 돈을 몇 번 써봤고, 월남에서 오는 것도 저금통에 입금했었기 때문에 돈에 대한 감각이 없어져 있었다. 병원에서 간호사가 나에게 외출 시 사회에서 쓸 수 있는 돈을 바꾸어 주었는데 이제는 그 돈도 낯설었다.

아주머니가 얼마라고 말은 했으나 생각 없이 큰돈을 내어주고 거슬러 주는 돈을 세지도 않고 주머니에 넣고 일어나 역 앞을 향해서 걸었다.

'사회가 이렇게나 작년과 달라 보일까?' 모든 것이 새로운 세상이었다. 생각 없이 걷다 보니 동물원 입구에 도착했다. 사람들을 따라서 줄을 섰다. 정문 앞에는 많은 아이들이 부모의 손을 잡고 서 있었다. 즐거워하는 아이들의 모습을 보니 잠시 집에서 귀여움을 독차지하고 있는 조카딸 '은주'가 생각이 났다. 제대하면 날을 잡아 '은주'를 데리고 서울동물원이라도 다녀와야겠다는 생각이 들었다.

'지금쯤은 귀여운 조카딸 은주도 저만큼은 컸겠지…'

그 생각을 하다보니 집에도 가고 싶었다.

순서가 되어서 입구에서 돈을 내니 받지 않고 입장표를 주었다. 상이군인에 대한 특혜였다. 안내서를 받고 문 안으로 들어가니 안내원이 친절히 길을 알려 주었다. 사람들을 따라서 그들이 가는 방향으로 걸었다. 식물원 한가운데 공터에 큰 나무들이 둘러 서 있었고 그 곁에 돌아가면 몇 개의 벤치가 있었다. 그 자리에 앉으려니 작년 무전여행을 하다가 잠시 벤치에 앉아서 시편을 쓰던 기억이 떠올랐다.

지나간 날들이라….

작년 봄에 홀로 떠났던 무전여행이었다. 모든 기억은 아주 멀리서 또는 가까이서 나타나는 추억들이었다. 하나둘 기억이 떠올랐다. 마음은 추억으로 돌아가고 있었다.

대구 동물원에는 나무들, 건물들 그리고 꽃들도 그대로 있었다. 무전여행 때보다 더 자세히 보이는 것 같았다. 그때는 자유로운 만큼 시간에 쫓기는 듯한 여행이었다. 여행 계획도 없이 홀로 떠났던 무전여행이라 항상 불안했던 여행이었지만 지금 생각하니 그것이 여행의 원칙 같았다. 한참을 생각하며 앉아 있다가 불현듯 현실로 돌아왔다.

식물원에 들어가는데도 무료입장이었다. 동물들에 대해서는 별 관심이 가지 않았다. 점심 식사를 하려고 밖으로 나왔다. 근처 동네를 홀로 걸어 다니면서 구석구석 위치한 곳에서 구운 옥수수, 고구마, 오징어를 마음 내키는 대로 사 먹으면서 돌아다녔다. 사회의 자유로움을 잊고 지나간 과거에 취해 걷다가 잠시 벤치에 앉아 감상을 글로 옮겼다.

5월 5일 '어린이날'이 다가오는 모양이었다. 어린아이들과 부모가 나들이를 할 수 있는 지금은 내가 어릴 때와는 달랐다. 전쟁 때 태어난 나의 친구들도 마찬가지였다. 지금쯤 나의 귀여운 '조카딸 은주'도 저만큼은 컸을 것 같았다. 내가 해병대에 입대하기 전에 아버지의 사랑을 독차지하던 은주는 아버지의 환갑잔치 때 사진의 주인공이었던 귀여운 조카딸이었다.

앞길로 학생들이 몰려다니면서 떠드는 모습을 보니 친구들 생각이 떠올랐다. 내 곁에 친구 하나만이라도 있다면…. 많은 말을 꺼낼 수 있을 것만 같았다.

날이 기울면서 기차역으로 가는 버스를 탔다. 창가에 보이는 길거리로 많은 사람들이 분주히 오가고 그 모습을 보니 시내를 더 구경하고 싶었지만, 버스가 기차역 정거장에 멈추었다. 기차역 앞에 도착해 무전 여행 때 서성거리던 장소들을 둘러보았다. 몰래 개구멍을 통해서 기차를 탔던 그 자리도 가보았다. 이제는 조그마한 개구멍도 철망으로 막혀 있었다. 아쉬움에 웃음이 나왔다.

역 앞에 보이는 사진관에 들어가서 물었다. 내일 아침이면 찾을 수 있다니 지금 첫 외박하는 나의 모습을 간직하고 싶었다. 한 장을 찍은 후 기차역과 가까운 식당에 들렀다. 식사를 하려고 메뉴를 보아도 알지 못하는 이름이 있었다.

"어떤 것이 제일 맛이 있습니까?"

물어보았더니 웃으며 말을 하지 않고 돌아갔다. 조금 더 생각하는 시간을 주는 것 같았다. 우선 대구니까 대구탕이 어떨까 하는 생각에 신청을 했다.

기다리는 사이에 창문을 통해서 분주하게 오가는 사람들이 보였다. 평화로운 사회의 모습이 아니라 분주한 사회에서 살아가는 모습이다. 라디오에서 흘러나오는 가수들의 노래가 들리기 시작했다. 지나간 노래들이었다. 즐겁게 들을 뿐 마음에 담지는 않았다.

아주머니가 대구탕이라고 식탁 위에 음식을 놓았는데 예상을 벗어난 허여멀건한 국에 밥 한 그릇과 김치 조각이었다. 나의 생각에 대구탕은 대구의 특이한 얼큰한 음식으로 기대하고 시켰던 것이었다. 되돌릴 수는 없어서 밥 한 공기를 더 시켜서 모두 말아 먹었다.

영등포 신길동 같으면 음식을 하나하나 잘 알고 시킬 수 있었을 텐데, 생각하면서 밥값을 지불하고 밖으로 나오니 그 사이에 어두워져 길가에는 가로등이 켜져 있었다. 대구역의 모습이 한 폭의 사진 같았다.

식당 주인이 가르쳐준 방향으로 발을 돌려 걷다 보니 여관과 여인숙이 보이기 시작했다. 그중에 가장 앞에 위치한 여인숙에 하룻밤 묵을 값을 지불하고 방으로 들어가 들고 다니던 것을 내려놓고 욕실에서 얼굴과 발을 씻었다. 방으로 나와 씻은 발을 내려다보니 종일 걸어 발이 부어있었다.

나도 모르게 깜빡 잠이 들었다가 깨어보니 늦은 밤이었다. 밤거리를 걸어보고 싶은 마음에 군화를 다시 신고 밖으로 나와서 생각 없이 걸었다. 내가 목발 없이 걸을 수 있다는 것만으로도 기뻤다. 만약을 위해서 한 개의 목발이라도 가지고 나가라는 것을 굳이 거부하고 나온 나였다.

사람들의 말을 잘 알아듣지 못하는 것은 대구 사투리 때문이라고 생각했다. 듣기와 말하는 것이 나의 문제는 아니라고 생각했다. 그날의 일들을 낙서 삼아 기록하면서 친구들에게 보내고 싶은 글을 써 내려갔다.

'친구들이여! 너희들이 없는 대구는 너무 허무하다…'

다음 날 일어나서 새벽의 대구 모습을 보고 싶어서 밖으로 나왔다. 동이 트려면 아직 멀었는데 일찍이 문을 연 식당과 가게들이 일을 시작한 것 같았다. 방으로 돌아와 샤워를 한 후 외출복을 입고서 이른 아침에 열려있는 가게로 들어가 설렁탕에 깍두기 반찬으로 식사를 했다.

월요일인가? 학생들이 두셋 짝지어 속삭이며 어디론가 몰려가고 있었다. 운동으로 한 시간을 걸은 후에 잠시 여인숙 방에 돌아와서 누워

있으니 더는 갈 곳이 없다는 생각이 들었다.

  아침에 사진관에 가서 사진을 물어보니 사진이 멋있게 현상되어 있었다.

  곧바로 기차역으로 걸어갔다. 어제 타고 나온 버스를 타고 병원 부대 앞에 도착하여 검문소의 근무자들에게 인사하고 일찍 병실로 돌아왔다.

불사조

⑪ 제대

귀향
돌아온 해병
제대 신상신고
우리의 아지트
사랑하는 부모님
동네 어른들께 인사
무당과 침술가

귀향

아침부터 마음이 들떠서 식사할 생각도 없었다. 그러나 약을 빈속에 먹지 말라는 간호사의 지시에 아침밥을 먹어야 했다.

식사 후 병원에서 마주치던 친구들과 악수를 했다. 작별인사를 하고 싶었다. 그동안 모두들 떠난다는 말도 없이 사라지는 우정이 아쉬웠기 때문이었다. 해병대 집회에는 며칠 전에 미리 작별인사를 해 두었다. 정복을 입고 군화를 신고 모자를 쓰고 거울을 보니 멋진 해병이었다. 곤봉을 짊어지고 통합병원 정문을 나서는데 보초병들이 거수경례로 작별 인사를 했다.

길 밖에서 버스를 기다리는 시간에 벌써 나의 마음은 신길동 내가 살던 골목을 친구들과 어울려 걷고 있었다. 그러나 현실은 한 발 한 발 고향으로 천천히 순서를 따라가야 했다.

대구 기차역에 도착해서 서울행 기차를 기다리는 사이에도 모든 것이 새로워진 세상이 나를 맞이해 주는 것 같았다. 실제로는 더는 아무도 나에게 작별의 인사를 해주지 않았다. 아무도 내가 길고 긴 세월을 보낸 후 고향으로 간다는 것을 알지 못했다.

서울행 기차가 도착하자마자 서둘러 기차에 올랐다. 기차 안으로 들어가서 창가에 자리를 잡고 곤봉을 머리 위 짐 넣는 곳에 올려놓았다.

잠시 후 기차가 기적 소리를 내면서 움직이기 시작할 때 다시 눈을 떴다. 대구역에게도 마지막 작별인사를 해야지…. 아무도 나에게 이별의 손을 흔들어 주지 않았으나 나는 허공에 손을 흔들어 이별의 손짓을 했다.

기차는 나의 마음보다 훨씬 느리게 움직였다. 거북이등에 앉아 긴 여행을 떠나는 것만 같았다. 마음은 순간순간 고향을 몇 번이고 왕복하고 있었다. 고향을 떠나보지 않은 사람들은 망향 심리를 알 수 없고 고향을 향하는 나의 마음을 짐작도 하지 못할 것이다.

너희들도 고향을 떠나 보아라….

조국을 한번 떠났다가 돌아와 보아라.

타국에서 전쟁을 치른 후 돌아가는 나의 심정을 조금이나마 이해할 수 있는 사람은 몇이나 될까?

대구와 대전 사이가 그렇게 긴 시간을 달려야 한다는 것을 미처 몰랐다. 긴 여행을 하며 작은 역들을 지나 대전역에 도착할 때까지 기차 창가로 보이는 길가의 산천과 시골 사람늘이 농사를 짓는 모습은 한 장 한 장의 그림 같았다. 월남의 농촌과는 완전히 다른 모습이었다.

대전역을 떠나서 조치원역을 도착하기 전에는 어릴 때 자라던 조치원에 내려 사촌들을 만나볼까 하는 생각이 있었으나 기차는 무심코 지나쳤다. 창가에 앉아 밖을 보니 모습은 옛날과 같았다.

지루함을 느끼면서 위에 있던 곤봉을 내려서 군 생활 동안 고이 간직했던 편지를 꺼내서 한 장 한 장 읽어보았다. 옛 생각의 그리움에 가슴은 설레고 있었다. 흐르는 눈물을 닦았다. 눈물은 슬퍼서만 흘러나오는 것이 아니었다. 그리움에도 눈물이 필요했던가 보다.

기차가 멈추어서 창밖을 보니 천안역이었다. 마음은 더욱 서두르고 있었다. 그러나 기차는 더욱 게으름을 피우면서 서서히 출발하는 것이었다. 느린 속도로 가고 있는 기차에 불만이 생기는 마음에 차라리 눈을 감았다. 착각 속에 마음만 급한 속에서 일어나는 혼란한 마음이었다.

안양역을 지나면서 곤봉의 모든 것들을 확인하고 자리에서 일어났다. 너무나 긴 시간 동안 앉아있던 이유로 몸과 마음은 찌그러져있었다.

기차는 빠르게 영등포역에 도착했다. 기차가 멈추자 뛰어 내리다시피 서둘러 내린 후 역을 빠져나왔다. 옛날에는 뒷길로 빠져서 가는 길이 있었지만 혹시 길을 찾지 못할까 봐 역 앞에서 옛 구청 앞으로 가는 큰길을 선택했다. 구청 로터리가 나타나면서 오른쪽으로 오비맥주공장이 있는 언덕을 단숨에 뛰어 올라갔다. 가파른 언덕이지만 나는 더 이상 걸음 속도를 줄일 수 없었다. 서둘러 뛰고 걷다 보니 나의 걸음은 절름발이였다. 내 다리의 균형이 옛날과 같지 않다는 것도 잊고 뛰고 있었다.

그리운 고향에 대한 노래나 시편에서 쓰여 있던 그런 감정으로는 나의 마음을 표현하기에 모자랐다. 대성병원 앞에 도착하니 내가 살던 집이 눈앞에 나타났다. 그때부터 내리막길을 향해 뛰었다. 숨 차는 줄도 모르고 나의 발이 균형을 잃었다는 것도 모두 잊고 뛰었다. 남들이 보기에는 절름발이의 모양이었다는 것을 나중에서야 그때 나를 보았던 이웃으로부터 전해 들었다.

아온 해병

집 앞에 도착해서 잠시 쉬면서 가쁜 숨을 조절했다. 대문을 열고 들어가니 아버지는 마루 앞에 앉아계셨고 어머니는 부엌에서 나오시는 중이었다.
아버지! 어머니!
그렇게 불러보고 싶던 마음에 소리를 치듯이 불렀다. 그리고 서둘러 부모님의 앞으로 다가갔다. 아버지의 손을 잡고, 다가오시는 어머니의 손도 잡았다. 기쁜 마음으로 부모님을 얼싸안았다. 반가워 어쩔 줄을 모르는 부모님의 모습이 나의 마음에 깊이 새겨지고 있었다. 오랜 동안 기다리셨지만 소식도 없이 다가온 막내아들의 모습에 말씀을 하시지 못하셨다.
잠시 후 전쟁에서 무사히 돌아온 아들로써 큰절을 드렸다. 그것이 우리 집안의 예의였다. 아버지는 나를 가까이 오게 하시고 나의 어깨를 어루만지셨다.
"그래 다친 몸은 어떠냐?"
"아버지…. 이제는 다 나아서 제대한 겁니다."
"참 너같이 몸에 칼을 많이 댄 사람은 없을 거다. 너는 그렇게 운명을 타고난 모양이다. 그러나 이제는 모든 액운이 지나갔으니 오래 건강하게 살아야 한다."

아버지의 말씀이 끝나고 어머니는 부엌으로 가시고 나는 가지고 온 곤봉을 열었다. 우선으로 '화랑무공훈장'을 아버지 앞에 놓아드렸다. 그것은 나를 낳아 기르신 부모님의 것이었다.

어머니는 편하게 앉으라고 하시며 입대하기 전에 즐겨 입던 옷을 꺼내 주셨다. 내가 떠난 후 부모님께서 자주 꺼내 보셨다던 그 옷들이었다. 나의 건강한 모습을 맞이하신 아버지의 기뻐하시는 웃음은 한평생 몇 번밖에 볼 수 없는 모습이었다.

옷을 갈아입고 내 건강과 해병대 얘기들 그리고 월남에 대한 얘기들을 아버지가 물어보시는 대로 말씀드렸다. 아버지는 내가 해병대를 지원한 후 어디를 가나 해병대에 대한 소식에 귀를 기울이셨던 것이다. 거칠고 사나운 해병대에 약한 막내아들이 견딜 수 있을까 항상 걱정하셨던 것이었으나 나는 아버지가 생각하시는 것보다 강한 해병이었다.

잠시 후 부엌방에 사시는 형수님이 귀여운 조카딸을 데리고 안방에 오셔서 인사를 한 후 함께 대화를 나누었다. 귀여운 은주는 그 사이에 훌쩍 자란 모습이었다. 은주는 옛날같이 할아버지 무릎에 앉아 나를 바라보았다.

형수님께서는 대구통합병원에 있을 때보다는 훨씬 건강해지신 것 같다고 말씀해 주셨다. 조카딸 은주가 다가와서 나의 무릎에 앉았다. 귀여운 조카딸은 우리 집안의 보물이었다.

어머니가 차려 주신 밥과 반찬들은 옛 그 맛이었다. 그사이에 아버지와 형수님은 자리를 비워주셨다. 아버지는 동네 친구분에게 막내아들 자랑을 하시러 가셨다고 어머니가 말씀하셨다. 잠시 후 사촌누이가 오셔서 나를 반기셨고 시장에 소문이 나면서 나의 친구들이 몰려오기 시작했다.

　베트남 전쟁에서 그렇게 그리워하던 나의 죽마고우들이 하나둘 모여들기 시작했다. 어머니는 친구들께 식사 제의를 하시면서 분주하셨다. 부모님은 평소에도 워낙 내가 친구들을 좋아하는 것을 아셔서 친구들이 불어나자 함께 자유의 시간을 주셨다.

　친구들과 밖을 나와 시장 길목을 지나서 나무장 뒷길로 옛 얘기를 하면서 거닐었다. 모든 것이 옛날같이 나를 맞이해주었다. 친구들에게는 나의 불균형의 신체를 보여주고 싶지 않아 주의를 했다. 그들은 "다친 곳이 어디냐?"고 물어볼 정도로 전쟁에서 다친 것을 보여주고 싶지 않았다. 그러나 나는 잘 알고 있었다. 내가 정상적으로 걸음을 걷지 못하고 있고 말을 더듬고 있다는 것을….

　늦은 오후가 되면서 일하는 친구, 학교를 다니는 친구들까지 하나둘 나무장으로 모여들기 시작했다. 내가 제대해서 돌아왔다는 소식이 급속도로 친구들에게 전달된 것이었다. 그 사이에 군대로 떠난 친구들도 많았다.

　귀국해서 고향에 돌아가 옛 친구들을 만난다는 것은…. 생사를 걸고 싸우던 전쟁터에서 나의 꿈이며 소원이었다. 꿈에 그리던 환상의 날이 눈앞에 다가온 것이었다.

　그렇게 많은 편지를 보내주던 성구가 나타나자 나도 모르게 뛰어가 함께 얼싸안고 춤을 추었다. 그는 나의 별명, 쏠 춤의 대가로서 "쏠"이라고 했고, 성구는 "쫀"이라는 별명으로 불렸다. 그 순간만은 춤을 추는 데 쏠 음악도 더 이상 필요 없었다. 우리의 마음에 흐르는 음악으로도 춤을 출 수 있었다.

그렇게 긴 이별이 되리라고는 생각을 하지 않고 해병대를 지원했던 탓인지 반가워서 어쩔 줄을 모르는 우리의 만남이었다. 더구나 죽음의 전쟁에서 몸을 다치고 살아 돌아온 나를 반기는 죽마고우들…. 우리들의 만남은 최대의 기쁨이었다. 친구들은 모닥불 주위에 둘러앉아 술을 마시고 노래를 불렀다. 술도 취하지 않았다. 그렇게 기쁜 마음에는 술도 별수가 없는 모양이었다. 밤이 깊어지면서 늘어나는 친구와 아우들이 나를 반겼다.

철없이 만나서 이유 없는 반항을 발산하던 사춘기였다. 나에게 다가와 옛날에 쓰던 흔히 거칠고 못된 욕들이 섞인 말투로 얘기하는 것도 고향의 멋을 더해주었다. 편지를 보내주던 친구나 보내지 않았던 친구나 모두 똑같았다. 나를 반기는 그들의 마음은 별다른 것이 없었다. 그것이 '죽마고우'인 우리의 '우정'이었나 보다.

제대 신상신고

제대 후 삼사일은 친구들과 어울리면서 지난날을 회상하는 시간이었다. 친구들도 자기의 생활에 충실했던 지나간 한 해…. 1970년 봄부터 1971년 늦은 봄까지였다. 나에게는 해병대 훈련과 조국을 떠나서 전쟁을 겪은 지옥 같은 한 해였다. 정글을 누비며 전투의 고난을 겪는 동안에는 이러한 날이 나에게 올 것이라는 기대가 아주 작은 희망에 불과한 꿈이었다. 언제 끊길지도 모르는 희망이었다.

일주일이 지나기 전에 관계 기관에 가서 원칙대로 '제대 신고식'을 해야 했다. 아침 일찍 해병대 얼룩무늬 군복과 해병대 팔각모를 쓰고 친구들에게 물어서 예비군 사무실을 찾아갔다. 철없이 놀던 골목길을 홀로 천천히 둘러보면서 걷다 보니 경찰서 바로 옆에 있는 신길동 예비군 사무실이었다. 경찰 파출소와 붙은 건물이었다. 군에 입대하기 전에 사고를 자주 일으키던 친구들이 끌려오던 파출소였다. 건물 위층 예비군 사무실에 들어가니 서너 명 예비군 근무자들이 서성거리고 있었다. 입구에서 서 있던 근무자에게 물었다. 제대 신고하러 왔다고 하니 안쪽 사무실 책상에 있는 쪽으로 안내해 주었다. 사무실 책상 앞에서 부동자세로 신상 신고를 했다.

"해병대 일병 93366293! 일병 유병홍 신상 신고합니다!"

"해병대 제대자가 하나 늘었으니 분대장감이 왔다." 하면서 사무자가 반기었다.

"어떻게 계급이 일병이십니까?" 그가 악수를 청하면서 물었으나 나는 그 대답을 하지 않고 사무자의 책상 위에 제대명령서를 내려놓았다. 근무자는 서류에 적힌 전화로 다이얼을 돌렸다. 나의 성명과 군번을 알려주자마자 상대방의 전화에서 거친 명령이 내려졌다.

"그는 나라를 위해 목숨을 바친 용사이니 아무런 의무를 부여하지 말라!"

"그 사람 전화 바꿔줘!"

그들의 말은 전화 밖의 나에게도 들려왔다.

"죄송합니다!"

전화를 바꾸어 주었다. 국방부 본부였다. 그들은 상이군인이 고향에 돌아가 제대 보고를 할 것을 기다리고 있던 것 같았다.

"무사히 고향에 돌아가셔서 축하드립니다!"

"감사합니다. 염려 덕에 무사히 도착하여 신상신고를 드립니다."

"제대 후에 예비군 소집에서 제외되었습니다."

"건강한 몸으로 사회에 적응하시다가 힘이 들 때면 언제든지 저희들께 전화주시면 최선을 다해 모든 것을 도와드릴 것입니다."

"넷! 잘 알겠습니다!"

"근무자를 바꾸어 주십시오."

나는 근무자에게 전화를 바꾸어주었다. 간단한 지시를 내리는 것 같았다. 사무자는 전화를 마치고 일어나서 악수를 청하면서

"영등포 신길동의 영광입니다!"

"…"

나는 어떤 말도 할 생각이 없었다. 거수경례를 한 후 뒤도 돌아보지 않고 사무실을 나왔다. 계단을 내려와서 동네를 둘러보았다. 추억이 많았던 거리들이었다. 지난날 신길동 주차장, 나무장, 관사 주위를 주거지로 보냈던 젊은 날들이 하나둘 머리에 스쳐 지나갔다.

길거리로 나와서 경찰 사무실을 지나서 옛날 구청과 관사 쪽으로 걸었다. 모든 것은 옛날 모습 그대로였다. 두성이가 살던 집을 지나서 장사하는 가게가 줄 서 있는 길목을 걸었다. 망년회가 끝나고 나서 여학생들을 보낸답시고 새벽에 눈 내리던 길목을 걷던 예전 생각이 났다. 그 길을 따라 오다 보이는 관사에는 옛날처럼 사람들이 그대로 일을 하고 있었다. 영등포 여자중고등학교 뒷길 쪽에 있는 높이 돌로 쌓아 올린 벽으로 가보았다. 여학생들이 학교로 오가는 길이었다. 남학생들이 그곳을 지나가면 여학생 무리들이 많지 않은 남학생을 놀려대기도 했다.

중간에 좁은 길을 통해서 옛날 구청 자리로 향했다. 기찻길을 가로지르는 구름다리를 건너려니 눈앞에 붉은 벽돌 건물이 보였다. 그곳이 내가 태권도를 처음 시작한 당수도장 '영등포 무덕관 본관'이었다. 수많은 유단자를 배출한 역사적인 곳이었다. 수련 중에 기차의 기적소리가 나면 수련자들은 더 큰 목소리로 기합!! 하는 소리로 대응하던 도장이었다.

하나둘 나의 지난날들이 돌아오는 시간이었다. 잊혔던 과거가 하나라도 기억으로 돌아오리라는 희망으로 걸었다. 구청 뒷길에는 샛강이 흐르고 있었다. 영등포역을 통한 뒷길로 추억을 찾아 헤맸다. 먼 과거가 아니었다. 작년…. 그리고 그리 오래되지 않은 날에 걷던 길인데…. 먼 과거와 같은 기억이었다.

　기억을 찾아서 걸었다. 내게 주어진 상이군인의 특권에 의존하고 싶지 않았다. 일반인으로 사회에 적응하고 싶은 생각뿐이었다. 신체적인 조건도 다시 정상으로 돌아올 것이라고 확신하고 있었다. 지금은 다리를 절고 오른팔이 불편한 상태였지만….

　홀로 영등포 구석구석을 반나절 돌아본 후 집으로 돌아왔다. 안방에 늘 계시던 아버지는 아들 자랑을 하시려고 이웃에 놀러가신 모양이었다. 정글복을 벗고 어머니가 미리 준비해 놓으신 운동복으로 갈아입고 옛날부터 친구들이 모여드는 나무장으로 향했다.

　지나는 길에 사촌누이가 일하는 곳에 들러 매부에게 인사를 드렸다. 반가이 맞이해 주셨다. 매부는 대령으로 제대하신 분이라서 나의 명예에 대해서 잘 이해하시는 분이었다.

우리의 아지트

해병대를 지원해 떠날 때 친구들이 합세해서 역사에서 가장 큰 송별식, 화려한 송별식을 해 주었었다.

나는 술을 마시지 않아서 청남이네 집 뒤에 있는 밀주 만드는 곳도 몰랐다. 그곳은 바둑을 두거나 책을 읽으려고 주로 모이는 장소였는데 그 외에도 많은 일들이 이루어지는 장소였다. 도장 운영을 마치고 뒤늦게 놀러 가면 모두들 술에 취해 있었다. 그 집 뒷쪽에 옆집과 이어진 합판으로 된 담장이 있다. 담 너머 땅 밑에 큰 항아리가 묻혀있는데 거기에는 늘 밀주가 담겨 있었다. 뒷방은 빈털터리들이 모여들어 시간을 보내기에 안성맞춤인 곳이었다. 바둑, 화투, 통기타, 축음기, 술과 담배가 늘 준비되어 있었다. 친구들이 거기서 한 잔씩 알게 모르게 밀주를 훔쳐 마시고 취해 있기도 했다.

그리고 바로 집 앞으로는 나무장 뒷문이 마주쳐 있다. 그곳에는 나무장에서 자르다 남은 쓸모없는 나뭇가지와 모아놓은 톱밥이 쌓여있었다. 톱밥을 태우는 시간이면 우리는 불 옆에 모여서 통기타를 치고 춤을 주면서 놀았다. 시간과 모든 조건이 완성되어있는 아지트였다. 그래서 모임 이름을 '나무장 하리마오'라고 붙인 우리 만남의 장소였다. 그곳은 누가 무어라 해도 우리들의 지상천국이었다.

작년 봄 나의 송별식 후 친구들 모두 도망치다가 다시 그곳에 집결되었다가 경찰과 방범들이 따라오자 구석구석에 숨어있었던 사연이 있었다. 그 자리에서 도망가던 친구들 개개인의 얘기는 아무리 들어도 재미있었다.

나에게 언제나 마음을 열고 반기는 곳이 '나무장 하리마오'였고, 그곳에서 우리만의 비밀의 통로를 오고 갈 수가 있었다. 우리만이 알았던 사춘기의 흔적이 남겨진 장소였다. 우리들 사연의 그림자가 서성거리고 냄새가 아직도 남겨져 있는 듯한 곳이었다. 그곳은 나 홀로 걷기에는 외롭고 단 한 명의 친구라도 곁에서 함께 있으면 지난날의 얘기를 나누어야 하는 곳이었다.

이제는 모든 것이 썰렁해진 모습이었다. 나의 송별식을 시작으로 경찰과 방범대원들이 위험지역으로 지정한 후에 지속적으로 감시하고 청일 형을 두목으로 신문에까지 발표했다고 한다.

그 후에 친구들은 내 뒤를 따라서 공군, 해군에 지원해서 군복무를 하러 떠났다. 그때부터 우리의 아지트는 활기를 잃은 나무장이었다. 매일 저녁마다 모여서 통기타를 치며 춤추던 나무장 마당에도 더는 톱밥을 모아서 모닥불을 피우는 것이 금지되었다. 경찰의 지시와 감시로 집단으로 모이지 못하는 바람에 뿔뿔이 흩어진 지금 지나간 과거의 모습은 없었다. 나도 이제는 생계를 이어갈 내일을 고민하는 입장이 되어버렸다. 단지 일 년 사이에 수많은 변화가 일어났다. 내가 월남전에 참전해서 친구들의 편지를 기다리던 그 한 해 사이에 모든 환경은 급속히 변하고 있었다.

사랑하는 부모님

저녁에 친구들과 어울리다가 밤늦게 집에 돌아오니 아버지께서 기다리고 계셨다. 어머니께서 아버지 곁에 잠자리를 미리 펴놓으셨다. 잠옷을 입고 이불 위로 누우려니 아버지께서 말씀하셨다.

"병홍아…!"
"내일은 아침부터 동네 어른들께 인사를 드려야겠다."
"예…."
"너의 몸은 괜찮나?"
"예, 아버지…."

나의 고통을 자세히 말씀드리고 싶은 마음이 없었다. 아버지의 건강 상태가 마음에 걸렸기 때문이다. 며칠 동안 들었던 아버지의 기침 소리와 밤잠을 못 이루시는 모습이 마음에 걸렸다. 나의 신체적 고통을 자세히 말씀드린다고 해서 별다른 길은 없는 상태였고, 아버지의 염려만 커질 것 같았다.

"머리 어디를 다친 거냐.?"

누워 있다가 일어나 아버지 곁으로 가까이 다가갔다.

"아버지 이 왼쪽 머리의 귀 윗부분입니다."

상처를 보여드렸다.

아버지는 나의 머리 상처를 손으로 만져보셨다.

"너는 참 오래 살 거다."

"너같이 몸에 상처를 많이 당한 사람은 없을 거야."

"너는 어릴 때부터 큰 수술을 받고 자랐는데…. 다시 전쟁에서 또 머리를 다쳤으니…."

한참을 생각하시다가 말씀하셨다.

"군에 가기 전에 뇌진탕을 당해서 큰 수술을 했지 않냐. 그렇게 생사를 오고 가는 일이 한두 번이면 될 터인데, 이제는 그런 일이 없이 건강을 회복하고 장가가서 손주도 보여주어야지. 그렇지 않겠냐?"

어머니께서 방으로 들어오시더니 말씀하셨다.

"병홍이는 전번에도 머리를 다쳤다가 다시 건강하게 회복됐으니 다시 그렇게 정상적으로 돌아올 겁니다."

"지금은 말투가 다소 문제가 있고, 몸에 균형이 좋지 않지만 다시 운동을 하기 시작하면 정상으로 돌아올 겁니다."

어머니는 말씀을 이어가셨다.

"대구통합병원에 있을 때 방문했다가 놀라서 정신을 잃었지요. 아래층 병실을 들어갔다가 팔다리가 끊어져서 매달려 있는 환자들의 모습을 보고는 너무 놀랐답니다. 정신을 차리고 난 후에 간호사의 안내를 따라서 이층으로 올라가 막내아들의 모습을 보니 너무 반가웠답니다. 우선 사지가 모두 있었고 나를 알아보는 것만으로도 반가웠지요. 그리고 모든 것을 기억하고 있었고 두루 안부도 물어보는 것이 극히 정상에 가까운 아들이었지요. 단지 말이 군에 들어가기 전 같지는 않았으나…. 곧 나아지겠지 했지요. 벌써 지금은 그때보다는 훨씬 좋아진 걸요."

어머니의 말씀을 경청하시던 아버지는 웃으시면서

"그래야지. 내일 아침 일찍부터 이웃 어른들께 인사를 드리러 동네를 한 바퀴 돌아보아야겠다. 일찍 자거라!"

말씀하신 후에 돌아누우셨다. 어머니는 나의 곁에 누우시면서 저녁은 제대로 먹었냐고 물으셨다.

"네. 어머니. 친구들이 모두 모여서 큰 잔치를 열어 나를 맞이해주어서 실컷 먹고 많은 지나간 얘기를 나누었습니다."

"그래. 너의 친구들은 특이하게 우정이 두터운 모양이다. 네가 군에 들어간 후에도 자주 집에 들러 인사를 하고 너의 소식을 물어 보곤 했었다. 너의 형이 군에 갔을 때는 인사하는 사람이 하나도 없었지. 하기야 그때는 사고를 내고 모두들 군대로 도망 가듯이 떠났고, 형과 친한 친구들은 거의 다 함께 군에 갔지만…."

나의 머리를 쓰다듬으시면서

"니는 이제 몸을 그만 다쳤으면 소원이 없겠다. 너같이 나의 가슴을 조이면서 자란 자식이 없다. 여동생과 형은 너 때문에 엄마 품에 와서 응석을 부릴 기회도 없이 자란 애들이다."

하시며 이불 여기저기를 덮어주신 후 밖으로 나가셨다.

지나간 날을 되돌아보면서 생각해 보니 나만큼 부모님의 가슴을 아프게 한 자식은 없었다. 형과 동생이 어머니의 품에 다가올 기회가 없었던 것은 늘 내가 아픈 탓이었다. 사춘기 때에도 그랬다. 어릴 때부터 어머니께 보호를 받던 내가 틴에이저가 되면서 말대꾸를 하고 짜증을 냈다. 죄송한 생각이 들었다. 철없던 나의 성장기를 사랑으로 감싸주신 어머니였다.

동네 어른들께 인사

아침 일찍 일어나서 밖으로 나왔다. 밤새 기침을 하시던 아버지가 뒤늦게 잠드신 것 같았다. 조심스레 아버지의 이불을 덮어 드리고 마루로 나왔다. 어제 어머니께 부탁한 대로 어머니께서 군에 가기 전에 입었던 운동복과 운동화를 마루에 내놓으셨다.

나는 홀로 새벽길을 걷기 시작했다. 서서히 뜀을 뛰다가 걸으면서 내가 거닐던 길목들을 돌아보았다. 새벽은 나의 시간이었다. 옛날같이 뛰고 싶었지만 나의 신체적인 조건이 허락해 주지 않았다. 이제는 다른 조건의 몸이었다.

아침에 일어날 때마다 새로운 날이라고 생각하면서 병원 생활을 한 습관이었다. 나에게 주어진 하루를 살라고 깨어난 새벽이 나를 반기는 것이었다. 하루하루를 새롭게 살아야만 하고 그날그날을 감사해야 하는 것이 나의 운명이었다.

집에 돌아오니 어머니께서 이른 아침 식사를 준비하시고 계셨다. 부엌으로 통하는 뒤 터에서 찬물로 땀을 씻어내고 안방에 들어오니 아버지는 외출 준비를 하시고 계셨다.

"다음 주에는 조치원 큰집에도 인사를 드리고 올라오는 길에 안성에도 들렀다가 돌아와야겠다."

예, 짧은 대답을 하고서 나는 일기장을 꺼내서 어제의 일을 기록하면서 기억해 보았다. 나의 나날을 기록하는 습관은 군에 가기 전부터였다. 전쟁 중에도 작전이 끝나고 방석에 돌아와서 기록하는 습관이 있었다. 그때 기록하던 습관은 그날그날의 전쟁 현실을 기록으로 남기고자 하던 일이었지만 지금은 하루하루를 산다는 생각에 쓰는 것이었다.

어머니께서 부엌으로 통하는 창구에 노크를 하셨다. 아버지는 옆에 있던 밥상을 꺼내고 문을 열어주셨다. 그 작은 창구로 밥과 반찬, 그리고 맛있는 미역국이 들어와서 하나둘 밥상 위에 차려졌다. 예전에 가난한 밥상을 이웃이 볼까 봐서 그렇게 만들어 놓았던 창구였다.

잠시 후에 예쁜 조카딸 은주가 할아버지를 부르면서 안방으로 들어오니 아버지의 얼굴에 기쁨이 가득하셨다. 아버지의 무릎에 앉은 조카딸은 너무 귀여운 집안의 보물이었다. 나를 잘 따라다니던 조카딸이었다. 그러나 부모님께서 하루속히 형이 미국으로 데리고 가야 한다고 말씀하셔서 마음에 걸렸다.

식사를 시작하기 전에 형수님도 부엌방에서 어머니를 놉다가 들어와서 아버지께 아침 인사를 하고 나갔다. 나는 항상 형수님께서 시집살이를 한다는 생각에 걱정했다. 내가 군에 가기 전에 여동생과 다툼이 있을 때마다 나는 형수님의 편을 들어주었다. 형 하나를 믿고 들어온 사람인데 형이 떠나고 나서 마음을 기댈 곳이 없는 것이 안타까웠다. 집안 풍습이 그렇게 가까이 대할 입장도 아니라서 멀리서 보고 있었을 뿐이었으나 마음속으로는 늘 걱정을 했다. 내가 군에 갔을 때도 자주 편지를 띄워주셨던 고마운 형수님이었다.

은주를 무릎에 앉혀놓고 생선뼈를 발라서 은주 입에 넣어 주시는 아버지는 행복한 모습이셨다. 아버지가 식사를 하실 시간이 없을까 봐 어머니가 들어오셔서 은주를 데리고 다른 방으로 가서 식사를 하셨다.

나는 식사를 빨리 마치고 아버지가 식사를 마치실 때까지 방에서 나의 물건들을 뒤적거리며 기다리고 있었다. 어머니가 들어오셔서 아버지께 물으셨다.

"어느 집을 먼저 들르실 겁니까?"

"우선 한 사장님 댁을 먼저 가야겠다."

그분은 시장 입구에서 큰 연탄 공장을 하시던 분이었는데 동네에서 연장자이시고 학문이 높으신 분이었다. 나는 먼저 나와서 마루에서 군화를 신고 제대복 얼룩무늬의 전투복을 입고 팔각모를 손에 들고서 아버지를 기다렸다.

잠시 후 아버지를 모시고 길을 나섰다. 아버지를 따라서 뒷길로 한참을 가다가 어느 집 앞에서 벨을 눌렀다. 그러자 안에서 문을 열어주어서 아버지를 따라서 그 집으로 들어갔다. 나는 어른을 뵙자 차렷 자세에 거수경례를 드렸다. 충성! 아버지께서 몸이 불편하신 분들께는 절을 하지 말아야 한다고 알려주셔서 거수경례 한 것이었다.

한 사장님께서는 자리를 주셔서 아버지 옆에 앉았다. 아버지는 내가 가지고 온 '화랑무공훈장'을 그분 앞에 내려놓으시면서 "우리 막내아들이 월남에 이 훈장을 받아왔습니다."라고 하셨다. 그러자 한 사장님께서는 나의 훈장을 자세히 들여다보시면서 동네의 자랑이라고 칭찬해주셨다. 그리고 내가 몸을 다쳤던 소식도 알고 계셨는지 나의 몸은 어떠냐고 물으셨다. 저는 건강하게 제대를 했습니다. 대답을 해드렸다.

그분은 화랑훈장에 대한 가치를 잘 아시는 분이었다. 나라를 위해 목숨을 바치는 영광을 자랑으로 아시는 분이었다. 그 후에 여러 어른들께 인사를 드리면서 아버지는 어떤 어른께는 훈장을 꺼내지 않으셨다. 무식하고 무례한 어른은 훈장의 가치를 모른다는 이유이셨다. 온종일 동네 어른들께 인사를 드린 후에 집으로 돌아오니 어머니는 우리의 점심 밥상을 보자기로 덮어놓으시고 기다리고 계셨다.

무당과 침술가

해병대에 가기 전에 성구와 같이 길거리에서 점술가 할머니를 만난 적이 있다. 그때부터 나는 무당과 점술가에 관심이 생겼다. 그들은 어떤 세계를 가지고 미래를 알 수가 있을까? 모든 것을 거짓말로 얼렁뚱땅하는 일은 아닌 것 같았다. 대개 지나간 것은 거의 적중했고 미래는 다소가 빗나가는 수가 생기는 것 같았다. 무엇보다 굿을 한 후에 그 집안은 모든 액이 지나가고 걱정과 염려가 사라진다는데 굿을 했다는 그 마음 상태가 중요한 것 같았다.

어느 한산한 여름 오후였다. 친구 집에 놀러갔는데 많은 사람들이 모여 있었다. 그 집 앞마당은 발 들어설 자리가 없을 정도였다. 무슨 일이 있는가 하고 들어가 보니 친구의 모친께서 무당을 불러다가 액땜굿을 하는 날이었다. 나는 많은 사람들 사이를 비비고 들어가서 맨 앞자리에 앉아 무당이 하는 일을 유심히 관찰하기로 했다. 좀 더 가까이에서 구경하고 싶었다.

신들린 젊은 여자가 분단장하고 얼룩덜룩한 옷을 입고서 펄럭이는 파랑, 노랑, 빨강색의 줄로 된 천을 걸치고서 어느 초라한 모습의 여자 곁에 앉아있었다. 그 무당 곁에 앉아있는 분이 인생에 풀어야 할 문제가 생긴 것 같았다. 이상한 모자를 쓰고 부채를 폈다 접었다 하면서 무어라고 알아들을 수 없는 말을 계속하시는 분이 무당인 듯했다. 한 노인이 그 뒤 구석에서 북과 꽹과리를 치면서 알아들을 수 없는 소리를 하는데, 분위기에 어울리게 엉덩이를 들썩이면서 어깨를 놀리고 있었다.

그러던 중 날을 세운 작두를 앞에 둔 처녀가 머뭇거리면서 그 작두 칼 위를 올라가지는 않고 눈물을 흘리면서 서성거리고 있었다. 사람들은 무엇인가 서로 속삭이기 시작했다. 잠시 후 무당은 객들 중 누구인가 대신할 사람을 물어 찾고 있었다. 그래서 내가 손을 들고 무당을 쳐다보았다. 내가 해보고 싶었다. 그러나 무당은 고개를 옆으로 저으면서 나의 뒤편에 앉아있던 한 여자를 지명하는 것이었다. 바로 뒤에 앉아있던 처녀가 일어나서 앞으로 나가니 무당은 춤을 추기 시작했다. 그리고는 그녀의 주위를 돌면서 오색 부채를 폈다가 접었다 하면서 무슨 말을 풍월 있게 이어가는 것이었다. 그러다가 처녀의 손을 잡고 작두 위로 인도하는 것이었다. 그녀가 무표정으로 작두 위를 올라가자 많은 박수가 터져 나왔다. 그녀는 작두 위에 올라가서 한 발 한 발 걷기 시작했다. 칼 위를 맨 발바닥으로 걷는 모습에 주위 사람들 사이로 감탄의 말이 오가고 있었다.

아! 저것이 신들린다는 것이로구나. 그들은 신비의 세계에 있는 것 같았다. 그녀는 작두 위에서 내려오면서 식은땀을 흘리는 것 같았다. 그리고 잠시 후 제정신으로 돌아와서 아무 기억을 하지 못하는 얼굴로 제자리에 돌아가는 것이었다.

그 후에 무당이 한풀이를 하면서 덩덩 춤을 추고 주위를 돌다가 얼룩 오색 옷을 입고 있는 여자를 이끌어 냈다. 그 여자는 울면서 작두 위로

첫발을 올리고. 무당의 리드에 따라서 한 발 한 발 조심조심 걸어가는 것이었다. 그녀는 소원을 말하고 있는데 나는 알아들을 수가 없는 말이었다. 그러나 한을 푸는 사연은 확실했다. 나의 관심은 무당의 춤도 아니고, 무어라 말하고 있는 사연에도 관심이 없었다. 오로지 무당을 따라서 움직이는 사람들의 정신 상태에 관심이 집중되었다.

굿이 끝나고 나서 쌓여있던 음식을 손님들께 나누어 주면서 무당은 일이 잘 풀려서 이제는 모든 불운이 지나갔다는 말을 중얼대고 있었다. 다들 여담을 하고 있을 때 나는 그들이 이용하던 작두에 다가가서 작두의 날을 만져보았다. 그 순간 나는 알 수 있었다. 작두는 가위 같은 것이어서 아래위의 날이 엇갈리면서 자르는 것이었다. 한쪽의 날로만 그렇게 날카로운 힘을 발휘할 수가 없는 것이었다. 그 위를 걷는 것이 그렇게 위험한 일은 아니라는 것을 알 수가 있었으나 그 위를 걷던 여자의 마음은 도에 가까웠을 것이라는 것은 짐작할 수 있었다. 그런 가운데 신비로운 일이 벌어지고 있는 것이었다.

그 후 몇 개월 후 어머니의 생신이라서 병용 형이 한국으로 나왔을 때였다. 갑자기 병이 사촌형이 그의 아내와 함께 우리 집으로 온 것이었다. 그때 나는 병용 형이 젊었을 때 가장 친했던 원일 형과 어울려 다니다가 집에 들어왔다. 병이 형의 아내인 형수가 울면서 하소연하고 있었다. 부부가 함께 앉아서 일하다가 병이 형이 몸이 굳어서 며칠간 움직이지 못했다는 것이었다. 원일 형이 듣다가 저런 일을 아주 능하게 (침을 놓든지 점술로) 해결해 준다는 점술가이자 무당이 이웃에 있는데 한 번 가보자는 제의를 했다.

밑져야 본전이라는 생각에 원일 형을 따라서 모두 길을 나섰다. 병이 형은 친구의 등에 업혀서 꼼짝 못 하고 앓는 소리를 하고 있었다. 멀지 않은 곳에 있는 점술가의 집에 도착해서 문을 두드리니 아무 소리가 없었다. 그런데 문을 미니 쉽게 열리는 것이었다.

그 집 안에는 여러 손님이 줄을 서서 기다리고 있었다. 그 집 마루에 병이 형을 내려놓고서 순서를 기다렸다. 형은 계속 앓는 소리를 하면서 이상하게 몸이 굳은 채로 앉아있었다. 우리 뒤에도 사람들이 어떻게 소문을 들었는지 줄을 서서 기다리는 것이었다. 그 무당인지 점술가인지 하는 분은 무표정으로 다른 사람과 말을 하면서 병이 형에게는 관심이 없는 태도였다. 지나가는 눈길같이 보는, 별 관심이 없는 얼굴이었다.

힘들게 기다리던 병이 형의 순서가 되어서 그녀의 앞에 앉도록 도와주고 뒤로 물러나 앉아있었다. 그녀는 긴 못 길이만 한 가는 침을 들고 있었다. 병이 형을 가까이 오라고 하더니 다짜고짜 형의 넓적다리를 중심으로 온몸을 마구 찌르는 것이었다. 무자비하게 보일 정도였다. 병이 형은 아프다고 소리를 지르고 이리저리 뒹굴었다. 무당은 그렇게 실컷 찔러대고는 아무 일도 없었던 것처럼 자기 자리에 돌아가서 있는 것이었다. 꼼짝 못 하고 업혀왔던 병이 형은 워낙 아프니까 그것을 피하느라고 온몸을 움직였다. 무당은 제자리에 돌아와 형을 쳐다보더니 무표정으로 앉아있고 그 곁에서 있던 여자분이 다가와서 얼마를 내라고 해서 병용 형이 지불해 주었다.

그 후 무당은 우리를 쳐다보지도 않고 나가라고 명령했다. 그런데 야단맞고 쫓겨 나오다 보니 병이 형이 스스로 일어나서 함께 나오는 것이었다. 제정신이 아닌 듯이 도망쳐 나오는 병이 형을 보니 신기했다. 꼼짝 못 하던 사람이 제 발로 걸어 나오고 있는 것이 신기하지 않다면 이상한 일이었다. 혼쭐이 나서 일시적으로 움직였을 거라고 생각하면서 모두들 웃었다. 그러나 원이 형은 온몸이 자극을 받아서 신경이 모두 풀린 상태가 되었을 것이라고 설명해 주었다.

  그 후로 병이 형은 완전히 정상인이 되어서 건강하게 집안을 지키고 있다. 나는 이런 일들이 세상 곳곳에서 벌어지고 있는 현실이라는 것을 알게 되었다. 인간의 신비가 세상을 움직이고 있다고 생각했다.

  어느 날 친구 성구가 우리의 미래에 대해 점을 보아준 할머니를 우연히 다시 만나게 되었다. 전에 운명을 봤던 친구가 월남전에서 몸을 다쳤으나 지금은 정상으로 제대를 해서 건강히 살고 있다고 했다. 그 할머니는 고개를 좌우로 흔들면서 그렇다면 운명에 한 수가 빗나간 것일 뿐 역시 나는 단명이라는 말을 해 주고 어디론가 사라졌다. 그뒤 성구와 몇 번을 찾아가보아도 그 할머니는 만날 수 없었고, 내 앞에는 다시 나타나지 않았다.

  나의 운명을 미리 짚어주고 내가 단명이라는 말을 스스럼없이 해준 점술가 할머니….

> 불사조

⑫ 부활

재활
새벽길
기적이 일어나던 날
기초훈련
취직
무도인의 길·1
태권도 지도자 교육
외숙부의 사업
형에게 기대를 걸다

# 재활

제대한 후에야 비로소 부모님의 걱정을 알 수 있었다.
"밥벌이를 해야지 장가를 보낼 수가 있단다."
제대 후 아무 일도 하지 않고 빈둥대는 것만 같은 막내아들을 안타까워하셨다. 하지만 부모님은 내가 전쟁에서 얼마나 큰 상처를 받았는지를 모르셨고 나는 후유증에 대한 고통을 말하지 않았다.

부모님의 고민은 내가 삶을 스스로 개척해야 하는 것이었지만 나는 후유증과 싸워 나가는 것이 제일 문제였다. 매달 때가 되면 심한 후유증에 시달려야 했다. 물론 나의 친구들도 후유증을 잘 모르고 있었다. 해가 바뀌면서 겉으로 보기에는 멀쩡했다. 부모님만이 나의 고통을 조금이나마 아실 수 있었다. 부모님과 함께 생활하다 보니 부모님 외에는 자세한 설명을 해도 믿어줄 사람도 없었다. 나도 그것에 대해서는 아무에게도 말해주고 싶지 않았다.

나의 몸은 뇌의 상태에 따라 신체적인 불균형을 이루었다. 항상 운동을 해야 정상적인 피 순환에 도움이 된다는 군의관의 충고를 현실로 받아들이고 있었다. 그런 조건을 부모님께 설명해봤자 걱정만 끼쳐 드리게 되고 남에게 말해봤자 일개 엄살로만 보일 뿐이었다.

나만이 알고 있는 고통은 오로지 내 스스로 견디어야 하는 문제였다.

그래서 나는 새벽이 되면 일어나 마루에서 몸을 풀고 있다가 4시에 통금 해제가 되면 밖으로 나와서 걷고 뛰는 일로 하루를 시작했다. 그렇게 지속적으로 쉬지 않고 운동하면 나의 몸이 균형이 잡혀가리라 생각했다.

차차 먼 거리를 달리기 시작했다. 땀을 흘리며 뛰면 나의 몸에 흐르는 땀방울만큼 뇌에 산소를 제공할 수 있다고 믿었다. 제대하면서 들은 꼭 지켜야 할 군의관의 지시였다. 파편으로 충격을 받은 병사는 그날그날을 즐겁게 살다가 잠이 들도록 하라고 했다. 왜냐하면 잠이 들었다가 다음 날 아침에 일어나지 못할 수가 있기 때문이다. 제대명령만 기다리던 나는 처음에는 그 충고를 소홀히 들었다. 그러나 막상 제대한 후 사회에 적응해 살아가면서 그 충고가 현실화되어 가고 있었다. 나는 매일 눈을 뜨면 새날을 반갑게 맞이했다. 오늘도 또 하루를 살아갈 수 있다는 생각에 다시 나의 육신을 활성화해야 한다는 의무감이 들었다.

일어나 몸을 풀고, 어제 새벽에 뛰던 길을 다시 새롭게 뛰는 것으로 뇌에 맑은 피를 순환시켜 주었다. 뛰면서 심장에서 뿜어 오르는 새로운 피를 뇌에 보내 주는 것이 하루 일과의 시작이 되었다. 매일 다가오는 새벽은 나에게 무엇보다도 감사한 하루의 시작이었다. 오래 살고 싶다는 생각과 훗날의 꿈을 기대하는 것이 나에게는 과분한 생각일지도 모른다. 먼 미래? 내가 그럴 자격을 갖고 있지 않다고 생각했다. 그 정도로 암울한 나의 신체조건이었다.

그렇게 반년이 지나면서 나의 몸은 균형이 잡히고 더 많은 거리를 질주할 수 있게 되었다. 나에게는 가장 기쁜 날이었다. 김포공항으로 향한 고가도로를 달리던 어느 날, 항상 둔감한 오른팔과 늘 땅을 밟을 때마다 힘이 없던 왼쪽다리에 힘이 가해지기 시작했던 것이다. 그 기쁨은 무한으로 뛰고 싶은 충동을 일으켰다. 심장이 멈출 때까지 뛰고 싶었다. 돌아올 수 없는 거리까지 뛰어간 날이다. 어두운 새벽에 집을 나와 신길동에서 김포가도를 뛰다보니 동이 트기 시작했다. 김포공항에 거의 도착한 것 같았다. 지쳐서 뒤를 돌아보았다. 돌아보니 너무 먼 길이었다. 하는 수 없어 버스를 타고 돌아온 날이었다. 지쳐서 경찰서에 들어가서 도움을 청해야 했다. 어떤 땐 버스 운전사의 자비로 공짜 버스를 타고 구청 앞까지 돌아오기도 했다.

벽길

아침 일찍 일어나서 새벽길을 나설 때면 나의 신념이 나를 재촉했다. 나의 신체의 모든 것이 정상으로 돌아가도록 마음을 다그치는 것이었다. 다른 사람들이 보기에는 다소 동작이 느린 듯했지만, 나는 내 스스로 하루하루 쉬지 않고 운동을 한 결과라는 것을 잘 알고 있었다.

제대한 후에 운동을 다시 하면서 선후배들과의 갈등이 나타나기 시작했다. 나의 실력이 옛날 같지 않아서인지 내가 도장에 권리가 없어서인지 선후배들이 옛날과 완전히 다른 대우를 했다. 나의 자격지심만은 아니었다. 제대를 한 선배들은 나이가 서너 살 위라서 그들과 함께 어울릴 수 있는 위치가 아니었다. 나 홀로 떠돌이같이 이 도장 저 도장을 서성거리며 몸을 풀고 운동을 하는 신세였다. 나는 후배들과 가끔 대련을 하곤 했는데, 기술과 동작이 느린 탓인지 우선 인간관계에 문제가 생기는 것이었다.

하루는 대련을 하려고 기다렸다가 후배가 지도하는 부에 들어가서 대련을 하게 되었다. 그 후배는 동작도 좋고 태도도 바른 후배였다. 그는 유연하게 나의 공격을 피하면서 공격도 잘해서 자주 대련을 하면 내 기술이 속히 복귀될 것 같은 기대를 하고 있었다. 문제는 그의 여자 친구인 여자 유단자가 대련 중에 그를 응원하는 소리가 귀에 들어오니까 신경이 걸린다는 것이었다. 그렇다고 화를 낼 수도 없는 체면에 나와 대련을 해주는 것만으로도 감사하다고 생각을 하면서 함께 수련을 했다.

그러나 그들의 태도가 문제였다. 나를 무시하는 언행이 서서히 내 신경을 건드렸다. 하루는 그들에게 말로 충고를 해 주었다. 내가 대련이 잘되지 않아도 이해를 해달라는 식이었다. 그러나 그들의 계속 무관한 태도가 나의 화를 돋우었다. 대련 중에 그를 응원하는 여 유단자를 야단치니 남자 유단자가 말대꾸를 하는 것이었다. 나는 더 이상 참지 못하고 주먹으로 상단을 몇 번 날렸다. 그 후 두 남녀 유단자는 나와 대련하기를 꺼려하고 피하였다. 나도 미안한 마음에 더 이상 그들과 대련을 하지 않았고, 그들 또한 내가 있으면 도장에 오지 않았다.

도장을 떠맡은 심 선배의 동생이 운동을 하면서 지도하는 부가 있었는데, 그의 동생은 아주 버릇이 없는 유단자였다. 어느 날 그의 학교 친구와 대련을 하는데 (그는 학교 대표선수로 뛰는 유단자라는 말이 있어서 한번 대련을 하고자 기다렸다가) 확실히 빠른 발동작을 잡기가 쉽지 않았다. 그러던 중에 심 사범 동생이 친구를 응원하면서 나를 공격하라는 말이 귀에 들어왔다. 기분이 상하고 화가 났다. 그러다가 한계가 왔다. 대련을 마치고 그 자리에서 지도자 유단자를 일으켜 세웠다. 그리고 상단을 주먹으로 갈겼다. 그가 사무실로 도망을 가는데 그 뒤를 따라가면서 연속적으로 공격을 해서 화풀이를 했다. 그리고 다시 한번 그런 자세를 보이면 이 이상으로 본때를 보여줄 것이라고 경고를 하고 집으로 돌아왔다.

내가 옛날같이 실력이 없어서 대련을 잘하지 못하는 것은 알고 있었지만 수련으로 노력을 해야 하는 그 상황이 서러웠다. 그런 나의 개인 사정을 말할 이유도 없고 말을 해서 알아주는 분위기도 아니었다. 그 후배와의 대련 중에 친구를 응원하는 것을 용서하지 못한 것은 나의 실책이었다. 하루라도 빨리 옛날같이 실력을 갖추는 길이 나의 정도라 생각하고 더욱 운동에 치중하면서 나날을 보내야 했다.

어느 날 심 사범이 나타났기에 얘기 좀 하자는 말로 그와 도장 밑에 있는 다방으로 내려갔다. 심 사범도 자기 동생이 얘기를 해서 잘 알고 있었던 일이었기에 본론으로 들어가 동생의 언행에 대해서 말을 꺼냈다. 그러나 그는 동생보다도 나의 폭행에 불만이 있었다. 다시 언쟁이 높아지기 시작하면서 주먹이라도 오고 갈 것 같은 분위기가 되었다. 그러자 박 선배가 내려와서 분위기를 조절하면서 다시 화해를 하도록 해주었다. 그러나 화해라기보다는 거리가 멀어질 뿐이었다. 그 후 나는 다시는 그 도장에 가서 운동을 하지 않았다.

나의 실력이 이렇게까지 나빠졌다는 것은 나 자신으로서도 불만이었다. 나의 성격도 변했다. 말솜씨도 거칠어졌다. 그것은 박 선배의 지적이었다. 화를 참지 못하는 사람으로 변했다는 것이다. 해병대 가기 전에는 대화나 처신이 부드러웠다는 것이다. 그러나 나는 내가 변한 것은 없다고 생각하고, 나의 실력과 신체적인 동작이 옛날 같지 않아서일 뿐이라는 것이 그 이유였다. 정말로 나는 신체적인 퇴보가 있었으나 다시 복귀를 할 수가 있다고 생각하고 노력했다. 그러나 아무에게도 내 사정을 알리고 싶지는 않았기 때문에 도장에서는 내가 나쁜 유단자로 알려지기 시작하는 것 같았다.

아무도 내 뇌의 충격을 아는 사람은 없었다. 오로지 죽마고우들을 만나면 내 두통과 진통을 하소연하는 일이 전부였다. 그렇게 계속 운동을 하면서 나날이 발전을 기대할 뿐이었다.

　형도 나에게 운동을 열심히 하는 것이 나의 미국 생활에 좋은 길이라고 했다. 오고 가면서도 항상 도복을 가지고 와서 나와 실질적인 대련을 하면서 나를 테스트하는 형이었다. 그러니 운동을 하는 것만이 나의 길이었다.

기적이 일어나던 날

　매일 새벽 찬바람이 부는 한강 강변을 쉬지 않고 걷고 뛰던 어느 날, 힘을 못 쓰던 왼팔과 오른발에 힘이 들어가는 것을 느낄 수가 있었다. 그 기분은 아무도 모르는 나만의 기쁨이었다. 뛰고 뛰어도 지칠 줄을 모르는 것이었다. 나는 영등포 시장을 지나고 제2한강교를 지나서도 돌아서는 길로 오고 싶지 않아서 계속 김포공항을 향해서 달리고 있었다.

　시간이 지나가면서 지치기 시작해서 김포가도에서 달리기를 멈추었다. '육신에 균형이 잡히고 힘이 돌아오는 것을 느낀 기쁨'을 다시 알게 된 가장 기쁜 날 아침이었다.

　돌아오는 길에는 더 이상 힘이 없었다. 몇 정거장을 걷다가 경찰서에 들어가서 사정을 얘기했다. 그러자, 경찰이 정거장에 데려다 주고 버스 운전사에게 설명을 해 주어서 버스를 타고 구청 앞 정거장까지 돌아올 수 있었다. 구청 앞에서 내려 오비맥주 공장을 지나는 언덕길을 천천히 걸어서 올라왔다.

　집에 돌아오니 어머니께서 준비해놓으신 아침 밥상이 보자기에 덮여 나를 기다리고 있었다. 어머니께서 나의 아침 밥을 준비해 놓고 기다리시다가 잠시 나가신 때라서 집에는 아무도 없었다.

홀로 식사를 하면서 나의 신체를 만져보았다. 내일 아침에도 다시 그런 상태가 되어 주기를 바라는 마음의 기도를 했다. 포기하지 않고 노력하면 바라던 일이 이루어질 수 있다는 신념이 만들어낸 기적의 결과였다.

어릴 때의 일이 기억나기 시작했다. 패싸움에서 다친 후 뇌수술을 받은 후에 나는 말을 더듬었고 어린아이가 하는 행동을 해서 부모님과 친구들을 놀라게 했다. 그러나 퇴원 후에 할 수 있다는 정신적 집념이 기적을 일으켜서 옛날보다 더 말을 많이 하는 나로 태어났다.

제대 후 장애를 힘들게 견디고 있던 상황은 부모님도 알지 못하는 나만의 길이었다. 아직도 나의 언행이 정상인보다는 느리다는 생각은 하셨겠지만, 내가 뇌수술을 한 후에 잠시 그런 현상이 있었다가 정상으로 돌아왔을 거라고 기대를 하고 계셨다.

도장 선후배들에게는 나의 개인적인 문제를 말하고 싶지 않았다. 그리고 그런 사정을 듣고자 하는 사람도 없었다. 단지 친구들을 만나서 농담 삼아 신체적인 감각이 둔한 것을 얘기했지만 그들은 나의 말을 믿지 않고 정상으로 돌아올 것을 기대하고 있었다. 나를 극히 정상적으로 보고, 문제를 등한시한 것이 오히려 나에게는 힘이 되었다.

대구통합병원에서 많은 환자들과 어울려서 생활한 경험에서 배워온 나의 지혜가 있었다. 주위에 있었던 많은 중환자들을 주의해서 보았던 병원 생활에서 배운 것이었다. 그것은 환자 자신이 자신에게 기대를 하고 포기하지 않고 노력하는 것에 비례해서 그 사람의 신체가 변한다는 것이었다. 적어도 나만의 개인적인 경험으로도 확실했다. 특히 신체적인 문제에 대해서는 정신이 얼마나 중요한 결과를 낳는지를 잘 알고 있었다.

 몸을 다친 후 속히 다시 일어나는 환자들은 대개가 긍정적인 사람들이었다. 그런 경험과 마음의 상태가 나의 또 다른 기적을 일으킨 것이 새벽의 사건이었다. 나는 다시 일어날 수가 있을 것이며, 다시 정상적인 생활을 할 수가 있다고 믿고 있었고, 매일 새벽이면 일어나서 도전장을 내민 결과였다. 나만의 신념의 마력이 또다시 통했던 날이었다. 또한 쉴 새 없이 책을 읽고 시를 낭독하던 나의 노력에서 나온 기적이었다. 신념이 없는 자에게는 의술과 약도 효과를 보기가 쉽지 않을 것이다. 제대하면서 군의관이 안내해 주던 의용촌에 대한 서류는 제대 곤봉에서 제외하고서 짐을 쌌다. 그런 안락한 생활에서 젖어 살게 되면 나는 영원히 불구자로 변할 것이다. 두려웠다. 나는 그렇게 여생을 살아가고 싶은 마음은 조금도 없었다.

기초훈련

기적이 일어나던 새벽…. 그 후 나는 다시 태권도의 기초를 쌓아야만 했다. 몸을 푸는데 시작은 스트레칭이 우선이었다. 모든 몸의 동작은 우선 유연성이 있어야 한다. 다행히 이 년이 다 되도록 태권도의 기초 동작과는 거리가 먼 생활을 했으나 걱정하는 것보다는 몸이 그리 굳어있지는 않았다.

새벽에 주로 뛴 후에 땀에 젖은 몸을 찬물로 등목을 한다. 수건으로 몸을 말리고 나서 마루에서 몸을 푸는데 몸의 부분적인 감각에 마사지를 하면서 근육을 늘리는 스트레칭을 하는 것이다.

지금까지 후배들이 운동을 하는 도장에서 참석해서 대련도 하곤 했던 이유는 다시 옛날로 돌아가고 싶은 신념 때문이었다. 후배에게 망신을 당하는 일이 비일비재했으니 다른 선배들이 나를 이상하게 보고 있을 것이라는 것도 짐작할만했다. 그러나 나의 신체적인 깨우침이 우선이었기 때문에 자극을 받아야만 치료에 도움이 될 것 같았다. 그러나 기적이 이루어진 후로는 그런 수모를 당할 생각이 없어졌다. 오로지 내가 알고 있는 나의 태권도 기초를 다시 닦는 것만으로 충분했다.

아침 식사를 한 후에 잠시 쉴 겸 낮잠을 자는 시간이 필요했다. 신체적인 피로가 따르면 뇌에 충격을 받을 영향이 크다는 것이 제대하기 전

군의관의 경고였기 때문이다.

   이른 점심 식사를 한 후 길을 나서는 것이 바깥생활의 시작이었다. 근처에서 도장을 개관해서 운영하는 선후배들이 여럿이 있었다. 그날에 따라 마음이 흐르는 곳으로 방문을 해서 태권도 동작을 되풀이하고 걸려있는 백을 상대로 치고 차고 가상대련으로 시간을 보낸다. 다시 살아나는 옛 기술들에 좋은 기분으로 하루를 즐긴다.

   도장 사범과 바둑을 두고 여담을 하면 하루가 갔다. 돌아오는 길에 나무장에 들른다. 그곳도 많이 변해서 철없던 시절의 모임은 더 이상 아니었다. 저마다 자기의 미래를 위해서 고심해야 하는 나이가 된 것이었다. 그래서 만나도 활기찬 악수와 철없이 놀던 옛날의 악동짓은 하지 않았다.

   친구들 저마다 가정환경이 달라서 나타나는 현상이 있었다. 강남중학교나 서울공고 출신들은 가정이 부유하지 않은 조건에서 자란 친구들이어서 나이가 들면서 가정에 책임을 떠맡아야 했다. 그래도 만나면 잠시는 현실에 억눌린 표현들이 오가지만 다소 시간이 지나면 옛날로 돌아가서 철없던 짓을 하며 어울리는 나의 죽마고우들이었다.

   이제는 지나간 얘기들을 찾아서 화제를 이어가기도 했다. 집 뒤 터에 묻혀있는 장독에서 밀주를 한 그릇씩 훔쳐 먹고 얼굴이 벌게지면 대화는 더욱 순수한 옛날의 모습으로 돌아가는 것이었다. 나는 술을 좋아하는 편이 아니라서 나에게 술을 권하는 친구는 없었으나 감정적인 분위기가 되면 권하는 술을 피하지는 않았다. 담배 골초가 되어서 담배를 입에 물고 있는 친구들도 있었으나 담배연기가 싫지는 않았다. 나의 친구들이 하는 짓에는 무엇이든 부정적인 생각이 생기지 않았다. 친구들은 내가 해병대 생활을 할 때 담배를 피우지 않아서 많은 이득이 있었다는 얘기에도 동감하고 새로 온 졸병이 화랑담배를 주는데 구박할 대상이 아니라는 것도 이해하는 것이었다.

밤 시간이 깊어져 누군가 첫 번째로 자리를 떠나면 그 친구를 따라서 슬그머니 그 자리에서 벗어난다. 내일 새벽에도 운동을 해야 하기 때문에 이른 저녁에 잠을 자두어야 한다는 생각 때문이었다. 그러나 매번의 만남에서 그러는 것은 아니었다. 특별한 사건이 있을 때면 나도 밤을 새워가면서 얘기를 하는 편이기 때문에 친구들에게 유난히 지적받는 불량 우정은 아니었다.

어떠한 일이 있어도 새벽이면 일어나야 하는 것은 나날이 새롭게 태어나는 몸을 만들어야 하기 때문이었다. 군의관의 제대 명령이 내가 가야 할 길을 가리키는 것이었다. 그날 잠이 들었다가 다시 일어나지 못할 수 있다는 것이 나의 환자 생활고였다. 그래서 새벽에 눈이 떠질 때마다 새로운 날을 선물 받은 기쁨에 답하는 새벽운동이었다. 뇌가 깨어나면 몸에 혈액 순환이 필요하고, 그래야 정상적인 몸으로 돌아갈 수가 있다.

살아가야 할 길에서 무엇인가 해서 벌어야 산다는 어른들의 충고에 고민이 깊어질 때였다. 우선 나의 건강을 지키지 않으면 모든 것이 불가능했다. 아침마다 운동을 하는 것은 하루의 시작이며 태양을 맞이할 자격을 얻는 행운의 일이었다.

'태양이 별들을 죽인 후에 다시 만나자'는 인디언의 약속이 내겐 바로 내일의 아침을 뜻하는 말이었다. 그렇게 한 발 한 발의 태권도 기초운동으로 몸을 훈련하는 길이 하루의 일과였다. 끝없는 길이다. 내가 살아서 숨을 쉬는 그날까지….

취직

제대 후에 할 수 있는 일은 없었다. 주위를 살펴보니 사회에는 실업자가 넘쳤다. 새마을운동으로 사람들은 활동적으로 변해서 '체면과 학력'을 앞세우던 구세대의 정신은 사라져 가면서 실리적으로 일을 하려고 나섰다. 그러나 사회가 그들을 받아들일 수 있는 조건이 취약하여 취직의 길은 극히 미약했다.

나에게는 군에 가기 전에 태권도 도장을 운영하던 경험이 전부였다. 그렇다고 어디에다가 도장을 하나 개관할 생각은 없었다. 혹시 어디론기 훌쩍 떠나버릴지도 모르는 마음 때문이었다. 어디에 구속되는 것을 싫어하는 '집시의 근성'인 듯했다. 그리고 어느 한 장소에서 오래 있을 것 같지 않았다. 마음은 떠도는 집시같이…. 뜬구름 같은 생각뿐이었다.

이곳저곳을 찾아가서 일을 할 수 있을까 기웃거려 보았으나, 내겐 아무 경험이 없었고 학력도 고졸이 전부였다. 내가 선택할 수 있는 형편이 아니었다. 친구들도 군 제대를 하고 사회에 나온 사정이 모두 비슷했다. 가정 형편에 따라 대학을 가지 못한 친구들이 많았다. 허다한 실업자이며 건달들이었다. 내가 아는 친구들은 모두가 똑똑하고 지혜로운 친구들이고 '의리에 죽고 사는 우정 어린 친구들'이었다. 단지 가정환경에 의해서 대학을 가지 못하고 서성거리다가 입대한 친구들이었다. 사회가 그들에게 갈 길을 보여주지 못하는 시절이었다. 그 속에서 하루하루를 서성거리는 친구들을 보면 마음이 안타까웠다.

도장을 운영하는 선배 밑에서 운동을 하면서 도와주는 것이 보통이었다. 사범을 정식으로 고용한다는 것은 도장 운영에 없던 전통이었다. 그저 이 도장, 저 도장을 돌아다니면서 나의 건강을 회복하기 위해서 하는 운동이 전부였다.

나의 신체적인 변화로 운동을 하는 것도 옛날 같지가 않았고, 몸의 균형도 좋지 않은 상태에서 후배들과 대련을 해 보아도 발기술을 쓰는 속도와 힘이 따라주지를 않아서 안타까울 뿐이었다. 더구나 상대를 파악하는 판단력이 둔했다. 자주 일어나는 나의 뇌의 오작동은 나를 느린 거북이로 만들었다.

형이 나를 미국으로 초청해 줄 것이라고 약속은 했지만, 내가 미국에 가서 무슨 일을 해서 생계를 유지할지도 걱정거리였고, 부모님의 걱정이기도 했다. 이런 생각 저런 생각을 하다가 자동차가 필수적인 미국에서 자동차 정비기술을 배우면 먹고 살 수 있을 것 같았다. 이곳저곳을 찾아다니면서 차를 고치는 기술을 배워볼까 했으나 심부름꾼으로도 고용하지 않는 것이었다.

그러던 어느 날 신문에서 '자동차 정비학원'이라는 광고가 보였다. 생각하다가 부모님께 말씀드리니 '그렇게 해보라'고 허락해 주셨다. 용산 근처에 위치한 학원으로 찾아가 보니 교육비가 무척 비싼 편이었다. 부모님으로부터 학원비를 받아서 입학했다.

처음에 자동차학원에서 책을 놓고서 칠판에 설명을 하는데 엔진 시동부터 배우고 싶었으나, 그러려면 자동차 부속들의 이름부터 우선 기억해야 했다. 그런데 나는 차 엔진의 부속 이름을 기억할 자신이 없었다. 미리 책을 보고 공부하면 이해는 하지만 우선 부속품과 부속 위치를 기억해야 강사의 말을 이해할 수 있었다. 나는 기계에 대한 설명에 이해가 자주 막혔다. 부속 이름을 기억하는 데 오랜 시간을 소비하고 있었다. 차를 앞에 놓고 기계를 직접 보면서 배웠으면 하는데, 학원에서는 책과 칠판으로 모든 시간을 보내는 것이었다.

한 달이 넘어가는데도 나에게는 자동차에 대해 아는 것이 아무것도 없는 기분이 들면서 부정적인 생각이 떠오르고 있었다. 가끔 옆의 친구들이 물어보는 질문도 나와는 먼 얘기만 같았다. 6개월을 배워야 하는데…. 정비 시험에 합격을 해야 하는 절차에 자신이 없었다. 나의 기억력까지는 생각하지 않고 입학한 것이 실수였다. 기억력이 떨어지던 나는 결국 자동차정비학원을 포기했다.

또다시 미래를 걱정해야 했다. 내가 살아가야 할 길을 찾아 방황하는 나날이었다. 나만이 그런 환경은 아니었다. 모든 친구들이 그렇게 미래를 위해서 방황하는 시기였다. 우리의 만남은 어두운 안개에 덮이었었다. 친구들의 한숨 소리가 나의 가슴에도 스며들었다.

아무리 형이 나를 도와주고, 보호해준다 해도 나는 나대로 밥벌이를 할 수는 있어야겠다는 생각이었으나 만만한 것이 없었다. 그렇다고 내가 대인관계에 말을 잘하고 첫 인상이 좋다는 얘기를 들어 본 것도 아니었다.

나의 미래가 보이지 않았다. 한국 내에서도 학력과 기술이 있는 사람들도 취직을 못 해서 실업자가 쌓여있는 형편이어서 취직이라는 문턱은 너무 높고 멀리 있는 일이었다. 내가 가지고 있는 것은 '해병대 제대

부활 385

와 태권도 유단자'라는 것 외에는 내놓을 만한 것이 없었다. 나의 실망에 부모님께서는 "남 밑에서 돈을 벌기가 그렇게 힘이 들다."는 말씀을 하시곤 하셨다.

공부를 잘해서 야간 대학이라도 다니는 한 친구가 있었는데 그는 우신초등학교를 1, 2등으로 졸업하고 용산중학교를 다녔다. 그는 그 시대에 삼성전자에 취직을 해서 생각이 앞서있던 친구였다. 하루는 그가 근무하는 사무실에 초청해서 가보았다. 그가 보여주는 큰 벽에 전자회로도가 붙어 있었다. 미래에는 사람들이 그 전자회로도를 이용할 것이라는 설명이었다. 그는 미래를 내다보고 있던 친구였다. 그가 설명해주는 전자회로도에 관한 얘기를 들으면서 나의 위치를 생각해보니 한심할 정도였다.

근무 시간이 지나 그와 함께 회사를 나오면서 길거리에 퍼져있는 참새집에 들렀다. 소주 한 잔과 참새인지 병아리인지 날개 달린 고기를 안주 삼아서 그의 꿈에 대해 들을 수 있었다. 그의 얘기는 길지 않았지만 우리의 지나간 날들에 대한 그리움에 소주잔을 비우면서 웃는 시간이었다.

함께 버스를 타고 돌아오면서 나무장에 들렀다. 밀주에 취해서 비틀거리는 친구들이 우리를 반겼다. 서로의 고통을 누구보다도 잘 이해해주고 맞이해주는 죽마고우들이 나의 마음을 안식의 자리로 인도해주는 것이었다. 서로에 대한 우리의 위로는 세상 어느 곳에도 존재하지 않는 우리들만의 안식처이며 천국이었다. 오가는 정보를 나누며 내일을 생각하는 시간이었다. 하지만 나의 꿈과 생계를 유지할 수 있는 직선은 여전히 보이지 않았다.

무도인의 길·1

 어느 정도 신체적인 감각이 다시 살아나면서 선배님들이 운영하는 도장에서 몸을 풀었다. 다시 도복을 입고 무도의 길을 갈 수 있는 것만 해도 기쁨이었다. 태권도 기초를 닦으면서 몸의 균형을 다시 깨우치는 일이었다.
 도장의 선배님들은 모두 군 복무로 떠났고 한 칸 넘어 선배님들만 계셔서 예전같이 정다운 대화는 별로 없는 관계였다. 그래도 마음 내킬 때마다 찾아가 도복을 입고 운동하는 것을 허락해주시는 선배들에게 늘 감사히 생각했다.
 제대 후부터 내 몸의 변화는 나날이 기적의 연속이었다. 불가능했던 기적의 그날들이 생각나면서 오늘의 기쁨에 더욱 감사하곤 했다. 옛날의 감각을 다시 일깨워주는 시간들이 신비로운 날들이었다.
 가끔 날아오는 형의 편지가 나의 꿈을 심어주고 있었다. 그러나 나는 태권도를 다시 할 자신은 없었다. 나의 신체적인 조건이 아직 무도인의 길과는 너무 멀었다. 운동을 다시 하면서 후배들과 대련을 해보았지만 예전과는 아주 먼 감각들이었다. 선배와 운동을 해 보아도 실력이 모자란 것을 알 수 있었다. 매일 운동을 하면서 나의 감각은 나날이 깨고 있었지만 아직은 자신감이 모자랐다.

부모님께 상의를 드렸다.

"내가 미국을 간다 해도 운동으로는 살아갈 자신이 없습니다. 자동차 기술을 배워 보겠습니다."

부모님은 쾌히 승낙해주셨다. 자동차학원에 들어가서 기술을 배우고자 했다. 그러나 사실 그 정도로 나의 신체적인 상태가 좋은 것은 아니었다. 기억력이 뒷받침을 해주지 못했다. 자동차의 부속을 실제로 알아야 하는데 학원에서는 주로 책과 칠판에서 설명하고 있었다. 실제 자동차 앞에서 설명을 가끔 해주는데 그것을 나는 기억할 수 없었다.

몇 달을 아무리 노력해 보아도 나의 기억력과 손기술은 따라주지 않았다. 하는 수 없이 포기하고 나의 미래에 대한 고민을 다시 해야 했다. 건강하기만 바라던 때는 지나가고 미국의 꿈을 가지고 먹고살 생각을 하기 시작하면서 또 다른 고민이 생긴 것이었다.

형은 편지에 공부를 다시 하라고 부탁했지만 공부도 기억력이 떨어져서 불가능한 것을 나만은 알고 있었다. 만사는 건강을 기본으로 할 수 있는 것이어서 항상 새벽이면 뜀을 뛰고 도장에 가서 몸을 푸는 일의 연속일 뿐이었다. 기억력도 떨어지고, 신체적인 감각도 둔해져서 아무것도 가능하지 않아 보이는 미래에 꿈같은 길은 없었다. 그것이 바로 부모님이 걱정하시던 일이기도 했다.

'나는 미래에 무엇을 하면서 살아갈 것인가.'

형수님과 조카딸 은주가 미국으로 떠난 후로 집안은 썰렁해졌다. 귀여운 조카딸이 품에 안겨있을 때의 아버지의 기쁜 모습은 사라지고 즐거이 웃으시는 일이 없는 날이었다. 새벽운동을 한 후 낮잠을 자는 나의 모습을 보시면서 미래를 걱정하시는 부모님의 걱정을 피부로 느낄 수가 있었다.
 '이대로 살아갈 수가 있을까? 이렇게 기억력과 신체조건이 미비한 상태에서 어떻게 살아갈 것인가'
 걱정스러운 미래를 생각하기 시작하면서 나의 건강상태가 다시 불균형으로 나쁜 영향을 받고 있었고 희망도 그날그날 달랐다. 부정적인 생각이 자주 앞을 가리곤 했다.

태권도 지도자 교육

우선 나의 몸이 정상으로 돌아오도록 운동을 지속해야 하는 것이 중요한 일이었다. 매일 새벽이면 일어나서 뜀을 뛰고 몸을 풀고 기초적인 발기술을 훈련하는 것이 하루일과의 시작이었다. 겉으로는 오로지 그리고 온종일 실업자처럼 할 일 없이 낮잠을 즐기는 듯 보였지만 나는 하루하루 민감한 신체적인 변화를 감시했다. 나의 건강상태는 아무도 신경을 쓰지 않는 나만의 일이었다. 사회에서는 아무 쓸모없는 사람 같았다. 특히 부모님의 가장 큰 걱정이 나의 미래였다. 다행히 이곳저곳에서 알아보시고 나라에서 나를 보호할 것이라는 소식에 걱정은 덜 하시는 모양이셨다.

사회에서는 한 사람이라도 외국에 나가서 밥을 먹고 와야한다는 말이 돌았다. 나라에 쌀이 모자라서 모든 국민의 배를 채울 수 없다는 얘기들이었다.

집에 작은 가게 셋이 있어서 그 자리에서 장사를 해 볼까 하는 생각에 부모님께 물어보니 너의 성격으로는 장사를 할 수가 없을 것이라고 단언하셨다. 장사는 거짓말도 하고 친절한 말을 해서 사람에게 인심을 얻어야 하는데 나는 바른말만 하는 성격이라 사람들의 마음에 들게 하지도 못하는 고지식한 성격이라고 판단하신 모양이셨다.

이것저것 생각해보아도 선명하게 보이지 않는 것이 나의 미래였다. 그러던 중 형이 미국으로 초청하겠다는 말에 실업자로 거지가 되어도 미국에 가서 거지 노릇을 해야겠다는 꿈이 생겼다. 그렇게 기대하기 시작한 것은 한국에서 할 수 있는 일이 없었고 나라에서는 실업률이 높고 고학력자들이 학력을 낮추어 취업을 한다는 소문이 돌았기 때문이다. 특히 서독으로 가는 광부 지원생들의 이야기도 한몫했다. 그렇다고 정부에서 약속한 전상 제대자들의 조건을 이용하고 싶은 생각은 없었다.

형으로부터 가끔 날아오는 엽서를 통해서 미국에서는 운동만 열심히 해도 밥벌이를 할 수 있는 것 같았다. 형 밑에서 운동을 하면 먹고살 수는 있겠구나 하는 기대감이 들었다. 형에 관해 '전 미국을 장악한 무술계의 챔피언'이라는 얘기로 전면을 채우는 기사가 많았다.

선배가 운영하는 도장을 전전하면서 운동하던 옛날같이 열성적인 운동도 되지 않았고 게다가 나의 신체적인 장애로 힘이 들었다. 혹시라도 뇌리에 충격을 받으면 전신은 무너질 것만 같은 생각도 들었다. 잊을만하면, 매달 때가 다가올 즈음에는 전신이 차가워지면서 뇌가 빈 공간에 들떠있는 기분이 들었다. 온몸에 식은땀이 흐르고 힘이 없어지는 것이었다. 그래도 또다시 용기를 내어 태권도의 기초적인 기술부터 몸에 익혀나갔다. 앞차기, 돌려차기, 옆차기, 뒤 돌려차기, 그것을 매번 반복하면서 신체적인 조건과 무술 수련에 마음을 닦아 나아갔다.

어느 날 도장을 전전하면서 수련하고 있을 때 도장의 벽보가 눈에 띄었다. '승단과 지도자 교육'이라는 소식이었다. 중앙도장에 가서 신청서를 가지고 왔다. 그리고 다음 날 4단 승단 심사원서와 지도자 교육이라는 신청서를 국기원에 접수했다. 실력은 옛날 같지 않았으나 승단이라는 것이 여러 상태의 유단자들이 신청하는데 그중에서 나도 어느 정도 실력을 발휘할 수 있을 것 같았다. 승단 심사는 생각보다는 쉽고 간단해서 단에 맞는 형을 하고 송판 격파와 간단한 대련으로 지나가면서 쉽게 해결되었다. 시합같이 경쟁과 승부욕을 가지고 도전하는 것이 아니었다.

'지도자 교육'은 2박 3일 정상적인 교육이었다. 아침부터 모여서 지도자의 정신 상태와 지도자로서 필요한 지식 그리고 기초적인 것들을 교육받았다. 외국으로 떠날 사범들에겐 모두 필수교육이었다. 모두들 나이도 들었고 군 의무도 다 한 사범들이라서 미래에 태권도 인으로 살고자 하는 사범들이었다. 교육을 받던 중에 나와 같은 또래의 친구들도 사귈 수 있었다. 저마다 자기의 과거를 멋있게 장식하여 얘기하는 것이었다.

지도자 교육을 주도하시는 분은 자신이 고단자 형을 만들어냈다는 명예와 실력이 있었다. 그는 아무나 일어나서 자기와 대련할 수도 있다는 조건을 걸었다. 도전장을 받아들이겠다는 얘기로 시작해서 기를 잡는 듯했다. 그러나 자격증을 따러 온 사람들이 구태여 주도권을 쥐고 있는 고단자에게 도전할 이유는 없었다. 그의 지시에 따라서 온종일 교육을 받으면 하루가 가는 것이었다. 가끔 홍종수 관장님께서 돌아보시고 김운용 국기원 원장님께서 돌아보시면서 위로하는 말씀도 하셨다.

모든 교육을 마친 후 각 도장 관장님들이 나오셔서 기념사진을 찍었다. 그것도 서열이 맞아야 하는 모양이었다. 김운용 원장을 중심으로 좌우의 세력이 자리를 잡았다. 홍종수 관장님이 기분이 좋지 않으셨는지 김운용 회장님의 바로 옆자리를 앉으셨던 창무관 관장님이 물러난 후에 그 자리에 홍관장님이 앉으신 후 사진을 찍었다. 그리고 수료증과 단증이 발부되었다.

여러 사범들의 꿈 이야기를 들을 수도 있었고, 해외에서 이름을 날리는 사범들에 대한 소식도 들을 수가 있었다. 형에 대한 말은 없었다. 형은 나에게 자기 자랑을 자주 했었는데….

나중에 알고 보니 형이 싸워온 미국에서 진행되는 무술 세계는 한국의 태권도와는 완전히 다른 세계였다.

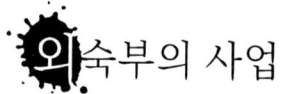숙부의 사업

매일 하는 일이 없이 새벽운동을 한 후 동네에 서성거리는 나의 상태를 부모님께서는 걱정하고 계셨다. 미국에 가겠다고 꿈은 꾸고 있지만 실제로 미국에 가서도 살아갈 수가 있을까 하는 염려에 자주 일어나는 두통에 시달리는 나의 모습이 안타까운 모양이셨다. 나는 나의 고통을 감추려 하고 있었지만 함께 사는 부모님의 시야에서는 벗어날 수 없었다.

둘째 외삼촌, 큰외삼촌께서 아버지를 뵈려고 우리 집을 방문하셨다. 유 씨 집안 어른들은 학자 집안이며 유교사상을 가지고 있어서 글만 읽고 사회적인 일에는 시야가 좁은 대신 외삼촌들은 신의주에서 피난을 와서 객지 생활을 하며 사회에 적응해서 살아가시는 분들이라서 현실과 미래를 보시는 눈이 유 씨 집안 어른들과 좀 달랐다.

가끔 어머니를 둘째 누이라고 부르며 술을 들고 놀러 오시면 어머니는 귀찮게 왔다고 말씀은 하시면서도 친동생들이 인사 오는 것을 싫어하시지는 않았다. 실제로는 반가워하시는 것 같았으나 유 씨 집안의 풍습이 딸은 출가외인이라서 친정집 자랑하는 얘기를 하는 며느리를 좋게 보지 않는 관습이 있었기 때문에 그렇게 표현하시는 것 같았다. 두 외삼촌이 놀러 오시면 평소엔 안방의 한쪽 문을 이용하다가 양쪽 문을 모두 열어두시곤 하셨다. 실제로 홍대에서 럭비 코치를 하시던 둘째 외삼촌은 거장이었다. 그리고 큰외삼촌도 거구이셔서 학창 시절에는 신의주에서 씨름 선수로 이름이 있었던 분이셨다. 그러니 두 거구이신 외삼촌이 오시는 날이면 음식 준비나 술 준비가 몇 배는 많아야 했다. 좋아하시는 이름 있는 양주를 다 비우려면 그만한 안주가 필요하다는 것을 잘 아시는 아버지였다. 술을 즐기시는 아버지에게는 반가운 손님 중에도 귀한 처남들이었다.

술자리를 잡으시고 옛날 신의주에서의 옛 얘기로 시작하셨다. 방에는 아버지가 제과기술자로 이름이 높았을 때 받으신 몇 개의 상이 있었다. 그중에는 아직도 안방 벽 높이에 걸려서 시간을 알려주는 시계가 있었는데 내가 어릴 때부터 자라면서 늘 보았던 벽시계였다. 그 시계를 보면서 외삼촌들이 옛이야기를 시작하는 것이다.

술을 어느 정도 드신 후에 아버지는 베개를 어깨에 얹으시고 바이올린을 연주하시는 모양을 하시면서 덩실덩실 춤을 추시고 큰외삼촌은 현대판 슬로 춤으로 박자를 밟으셨다. 그리고 둘째 외삼촌은 지난날의 유행가를 부르시는 것이다. 찔레꽃, 꿈에 본 내 고향. 지금도 그 모습이 눈에 선하다. 나는 한구석에서 나의 것들을 정리한답시고 어른들의 놀이를 함께 즐기는 것이었다.

잠시 분위기에 맞추어 말씀을 하시던 중에 아버지가 걱정하는 것이 막내아들의 미래였다. 그러면 나는 그때까지 실컷 구경을 하다가도 부엌으로 슬쩍 피해야 하는 신세가 된다. 실업자라는 죄의식 때문이었다. 부엌에서 들리는 말씀으로는 둘째 외삼촌이 새로 하시는 사업 이야기였다. 경기도 바닷가에 조개 밭을 만들어 씨를 뿌려 자라난 조개를 몇

해 후에 거둬들여서 큰 이익을 얻을 수 있다는 것이었다. 그 일에는 다소의 인력이 필요한 모양이었다. 어머니께서 부엌에 계시다가 음식을 갖다주러 가셔서 막내아들을 그곳에 잠시 가 있도록 하면 어떻겠냐고 말씀하셨다. 나는 귀가 번쩍했다. 워낙 바닷가를 좋아하는 나로서는 희소식이었다. 그곳에서 밥벌이라도 하면서 무엇인가 배울 수 있지 않을까, 귀를 기울였다.

안방으로 불려 들어가니 둘째 외삼촌께서 나에게 직접 물어보셨다. 다음 주에 바닷가 일터에 함께 가볼 것을 제안하셨는데 벌써 어른들 사이에는 허락을 받아놓으시고 하시는 말씀이었다. 그 말씀을 기쁘게 받아들이고 그 근처에서 운동을 할 수 있도록 짐을 꾸려서 떠날 준비를 했다. 준비라고 해야 뜀뛰는 운동화와 운동복, 그리고 글을 쓸 수 있는 펜과 공책이었다.

외사촌 동생 성룡이는 어린 나이였으나 나의 말동무로는 손색이 없었다. 함께 그곳에 가게 되어서 그도 신이 난 모양이었다.

마을에 도착을 하니 동네 어른들이 모여들어서 외삼촌께서 인사를 하느라 바빴다. 집 한 채를 빌려서 자리를 잡아놓으셨다. 방에 짐을 풀고 외삼촌을 따라서 조개 씨를 뿌리셨다는 장소로 가보았다. 밀물과 썰물이 조개가 자라기 쉽고 다루기에 좋은 조건이라고 설명을 해 주시면서 특이하게 할 일은 없지만 가끔 그곳을 손을 대는 나쁜 사람들이 나타나서 손상을 볼 수도 있다는 것이었다. 워낙 민심을 얻으신 분이라서 온 마을 사람들이 감시해주기도 한다고 했다.

사흘이 지나 바닷가에서의 생활이 몸에 익어갈 즈음해서 주말이 된 모양이었다. 아침부터 동네 사람들은 분주히 외삼촌이 하시는 일을 도와주는 것 같았다. 동생과 같이 바닷가에 나가서 거니는 것이 우리의 일이었다.

오후에 돌아오니 사람들이 우리가 거주하고 있는 집 앞 마당에 모여서 저녁 준비를 하고 있었다. 매번 둘째 외삼촌이 오시면 큰 잔치를 벌여서 온 동네 사람들이 배불리 먹는 날이었다. 서울에서 가지고 온 소주와 시골에서 빚어낸 막걸리를 어울러 즐기는 날이었다. 바다에서 잡아온 싱싱한 생선회에 초고추장을 만들어 놓고, 온 동네 사람들이 모여들었다.

그날은 동네에서도 둘째 외삼촌이 오시는 날이라고 대강 알고 기다리는 날이었다. 먼 마을 사람들까지 과일도 가지고 오고, 지역의 특별 음식도 상 위에 소개하는 날이기도 했다. 모두들 둘째 외삼촌의 말씀을 경청한 후에 잔치가 시작되는 것이었다. 언변이 좋으신 외삼촌은 상황에 맞는 말씀을 하실 뿐 정치적인 말씀은 일체 하지 않으셨는데 그런 일에는 인연이 되기를 싫어하셨다. 외삼촌은 그 동네 경찰 서장이건 마을의 촌장이건 모두 같은 격으로 대하시기 때문에 서민들로부터 더욱 인기를 많이 가지고 계셨다.

잔치도 동네 사람들이 알아서 저마다 할 일을 하며 진행되었기 때문에 우리가 할 수 있는 일은 없었다. 어른들이 자리를 잡으신 후에 우리는 부엌과 가까운 자리에서 작은 상을 맞이해서 그날의 음식을 시식하는 것이었다. 앞마당에서는 꽹과리 소리, 장구소리 그리고 타령도 어울려서 흥을 북돋우는 모습이 꼭 장날 같았다.

형에게 기대를 걸다

무정한 세월에도 형이 미국으로 초청하겠다던 말이 작은 희망의 빛이었다. 동생도 미국으로 떠난 지 한 해가 지나갔다. 형수도 조카딸 은주를 데리고 떠나버려서 집안은 썰렁해졌다. 형수가 쓰던 부엌방이 나의 방으로 바뀌었다.

그러던 어느 날 이소룡이 죽은 후 형이 홍콩 영화사에서 초청되어 영화를 찍으러 나온 길에 잠시 형수와 집에 들렀다. 형은 잠시 쉬는 날 도복을 가지고 가까운 도장에 가서 나와 대련을 하자고 했다.

형은 나의 전상제대에 대해서는 한마디도 묻지 않았다. 내 생각에도 그런 말을 하면 미국으로 초청할 수가 없겠다 싶었다. 형과 대련해보니 나의 최고 실력을 발휘해도 형의 손기술과 이단 발기술에는 턱도 없는 수준이었다. 그래도 형이 나에게 운동을 해야만 미국에서 살아갈 수 있다고 할 때마다 태권도를 가르치는 일은 할 수 있다고 생각하기 시작했다.

어느 날 홍종수 관장님이 계신 중앙도장을 함께 가보자고 했다. 새벽 운동 외에는 할 일이 없던 나에게는 반가운 소식이었다.

형과 몇 분의 선배님들과 함께 갔다. 중앙도장은 새로운 곳으로 옮겨서 이층 건물로 되어있었다. 그날은 마침 무덕관 대표선수들이 체전에 나갈 훈련을 하던 날이며 유단자 심사를 보는 날이었다. 그곳에 도착을 할 때에는 유단자 심사가 거의 다 끝날 무렵이었다.

　도장에 들어가 각 고참 사범님들 사이에 앉아서 구경하던 중 형이 도복을 갈아입고 내 곁에 앉았다. 유단자 심사가 끝나자 사회자는 형 이름을 모두에게 소개했다. '미국에서 이름이 높은 선수이자 무덕관 고단자'라고 소개했다. 홍종수 관장님께서도 특별히 형에 대해서 소개해 주었다.

　유단자 심사를 보던 모든 관원들이 물러나 도장 중앙에 큰 공간을 만들었다. 형은 자기의 시합에서 주로 보여주던 시범을 한 번 한 후 대련을 시작했다. 각각의 선수들과 한국식 체전에서 하는 시합 식 대련을 한 후 미국에서 진행되고 있는 오픈시합으로 진행했다. 여섯 명의 선수들과 대련하는 것을 구경하였는데 국가 대표급 선수들을 완전히 제압하여 가지고 노는 듯한 형의 기세가 나를 압도했다.

　시합이 끝나고 홍종수 관장님께서 형에 대한 소개를 하셨는데, 형의 이름은 미국의 무술계에 최정상에 올라가 있고 홍콩으로 영화를 촬영하러 가는 등, 무덕관 최고의 자랑이라고 말씀하셨다. 나는 그렇게 형의 명성이 높은 줄 상상도 못 했다. 모든 사람들이 우러러보는 형 곁에 있다는 것이 자랑스러운 날이었다.

　모든 일이 끝나고 형이 신사복으로 갈아입고 관장님께 인사드린 후 계단을 내려오던 중이었다. 뒤에서 불평 소리가 시끄러웠다. 불평의 진원지인 사람은 중앙도장에서 최대 실력자인 사범이었다. 자존심이 상했던 모양이었다. 그러자 계단을 내려가던 형이 돌아서서 도장으로 올라가면서 "그러면 한번 대련을 해봅시다."라고 하며 대련을 신청했다. 마침 홍종수 관장님이 말리셔서 대련을 하지는 않았으나 형의 실력을 모두들 인정했던 날이었다.

　나 홀로 버스를 타고 돌아오면서 생각했다. 내가 형과 대련하는 수준이라 형이 나를 태권도 사범으로 초청을 약속한 것이라는 기대감이었다.

　그 후 형은 형수님과 홍콩으로 영화촬영을 하러 떠나고 나는 운동에 치중하는 나날을 보냈다. 일단 형으로부터 인정을 받았다는 것이 꿈에 한 발 더 다가간 기분이었다. 형은 몇 개월 후 홍콩에서 영화촬영이 끝나고 미국으로 돌아가는 길에도 잠시 들러서 나와 대련을 했다.

　이제 나에게는 미국에 대한 희망이 미래의 꿈이었다. 신체적인 조건도 많이 회복되어 있었고, 두통이 매달 한 번은 나를 괴롭혔지만 그것은 나만의 비밀이었다.

불사조

13 부친상
1973년 4월 28일(음력 3월 26일 새벽 3시 50분)

아버지의 마지막 날들
사별
형제의 우애
학근 아저씨
7일 장례식

아버지의 마지막 날들

 아버지는 거동이 불편하다시면서 취미 삼아 기르시던 선인장에 물을 주시던 일을 자주 나에게 부탁하시곤 하셨다. 아버지의 총애를 받던 손녀가 미국으로 떠나고 나니 허한 마음을 달랠 길이 없으셨다. 어머니께서도 부엌에서 주로 계시더니 근래에는 자주 안방을 드나드시며 신경을 쓰기 시작했다. 매일아침 식사 시간에는 아버지의 말씀을 듣는 시간이었으나 근래에 자주 거르기 시작하여 부엌방에서 어머니와 식사하는 시간이 더 많아졌다. 아버지가 사실 날이 많은 것 같지 않다는 말씀에 나는 화를 내곤 했다.
 "어머니… 말씀을 앞세우지 마세요."
 나의 생애에 가장 사랑하셨던 아버지께서 내 곁을 떠나신다는 것은 상상도 할 수 없는 일이었기 때문이었다. 그런 나의 마음을 잘 이해하시던 어머니는 내가 화내는 것도 잘 이해하셨다. 아버지는 세상을 떠난 병덕이 형에 대한 말씀을 자주 하시며 "부모보다 앞서가는 것이 가장 큰 불효"라고 하셨다. 어릴 때부터 자라면서 여러 번 크게 다친 몸에다가 전쟁에서 의병제대를 한 '나의 삶'이 늘 불안하셨던 탓이리라. 그나마 살아있는 것만 해도 하늘에 감사해야 하는 처지에 다시 머나먼 미국의 꿈을 꾸고 있으니 걱정이 더하셨던 것이다. 멀리 떠나야 하는 미국의 길을 말리셨다.

"네가 미국을 포기하면 모든 재산을 너의 이름으로 바꿀 테니 조국에서 함께 살자."

"젊은 나이에 꿈이 없다면 삶의 가치가 없습니다."

나는 단언했다. 그렇게 나의 꿈을 포기하게 하려는 뜻을 접으시고 나의 건강을 유의해 보셨다. 아버지는 화를 자주 내시고 홀로 계시는 시간이면 자주 우시는 모습을 보이셨다. 어머니와 나는 자주 안방에 들러서 아버지의 말동무가 되어주었다.

"나에게 조금의 힘이 돌아온다면 너희들과 금강산을 다시 돌아보고 싶다."

"금강산이 얼마나 아름다운가요?"

아버지는 잠시 생각을 하시다가 말씀을 이어가셨다.

"나의 생애에 많은 여행을 해 보았지만 금강산 모습을 따를 곳이 없다. 삼천리 많은 곳을 구경해 본 중에 가장 아름다운 곳이었다."

"일만 이천 봉 저마다 멋을 부리는 금강산의 아름다움은 말로 표현을 할 수 없다. 네가 나를 닮아 무전여행을 떠나고 친구들과 어울리기를 좋아하는 모양이다."

하시면서 웃으셨다. 아버지는 안성에서 자라면서 장난꾸러기로 이름이 높았고, 건넛마을 이웃들과 싸움도 많았다고 여담을 들려주셨다. 늘 그리워하고 만나보고 싶으신 분은 '큰아버지와 학근 아저씨'였다. 어머니도 잘 알고 계셨던 일이었다.

병문안을 자주 오시던 큰외삼촌과, 둘째 외삼촌에 대해서는 많은 말씀을 하시지 않으셨는데 어머니의 말로는 나이 차이가 있어서 그렇지만 건강하셨을 때는 자주 술을 마시며 어울리셨다. 어른들의 술자리를 본 적이 있었는데 큰외삼촌은 술을 좋아하셨지만 노래는 하시지 않으시고 음악이 나오면 블루스 탱고 춤을 추셨고, 둘째 외삼촌은 노래를 하셨다. 어머니도 좋아하시던 목포의 눈물, 찔레꽃, 타향살이, 황성옛터, 그리고 아내의 노래 등등이었다. 그때 곁에서 들었던 노래들이 지금 내가 외로울 때마다 부르는 노래가 되었다.

막내 외삼촌은 아버지와 나이 차이도 있었지만 동아일보에서의 일이 늘 바빠서 자주 놀러 오실 시간이 없으셨다. 더구나 시골에서 공부를 잘하던 병덕 형에게 용산고를 가도록 추천한 것에 대한 죄책감을 가져서 아버지와 어머니를 만나기를 피하시는 것 같았다. 그러나 병용 형이 제대하고 도장을 개관한 후 많은 도움을 주셨다.

어머니는 남동생들이 놀러오면 동생들에게 유 씨 집안에서의 언행에 대해 주의를 주시곤 하면서 외삼촌들에게 신경을 많이 쓰셨다. 신의주 오 씨 집안에 비해서는 옛 풍습을 아직도 지키고 있는 유 씨 집안이었다.

아버지가 약해지시면서 말벗이 되어주고 건강을 살피는 것이 나의 일이었다. 그러나 가끔 친구들이 찾아오면 나는 그들을 따라서 밖으로 나섰다. 친구들만이 모든 마음을 얘기할 수 있는 유일한 존재였다. 그들이 나에게 전해주는 저마다의 사연은 남의 일이 아니었다. 우리는 모든 일에 '일심동체' 그대로였다. 부모님 다음으로 중요한 나의 삶의 중심이었다. 하지만 나는 그들과 늦게까지 어울릴 수는 없었다. 어머니의 부탁이었다. 일찍 돌아와서 아버지의 말벗이 되어 주어야 했다.

아버지는 누워계시던 맞은편 벽에 높이 걸려있던 할아버지 사진을 늘 바라보고 계셨다.

  어머니가 안방에 계실 때면 나는 부엌방에서 미국에 대한 책을 읽었다. 벤저민 프랭클린의 자서전, 미국의 역사 역대 대통령, 그리고 갈릴 지브란의 예언자 등등이었다. 친구들과 만나면 논하던 삼국지도 내 곁에 있었다. 그리고 영어 하나라도 외우려고 시간을 보냈다. 나는 아무 생각하지 않고 시간을 보내면 뇌의 기능이 상실될 수 있다는 담당 의사의 충고를 항상 기억해야 했다. 그래서 늘 머리를 써야 했다.

  시간이 있으면 친구들을 집으로 불러서 바둑을 두고 다른 친구들의 소식도 전해 들었다. 나의 친구들은 모두 바둑을 두어서 여럿이 모이면 바둑대회가 열리기도 했다. 나와 바둑을 같이 시작한 유덕환은 내가 군에 갔던 사이에 발전하여 점 바둑 신세였다. 그렇게 친구들이 나를 방문하는 시간이면 어머니는 부엌에서 간단한 국수를 끓여서 그 위에 호박을 잘게 썰어서 멸치로 국물의 간 맞추어 주셨다. 어머니는 내가 밖을 나갈 수 있는 시간이 없어지자 친구들이 돌아가면서 방문하는 것에 고마워하셨다.

사별

나는 부엌방에서 잠을 자고 어머니는 아버지 곁에서 주무시면서 아버지를 돌보고 계시던 때였다. 새벽이면 일어나 운동을 하고 늘 쉬며 대기하는 곳이 부엌방이었다. 친구들이 방문을 하면 만날 수 있는 방이었고 공부를 한다는 이유로 그렇게 정하였다. 언제나 어머니가 부르면 언제든 나갈 준비를 하고 있었다.

어머니가 나의 방을 노크하셨다. 깊은 밤이었다. 서둘러 일어나서 밖으로 나오니 어머니가 아버지의 마지막 순간이 다가오고 있다고 말씀하셨다. 서둘러 아버지 곁으로 가보았다. 아버지의 숨결은 멈추었다가 내쉬는 가쁜 숨으로 이어지고 있었다.

"백홍아!"

"네! 아버지…. 아버지!"

가까이 다가갔다. 귀를 기울였다. 아버지는 몸에 열이 난다고 마루로 나가고 싶다고 손짓을 하셨다. 더 이상 아버지의 말씀은 알아들을 수 없었다. 잠시 부엌에 나가셨던 어머니를 불렀다. 그리고 어머니의 도움으로 아버지를 나의 등에 업었다. 아버지의 몸은 너무 가벼웠다. 오랜 기간을 병에 시달렸던 아버지의 고통을 짐작할 수 있었다. 어머니는 나의 뒤를 따르면서 아버지의 호흡을 주의해 보고 계셨다. 아버지를 등에 업고 마루를 걸으니 눈물이 나오기 시작했다. 아버지의 가슴이 내쉬고 들이쉬는 호흡을 등 뒤에 느끼면서 아버지가 견디기 힘들다는 것을 느낄 수 있었다.

"아버지!"

불러보았다. 대답을 하시지 않으셨다.

"어머니! 아버지가 어떠세요?"

아버지의 체온이 이상했다. 잠시 후 아버지는 방으로 가자고 손짓을 하셨다. 그리고 더 이상 숨을 쉬지 않으셨다. 어머니는 흐느끼기 시작하셨다. 나는 방으로 들어와서 항상 누워계시던 자리에 아버지를 눕혀 드렸다.

아버지의 시선은 빛을 잃으셨다. 눈을 감으면서 나의 손을 잡으셨다. 누군가를 부르는 모습이었으나 더 이상 목소리가 나오시지 않으셨다.

잠시 후 어머니가 통곡하셨다. 이제는 아버지가 돌아가신 것이라고 알려주셨다.

네? 허무했다. 이렇게 세상을 떠나시는구나….

통곡하시는 어머니를 위로해 드렸다.

"어머니, 진정하세요."

어머니는 작심을 하신 듯 자리에서 일어나셨다. 그리고 서둘러 밖으로 나가셨다. 나는 홀로 아버지 곁에서 눈물만 흘리고 있었다. 아버지 시신은 차가워지기 시작했다. 더 이상 숨을 쉬지 않으셨다. 가슴을 짚어보아도 맥박이 없으셨다. 나는 아무런 상식을 가지고 있지 않은 철없는 막내아들이었다.

잠시 후 시장의 사촌 누이가 곡을 하면서 안방으로 들어오셨다. 누이는 어느 정도 일을 처리하시는 법을 배우셨던 분이라서 나를 진정시키시고 장례식 치르는 곳에 연락을 하셨다. 동이 트기 시작하는 시간이었다.

　장례식을 전문으로 하시는 분들이 안방으로 들어오더니 아버지의 입안으로 하얀 천을 억지로 집어넣었다. 아버지는 아무 반응이 없으셨다. 완전히 입을 막으신 후 일그러졌던 아버지의 얼굴을 다시 정리해 주었다. 이제는 더 이상 숨을 쉴 수 없는 아버지였다. 또 어머니가 가지고 온 한복을 아버지께 갈아입혀 주셨다. 나에게도 상복을 입혀 주셨다.

　잠시 후 어머니도 상복을 입으시고 곡을 하셨다. 그들은 아버지를 관 안으로 옮겼다. 관 안에 누워 계시는 아버지를 보니 또다시 눈물이 흘러 내렸다. 장례 일을 하시는 한 분이 곡을 하기 시작했다. 슬픈 곡조로 아버지를 불렀다. 나도 함께 곡을 하라는 충고가 있었으나 나는 곡을 할 수 없었다. 그러자 곡을 할 분을 한 분 더 모셨다. 그들의 곡소리는 나를 더욱 슬프게 했다. 끝이 없이 아버지를 부르는 곡이었다. 내가 아버지께 말하고 싶었던 사연들도 그들의 곡에서 흘러나오고 있었다.

　낮이 되면서 여러 사람들이 집에 모이기 시작했다. 그리고 나의 친구들도 하나둘 모이기 시작했다. 아버지께 이별의 절을 드리고 나의 곁에 잠시 앉아 있다가 어머니 곁으로 가서 도움이 필요한 일을 물었다. 어머니는 나의 친구들을 보고서 한층 마음을 놓으시는 것 같았다. 오는 객들을 맞이하는 일이 보통일이 아니었다. 음식을 나르고 술을 드시도록 상마다 준비를 해야 했다. 그것이 나의 벗들이 하는 주요 일들이었다. 나는 아버지 곁에서 손님을 맞이해 곡을 해야 했다. 가끔 병풍 뒤에 누워계신 아버지를 들여다보았다. 조용히 눈을 감으신 아버지의 모습은 평화로우셨다. 나의 자리로 돌아와 오시는 분들에게 머리 숙여 인사를 하고 그들이 절을 하는 동안 곡을 했다. 나는 슬픔에 흐느낄 뿐이었다. 곡을 하시는 분들이 슬픔을 표현하는 곡을 해 주었다.

제의 우애

하루는 병중의 아버지께서 홀로 흐느껴 울고 계시는 모습을 보고는 온종일 마음이 무거웠다. 내가 아버지의 우시는 모습을 본 것은 한평생 중 몇 번 되지 않았다. 늘 강인하셨던 아버지였기에 아버지의 눈물이 더욱 남달랐다. 그 후 며칠이 지나자 큰아버지가 방문하셨다. 서울로 올라오시도록 어머니가 사촌 누이에게 부탁하셨던 모양이었다. 누이는 아버지가 위독하시다는 소식으로 연락을 했던 모양이었다. 그 비보가 유 씨 집안에 퍼져 나갔다.

아버지의 누우신 자리에서 보면 벽에 할아버지의 사진이 걸려 있었는데 큰아버지의 모습과 아주 흡사했다. 아버지께 여쭈어보았더니 웃으시면서 "할아버지의 사진"이라고 말씀해 주셨다. 아버지는 누워계시는 자리에서 할아버지 사진을 늘 보고 계셨던 것이다.

큰아버지가 방문하시고 진단을 하셨다. 한의사와 상담하신 후 약을 제조하셨다. 그러나 아버지는 한약을 몇 번 드시다가 더 이상 마실 수 없다며 우셨다. 큰아버지는 아버지를 야단치셨다. 그 후 더 이상 서로 말씀을 하시지 않으셨다. 큰아버지는 약을 거부하시는 아버지를 보시면서 실망하시는 모습이셨다.

아버지는 모든 식구가 안방에서 나갈 것을 청하셨다. 어머니는 시장

누이께 가신다고 가시고 나는 홀로 부엌에서 식사하다가 두 분의 대화를 들을 수 있었다. 다소 놀란 것은 두 분의 대화가 마치 어린이들의 대화 같았다.

"형…."(늘 큰아버지께 형님이라고만 부르던 아버지가 형이라고 부르는 것을 처음 들었다)

"내가 형께 이런 초라한 모습을 보여드려 죄스럽습니다."

잠시 시간이 흐르자 큰아버지께서 말씀하셨다.

"구봉아!"(아버지의 어릴 때 이름이 구봉이라는 것을 알고 있었으나 실제로 그렇게 부르는 것을 처음으로 들었던 애칭이었다)

"넌 어릴 때 그렇게 총명한 동생이었지. 기억이 나냐? 어디선가 얻어맞고 코피를 흘리고 울면서 돌아와 나에게 하소연 했지. 나는 화를 참지 못하고 너와 함께 그곳에 가서 그놈을 죽도록 패주었지 않았냐. 그때 너도 곁들여 그놈을 때려주었지…."

그 말을 듣자 아버지는 어린아이같이 웃으시면서

"그때는 그놈에게 맞기는 했으나 코피는 나지 않았습니다. 힘이 모자라서 몇 대를 얻어맞고 홀로 집으로 돌아오다가 길가에서 돼지를 잡는 소리가 나서 구경하다가 생각이 나 어른들 사이에 끼어들어 손에 돼지피를 묻혀서 저의 코밑에 발랐던 것입니다."

말씀은 아주 느리게 하셨으나 즐거워하는 말씀이셨다. 웃으시면서 얘기를 계속하셨다.

"그리고 거짓으로 울면서 형께 가서 하소연을 했더니 형이 나를 데리고 그곳에 가 그놈을 때려준 것입니다. 힘은 모자라고 복수는 하고 싶은 생각에 그랬던 것이지요."

두 분은 한참동안 어린 아이들처럼 웃으셨다.

"그것은 나도 나중에 알게 되었지만 어쩔 수 없는 일이라서 더 이상 얘기를 하지 않았단다."

그때 아버지의 기침이 나기 시작하면서 많은 말을 하시지 않으셨다.

"너는 모든 일에 영리하고 손재주가 있었던 아이였단다. 그런 후에 네가 열 살이 넘으면서 사촌 형을 따라갔던 것이 아직도 눈에 선하단다. 모두가 배가 고파서 한 식구라도 다른 곳에서 배를 채워야 했지. 왜놈들이 모든 농산물을 빼앗아 가고 숨겨놓았던 나머지 것으로 대식구가 살 수 없었던 때였다."

잠시 조용히 계시다가 아버지는 말을 하셨다.

"그때 집을 떠나면서 금강산을 돌아볼 수가 있었고, 신의주에서 일본 과자공장에 취직해서 일본어도 배우고 기술을 배워서 돈을 벌어 사촌 형을 도울 수가 있었지요."

두 어른이 아이들 같은 목소리가 되어 서로를 위안하시는 말씀을 부엌에서 들으면서 형제간의 우애를 피부로 느낄 수가 있었다. 말씀을 듣는 동안 부엌의 작은 밥상에 차렸던 된장국이 차갑게 식어 있었다. 어머니가 시장에서 돌아오시는 소리에 서둘러 식사를 마친 후 집을 나왔다.

그 이튿날 큰아버지가 작별 인사도 없이 기차를 타고 조치원으로 가셨다는 소식을 시장 누이를 통해 들을 수 있었다. 큰아버지는 장례식에는 모습을 보이지 않으셨다. 유교 집안의 관습이 아랫사람이 먼저 가면 윗분들은 참가하지 않는 것이 예의였다.

근 아저씨

경기도 안성에 사시면서도 자주 서울로 올라와서 아버지와 며칠을 함께 계시다가 내려가시곤 하시던 학근 아저씨였다. 유 씨 집안에서는 가장 미남이시며 양반의 기풍을 느낄 수 있으시던 분이었다. 언제나 아저씨와 만나는 시간이면 아버지는 그렇게 기뻐하셨기에 어머니가 안성 아저씨께 자주 오시도록 부탁하셨을 정도였다. 그러나 시골에서 농사 지으시는 분이라서 시간 내기가 그렇게 쉽지가 않으셨던 것 같았다.

아버지와 나이가 같으셨는데 아버지가 몇 개월 먼저 태어나셔서 항상 아버지께 형님이라고 존칭을 쓰셨다. 어릴 때부터 함께 자라서 그들의 우애는 안성에 자자했다. 아버지가 아저씨의 삼촌을 따라서 신의주로 떠나시기 전까지 모든 것을 함께 하셨다 했다. 학근 아저씨는 집안의 장남이라서 허락을 받지 못해서 아버지만 삼촌을 따라서 떠나셨던 것이었다.

근래에 아버지가 학근 아저씨와 함께한 사진을 들여다보면서 홀로 자주 우시는 모습을 볼 수 있었다. 건강하실 때는 자주 안성에 내려가서 학근 아저씨와 어울려 이름 있는 곳을 여행하고 돌아오시곤 하셨다. 어머니는 아버지가 안성에 내려가시면 불만이 없으셨다. 안성 아저씨는 어머니에 대한 예의가 바르셔서 가장 반기시는 분 중의 한 분이셨다. 어릴 때는 단짝이 되어서 나쁜 짓도 같이 하고 좋은 짓도 함께하셨던 모양이었다. 달빛 없는 밤이면 남의 오이나 참외 서리를 하시고 이웃집 처녀들에게 농을 걸고 장난을 하실 때의 단짝이셨다. 아버지는 그분이 떠나신 후면 며칠을 허무해하셨다. 그렇게 우애가 좋았던 형제였다.

학근 아저씨는 아버지가 떠나셨다는 소식을 듣고 서둘러 상경하시어 우리 집을 찾아 오셨다. 영등포역에서 집까지 걸어 오시기에는 족히 반 시간이 걸리는데 줄곧 곡을 하시면서 집 앞에 도착하셨다. 함께 올라오신 분들로부터 들은 얘기에는 아버지가 떠나셨다는 소식을 들은 날부터 자주 곡을 하셨다고 한다.

안성 대가족은 문밖에서부터 곡소리를 하셨다. 집에 들어서면서도 계속 곡을 하시고 안방 아버지 사진 앞에서 절을 하신 후 더욱 큰 소리의 통곡을 하셨다. 얼마나 슬피 우시는지 모든 객들이 조용할 정도였다. 한참을 눈물과 곡을 하신 후에 나에게 다가와 고생한다고 위로하셨다. 그때 그분의 모습을 보면서 진실로 슬퍼한다는 것이 어떤 것인지를 느낄 수 있었다.

어머니께 인사를 하신 후 안성에서 함께 오신 분들을 한 분 한 분 소개하셨다. 예의를 갖추고 함께 오신 여자분들은 부엌일을 돕기 시작했다. 시간을 내어서 두루두루 모든 사람들이 일하는 것을 위로해 주시고 어머니께 자주 위로의 말씀을 드리셨다. 그리고 건강에 주의하시라고 자주 말씀하셨다. 이틀을 잠을 자지 않는 상주인 나에게도 모든 것을 대행하시며 가서 잠을 자두라는 말씀을 하셨다. 그러나 나는 일체 잠이 오지 않았다.

조치원에서 친척들이 올라오고 모든 일의 진행이 쉬워지면서 나의 친구들도 쉴 수 있었다.

7일 장례식 1973년 5월 5일(음 4.2)

여동생이 뉴욕에서 아들을 데리고 귀국했다. 아기는 너무 귀엽게 생겼다. 혈육이라서인지. 오자마자 상복을 입고 안방에 있지 못하고 어머니를 도와 부엌일에 일을 해야 했는데 집안에 풍습이 초상이나 큰일이 있을 때는 여자는 손님을 대접하는 준비를 해주는 것이 의무였다.

이틀 후 병용 형이 샌프란시스코에서 집에 도착하던 날은 6일째 장례가 진행되고 있을 때였다. 형이 늦는 바람에 7일 장으로 정한 것이다. 그는 홀로 귀국했다. 형은 들어오자 안방에서 상복을 입고 절을 드린 후 병풍 뒤에 누위계신 아버지의 시신을 돌아보았다. 그런데 형은 자리에 앉자마자 졸면서 자꾸 옆으로 쓰러지고 있어서 그의 곁에서 힘께 있어 주어야 했다. 그 모습이 흉이 될까 걱정되었다.

하룻밤을 더 지새우고 7일이 되는 날이었다. 아침 일찍 장의사 버스가 집 앞에 도착해 우리를 기다리고 있었다. 사촌 형들이 아버지 관을 장의차로 옮길 때에 많은 사람들이 곡을 하면서 이별을 했다. 아버지가 집과 우리 곁을 영원히 떠나시는 날이라는 것이 믿기지 않았다.

조치원에서 올라온 사촌 형들이 주로 일을 처리하고 병일 형이 아버지 사진을 가슴에 안고 차에 올랐고 그다음 안성에서 오신 분들이 차에 올랐다. 사람들이 가득 차게 되자 다른 분들은 기차를 타고 떠났다. 학근 아저씨는 그 전날 안성 사람들과 미리 내려가셔서 묘소 자리를 준비하시고 기다리셨다.

형은 안성에 도착하는 동안 줄곧 차창에 기대어 졸고 있었다. 낮과 밤이 다른 시간 차이 때문이라고 이해했다. 그러나 나는 눈을 감아도 잠이 오지 않았다. 장례차가 가는 긴 길을 무심히 창밖을 보고 있었다. 그 길이 아버지가 마지막으로 지나는 길이라고 생각하니 그 사실이 나를 슬프게 했다.

"이제 가면 언제 오나… 어이야! 어이야!"

어디선가 상엿소리가 들리는 것 같았다.

먼 길을 가 안성군 미양면 옥정리에 도착하니 학근 아저씨와 유 씨 집안사람들이 기다리고 있었다. 차가 천천히 마을을 벗어나면서 사람들이 곡을 하면서 장례차를 따라서 산길로 향했다.

차가 멈추고 하나둘 차에서 내렸다. 사촌 형들이 버스 뒤편에서 아버지 관을 내려 여섯 사람이 관 양쪽을 들고 산길을 오르기 시작했다. 우리는 그들을 따라서 걸었다. 많은 사람들은 우리 뒤를 따르면서 곡을 했다. 길이 멀지는 않았다. 큰집의 맏이인 병기 형님이 모든 순서를 진행하셨다. 잠시 고개를 돌려 산천을 돌아보니 개나리꽃, 진달래꽃이 피어있었고 앞마을에는 작은 물이 흐르고 농사터에는 파란 싹이 푸릇푸릇해지기 시작하는 때였다.

하관을 할 때는 더 많은 사람들의 통곡 소리가 메아리가 되어서 나의 귓가를 맴돌았다. 사람들의 통곡 소리는 전쟁터에서의 폭음 소리와 같이 마음 깊이 울려 퍼졌다. 다시는 보지 못할 아버지에게 마지막 작별 인사로 가슴에서 터져나오는 슬픈 통곡을 했다.

학근 아저씨께서 나의 곁에 가까이 오셔서 "너의 아버지는 복을 받으며 떠나시는 분"이라고 말씀하셨다.

"춘삼월에 떠나시니 얼어붙었던 산천이 풀리어 꽃과 나무들이 피어나니 자손들에게 일하기 좋은 때에 돌아가신 분이다."

"떠나도 제때 떠나지 않아서 장마철이나 추운 겨울에 떠나면 묏자리를 파기도 힘들 뿐만 아니라 많은 객이 올 수가 없어 쓸쓸한 장례로 떠난다."

그러고 보니 아버지께서 좋은 때에 떠나신 것이었다.

여러 사람들이 좌우로 받쳐든 아버지가 누워계시는 관이 서서히 땅 밑으로 내려가고 있을 때 모든 사람들은 작별의 곡을 했다. 하관이 끝나고 한 줌의 흙을 아버지 관 위에 던져드렸다.

묏자리 앞에서 형과 사촌 형들이 줄을 서서 큰절을 몇 번이고 했다. 그리고 사람들이 하나둘 하산하기 시작했고 형과 나는 마지막으로 사촌형들과 함께 하산했다. 인생은 그렇게 허무하게 떠난다는 것을 피부로 느끼면서 마음으로 아버지에게 삭별의 인사를 드렸다.

모든 식구가 장례버스를 타고 서울로 돌아가는 길에 병일이 형이 아버지의 사진을 가슴에 안고 눈을 감고 있었다. 얼마 지나가자 병용 형은 차 안에서 상복을 벗고 가지고 온 신사복으로 갈아입었다. 집에 도착한 후에도 얼마든지 가능한 것을 서두르는 형이 이상해 보였다. 머리는 장발로 늘어뜨리고 자유분방한 모습이었다. 그리고 서울 영등포 집 앞에 내리자마자 집안에 들어가지도 않고 할 일이 있답시고 택시를 잡아타고 어디로 서둘러 떠나버렸다.

어머니와 여동생은 아버지가 쓰시던 물품들을 정리했다. 모든 객들이 우리 집을 떠난 후에 나 홀로 안방에 앉아 아버지의 사진을 보았다. 아버지가 주무시던 자리에 누우니 할아버지 사진이 보였다. '할아버지 곁으로 가셨을까?' 나는 아버지가 밖에서 들어오실 것만 같아서 자주 집 앞문을 쳐다보고 있었다.

친구들이 집을 방문했다. 모두들 장난기 있는 농담은 삼가고 말을 했다. 어머니는 열흘이 넘도록 잠을 자지 않던 나를 염려하시며 말씀하셨다.

"잠을 좀 자지 그러냐?"

"잠깐 다녀오겠습니다."

상복을 벗고 일반 옷으로 갈아입고 친구들을 따라서 집을 나왔다.

"병홍아! 빨리 돌아와서 잠을 자야 한다."

어머니의 말씀을 뒤로하고 친구들을 따라 길을 나섰다.

불사조

14 나의 꿈

나의 꿈
첫사랑의 기억을 잊고
무도인의 길·2
홍콩 영화촬영
형의 결혼식
우리들의 아지트
미국 초청장
출국 준비

의 꿈

사회인으로 존재하는 길을 찾아 이곳저곳을 들여다보았지만 나라가 가난한 탓에 민심은 좋았으나 노동에 대한 값은 인색했다. 군 복무를 다하고 생계유지를 위해 사회에 나가야 하지만 아직도 발을 붙일 만한 곳이 없었다. 더구나 나의 신체적인 조건에 맞는 일은 더욱 없었다. 그것이 부모님의 걱정이라는 것도 나는 잘 알고 있었다. 매일 아침 아버지와 마주 앉아 아침 식사를 할 때면 염려하시는 마음을 느낄 수 있었다.

나에게는 정부의 시행에 따른 예비군 집합 명령도 없었다. '상이군인'은 생각하고 싶지 않았다. 보통 사람들처럼 자립하는 길을 원했다. 오로지 평범한 사회인으로서 살고 싶었다. 백성이 먹어야 할 한겨울의 식량이 모자라서 "한 사람이라도 외국에 가서 밥을 먹고 오라"는 정부의 정책과 가난함을 다음 세대에 넘겨줄 수는 없다는 사회적인 요구를 이해하고 따라야 했던 시대였다. 월남 참전과 새마을운동이 뒤를 이었다. 경부고속도로가 개통되면서 새 시대를 알려주었다. 경제가 급성장하고 있다는 뉴스를 라디오와 텔레비전을 통해 알고 있었지만 내가 할 수 있는 일은 아무것도 없었다.

오로지 미국에서 형이 보내는 소식에 기대를 걸고 있었다. 형수와 조큰딸이 미국으로 떠나간 후에는 집안은 허했다. 그나마 손녀딸의 재롱으로 하루하루를 즐겁게 보내시던 아버지는 은주가 미국으로 떠난 후로는 그 기쁨마저 사라졌다. 부모님은 어영부영 하루하루를 보내는 나의 생활과 미래를 늘 걱정하시고 계셨다. 어릴 때부터 신체적인 고통을 겪으면서 자라난 막내아들이었다. 또다시 월남참전에서 전상을 입고 제대한 모습을 보시면서 걱정을 하시는 나날이었다. 미래에 무엇을 하면서 먹고살 것인지에 진지하게 상의를 하려 하셨으나 나는 오로지 미국에 가서 살아보겠다는 신념뿐이었다. 아버지는 나의 길을 막으실 생각은 없으셨다. 부모님에게는 그저 내가 미국에 가서 살아갈 수 없을 것 같은 약한 막내자식일 뿐이었다.

아버지와 마주 앉는 식사 시간이 되면 부엌에 계시던 어머니도 안방에 들어오셔서 나를 설득하셨다. 이모저모로 나에 대해서 정보를 알아보시니 나라에서 주는 나의 특권은 생각보다 많았던 것이었다. 또 재산을 막내아들에게 넘기면 그만한 특혜가 있고 세금도 내지 않을 수도 있다는 소식도 알고 계셨다. 취직도 나라에서 운영하는 곳에 신청을 할 수가 있다는 정보도 알아보셨던 모양이었다. 그렇게 결혼도 하고 조국을 떠나지 말고 부모님 곁에서 살아주기를 부탁하시는 마음을 전하셨다. 그러나 나의 꿈은 변하지 않았다.

첫 사랑의 기억을 잊고

어느 날 어머니께서는 마지막 카드로 제의를 하셨다. 내가 나의 옛 애인을 만나면 집에서 받아들이시겠다는 말씀이셨다. 어머니는 내가 옛 애인 선희와 계속 만나고 있는 것으로 짐작하셨던 모양이었다. 그때까지 나에게 한 번도 말씀하시지 않으셨는데….

내가 해병대에 입대한 몇 개월 후에 선희가 홀로 집을 다녀갔다는 말씀을 하셨다. 아버지는 만나보지 못하셨지만 얘기만 들으셨던 모양이었다. 지금도 늦지 않으니 데리고 와서 함께 결혼식을 하면 우리 식구가 될 수 있다는 조건이었다. 나는 할 말이 없었다. 충격적인 소식이었다.

'홀로 인사를 하러 왔으면서 왜 내게 단 한 장 편지도 보내지 않았을까.'

나는 제대한 후에도 옛 애인을 찾아 나서지 않았다. 성구는 내가 군에 가기 전에 나의 애인을 찾지 않는 것에 대한 실망스러운 말을 자주 했다. 그렇게 열정으로 사귀던 그 옛 모습을 다시 보고 싶었던 모양이였다.

해병대에 입대한 후 훈련하는 동안에도, 소총소대에서 말단으로 고생을 하면서도…. 그리고 월남전에서 목숨을 걸고 적진 속으로 침투하여 몇 날 밤을 지내면서 적을 향해 사수하고 있을 때에도 마음을 달래면서 잊으려 노력했다. 제대 후에도 나는 옛 애인을 찾지 않았다. 넌지시 묻는 친구들에게도 웃으며 아무 말도 하지 않았다. 대답하지 못했었다.

그녀는 내가 해병대를 지원해 갈 때 우리가 손잡고 했던 미래의 약속을 지키지 못한 여인이었다. 마지막 날 친구들이 마련해주었던 송별식에도 참석해 주었고, 다음 날 아침 일찍 용산역에서도 나의 곁에서 있어주었던. 그리고 마지막으로 기차를 향해 달려가던 나에게 손을 흔들어주던 여인이었건만….

고달픈 훈련 기간 동안 많은 부모님, 친구들의 편지가 왔지만 그녀의 소식은 엽서 한 장 오지 않았다. 아무도 소식을 전해주지 않았다. 친구들도 나로부터 소식을 기다렸으나 나는 대답해 줄 아무 소식을 받지 못한 속에서 고된 훈련을 견디었다.

기초 훈련이 끝난 후, 국군의 날 때도 훈련을 포기했던 이유는 서울에 올라와서 합동 훈련을 할 장소가 여의도라는 것이 나에게 혼란을 일으키기에 충분했기 때문이었다. 한강 줄기 샛강만 건너면 영등포 신길동, 나의 고향이 눈앞에 있었기 때문이었다. 훈련 중에 언젠가는 밤이면 탈영해서 고향으로 달려갈 것만 같았다. 그리고 다시는 군대로 돌아오지 않을 것만 같았다. 애인을 찾아서 헤맬 것 같았다. 나는 그런 나의 마음을 억제하기 위해서 국군의 날 행사에서 탈퇴를 신청했었다. 그리고 해병대 말단 포항사단으로 배속되었던 것이었다. 고향에서 아주 멀리 가려 했다. 사실 그렇게 멀리가 아니라 김포 어느 구석에 갔으면 했으나 그것도 되지 않았다. 그리고 월남전으로 참전용사의 길을 가야만 했다.

　오고 가는 편지들 가운데에서도 늘 기대하던 애인의 편지는 보이지 않았다. 월남전에서 정글을 누비면서 고생하던 나날에도 애인을 잊을 수는 없었다. 오로지 친구들의 편지와 부모님의 편지에 마음을 담고 있었다. 조국에서 애인으로부터 날아온 편지를 가슴에 안고 전투의 정글을 누비다가 시간이 있을 때마다 꺼내서 읽고 있던 전우의 모습을 볼 때면 나의 마음은 허망하기만 했었다.

　애인의 편지가 제대를 한 후에도 생각나곤 했으나 잊으려 하던 날들이었다. 어디론가 시집을 갔다면…. 행복을 비는 길 외에는 다른 길이 없었다. 그래도 기대는 있었다. 내가 조기 제대를 했다는 소식이 전해지면 조건이 가능하다면 나를 찾아주겠지. 그렇게 세월을 말 없이 보내던 날들이었다.

　어느 날 성구와 몇몇 친구들이 모여서 바둑을 두고 있던 날이었다. 이상하게 감정이 풍부히 흘러나오는 분위기였다. 성구와 바둑을 두다가 문득 그에게 말을 했다. "성구야! 나의 마음은 혈서라도 보내고 싶다." 나의 애인에게…. 이제껏 하지 않던 말이 나의 입에서 나오자 친구들이 모두 나를 쳐다보는 것이었다. 그러자 성구가 옆에 사과를 깎던 칼로 내가 내놓은 왼팔 위를 꽂는 것이었다. 이제야 그런 진심을 말하면 어떡하느냐는 그의 말투와 함께 나의 팔을 찌른 것이었다. 그는 오랜 기간을 지나오면서 언젠가는 내가 고백할 것을 기다리고 있었던 모양이었다. 생각보다는 뜨끔한 고통이 강력했다. 왼 팔뚝 위에 흐르는 피를 보면서 성구를 보았다. 그는 나의 사랑을 잘 알고 있다는 표정이었다. 나는 다른 친구가 가져다 준 백지 위에 왼팔에 흐르는 피를 떨리는 오른손으로 찍어 "사랑한다."는 글을 써 내려갔다.

그런 가운데 형의 편지들! 제대 후의 나날을 고민하던 길에 하나의 빛이 보인 것이다. 형이 나를 미국에 오도록 초청장을 보낸다는 약속이었다. 형을 따라 미국으로 가서 새로운 꿈을 이루어보는 것이다. 미국은 모든 젊은이들의 꿈의 대상이었다. 그리고 나는 한 줄기 가능한 길을 가지고 있는 행운아였다.

가끔 날아오는 형의 편지는 나의 '과대망상증'에 더욱 부채질을 해주고 있었다. 단명이라는 점술가의 말과 제대 때 군의관의 충고를 믿고 그날그날을 살아가던 나의 실생활에서 꿈과 미래에 대한 모든 것을 지워버리고 있다가 나도 남들처럼 희망을 꿈꾸며 살아가야 할 날이 길게 남아있다는 생각을 그때부터 했다. 머리에 충격이 올 때마다 좌절하고 모든 것을 포기하면서 하루하루를 살고 있었지만, 꿈은 버릴 수는 없는, 지워지지 않는 것이 나의 본심이었다.

나는 미국을 꿈꾸면서부터 선배나 후배가 미군부대에 연결이 되어 있거나 부대 근처나 부대 안에서 미군과 한마디라도 배울 수 있는 방법이 있다면 그 길을 찾아다녔다. 미군들의 대화에 귀를 기울였다. 그리고 매일 영어 한 단어라도 외워서 써보는 나날을 보냈다.

나는 사실 제대한 후 나라로부터 주어지는 보상금으로 집을 살 수도 있었고 상이군인으로 먹고살 수도 있는 등 많은 길이 있었다. 그러나 그 길은 나의 미래의 꿈과는 다른 방향이었다.

제대를 할 때 안내문에 기록되어 있는 전상자들의 선택 중에 국가에서 장려하는 상이군인 용사들을 보호하는 '의용촌'이 있었다. 그곳을 가게 되면 정부에서 주선하여 예쁜 여자들과 결혼하고 안정된 집이 준비되어있고, 자식들의 교육과 생계를 해결해주는 혜택이 보장되어 있었다. 그곳은 사회에 살다가 힘이 들면 언제든지 갈 수도 있는 안정된 곳이었다. 그러나 그곳을 선택하게 되면 나의 고향과 멀어지고 죽마고우들과 어울릴 수도 없는 것이 문제였고 더구나 나의 미래의 꿈이…. 나의 꿈은 그런 안정된 조건에서 살아가는 것이 목적이 아니었다. 꿈을 향해서 거친 파도를 헤치고 또 다른 희망을 위해 뛰고 싶은 욕망으로 젊음을 보내고 싶었다.

한편으로 부모님은 내가 과연 미국에 가서 잘 살 수 있을 것인지를 걱정하는 것이었다. 매달 때가 되면 외출을 하지 않고 부엌방에 박혀서 이삼일을 '두문불출'을 하고 있던 모습이 나의 전상에 대한 고통 때문이라는 것을 짐작하실 수 있으셨다. 아무에게도 나의 고통을 말할 필요가 없었다. 그런 약한 점을 보여주게 되면, 전쟁에서 패하고 인생에서도 패한 빚이 없는 모습으로 비춰질 것만 같았다. 주위 사람들이 그렇게 동정 어린 눈으로 나를 보는 것이 싫었다. 그런 모습보다는 미래를 향하는 내가 되고 싶었다. 형이 그려준 꿈같은 미래가 내가 가고 싶은 길이었다.

하나둘 미래를 위한 준비를 하고 있었다. 국기원에 가서 지도자교육도 받아두었다. 그리고 운동에 많은 시간을 보내면서 나날을 보내던 중에 미국에서 드디어 형이 보내준 초청장이 날아온 것이었다.

하지만 병마로 불편하셔서 방에만 계시던 아버지의 걱정이 깊어져 가는 것이 나의 미래이기도 했다. 어디를 가도 잘 살아갈 수 있는 막내아들이 아니었다. 어릴 때부터 몸을 많이 다치면서 커온 막내아들이 제대 후에 주야로 생활하는 모습과 건강이 남달리 불편한 모습을 보면서 그 고통을 모를 리가 없으셨다.

앞으로 한 발 두 발 꿈을 향해 가다가도 전상 후유증에 넘어지고 또 일어나서 가는 나의 모습이 애처로웠던지 하루는 아버지와 어머니가 밥상머리에서 물으셨다.

"너는 미국을 가지 말고 이 나라에서 살면 나라에서 살 수 있도록 해 준다는데 지금 이 집에서 우리들과 함께 사는 것이 어떻겠느냐?"

그러나 내가

"저는 꿈을 향해서 살아야 하는 나이입니다. 내가 안전함을 위해서만 살아가야 하는 나이가 아닙니다."

그렇게 말씀을 드린 후에는 더 이상 나의 꿈을 말리시지 않으셨다. 미국에서 초청장이 온 후에는 미국을 향한 이민수속의 절차를 밟는 일뿐이었다. 꿈을 포기하기에는 너무 젊었고, 쓰러지기에는 너무 많은 힘이 남아있었다. 꿈을 향해 가다가 쓰러질지언정… 안식을 위해서 살다가 쓰러지는 것을 거부하는 젊은 나이였다.

무도인의 길·2

아버지가 떠나신 후에 어머니의 후유증이 생활에 심각한 영향을 끼쳤다. 언행에도 실언과 변화가 눈에 보였다. 그래서 나는 한층 더 어머니와 가까이하고 많은 대화를 모색했다.

어머니가 홀로 안성 아버지 묘소를 자주 다녀오시곤 하는 것을 말릴 수는 없는 일이었다. 그러나 가실 때마다 시골 사람들에게 인사차 선물을 해야 하는 것이 문제였다. 묘소를 돌본다는 이유로 그곳을 방문할 때마다 그 사람들이 원하는 것은 날이 갈수록 태산처럼 커졌다.

어느 날 어머니는 그런 걱정을 하시면서 언젠가는 아버지의 묘소를 다른 곳으로 이장해야겠다는 말씀을 하셨다. 그리고 나에게 미국에 가는 것을 포기하면 모든 것을 나의 이름으로 이전하고 함께 살고 싶다고 말씀하시는 것이었다. 그러나 그 말씀이 나의 꿈을 포기하게 하지는 못하셨다. 나는 아직은 꿈을 향해서 살아가고 싶은 나이였다.

형이 나에게 심어준 미국에 대한 꿈…. 태권도를 열심히 하는 길만으로도 내가 살아갈 수 있는 가능성이 보이는 것이다. 그 외에는 다른 길이 없을 것 같았다.

내가 잘할 수 있는 것은 태권도를 가르치는 일로 경험도 있고 자신이 있었다. 그리고 시간 날 때마다 사범으로서 자유로이 쉴 수 있는 것도 또 다른 이유였다. 때때로 찾아오는 전상 후유증은 나의 전신을 차가운 땀으로 적시게 했다. 가끔은 몇 시간이고 몇 날이고 모든 것을 쉬어야 하는 것이 나의 육신이었다. 그래서 도복을 입는 조건이라야 이러한 나의 상태와 수련에도 도움이 되고 제자들을 가르치는 일에는 문제가 없을 것 같았다.

그 후 비자가 나올 때까지는 영어단어책을 들고 다니면서 외웠고, 미군과 한마디라도 더 해보려고 미군부대에서 태권도를 가르치는 선배나 이웃에 사는 후배 집에 들러서 영어를 듣고 배웠다. 영어 학원을 몇 개월 다녀보기도 했지만 문법적인 기초에서 머물러서 발전이 없었다. 곧 미국에 가서 생활할 언어가 필요했다.

태권도 지도자교육도 마치고, 국기원의 단증도 5단으로 승단되어 있었다. 홍종수 관장님께서 해외에 나가는 사범들은 단을 한 계단 승단하라고 말씀하셨다. 그러나 내가 미국에 가서 한국적인 시합을 할 것이라고는 생각하지 않았다. 시범 정도를 해서 사람을 모아 가르치는 정도로 알고 준비하라는 것이었다.

나는 신체적인 적응에 신경을 써서 나 자신을 위해서 주야로 수련을 닦아서 옛날 해병대에 들어가기 전에 뛰던 실력을 되찾고 싶었다. 이곳저곳 도장을 옮겨가면서 운동하고 특이한 기술을 습득하는 데 관심이 있었다. 태권도 자체에서 호신술은 너무 미약했다. 나는 유도를 먼저 했었기 때문에 넘어지고 넘기는 일에는 자신이 있었다. 이름이 있다는 합기도 관장들을 찾아가서 잡기를 배웠다. 그것이 호신술법에 눈이 뜨게 된 계기였다.

이소룡의 영화에서 본 무기들이 관심의 대상이었다. 주로 합기도 사범들이 여러 호신용 무기에 대해 앞서있었다. 여러 사람들이 나의 여러 가지가 이소룡과 비슷하다는 말을 해 주었는데 선배가 말한 '정무문' 영화를 보니 이소룡이 표정이 어디선가 많이 본 듯한 인상을 주었다. 나의 모습과 비슷하다는 말이 그래서 나온 것 같았다.

  매일 새벽이 되면 일어나서 뜀을 뛰는 것이 하루의 시작이었다. 그것은 매일 다시 태어나야 하는 나만의 현실이었다. 오늘도 나는 살아갈 조건을 가지고 있는 것이다. 매일 저녁 잠이 들 때에 그날그날의 기억을 글로 써놓았다. 어쩌면 그것이 나의 마지막 글이 될 수도 있겠다는 생각에서였다.

홍콩 영화촬영

　형수와 조카딸도 미국으로 떠났다. 외로우신 아버지가 안방에서 나오시지 못하고 병에 시달리고 계실 때, 미국으로부터 형이 홍콩 영화촬영을 하러 나오는 길에 들를 것이라는 전화가 왔다. 부모님의 조카딸도 데리고 나오라는 말에 형은 그렇게 할 수가 없다고 했고 아버지는 실망을 하셨다. 형의 영화촬영 소문이 순식간에 퍼져나갔다.

　그 전에 이준구 사범님이 한국에서 영화촬영을 하시고 계실 때 형이 잠깐 온 적이 있다. 그때 이소룡과 이준구 아버님과 함께 호텔에서 잠시 만난 적이 있었는데, 형은 당시 싸움실력으로 미국을 돌아다니면서 무술계의 싸움꾼으로 명성이 있었을 때였다. 그러나 이번에는 이소룡의 급작스런 죽음으로 영화사에서 무술계의 이름 있는 사람들을 배우로 찾아 나선 참이었다. 그래서 무술 시합에서 실전으로 이름이 있었던 형을 영화계에서 주목했다.

　형은 한국에 잠깐 들르면서도 도복을 가지고 나왔다. 그리고 나와 같이 도장에 가서 운동을 하자고 했는데 나는 몸이 정상으로 돌아와서 자신은 있었기에 망설이지 않았다. 도장에서 몸을 풀고 나서 형과 대련을 했다. 형의 손이 무척 빠르게 나의 가슴과 옆구리를 치고 나갔다. 그리고 발도 빠르게 움직이는 것을 알 수가 있었다. 나는 나대로 최대한으로 대응하면서 며칠을 수련했다. 형에게 잘 보여야 미국에 갈 수 있다는 기대 때문에 더욱 최선을 다했다. 내가 월남에서 다친 것도 말하지 않았다. 혹시 미국을 가지 못하는 조건에 걸릴 수 있는 것은 모두 감추었다.

다시 사지에 힘이 돌아오는 때였다. 운동을 본격적으로 하려는 때여서 겁은 없었다. 오로지 나만이 알고 있는, 왼쪽 두개골이 플라스틱으로 막혀 있다는 사실은 대련 시 그곳을 우선적으로 방어하면 될 것 같은 생각에 주의하는 습관을 몸에 익혀 나갔다.

형이 형수와 함께 홍콩으로 영화촬영을 하러 떠난 후에도, 새벽에 운동하는 것으로 하루를 시작하는 것이 나의 일상이었다. 하루가 길어 나는 항상 낮잠 자는 습관이 있었는데, 그것이 부모님의 걱정이었다. 뇌가 피로를 느끼면 안 된다는 것이 주의사항의 첫째 조건이라는 것을 나는 잊지 않았다. 오후 늦게는 아는 사범들이 운영하는 도장에 들러서 몸을 풀고 바둑을 두었다. 그리고 날이 기울면 나무장 하리마오 친구들을 찾아다니는 것이었다. 그때는 늦게 군에 갔던 친구들도 제대를 하는 때였으나 그들은 현실에 맞추어 일을 찾아야 하는 때였고 여유가 없어서 옛날같이 철없이 모이는 일은 드물어졌다.

의 결혼식

여자의 소원이 결혼식을 치르는 것이라는 말을 들어 알고 있었다. 그래서 미국에서 첫 번째 귀국을 했을 때 형은 부모님의 허락을 받아서 결혼 날짜를 잡았다. 이미 집안에 들어와 있는 며느리지만 혼례를 해주는 입장이니 모든 책임은 우리 집안에서 맡아야 했다. 형수 쪽은 홀어머니 가정이라 아무 일도 할 수 없는 형편이었다. 그때 이미 조카 딸 은주가 아기가 아니라 어린 소녀가 되었을 때였다. 형은 한국에 나와서 형수와 결혼식을 하겠다고 부모님의 승낙을 받은 후에 분주히 돌아다니고 있었다.

형이 무덕관 중앙도장에서 시범을 한다는 말에 나도 가서 보고 싶었다. 형의 실력이 어느 정도이며 무엇을 시범하겠다는 것인지 궁금했는데 형이 마침 나에게 함께 갈 것을 물어보았다. 나는 곧바로 도복을 챙기고 형을 따라서 길을 나섰다. 형의 얘기는 늘 그렇듯 화려하고 듣기 좋은 얘기들이었고 그것이 나의 미래라는 것도 중요한 소식이었다.

도장에 도착하니 많은 유단자들이 모여 있는 유단자 심사 날이었다. 그곳에서 영등포 선배들도 만나볼 수가 있었다. 신승의 선배님이 오셔서 함께 자리를 한 후에 형은 홍종수 관장님께 인사를 한 후 잠시 후에 도복을 입고 나와서 우리 곁에 앉아있었다. 아무 말을 하지 않고 있으니 나도 도복을 입으라는 건지 알 수가 없어서 나는 그냥 곁에 있었다.

　잠시 후 승단 심사가 끝나고 나서 사회를 보는 분이 형을 불러내서 인사를 시키는 것이었다. 미국에서 각종 무술대회에서 명성이 높다는 말과 얼마 전에 홍콩에서 영화촬영을 하고 돌아와서 곧 각 영화관에서 상영될 것이라고 소개했다.

　형은 특유의 고단자 형을 한 후에 무덕관 대표로서 곧 다가올 체전에 나갈 여섯 체급의 선수들을 나오도록 한 후에 그들과 대련을 하기 시작했다. 한 번은 한국식 체전 식으로 하고 두 번째는 미국에서 전성기를 보내는 오픈 시합 식으로 대련을 하는데 여섯 명의 대표 선수들을 교대해 가면서 가지고 놀 듯이 자유자재로 실력을 발휘하고 여유롭게 지치지도 않고 한 시간을 마무리하는 것이었다. 그 후 시범을 마치고 형이 옷을 갈아입고 우리 곁으로 와서 말을 하지 않고 앉아있으려니 홍 관장님께서 오셔서 형의 대련에 대해서 칭찬을 아끼시지 않았다. 내가 생각해도 예상보다는 수준이 높았다.

　여러 선배님들께 인사를 한 후에 그 자리를 벗어나려고 아래층을 내려오는데 도장 안에서 소란이 있었다. 형이 현역 중앙도장에서 최고 실력자라는 선배의 자존심을 건드렸다는 불만의 소리가 들렸다. 그러자 형은 다시 계단을 올라가면서 그와 대련을 하겠다는 제의를 받아들인다는 몸짓을 했다. 그러자 여러 선배들이 말리는 것이었다. 그리고 홍 관장님께서 불만이 있던 선배를 야단치셨다.

　우리는 함께 계단을 내려왔다. 형은 선배님들과 만남이 남아 있어서 나 홀로 버스를 타고 영등포 신길동으로 돌아왔다. 나는 형의 수준 높은 실력과 대련하는 법을 배워야 한다는 그 생각만 했다.

그날 저녁에 형이 집에 와서 주례를 보실 분이 홍종수 관장님일 것이라고 했다. 그리고 그 외에 하루 있었던 일을 아버지께 알려드렸다. 그러나 중앙도장에서 대련한 얘기는 하지 않았다. 무술에 대해서 잘 알지 못하는 아버지께 부담이 될 것 같아서였다.

아버지는 결혼식 날 시골에서 많은 집안사람들이 올라오겠다고 해서 손님 대접을 하는 준비로 바쁘셨다. 나는 친구들께 그날 바쁠 때 어머니 주위에서 도움을 주는 역할을 맡아달라고 부탁했다. 형의 친구들은 나의 친구들과는 완연히 다른 사람들이라서 서로 모이는 것이 없는 독불들이어서 주위에 맴도는 친구는 원일 형님뿐이었다.

결혼식 날 아침부터 마음이 바빴다. 형수의 소원이 한국에 나가서 공개 결혼식을 하는 것으로 여자에게는 중요한 일이다. 그것은 형과 상의해서 결정한 일이었다. 형수는 홀어머니 밑에서 여러 형제 사이에서 자란 환셩니리 친정 식구가 결혼식에 도움을 줄 입장이 아니었다. 일찍이 임신을 해서 보따리 하나 들고 시집와서 몇 년을 시집살이하면서 살아 온 사람이었다. 말만 부부였지 실제로 서로 사는 기간도 짧았고 4년이라는 이별 후에 형이 미국으로 초청해서 살고 있는 상태였다.

결혼식 날 전에 홍종수 관장님에게서 전화가 왔다. 형의 결혼식 날 김운용 국기원 원장님이 주례를 보게 된다는 소식이었다. 형은 처음에 "홍종수 관장님께서 주례를 하시기로 했다"는 말을 했으나 국기원 김운용 원장님께서 주례를 하기로 했다는 새로운 소식에 불평했다. 그 당시 실세 중에 실세가 김운용 국기원 원장님이시였는데 형은 "내가 도복을 입고 결혼식을 하는데 무덕관 관장님께서 주례를 해주시는 것"이 더 자랑스럽다고 의견을 표했다. 그래도 홍 관장님께서 개인적으로 다시 부탁하면서 형이 더 반발하지 않았다.

결혼식 날 아침에 부모님은 시골에서 올라오신 친척들과 함께 음식을 차리고 떠날 준비를 하시며 마음이 들떠 있으셨다. 생애에 처음으로 치르는 자식 결혼식이 그렇게 기쁘신 모양이셨다. 차를 몇 대 대절할 것인지 어른들을 주로 해서 수순을 정해서 사진 찍을 것도 생각하시면서 인원을 확인하고 계셨다. 그중에 안성에서 올라오신 학근 아저씨를 주로 해서 안성 어른들을 알아보시는 듯했다. 조치원에서 올라온 사촌 가족은 큰집과 넷째 집 식구들로 어릴 때 같이 자라난 사이라서 잘 알고 있는 사이라서 문제는 없었다.

영등포 결혼식장에 도착하니 사람들이 많이 모여 있었다. 태권도 도장과 인연이 있던 선후배들도 많이 있었다. 모두들 참석해 주어서 무술 계에서는 가족과 다름없는 인연들이었다.

결혼식이 시작되기 한 시간 전에 국기원 김운용 원장님과 홍종수 관장님께서 도착하시니 태권도 유단자들은 모두 그들 주위로 몰려들었다. 설마 김운용 원장님이 오실까 하는 의심은 순식간에 사라지고 함께 오신 홍종수 관장님께도 인사를 드리기에 분주했다.

내가 어른들을 결혼식 맨 앞자리에 준비해 놓은 장소로 모셨다. 그리고 김운용 원장님에 대한 인사말을 시작으로 큰집 사촌형 병기 형님이 사회를 보며 결혼식을 진행했다. 일사천리로 식이 진행되어서 신랑 병용 형과 신부 형수가 도복을 입고 등장하자 동아일보 기자를 중심으로 각 신문사에서 사진찍기에 분주했다. 텔레비전 방송에서도 촬영하고 있었다. 국기원 원장님과 홍종수 관장님께서 아버지와 어머니가 앉아계시는 자리에 가서 인사를 드리니 아버지는 감사하다는 말씀을 하시면서 그들의 손을 잡아주셨다.

  텔레비전 방송에까지 나온다는 결혼식은 영등포에서는 처음 있었던 일이었다. 앵커들이 결혼식 상황을 방송하는 것이었다. 어떻게 그렇게 많은 사람들이 모이는지 이해하기 어려울 정도였다. 그도 그럴 것이 형이 미국에서 도복을 입고 대륙을 장악한 실력자라는 것까지는 나도 미처 몰랐기 때문이었다.

  나의 친구들은 시골에서 올라오신 분들과 일가친척들을 위한 여러 보조 일과 진행에 차질이 없도록 신경 써 주었다.

  앵커들이 형에게 많은 질문을 했는데 그중에서도 홍콩에서 촬영한 일이 주를 이루었다. 이소룡의 뒤를 이어갈 기대 찬 영화배우로서 인터뷰였다. 형은 어디를 가도 언변이 좋아서 당황하지 않고 설명을 잘 하는 여유가 있었다.

  김운용 원장님과 홍종수 관장님은 결혼식이 끝나자 형과 형수를 만나보신 후 그 자리를 떠나셨다.

우리들의 아지트

무장에 도착하니 친구들이 내가 예상보다 늦게 나타났다며 우리들만이 아는 욕설과 속어로 환영했다. 실제로 우리들의 대화는 사연은 별로 없으면서 욕이 많았다. '욕지거리를 해야만 우리의 감정이 위로가 되었던 것이었을까.' 나는 욕을 많이 하지 않은 편이었는데 해병대를 제대하고는 나만큼 욕을 잘하는 친구는 없을 정도였다. 해병대의 고된 훈련을 거친 곤조가와 욕으로 견디어 왔기 때문일까? 나의 대화법에는 말끝마다 욕이 붙어 다녔다.

친구들과 어울려서 청남이네 집으로 몰려갔다. 누님은 항상 우리를 반겼다. 말없이 뒷방으로 갔다. 그리고 주인 없는 술독에서 두어 바가지를 꺼내서 청남이가 가지고 온 김치를 안주로 한 잔씩 마셨다. 그리고 바둑과 화투 팀으로 갈라져서 놀이를 하는 것이었다. 날이 기울어야 나무장 일이 끝나는데 그때를 기다리면서 시간을 때워야 했다. 특별한 일이 없으면 무언으로 진행되는 일이었다.

제일 어른이신 청일 형님이 오셔서 모두 일어나서 인사하고 형님 눈치를 보았다. 오늘따라 기분이 좋으신 것 같아 다소 안심하고 하던 일을 계속했다. 청일 형님은 오래 서서 계실 수가 없으신 분이라 자리를 마련해 드린 후 왕방이 형님을 모시고 형님의 안방으로 가서 단둘이 바둑을 두었다. 그때부터 우리는 어느 정도 자유로운 분위기였다.

 미국 초청장

제대하고 나서 몇 년간 신체를 훈련시키면서 매일 새벽길을 달렸다. 나는 늘 새벽 4시가 되기 전에 깨어나서 마루에서 몸을 풀다가 통금 해제 시간이 되기 전에 트레이닝 옷을 입고 차도로 나섰다. 고개에서 오비 맥주공장으로 내려가다 보면 누군가 권투를 하는 움직임으로 그 고갯길을 올라오고 있었다. 몇 달 지나간 후에 청하 형이 "그때 만나던 사람이 바로 너였구나!" 하는 것이었다. 청하 형도 통금이 해제되기 훨씬 전에 길을 나섰는데 국가대표 선수라서 그랬던 모양이었다. 그 후에 가끔 때가 맞으면 서로 손을 흔들어 주곤 했다.

새벽길의 안개가 사라지고 해가 뜰 때면 땀을 흘리면서 집에 돌아와서 집 뒤 터에서 찬물로 등목을 하고 아침 식사를 하는 것이 매일의 시작이었다.

아버지께서 돌아가신 후에 안방은 나의 차지였고, 어머니는 부엌방에서 주무시고 계셨다. 어머니는 하나둘 줄어가는 가족을 보면서 허무해 하셨다. 나와 단둘이 살며 매일 아침밥을 차려주시던 어머니에게는 미국으로 떠나간 여동생과 형 가족으로부터 날아오는 편지가 그날그날의 기다림이셨다.

어머니의 걱정은 끝이 없으셨다. 내가 정상적인 몸이 아니라는 것을 가장 가까이에서 아시고, 건강이 회복되는 날을 기다리던 분이라서 늘 나의 건강을 걱정하셨다. 3살 때 가슴뼈가 부러져서 대수술을 하던 일, 사춘기 때 패싸움에 머리를 다쳐서 뇌진탕 수술을 하던 일, 월남전에 참전했다가 전상자로 대구통합병원에 있을 때 제일 먼저 달려오셨던 일 등. "막내아들만큼 몸에 칼을 많이 댄 사람이 있을까?" 하셨는데 이제는 미국으로 가겠다는 나를 잡지 못하시는 어머니였다.

그런 날이 지나면서 형으로부터 이민 초청장이 날아오면서 어머니는 어머니의 미래를 걱정하셨다. "홀로 어떻게 살아가야 할까?" 한숨과 함께 이런 말씀이 있을 때마다 형이 어머니도 곧 초청을 하셔서 전 가족이 다시 모여 살 수 있도록 할 것이라는 미래를 설명해 드렸다.

막상 출국 신상신고가 지나가고 나서 미국 입국허가를 기다리는 동안 또 다른 걱정은 '이민국에서 나의 상이군인 기록을 조회해서 미국 입국을 할 수가 없지는 않을까.' 하는 것이었다. 사람의 걱정은 끝이 없는 것이었다.

미국 대사관에서 인터뷰를 하는데 아주 간단한 몇 마디의 질문이었다. 미국을 가면 어디에 있을 것인지, 어떤 직업을 가지고 있는지 등등 기록된 것들을 재확인하는 것뿐이었다. 그리고 내가 월남전에 한국 해병대로 참전한 것을 칭찬해 주었다. 그렇게 대강 듣고는 나의 여권에 입국허가 도장을 찍고 담당자 사인을 하면서 미국에 가는 것을 환영한다고 말했다. 그 여권을 들고 집으로 돌아오는데 여러 가지 생각이 들었다. 내 생애에 두 번째로 조국을 떠나게 된다는 기쁨과 아쉬움이 엇갈렸다.

언제부터인지 시작된 문주란이 부르는 '공항의 이별'이 라디오에서 흘러나오고 있었다. 나의 떠남이 쓸쓸한 이별이던가? 실제로는 나의 모습을 어디선가 보고 있을 것만 같은 나의 첫 애인이 불러야 하는 공항의 이별이었다. 시간이 지나가니 사랑의 배신감보다는 부디 잘 살기를 비는 마음으로 손을 흔들고 조국을 떠나야 할 것 같았다.

"남들은 행복하게 임 마중 가는데 나에게는 기다릴 사람 없고… 공항엔 바람만 부네."

 출국 준비

홍콩에서 영화를 촬영한 후 부모님께 인사를 하러 온 형이 하는 얘기들은 나의 미래였다. 미국에 초청하겠다던 형은 많은 꿈을 가지고 있었다. 형은 미래의 꿈을 자세하게 말해 주었다.

"바닷가 높은 절벽에 집이 있고 고급차가 서너 대가 서 있어 저마다 한 대씩 가지고 자유로이 아름다운 도시를 돌아다닐 수 있으며 자가용 헬기로 언제든지 자유로이 가고 싶은 곳을 날아갈 수 있다. 절벽 밑으로 내려가면 보트로 낚시를 하러 바다로 나갈 수 있다."

그런 환상적인 집, 그리고 하고 싶은 일을 무엇이든지 할 수 있는 미국의 자유와 꿈이 함께하고 있는 것이다. 형에게는 무하마드 알리와 주먹을 쥐고 웃고 있는 사진이 있었다. 한국인으로서 알리는 쉽게 만나볼 수 없는 사람이었다.

다음 날 아침에는 유명한 이준구 사범님이 우리 집 앞 길 건너에 도착하여 형을 맞이했다. 미국에서 쓰던 차를 배로 한국으로 보냈다고 했다. 이준구 사범님은 한국에서 영화촬영을 하고 있다고 형이 설명해 주었다.

그때 이준구 곁에 있던 재관이가 '이소룡'에 대한 얘기를 해주었다. 이소룡 영화가 히트되기 전에는 그는 미국 무술 계에서 시범을 하던 중국 무술 사범이었다. 자신은 실전으로 싸울 때였다고 했다.

여동생이 부친상 때문에 한국에 왔을 때 들려준 형에 대한 모든 것은 실제로 있는 얘기들이었다. 미 대륙의 동부 서부를 휩쓸던 무술 계에서 유명한 형이었다. 그리고 이제는 영화를 찍으러 홍콩까지 다녀갔으니 모든 것은 사실화 되어서 나의 형에 대한 기대와 믿음이 사실로 눈에 보이는 것 같았다. 모든 것을 형에게 희망을 걸고 미국으로 가는 나의 길을 준비해야 했다.

모든 수속이 끝나고 인터뷰를 하는 것도 아주 간단했다. 가장 걱정했던 것은 전쟁에서 다친 기록이었다. 불구자는 미국으로 갈 수 없다는 미국의 조건이 있다고 걱정했지만 필요 없는 걱정거리였다.

형이 부쳐준 비행기 표가 집에 도착하고 내가 조국을 떠날 준비를 하고 있을 때 죽마고우들은 군대 생활에서 제대를 막 하던 때였다. 막상 출국 날짜가 정해지면서 나는 다시 과거를 돌아보았다.

문주란의 '공항의 이별'이라는 노래가 그때 히트 하면서 곳곳에서 흘러나왔다. 언제나 노래가 당시의 나의 운명을 말해주는 듯했다. 내가 월남에서 돌아오던 해에는 '월남에서 돌아온 김 상사'가 입대하기 전에는 보지 못했던 김추자라는 가수의 노래로 히트해서 나를 위로해 주었고 병원생활에 충실하고 있을 때에는 '세월이 약이겠지요'라는 노래가 전상자의 마음을 위로해 주었다. 시대가 그렇게 내 운명과 같이 가고 있었다.

나는 떠날 때 가난한 조국에 다시는 돌아오지 않을 듯이 뒤를 돌아보지 않았다. 미래의 꿈에 취해있었다. 그러나 막상 떠나는 날 비행기가 동해를 건너갈 때 무엇인가 마음에 걸렸다. 뒤돌아보았다.

불사조

⑮ 미국 첫 해

출국
샌프란시스코
구경 나들이
태권도 도장과 사범들
육 여사의 서거 〈8월 15일〉
미국 무술인과의 미팅 〈11월 8일 금요일〉
시합 전날 〈11월 8일 금요일〉
세계 챔피언 대회 〈11월 9일 토요일〉
미국에서의 첫 번째 성탄절과 연말

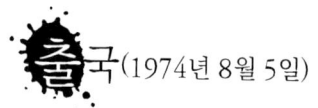출국 (1974년 8월 5일)

기다리던 출국 날이 다가왔다. 새벽 운동을 할 시간에 일어나서 미국에 가지고 갈 짐을 다시 확인하고 있으려니 부엌방에서 어머니가 오셔서 일을 도와주셨다. 이제 삼남매가 모두 미국으로 떠나고 홀로 사셔야 할 어머니의 모습이 더욱 쓸쓸해 보였다.

"어머니, 곧 형이 초청을 하시니 너무 걱정하지 마세요."

위로의 말을 건넸다. 잠시 계시다가 말씀하셨다.

"미국 가서 형과 사이가 좋아야 한다. 형의 말을 잘 듣고 형수도 잘 모셔서 집안이 화목해야 한다. 그리고 너의 몸이 정상이 아닌 것을 잊지 말고…."

어머니의 눈에는 눈물이 젖어있었다. 이제는 홀로 사셔야 한다는 것이 마음에 걸렸다.

아침부터 친구들이 하나둘 모여들었다. 내가 떠나는 길에 배웅하러 모인 죽마고우들이었다. 홀로 계실 어머니를 자주 뵙고 돌보아드리라고 부탁을 했다. 몇 개월 전부터 친구들께 부탁했던 말이었다. 나에게는 이번 출국이 두 번째인 셈이었다. 월남전에 참전하러 가던 것이 나의 첫 번째 출국이었다. 그때는 전쟁을 향해서 떠났다. 살아 돌아오리라는 희망으로 부산항을 떠났다. 이번에는 이민이라서 언제 다시 돌아올지도 모르는 떠남이었다.

형이 보내준 비행기 표는 돌아오는 편이 없는 외길이었다. 친구들과는 꼭 편지를 보내줄 것을 약속하는 것 외에는 약속이 없는 이별이었다. 미국에서 형이 나를 맞이한다는 것 외에는 아무것도 모르고 있었다. 미국은 미지의 세계이며 꿈의 세계였다. 떠나는 짐에는 형에게 필요한 많은 것이 담겨있었다. 내가 가지고 가는 것은 도복, 화랑무공훈장 그리고 몇 권의 책뿐이었다.

　친구들 몇이 길가에 나가서 지나가는 택시를 잡아서 대기시켰다. 더 많은 친구들이 군 복무가 끝나지 않은 때였다. 차 뒤편에 어머니를 모시고 손을 잡았다. 택시는 김포공항을 향해 질주했다. 김포가도를 달리면서 창가로 보이는 모든 모습들이 언제 돌아올지 모르는 조국이라는 생각이 나면서 무엇인가 아쉬운 마음이었다. 월남전에 참전하러 부산항을 떠나던 날이 생각났다. 그때는 나라의 명령 아래 떠나던 대장부의 길이었고 지금은 나의 인생을 개척하기 위해 떠나는 길이었다.

　김포공항을 향해서 고속도로를 달리는 동안에 아무도 말을 하지 않고 있으니까 운전기사가 라디오를 틀었다. '공항의 이별'이 나오니 앞에 앉아있던 성구와 복영이가 "문주란이 너에게 작별을 하는 모양이다." 하면서 웃었다. 택시 기사가 왜 그러냐고 물었다. 이구동성으로 철없던 시절에 문주란과의 인연을 얘기하니 운전사도 나를 보면서 웃었다. 외국으로 떠나는 손님께 들려주는 문주란의 노래였다. 나같이 짐이 많은 사람들은 이민을 가는데 저마다 사연을 가지고 떠난다는 것이다. 공항에 도착할 때까지 몇 번을 문주란 노래를 되풀이해 들려주었다. 마치 문주란이 나에게 이별의 노래를 불러주는 것 같았다. 어머니는 나의 곁에서 아무 말씀도 않으셨다.

　김포공항에 도착하자마자 친구들이 도와서 모든 짐을 쉽게 부칠 수 있었다. 기다리는 동안에도 모두들 말을 하지 않았다. 시간이 되어서 가벼운 가방을 들고서 출국장 입구를 향해 걸었다. 출국장 입구에서 어머니의 손을 놓고 친구들에게 손을 흔들어 주었다. 모두들 손을 흔들면서 나를 보내주었다. 몇 번을 뒤돌아보면서 다른 여행자들을 따라서 안으로 들어갔다.

비행기 안에 들어가니 예쁜 여자 안내원(스튜어디스)이 자리를 찾아 주었다. 그들은 매우 친절했다. 손에 들고 온 작은 가방을 위편에 올려놓고 자리에 앉아 창밖을 내다보니 많은 사람들이 오고 가는 모습이 보였다. 어머니와 친구들은 돌아갔겠지….

잠시 눈을 감고 생각에 잠겨있을 때 비행기가 움직이기 시작하면서 방송이 들렸다. 곧 이륙할 것을 알리는 말이었다. 비행기는 활주로를 향해서 움직이기 시작했다. 속도가 가속되면서 비행기의 앞부분이 하늘을 향하다가 이륙했다.

잠시 후 비행기 창문을 통해 서울이 멀어졌다. 아름다운 사진과 같았다. 비행기는 동쪽으로 방향을 바꾸어서 동해로 향하고 있었다. 내 조국이 그렇게 아름다운 '금수강산'이라는 것을 처음으로 알 수 있었다. 초가을이었지만 곳곳에 낙엽이 보이는 산도 있었다. 잠시 후 비행기는 동해를 가로질러 일본을 향해서 날아갔다.

잠시 후 일본 공항에 착륙했다. 멀지 않은 일본이었다. 비행기가 장시간 태평양을 건너갈 연료를 채우고 안전을 재확인한 후 떠날 준비를 하는 곳이었다. 공항에 내려서 나의 짐을 찾아 지시한 곳을 향해 가야 하는데 사람들이 각각 다른 방향으로 가는 것 같았다. 일본인 근무자에게 여권을 보여주면서 아메리카라고 얘기를 했다. 그는 일본말로 대답을 했다. 그러나 나는 일본어를 배우지 않아서 알아들을 수가 없었다. 그는 영어로 설명했으나 알아들을 수 없었다. 그러면서 그는 뒤도 돌아보지 않고 자리를 떠나는 것이었다. 일본 안내원들은 불친절하구나 하는 생각이 들었다. 첫 인상이 그랬다. 막상 그렇게 당하고 실망했으나 어쩔 수 없는 것이 나의 처지였다.

두리번거리고 있으려니 어떤 한국인이 다가와서 어디로 가느냐고 물었다. 나의 여권을 보더니 자기도 하와이를 가는 중이라고 얘기해 주었다. 그를 따라가니 다행히 내가 다음 비행기를 기다리는 장소였다. 그는 해외여행을 자주 하는 사람 같았다. 그는 가방 하나에 짐도 없었다. 지정된 장소에서 기다리면서 주위를 돌아보았다. 모두가 인사를 잘하고 웃는 얼굴로 사람을 대하고 있었다. 그러나 일본말이나 영어를 할 줄 모르는 사람에게는 차가운 대우를 하는 일본인이었다.

'그런 사람일수록 도움이 필요할 터인데…'

나의 첫 번째 일본인에 대한 인식으로 한평생 잊히지 않는 일이었다. 어릴 때부터 배워온 일본인에 대한 인상이 기억났다. 산인한 역사를 배우고 자라난 나에게 일본인은 더욱 적대시 되었다. '약자에게는 강하고 강자에게는 약한, 비겁한 처신들이었다.

잠시 있으려니 그분이 다가와서 탑승할 시간이 방송되었다고 알려 주었다. 일본말과 영어로만 방송되는 것이었다. 다행히 그 사람을 따라가게 되었지만 그분의 도움이 없었으면 많이 고생할 뻔한 날이었다. 문득 나의 신세가 처량한 생각이 들었다. 모든 조건이 우리나라보다 일본이 앞서 있다는 것만은 알 수 있었다. 비행기가 착륙하기 전에 보이던 그들의 농토들은 바둑판같이 짜여 있었고 고층빌딩이 잘 정돈

미국 첫 해 449

되어 있는 도쿄시였다. 말을 하다가 뒤돌아선 그 일본 안내원이 모든 것을 대표해 준 셈이었다.

   비행기는 도쿄비행장을 떠나서 태평양 바다 위로 향했다. 말로만 듣던 태평양을 보니 긴 시간을 비행해야 한다는 것이 실감났다. 비행기는 더 구경할 것도 없는 태평양 바다 위를 비행하고 있었다. 창문을 닫고서 눈을 감으려니 한국의 예쁜 스튜어디스가 다가와 의자를 조금 눕힐 수 있도록 가르쳐 주었다. 한국말로 원하는 것을 물어보고 마실 것과 식사를 하도록 해 주었다. 일본 스튜어디스보다 키가 컸고 날씬하고 예쁜 여자들이었다. 일본인들은 키가 작았다. 얼굴도 웃지 않으면 못생긴 여자들 같았다. 한국 안내원이 다가와서 한국 음악을 듣게 해준 덕분에 한국 옛 가수들의 노래를 들을 수가 있어서 고마웠다. 친절한 한국 안내원을 볼 때마다 월남전에서 몸을 다쳤을 때 나를 간호하던 간호사가 생각났다. 친절히 간호해 주던 천사들이었다.

   얼마 후 안내 방송이 나왔으나 일본어와 영어로 말을 해서 알 수가 없었다. 다행히 짧게 한국말로 곧 하와이 호놀룰루비행장에 도착할 것이라는 안내를 하였다. 미국에 입국하는 문이었다. 일본 공항같이 모든 짐을 내릴 필요는 없었다. 순서대로 기다렸다가 입국 수속에 필요한 서류와 몇 번의 질문이 끝난 후에 그 자리에서 영주권을 받았다. 비행기가 이륙하기 전에 하와이 주위를 구경하였는데 야자수가 보였다. 월남의 야자수와는 달라 보였다. 그리고 벽에 그려질 하와이 여인들의 훌라춤을 추며 웃는 얼굴들이 이색적이었다. 비행기 안에서 쪼그리고 앉아있던 몸을 이리저리 비틀어 몸을 풀었다. 또다시 그 긴 시간을 비행기 안에서 앉아있을 생각을 하니 몸 상태가 걱정되었다.

샌프란시스코 (1974년 8월 6일)

시차가 17시간이나 있어서 한국에서 출국한 날짜 오후 시간에 나는 샌프란시스코에 도착할 수가 있었다. 긴 여행의 끝이 다가온 것이었다. 실제로 비행기 타는 일이 이런 고통을 감수해야 하는 일이라는 것을 몰랐다.

'샌프란시스코공항'에 곧 도착할 것이라는 안내 방송에 모두 움직이기 시작했다. 깨어나 옷을 단정히 하는 시간이었다. 비행기 창문을 통해 내려다보이는 샌프란시스코는 아름다운 지상천국이었다. 구름에 쌓여있는 그곳에서 나도 살 자격이 있다는 생각에 마음은 들떠있었다. 그런 곳에서는 행복 외에 불행은 없을 것만 같았다. 고행 끝에 낙이 온 것이었다. 곧 도착할 것이라는 말이 있은 후에 비행기는 샌프란시스코 상공을 한 바퀴 돌았는데 꼭 구경을 시켜주는 것 같았다. 바다로 내려가는 듯하면서 비행기는 공항에 착륙했다.

완전히 비행기가 멈추자 사람들은 저마다 가지고 온 짐을 짐칸에서 끌어내렸다. 비행기 출구를 향해 줄을 서기 시작했다. 총 비행시간이 13시간이었다. 보기에는 날아가는 비행기같이 시원시원할 것 같았지만 실제로는 의자 구석에서 묶여서 앉아가야 하는 고행이었다. 그 모든 것을 잊고 샌프란시스코에 감탄하면서 나갈 준비에 여념이 없었다. 그리고 저마다 마중 나온 사람들을 만날 기대에 들떠있었다.

　형이 나를 맞이하러 나오겠지, 하는 생각을 하며 출구를 향해 걸었다. 긴 행렬을 따라 걸으면서 창밖에 보이는 경치에 감탄했다. 모두들 가는 길을 따라가다 보니 짐을 찾는 곳이었다. 크고 긴 원판이 돌아가면서 하나둘 짐이 실려 나오고 있었다. 한참을 기다려도 내가 가지고 온 짐은 보이지 않았다. 하는 수 없이 짐을 포기해야 했다. 출구로 나오면서 입국 검사하는 곳에 줄을 서 있다가 순서가 되어서 몇 마디 말과 나의 신분을 확인한 후에 밖으로 나왔다.

　형과 형수 그리고 귀여운 조카딸 은주가 손을 흔들면서 나를 기다리고 있었다. 이역만리에서 형과의 재회였다. 형수와 은주도 반가웠다. 그러나 내가 가지고 온 짐을 찾지 못했다는 것을 알고서 형은 어디론가 갔다가 돌아왔다. "공항에 일하는 사람이 가지고 온 모든 짐을 형 집으로 배달을 해 줄 것"이라면서 형의 표정이 여유가 있었다.

　공항의 시설이 워낙 커서 어디가 어디인지 알 수가 없었다. 김포공항에 비하면 시설 차이가 컸다. 형은 형수와 팔짱을 하고 나는 은주와 함께 그들의 뒤를 따라갔다. 수많은 차들이 세워져 있는 주차장으로 들어갔다. 그 많은 차들 중에서 자기 차를 찾아내는 것이 신기했다. 나의 짐을 차 뒤에 실었다. 나는 은주와 뒷자리에 타고 형이 운전했다. 그 옆에 형수가 앉아서 무어라고 영어와 한국말이 섞인 대화를 하는 것이었다. 나는 그 사이에 많이 큰 은주를 보면서 이것저것 물었다. 그렇게 귀여워하던 조카딸도 영어로 대화했다. 그 사이에 많이 컸구나!

　형은 운전을 하면서 거울을 통해 나를 보고 말했다. 자기의 차가 일류에 속하고 이름이 '링컨 마크 4'라는 차라고 설명해 주었다. 주위에 달리는 차에 비해서는 조금 더 길었고 진동이 아주 적고 고요하게 달렸다. 형이 대화를 하면서 운전하는 모습이 멋있었다.

고속도로를 달리면서 전개되는 샌프란시스코의 화려한 경치는 아름다운 그림이었다. 곳곳을 지나치면서 형은 나에게 설명해 주었다. 한국에서는 보지 못했던 넓은 고속도로에 많은 차들이 질서정연하게 달리고 있었다. 한국도 경부고속도로를 개통했지만 실제로 다니는 차는 얼마 되지 않았다.

고속도로를 한 바퀴 돌면서 대강 설명을 들은 다음에 차는 형이 사는 동네로 향했다. 긴 다리를 지나가면서 소개해 주었는데 그 다리는 '하프문베이 브리지'였다. 반은 물 위에 떠 있는 다리이며 북가주에서 가장 긴 다리라고 소개해 주었다. 그 말대로 한참 동안 다리 위를 달려야 했다. 반쯤 지나가도 다리는 물 위에 떠 있었다. 날이 기울어갔다. 노을이 지면서 구름에 쌓여있는 샌프란시스코의 모습은 아름다운 그림이었다. 바다와 구름 사이에 멋있게 어울리는 모습이었다.

한참을 달린 후에야 다리를 건널 수 있었다. 형은 집에 들어가기 전에 저녁을 먹어야겠다고 말했다. 얼마 후 중국식당에 도착했다. 중국식당은 독립된 건물에 넓고 중국적인 시설로 되어 있었다. 안과 밖이 잘 구조되어 있는 건물이었다. 모두가 둥근 테이블에 둘러앉자 형은 단도직입적으로 음식을 주문했다. 모두들 좋아할 것이라고 했다.

기다리는 사이에 내일부터 긴 주말 동안 여러 곳을 구경할 것이라고 했다. 앞으로 내가 해야 할 태권도 사범생활에 대해서도 설명해 주었다. 나를 위해서 도장을 하나 열었다고 했다. 동네는 콩코드이며 흑인이 적고 백인과 멕시코 인이 주를 이룬다고 설명해주었다. 나도 밥벌이를 해야 한다는 생각에 고민이었는데 도장 사범으로 고용을 한다니 반가운 소식이었다. 무엇인가를 할 수 있게 된 것이 다행이라고 생각했다.

잠시 후 여자 남자가 팀이 되어서 음식을 나르기 시작했다. 우선 식탁 가운데에는 큰 잉어가 완숙되어서 먹기 좋게 칼질을 해 놓았고 주위에는 팔보채, 해삼요리(한국에서 보던 해삼의 몇 배로 큰 것)와 여러 가지 음식으로 식탁을 가득 채웠다. 모든 준비가 끝나고 그들이 돌아가자 형은 말없이 혼자 짧은 기도를 했다. 다 같이 기도하자는 말은 하지 않아 잠시 그의 기도가 끝날 때까지 기다렸다. 어떤 종교의식은 아니었다. 기도가 끝나고 그가 음식을 자기 접시에 옮기는 순서에 따라서 나도 나의 접시에 음식을 옮겨놓고 먹기 시작했다. 나의 생애에 가장 화려한 식사였고 맛도 최고였다. 배불리 먹은 후에 졸음이 밀려왔다. 식당을 나오니 날이 어두워지고 길거리는 가로등들이 밝혀주고 있었다.

형의 집에 도착하니 생각보다는 작은 집이었다. 안으로 들어가 보니 나무판으로 된 바닥이었다. 거실을 지나 부엌 옆에 나의 방이 미리 준비되어 있었다. 방 안에는 침대와 옷장이 있었다.

나는 들고 온 짐을 옮겨 놓은 후 침대에 누웠다. 미국에서 처음으로 누워보는 침대였다. 탄력이 있어 한층 편한 기분이었다. 형은 문을 노크한 뒤에 문을 열면서 오늘은 피곤할 테니 일찍 자고 내일 아침에 만날 것을 말한 후에 문을 닫아주었다.

구경 나들이 (1974년 8월 7일 수요일)

잠을 자려고 눈을 감았으나 좀체 잠은 오지 않았다. 한국은 지금 낮 시간일 것이다.

거실에서 형 부부가 서로 가까이 앉아 텔레비전을 보고 있는 시간이어서 다시 나갈 형편도 아니었다.

창가에 둥근 달은 사방을 비춰주고 있었고, 마을은 조용히 밤 시간을 즐기는 모습이었다. 잠시 뒤뜰에 나가서 달을 보니 한국에서 보던 그 달이었다. 뒷마당에는 과일나무도 있고 여러 가지 큰 꽃나무가 어울려 있었다. 벤치에 앉아서 이 생각 저 생각을 하고 있으려니, 형이 뒤뜰로 와서 "춥지 않냐?"고 물어보았다. 나는 반팔 셔츠를 입고 있어도 아무런 추위를 느끼지 않았다.

조국을 떠난 지 하루가 넘기도 전에 고향에 홀로 계시는 어머니, 그리고 죽마고우들이 그리웠다. 모두들 하는 일이 잘되기를 기원하며 방으로 돌아와서 고향에 편지를 쓰기 시작했다.

"나는 무사히 긴 비행시간을 견디어내고 '샌프란시스코'에 무사히 도착해서 형과 형수, 은주와 함께 맛있는 중국 요리로 저녁 식사를 했다. 그리고 둥근달을 보고 고향 생각에 편지를 쓴다."고.

월남에서 쓰던 편지는 전투에 나갔다가 방석으로 돌아와서 쓴 글이었고, 지금 쓰는 편지는 지상천국 미국 어느 구석에서 행복함에 젖어 쓰는 편지였다.

  시간이 다소 지나갔을 때에 형이 나를 불렀다. 거실에 나가보니 형이 한국으로 전화해서 어머니께 무사히 도착했다는 소식을 전하고 있었다. 전화를 바꾸어 주어서 어머니의 목소리를 들을 수 있었다. 나의 친구들 얘기를 하셨다. 내가 떠난 후 모든 친구들이 어머니를 모시고 중국집에 가서 식사를 한 후에 돌아갔다고 하셨다. 엊그제 이별을 했건만, 어머니를 몇 해는 뵙지 않은 것 같은 마음이 들었다. 어머니의 부탁은, 형과 형수에게 순종하고 잘 어울려 살면서 미국 생활에 적응하라는 말씀이시었다. 그리고 건강관리에 신경을 써서 몸이 이상이 없도록 하라고 염려해 주셨다. 다시 형에게 전화를 바꾸어 주었다. 형이 어머니도 곧 미국으로 초청할 계획이라고 해서 한결 마음에 위안이 되었다.

  곧바로 나의 방으로 돌아와서 쓰던 편지를 접어놓고, 한국에서 가지고 온 편지들을 한 장 한 장 읽어보았다. 월남에서 부모님과 친구들로부터 받았던 편지들은 옛날로 돌아가는 데 지름길이었다. 친구들은 이곳에서도 내가 편지를 전해줄 것을 믿고 있을 것이었다. 성공을 해서 돌아가야겠다고 생각하면서 침대 위에 몸을 던졌다.

  - 8월 9일 (목요일)

  새벽에 일어나서 뒤뜰에 나가보니 나무들과 풀잎에 이슬이 흠뻑 젖어있었다. 돌아서 앞마당에 가보니 그곳에도 장미꽃들이 피었고 잔디 위에도 이슬이 내려 있었다. 길거리를 돌아보니 영화에서나 보던 그 모습으로 깨끗이 정리되어 눈앞에 전시되었다. 한 집 한 집의 모양을 보면서 거닐었다. 이것이 바로 평화로운 새벽이라는 것을 실감하면서 긴 호흡을 들이쉬고서 뛰기 시작했다.

다시 돌아와야 하기 때문에 천천히 뛰면서 멀리는 가지 않았다. 두 노인이 팔짱을 끼고 느리게 걷고 있다가 나에게 손을 흔들면서 무어라고 아침 인사를 하는데 나는 무심히 그들을 보지 않고 뛰었다. 대답을 하고 싶었지만 영어라서 아무 말도 대꾸할 수 없었다.

몸에 땀이 나면서 집 앞에 도착해서 몸을 풀었다. 나는 새벽에 그렇게 운동을 해야 하루가 정상으로 시작될 수가 있다고 생각하고 살아왔다. 나의 신체적인 조건이었다. 집안으로 들어와 어젯밤에 집 구조를 보여준 대로 화장실에서 면도를 한 후에 샤워를 했다. 샤워도 길게 하지 않도록 했다. 한국에서 목욕하는 식으로 때라도 벗기고 싶었지만 그러지 말아야 한다는 것을 기억해서 샤워만 한 것이었다.

뛰면서 보이던 집들은 저마다 다른 꽃과 나무들이 심겨 있었고 잔디로 앞마당이 고르게 정리되어 있었던 것이 미국의 첫인상이있다. 그리고 길을 거닐던 노인들이 생각났다. 그들이 손을 흔들면서 한 말이 아침인사 '굿 모닝!'이었다는 것을 그제야 알 수가 있었다.

은주가 나에게 아침 식사를 하라는 말을 하고 돌아갔다. 그러나 기대하던 아침 식사는 너무 초라했다. 구운 빵조각 두세 개에 젤리 잼, 그리고 땅콩버터에 계란프라이가 전부였고, 곁에는 커피 컵이 놓여있었다. 저마다 무엇인가를 하면서 먹는 것이었다. 다 먹은 뒤에 기대하던 정식의 식사 시간은 없었다. 그것이 미국식 아침의 전부라는 데 실망을 하던 첫날 아침이었다.

잠시 후 나갈 준비를 하라기에 어젯밤에 형이 준 옷을 입고서 길을 나섰다. 나도 외적으로는 미국식이 되어있었다. 오늘은 샌프란시스코의 명소를 구경하러 가는 것이 계획이었다. 형은 차의 시동을 걸고 차 안의 온도를 맞추어 놓고서 트렁크에 이것저것 실어놓았다. 그리고 잠시 후에 모두들 차를 타고 길을 나섰다.

형은 뒤에 앉아있는 나에게 백미러를 통해서 눈을 맞추며 설명해 주었다. 오늘은 다른 다리를 건너는 것이라고, 잠시 차가 달리면서 많은 차들과 함께 어울려 밀리기 시작하더니 아주 천천히 이동했다. 그 다리는 이름은 '베이브리지'로 오클랜드와 샌프란시스코를 연결시키는 다리였다. 그 다리가 샌프란시스코에서 가장 분주한 다리라고 얘기해 주었다. 모든 차들이 느림보로 줄 세워 가고 있었다. 그러다가 다리에 가까워지면서 통과하는 입문이 보였다. 그곳을 지나가면서 돈을 지불하는 모습은 나에게는 낯선 것이었다. 내가 전에 벤저민 프랭클린의 자서전을 읽으면서 알게 된 다리로 뉴저지와 필라델피아 사이에 있으며 만들 때 두 주 간에 합의한 다리였다. 나는 이런 다리를 건너가는 것이 처음이었다.

형이 돈을 낸 후에는 빨리 달리기 시작했다. 지나가면서 다리가 태평양 바람에 흔들리는 듯한 기분을 느낄 수가 있었다. 잠시 후 중간에 작은 섬을 통과하는 짧은 터널을 지나니 또 다른 모습을 한 다리가 보이면서 화려한 샌프란시스코의 모습이 눈앞에 나타났다. 어디선가 사진에서 보던 모습이었다. 그곳 오른쪽으로 지나며 차가 가고 있었다. 큰 원을 그리면서 바다를 향해 아래로 도시의 중심지를 향해 빨려 들어가는 기분이었다.

바닷가에 다 내려와서 잠시 멈추어서 샌프란시스코에서 오클랜드 쪽의 경치를 보았다. 샌프란시스코는 구름과 어울려 있어야 제 모습이라더니 마침 구름이 걸려있었다.

모두들 차에서 내렸는데 신선한 바람과 함께 바닷가 특유의 냄새가 나고 있었다. 잠시 주위를 돌아보면서 바닷가 길을 걸었다. 형과 형수는 팔짱을 끼고 걸었고 나는 조카딸과 말동무를 하며 걸었다. 그들의 뒤를 따라가면서 이곳저곳의 경치를 구경했다. 모든 것이 한국에서는 볼 수 없는 화려한 모습들이었다.

은주에게 보이는 장소와 건물들에 대해 물어보았더니 무어라고 영어로 대답을 하기에 다소 실망했다. 불과 1년 반 전에 미국에 왔는데 한국말을 잊었단 말인가? 그러나 다시 생각해 보니 조카딸을 이해할 수가 있었다. 조카딸은 아직도 어떤 말이 한국말인지 어떤 말이 영어인지를 구분하지 못하는 나이였다. 미국 유치원을 다니면서 영어를 쓰게 되었으니 그런 모양이었다. 다행히 한국말을 알아듣고 이해한다는 것만 해도 고마운 일이었다.

다리를 건너자마자 삼각 빌딩이 눈에 보였다. 그 빌딩은 어떤 영화에서 본 적이 있었다. 지진이 일어난 직후에 지진을 대비하여 지은 이름 있는 건물이었다.

다시 차를 타고 형은 차를 몰았다. 잠시 후 많은 사람들이 운집되어 붐비는 곳이 눈에 들어왔다. 형은 그 사이를 가르면서 운전해서 중앙에 위치한 자리에 차를 세워놓으면서 표를 받았다. 그곳은 시간제로 차를 세우는 장소였다. 우리는 차에서 내려서 붐비는 군중 속으로 형을 따라서 갔다. 나는 조카딸을 데리고 그들을 따라갔다. 길가는 온통 이상한 모양으로 구성되어 있는 가게들이 있었다. 그곳은 샌프란시스코에 방문하는 객들을 목적으로 운영하는 관광지였다. 마술사가 사람을 끌어들여서 재주를 보여주고 있었고, 젊은이들이 이상한 재주로 관중들을 군집시켜놓고 실력을 발휘한 후에 모자를 들고 관중들이 구경한 대가로 자선을 받았다. 그들의 재주는 보통으로 할 수 있는 실력을 초월해서 구경할 만한 것이 한두 가지가 아니었다. 그 많은 관중들은 미국 전역에서 여행을 온 사람들이었다. 그 외에 외국에서 샌프란시스코를 구경하러 온 사람들도 많았다.

  이곳저곳을 돌아보다가 한 장소에 멈추었다. 형이 삶은 큰 게 네 마리를 산 후 다리를 부셔서 먹기 쉽도록 만들어 주었다. 네 개의 봉투를 들고서 차로 돌아와서 한적한 바닷가로 차를 몰고 갔다. 각자 한 마리씩 나누어 들었는데, 형이 그것을 어떻게 먹는지 보여준 후에 먹기 시작했다. 우선 다리가 단단한 것을 들고 구석구석의 살을 빼먹는 것이었다. 바닷물의 짠 내가 스며있어서 아무 간도 필요 없이 먹을 수가 있었고 한 마리로도 배가 찰 정도의 양이었다. 형은 다 먹은 후 은주가 남겨놓은 게까지 다 먹어치웠다. 게의 그 맛은 그 지역의 정점인 듯했다.

  그 후 그곳을 벗어나서 곳곳을 구경했다. 금문교를 건너가니 샌프란시스코의 다른 모습을 볼 수 있었다. 금문교는 거대한 모습으로 바다 위를 가로지르고 있는 진한 밤색으로 그 모습을 자랑하고 있었다. 구름과 잘 어울리는 샌프란시스코의 아름다움은 관광객들을 사로잡기에 충분했다.

  곳곳에서 관광객들이 사진을 찍고 있었으나 우리는 그곳에 언제든지 올 수가 있는 사람들이라서 사진은 찍지 않았다. 간혹 사람들이 사진을 찍어달라고 하면 그들의 사진기로 찍어주었다. 바닷가에 펼쳐진 금문교 공원에 접어들면서 화려한 자연의 모습을 정리해놓은 듯한 큰 공원을 볼 수 있었다. 곳곳에 가족 단위로 운집해서 모여 있었고 단체로 온 사람들은 게임을 하는 모습이 지상천국 그대로였다. 이렇게 아름다운 곳은 악한 마음을 가지고 살 수는 없는 세상 같았다.

돌아오는 길에 일본 타운에 멈추어서 구경하다가 그곳에서 저녁 식사를 했다. 식사를 마치고 나니 졸음이 몰려왔다. 낮과 밤 시차가 있어서 밤에 선잠을 잔 후라 오후에는 졸음이 나를 압도하는 것이었다. 나의 모습을 본 형은 그날의 여행을 마치고 집으로 돌아왔다.

나의 방 침대에 누웠다. 한국에서는 개인의 방이 없는 풍습이라서 모든 것을 주의해야 했으나 미국은 각자 개개인의 방에서 자유롭게 사는 것이 풍습이라서 방에 들어온 후에는 마음대로 무엇이든 해도 관계가 없는 자유의 방이었다.

태권도 도장과 사범들 (1974년 8월 10일 금요일)

아침 식사를 하자마자 형과 함께 도복을 챙겨서 길을 나섰다. 형이 운영하는 도장들을 둘러보는 날이었다.

우선 버클리 도장에 들렸다. 주위에 술주정뱅이들이 서성거리는 거리였다. 그곳은 형이 강 사범님으로부터 쫓겨난 후에 기숙하던 도장이었다.

형이 강 사범님 밑에 있으면서 얼마나 구박을 받고 살아야 했는지 서러웠던 옛날 얘기를 해주었다. '꿈'을 가지고 미국에 도착하자마자 선배님들과 함께 도장에서 먹고 자면서 강훈련을 해야 했고, 주말이면 이곳저곳을 다니면서 시합을 뛰어야 했다. 시합도 일본 룰에 적응된것이라서 이기기가 쉽지 않았다고 했다. 쉬는 날이면 교회에 끌려가야 했고, 불만이 생길 만하면 "태산은 무언"이라는 말이나 하면서 불만을 억제하게 했다는 얘기였다. 운동을 많이 해야 하는 선수들에게 "많이 먹는다"고 야단을 칠 때가 가장 서러웠다고 했다.

그 말을 들으면서 지난날을 생각하니, 그때에 우리 집 온 가족은 미국에서 생활에 도움이 될 돈이 날아오기를 기다렸었다. 형은 미국에 도착하자마자 출세가도를 걷는다고 기대하던 꿈이 사라졌을 것이다. 게다가 형수의 편지마다 조카딸과 시집살이에 대한 소식과 기다림의 마음이 적혀 날아왔을 것이었다. 그때의 형의 괴로웠을 심정을 이제야 이해할 수 있었다.

  버클리(샌프란시스코 다리 건너에 있는 도시) 도장의 관원들은 거의 다가 흑인들이었다. 그들은 특유의 대화체로 몸을 흔들면서 말했다. 제스처(몸으로 하는 표현)를 많이 볼 수가 있었고 대화 중에 많은 웃음으로 표현했다. 그곳에서 지도하는 유단자들을 만나보았는데 그들 또한 그런 식으로 대화는 하지만 무술에 대한 예의에 관심을 갖고 배우려는 태도가 있었다. 형의 말로는 그 도장은 많은 실력자들이 성장한 곳이라고 했다. 형도 그 도장에서 시합 준비를 한 적이 있는 곳이라서 유단자들이 시합에는 능한 모양이었다.

  그다음 헤이워드 도장에 들렀다. 버클리 도장에서 운전을 해 가던 중에 형이 미국의 도장 운영에 대한 얘기를 해주었다. 미국에서는 태권도 단수와 나이에 의해서 지도자의 위치에 있는 것이 아니고 실력을 위주로 운영을 하게 되어 있어 우선 실력을 갖추어야 한다는 것이었다. 한국에서처럼 선후배와 인맥으로 지배하는 관습에서 빗이니아 한다는 얘기였다. 그 도장은 흑인이 많지 않았고 백인을 주로 한 멕시코 사람들과 필리핀 사람들이 주였다. 사범은 '데니얼 리'라는 한국인 2세 젊은이였다. 그는 한국말을 띄엄띄엄 하고 완전한 영어로 대화를 하는 사범이었다. 완전히 미국 사상을 가지고 살아가는 젊은이였다. 그는 미국 애인과 독립하여 살면서 학교를 다니다가 잠시 휴학 중이었다. 무술 시합에서 인정받은 실력을 가지고 있다고 형이 소개해주었다. 첫 인상에서 자유로움을 볼 수 있었다. 그 곁에 있던 흑인 혼혈아는 '데이비드 카스트로'라고 소개를 하는데 그는 한국말을 완전히 하고 영어가 서투른 모양이었다. 데니얼과 나이가 비슷해서 친구로 사귀는 것 같았다.

또다시 한참을 운전해서 도착한 곳은 '콩코드' 지역이었다. 내가 앞으로 사범으로서 지도할 도장이었다. 그곳에는 '길버트'라는 매니저가 있어 낮 시간에도 도장이 열려있었고, 아침 부가 '밥 스미스'라는 유단자에 의해 운영되고 있었다. 아침 부에서 운동을 하던 전 관원들은 형이 들어서자 모두 동작을 멈추고 형께 경례의 인사를 했다. 형은 그들에게 앞으로 도장을 운영할 '하나뿐인 동생'이라고 소개했다. 모두들 형의 친동생이라는 것에 기대하는 모습이었다. 형은 아침 부에서 지도를 하던 두 유단자를 사무실에 불러서 개인적으로 소개했다.

그들과 악수를 나눈 후 형의 화려한 입담으로 하는 거침없는 대화를 들었는데 그 모습이 부러웠다. 영어로 말하니 알아들을 수는 없으나 여유 있는 몸짓과 표정이 그들을 압도하고 있었다. 그들과 함께 근처에 있는 이탈리아 식당에 가서 점심을 함께하는데 형은 여러 화제로 분위기를 주도했다. 그들은 형이 홍콩에서 영화촬영한 것이 언제쯤 미국에서 방영되는지 관심이 많았다. 나는 형의 말을 조금은 알아들을 수는 있었으나 단어를 알 뿐이지 전체의 대화는 이해할 수는 없는 영어 실력이었다.

식사 후에 형은 나를 도장에 남겨놓고 어디론가 할 일이 있다면서 떠났다. 나는 사무실이라는 곳에 앉아서 도복을 갈아입고 영어회화 책을 보고 외우는 일을 시작했다. 유단자들이 몇 마디의 말을 하지만 알아들을 수 없는 말이라서 그저 웃음으로 답할 뿐이었다.

그것이 나의 미국 사회의 첫날이었다. 미국에 오기 전에 한국에서 한마디라도 배우겠다고 미군부대에 가서 태권도를 가르치고 배웠던 영어는 군에서 쓰는 속어(슬랭)였다. 일반 사회에서 쓰이는 저질인 대화법이었다. 그야말로 '샷 업! 겟 아웃!' 정도만 알아들을 수 있는 것이 전부였고 그 외의 말은 완전히 표현하는 방법도 달랐다. 대화의 리듬과 악센트가 달랐다. 한국말로 표현하자면 저질의 욕과 함께 흘러나오는 교육수준이 낮은 대화였다. 그런 대화로 관원들을 지도할 수는 없다는 것을 곧바로 알 수가 있었다. 사람들과 대화를 할 때도 사범이라는 위치에서 예의 바르고 신사적인 영어를 써야 했다. 듣기도 다시 익혀나가야 했고 이해하기도 마찬가지였다. 미군으로부터 배운 모든 것을 쓰레기통에 버려야 했다. '귀머거리 3년 벙어리 3년' 노릇을 지나서야 미국 사회에 적응할 수 있다는 말이 농담이 아니었다. 그날부터 나는 도복을 입고 사무실에서 영어단어를 외우고 소리 내어 읽는 것으로 하루의 시간을 보냈다.

    오후에 어린이 부가 시작되면 그들에게 태권도의 기초부터 대련까지 가르쳐야 했다. 지도를 하기 전에 다른 사범들이 지도하는 것을 보면서 미국에서 지도하는 방법도 배워갔다. 제자들과도 자주 대련을 해 주어야 했다. 한국에서는 사범이 신사복이나 입고 사무실에 앉아서 사람을 만나는 위치였다. 지도하는 일은 후배 유단자들의 일이었다. 그러나 미국에서는 사범이 도복을 입고 직접 지도하면서 실력을 보여주는 것이 도장을 운영하는 방법이었다.

육여사의 서거 (1974년 8월 15일)

 월요일(8월 19일)은 처음으로 어린이 부를 지도하는 날이었다. 보조 매니저가 사무실에서 내가 지도하는 것을 보면서 이상이 있으면 미국의 관습과 가르침을 알려줄 계획이었다. 미국에서는 어린 아이들에게 벌을 줄 수 없다는 것이 우선적인 형의 충고였고, 여자 관원들을 가르칠 때는 손이 여자의 몸에 대이면 예의에 어긋난다는 것을 미리 알려주어서 잘 알고 있었다. 그 외에는 내가 한국에서 어린이 부를 가르치는 방법대로 운영하는 것이었다. 모두들 한국적인 지도에 관심이 있기도 해서 어려움은 없었다. 그 후 성년 부를 등급 순으로 나누어 줄을 세웠다. 성인 부는 첫날이 아니었기 때문에 여유가 있는 상태였다.
 그날 예상외로 형이 신사복을 입고 도장에 들어오더니 유단자를 보내어 나를 불러냈다. 사범 위치를 바꾸고 서둘러 사무실로 와서 옷을 갈아입고 형의 차를 탔다.
 도장을 떠나면서 한국에서 지난주 목요일 '8.15행사' 때 "육 여사가 저격을 당했다."는 비보를 전해주었다. 그 순간 나의 심장이 멈추는 것 같았다. 조국을 떠나온 지 며칠이 지나가지도 않았는데 나라에서 이런 일이 일어났다는 것이 믿기 힘든 소식이었다.
 해병대 정신에 있는 "우리는 나라가 부를 때 언제나 앞장서겠다!"고

하는 명령이 떠올랐다. 형은 계속 소식을 전해주었다. 재일교포 '문세광'이 저격했는데 이북과 관계가 있다는 것이었다. 박정희 대통령이 새마을운동과 국제적인 사업에 박차를 가하고 있는 뒤에는 늘 육 여사가 있기 때문이라고 믿고 있었다. 육 여사와의 일 중에 특히 기억나는 것은 문둥병 환자가 모여 사는 섬을 방문해서 그들을 손수 어루만져주었던 뉴스였다. 그분의 자비하심을 볼 수가 있었다.

형은 심각한 한국 위기보다는 앞으로 미국에 들어오기가 힘들어질 것이라는 얘기를 했다. 나는 조국에 다시 돌아가고 싶었다. 다시 총을 들고 나라를 지키고 싶은 생각뿐이었다. '내가 무엇을 할 수 있는가? 조국을 위해서…'

너무나 무능한 현실이 안타까웠다. 아무것도 할 수 없는 시간들만이 나를 기다리고 있었다. 조국을 떠날 때는 가난한 조국으로 다시는 돌아오지 않을 것 같은 마음으로 떠났다. 그러나 불과 열흘이 지나기도 전에 이런 일이 일어나고 나니 '조국애'가 또다시 나의 가슴을 두드렸다. 형은 집을 향해 운전하면서 여러 가지 꿈을 설계한 미래를 밀해주었으나 나의 마음은 조국의 모든 사람들이 얼마나 충격을 받았을까 하는 생각뿐이었다. 집에 도착하니 생각보다 빨리 온 탓으로 저녁 준비가 되어있지 않았다. 그래서 라면 2개와 계란 2개를 끓여서 깡통에 있던 꽁치와 함께 식사로 대치했다.

거실에서 텔레비전을 보고 있으려니 미국 뉴스에서 한국의 뉴스가 방영되는 것이었다. 대통령 연설 기간에 뒷자리에 앉아 계시던 육사가 옆으로 쓰러지는 장면을 되풀이하여 보여주었다. 가슴이 뛰어서 그대로 앉아 있을 수 없어 홀로 나의 방으로 돌아왔다. 다시 뒤뜰로 나가서 호흡을 가다듬고 하늘을 보니 둥근 달이 사방을 비추어 주고 있었다. 이렇게 멀리 나 혼자만 피신한 것 같은 죄책감과 어떤 변화가 있을지 모르는 조국에 대한 걱정이 되었다.

잠시 후 나의 방으로 돌아와서 그날의 생각을 글로 써 내려갔다.

'나라와 백성이 배고팠던 역사를 되풀이하지 않겠다.'는 약속을 지키기 위해 노력하는 박 대통령을 믿고 따르던 백성들이었다. 이런 불상사가 일어난 것은 너무 슬픈 일이었다. 죽마고우들 중에 누구라도 내 곁에 앉아 소주잔과 어묵 국물이라도 마시면서 대화라도 하고 싶은 생각이었다. 홀로 있는 나의 외로운 신세가 또다시 따분한 심정이 들었다.

그 후에도 나는 미국에 와 있다는 것이 즐거움과 기쁨보다는 조국 소식에 대한 생각이 더 많았다. 주말이면 오클랜드 한국식품점에 가서 한국 신문을 보는 것이 습관화되면서 이국 생활의 날을 보내게 되었다.

어느 날 형이 나에게 '세계 프로 무술대회에 한국 대표'로 싸워야 하니 시합 준비를 하라는 지시를 했다. 어떻게 무엇을 준비하라는 지시는 없었다. 홀로 좀 더 강한 발기술과 신체적인 보강에 신경을 써야 했다. 매 주말마다 조국 소식에 신경을 썼으나 다시 안정되어가는 것에 다소 마음을 가라앉힐 수 있었다.

시합 준비에 몰두하면서 하루하루를 보내고 있었다.

미국 무술인과의 미팅

형이 홍콩에서 촬영한 영화 건으로 미국에서 유명한 무술인과의 미팅(11월 1일 1974년 금요일)이 있다고 했다. 나는 형과 함께 비행기를 타고 '로스엔젤리스'를 방문했다.

일류 고층 호텔 방에 짐을 풀었다. 승강기를 타고 아래층에 있는 식당에서 식사를 하고 있을 때 곳곳에서 형에게 다가와 인사를 하는 사람들이 오고 갔다. 모든 것이 형을 위한 만남 같았다.

미팅 시간이 되면서 자리를 옮겼다. 그곳에는 많은 사람들이 기다리고 있었고 형이 들어가자 모두들 박수로 환영해 주었다. 형이 곁에 있던 나를 소개해 주면서 환영의 박수갈채가 있었다. 무릎 높이 성도로 높은 자리에 올라가 형과 함께 앉아있었다. 사회자로부터 소개받아 다시 인사를 했다.

그 자리에는 미국에서 가장 싸움을 잘하는 선수들이 있었고 영화배우와 이름 있는 가수들도 모여 있었다. 그 당시에 나는 그런 사람들이라는 것도 모르고 앉아있었다. 영어를 알아듣지도 못하니 형이 개인으로 인사를 시켜준 이준구 사범님, 한봉수 사범님, 문대원 사범님 그리고 영화에서 본 적 있는 척 노리스 외에는 아는 사람이 없었다. 무슨 말을 하는지 알아들을 수는 없었으나, 주로 형에게 물어보는 말들은 형이 홍콩에서 촬영하고 온 영화에 대한 얘기와 영화를 찍으면서 있었던 작은 일 큰일들이 주를 이루었다. 그리고 가끔 나에 대한 질문이 있을 때마다 형이 대변해 주는 것이었다.

다음 주말에 세계에서 처음으로 열리는 "세계 프로 무술시합"에 대한 얘기를 했다. 그 대회를 주최하는 사람은 '마이크 앤더슨'으로 전 미국 유명 무술잡지사의 주인이었다. 그는 모든 시합이 완벽히 준비되어서 다음 주말이면 시합할 수 있다고 설명했다.

그 후에 나는 호텔 방으로 돌아와서 잠을 청했고, 형은 다시 나가서 사람들을 만나는 모양이었다. 높은 고층빌딩에서 아래로 "로스엔젤리스"가 한눈에 내려다보였다.

정작 나는 다음 주말에 내가 미들급으로 싸운다는 말에는 별 관심이 없었다. 그때만 해도 미국의 무술이 어느 정도인지를 알지 못하는 때였다. 그야말로 하룻강아지 범 무서운 줄 모르는 격이었다.

잠이 들었다가 옆을 보니 형이 돌아와서 자고 있었다.

새벽에 일어나서 호텔 방 번호를 기억해 두고 시내를 걸었다. 배가 출출하면 식당에 가서 호텔 번호를 알려주고 마음대로 식사를 할 수가 있었다. 음식들의 이름보다는 그림으로 선택하는 것이었다. 콩코드에서처럼 무한으로 먹는 식당이 아니라서 모두 하나하나를 신청해야 하는 것이 답답했으나 무한으로 마실 수 있는 음료수와 커피로 나를 위로하는 시간이었다. 이것저것 모두가 새롭고 고급으로 장식된 호텔에 앉아 있으려니 나의 죽마고우들이 생각났다. 모두들 나무장 모닥불에 둘러앉아서 노래를 부르듯이 지금 나의 곁에 앉아 있으면 '금상첨화'일 텐데 하는 생각에 홀로 아쉬운 미소를 짓고 있었다.

다시 길거리로 나와서 길을 걸었다. 여러 곳을 구경하고 호텔로 돌아오니 형이 커피숍에 나와서 누군가와 얘기를 하고 있었다. 곁에 다가가니 잠시 후에 비행기를 타고 샌프란시스코로 돌아갈 계획이라고 말해주었다. 호텔방에 가서 여행 가방을 꾸려놓았다. 잠깐 동안 쿠션 좋은 침대에 누워서 있으려니 친구들이 그리웠다. 한국에는 아무 일이 없는지 궁금했다.

잠시 잠이 들었던 나를 형이 깨웠다. 형과 같이 호텔 버스를 타고 공항으로 갔다. 형은 시합에 대한 말을 하지 않고 다른 여러 얘기를 해주었다. 어제 내가 만났던 사범님들이 미국과 멕시코에서 무술계의 거성이라는 것 그리고 미국에서 가장 싸움을 잘하는 사람들이라는 것과 그 외에 영화계와 유명한 가수들도 그 자리에 있었다는 얘기들이었다.

샌프란시스코 공항에 도착을 하니 형수와 은주가 마중을 나왔다.

시합 전날 (1974년 11월 8일 금요일)

그렇게 일주일은 빠르게 지나갔다. 금요일 아침부터 형과 같이 다시 비행기를 타고 로스엔젤리스에 도착했다. 지난주에 묵었던 호텔에 가서 짐을 풀었다.

형은 나에게 방에서 쉬라고 한 후에 홀로 밖으로 나갔다. 나는 호텔 방에서 몸을 풀고 시합에 대한 마음의 준비를 하면서 여러 생각을 하고 있었다. 처음으로 여는 세계 무술시합이니 모두들 어느 정도의 실력자이겠지만 무술은 아시아, 일본, 중국과 한국으로부터 시작된 것이니 나도 어느 정도 잘할 것이라는 자부심이 있었다.

기다리던 2개월 동안 형은 나 홀로 운동을 하게 하면서 스파링 파트너도 붙여주지 않았다. 그러니 나의 실력대로만 하면 가능성이 있기 때문이라고 믿었다. 단지 싸우던 중에 나의 왼쪽 두개골만 강타를 당하지 않으면 얼마든지 싸울 수가 있었기 때문에 그곳에 타격을 받지 않도록 방어에 습관을 들였다.

어느 정도 몸에 땀이 나올 정도의 열기가 오를 즈음에 형이 이준구 사범님과 함께 나의 모습을 보시는 것 같았다. 자신이 데리고 온 선수는 남미 출신이고 아주 빠르고 잘 싸울 것이라고 자랑을 하셨다. 잽 스미스는 라이트 헤비급에서 뛸 선수인데 동부에서는 이름이 높았고 형이 전 미국을 전전하면서 시합을 할 때 형과도 여러 번 싸웠던 선수였다.

나는 외출복으로 갈아입고 그들을 따라서 아래층 커피숍으로 내려갔다. 그곳에는 여러 나라 선수들이 구석구석 운집해 있었다. 사람들이 형에게 다가와서 인사할 때마다 나를 소개시켰다. 내가 내일 시합을 뛸 동생이라는 말이었다. 그리고 다시 자기의 영화에 대한 얘기를 했다.

저녁을 먹고 홀로 방에 돌아와 쉬는데 누군가 노크해서 열어보니 어떤 미국인이 나에게 몸무게를 재야 한다고 했다. 그를 따라 시합장에서 가까운 방에서 나의 몸무게를 쟀다. 그 다음 옆방으로 인도해서 들어가 보니 다른 선수가 앉아있었다. 그와 악수하고 앉으려니 내일 저녁에 싸울 선수라고 하는 것 같았다. 싸우는 규칙에 대해서 설명을 했으나 잘 알아들을 수가 없었다. 형이 잠시 그 자리에 들어온 후 설명은 계속 진행되고 있었다. 나는 알아들을 수 없어 물었으나 형은 나에게 신경 쓰지 말고 최선으로 싸우면 된다는 얘기만 되풀이해 주었다. 그렇게 상대방 선수를 만나본 후 서로 헤어졌다.

잠시 후 대전표를 볼 수 있었다. 유럽 대표 선수는 미국 대표 '빌 월러스'와 싸우고 나는 캐나다에서 대표로 온 선수와 싸우게 되어있는 대전표였다. 모든 선수들이 세계 각 나라에서 대표로 올라왔다. 그리고 미국에서 가장 싸움을 잘하는 선수들이 각 체급에 포진한 시합이었다.

라이트급에 '하워드 잭슨'은 미국에서 라이트급 1위를 지키고 있는 선수였다. '빌 월러스'는 미들급으로 1위에 있었고, 주니어 헤비급에는 이준구 사범님의 제자로서 명성이 높은 '잽 스미스' 그리고 헤비급의 '조 루이스'는 일본 스타일로 미국을 총 체급에서 장악을 한 선수였다. 형과 싸우던 사진을 통해서 몇 번 보아서 눈에 익은 선수였다. 그리고 일본, 중국, 멕시코, 남미 그리고 유럽의 각 나라에서 대표로 선발된 선수들이 있었다.

대전표를 본 후에 호텔 방에 돌아와 침대에 누워 일찌감치 잠을 택했다.

세계 챔피언 대회 (1974년 11월 9일 토요일)

새벽이 되면서 홀로 호텔방을 나왔다. 커피숍에서 들러서 커피를 마시면서 생각 없이 마음을 비우고 있었다. 사람들이 나를 유심히 보는 것 같아서 밖으로 나와 길을 걸었다. 오늘 저녁에 다가올 시합에 지나친 집중은 하고 싶지 않았다.

아침 식사를 하기 위해서 테이블 위에 꽂혀 있는 메뉴를 보니 아는 음식이 없었다. 계란으로 요리되어 푸짐한 야채가 함께 나오는 음식을 신청했다.

다시 밖으로 나와서 저녁에 싸울 시합장을 돌아보았다. 링은 로프가 없이 넓고 평평한 가운데 줄로 그려져 있었다. 호텔방으로 돌아오니 형은 샤워를 하고 있었다.

오후 시간이 지나가면서 여러 사람들이 형에게 인사를 하러 오고 갔다. 시합 시작하는 시간이 다가오자 형이 소개한 '다니엘 리'가 와서 한국말로 인사했다. 그나마 한국인이라는 것이 반가웠다. 그는 내가 몸을 푸는 시간에 보조를 해 주었다. 형은 어디론가 다니느라고 분주했다.

시합장으로 지나가는데 큰 시합장에 수많은 관중들이 가득 차 있었다. 나는 선수방에 들어가서 시합을 준비하는 시간이라서 밖으로 나가서 라이트급이 싸우는 모습을 구경할 수가 없었다. 조금이라도 보았으면 시합에 도움이 될 것 같았으나 그런 시간이 주어지지 않았다.

시합장은 너무 시끄러웠고 모두 흥분하고 있었다. 라이트급에서 누가 이겼는지도 알 수 없었다. 형은 나의 곁에 앉아 아무 말도 하지 않고 기다리고 있었다.

시간이 되어 방송이 나왔는지 형은 나를 데리고 시합장으로 나갔다. 아우성과 박수가 그 큰 시합장을 진동시켰다. 플래시 라이트가 사방에서 터졌다. 나는 침착히 링을 향해서 걸어갔다. 링 한구석에 올라가니 사방이 훤히 보였다. 한쪽에서 다니엘이 의자를 주어서 앉아서 돌아보니 수많은 사람들의 소리만 들렸고 링 근처 사람들만 볼 수 있었다. 링은 생각보다 훨씬 커보였다.

잠시 후 형이 내가 입고 있는 노란 도복(시합에서 입으라는 도복이었다) 상의를 벗는 것을 도와주었다. 그리고 권투 글러브 같은 것을 나의 주먹에 끼워주었다. 다니엘은 나의 다리를 자기 무릎 위에 올려놓고 마사지를 해 주었다.

주심은 일본인이었는데 하얀 도복을 입고 있었다. 심판이 양 선수를 링 가운데로 나오라고 손짓해서 나갔다. 상대 코너에서 캐나다 선수가 다가왔다. 나는 주심이 하는 말에는 신경을 쓰지 않고 단지 형의 말에 의존하고 있는데 형은 아무 말도 하지 않았다. 서로 양손의 글러브를 마주친 후에 나의 코너에 와서 있다가 주심의 신호에 따라 상대방과 같은 시각에 링 중앙으로 나왔다. 그리고 서로 스파링이 시작되었다.

- 1라운드

보통 대련으로 시작하는 기분이라서 마음에 부담은 없었다. 서로 발로 교차되는 것이었다. 긴장되거나 불안한 마음은 없었다. 상대가 그리 빠르지도 않았다. 그렇게 태권도 대련 식으로 오고 가다가 그가 주먹으로 나의 상단을 향해서 공격을 하는데 기분이 나빴다. 나는 태권도 시합 식으로 발을 주로 견제하는 대련이었다. 그러다가 그의 주먹 공격에 얼굴을 얻어맞았다. 아픈 것보다는 화가 치밀었다. 속으로 '이 자식이 어따 대고 주먹으로 상단을 쳐?' 화가 났다. 그래서 침착히 발로 공격을 했으나 그리 쉽게 잡히지 않았다. 그 후 그의 다시 나의 상단을 향해 주먹으로 공격을 하기에 그에 맞서서 주먹으로 그를 공격하며 난타전이 되었다. 기분은 상해있었다. 그렇게 1라운드가 끝나고 링 코너에 돌아와서 의자에 앉으면서 형께 불만을 토로했다.

"저 자식이 주먹으로 나의 상단을 쳐!"
"오늘 시합은 상단을 주먹으로 칠 수 있는 시합 룰이 있다."
"그렇다면 그 전에 나에게 알려주고 훈련을 했으면 좋았을 걸."
나는 둥명스럽게 말했다

- 2라운드

2라운드에서부터 주먹을 쓰기 시작하니 길거리에서 싸움하는 기분이었다. 상단을 주먹으로 공격하니 상대방이 중심을 기울이다가 뒤로 쓰러졌다. 그래서 돌아서서 나의 쪽으로 돌아오려는데 형은 무어라고 소리를 질렀다.

"야! 인마! 계속 공격해야지!"

그 말을 듣고 돌아서서 그를 공격했으나 기회는 지나갔다. 그는 다시 일어났다. 도대체 어떤 규칙인지를 가르쳐주지도 않고 링 안에서 무조건 싸우라는 형을 이해할 수가 없었다.

　이 시합 규칙으로 상대방이 넘어지면 계속 공격을 할 수가 있다는 형의 말에 기가 막혔다. 그런 규칙은 한마디도 하지 않았던 형이 도대체 시합에서 내가 어떻게 이기라는 건지 알 수가 없었다.

　- 3라운드
　이제는 그야말로 길거리 싸움 식으로 주먹을 휘두르고 하단, 상단 없이 공격하면서 싸움을 했다. 마지막으로 주심이 서로를 갈라놓았다. 시합은 끝이 난 것이었다. 그때까지도 나는 지쳐있지 않아서 더 싸워서 그놈을 넘어트려 밟아버리고 싶은 감정이었다. 그러나 형은 상대방에게 시원한 타격을 주지 못한 나에게 무어라고 충고를 하는 것 같았다. 그러나 반발심이 생겨서 형의 얼굴을 쳐다보지도 않고 있었다.
　잠시 후 종합점수가 심판 결과에 나왔는데 내가 패한 것이었다.
　링을 내려오는데 화가 치밀어 올랐다. 나에게 시합에서 지라고 일부러 지시한 것 같은 기분뿐이었다. 시합 전 2개월 전에 정해진 시합에 대해서 한마디 충고도 없이 훈련도 시키지도 않았던 것이 기분이 상했다. 싸움에서 진 것보다도 그것에 더 감정이 생겼다.
　선수 방에 돌아와서 옷을 갈아입고 있으려니 형은 다음 시합을 구경하러 나갔다. 데니엘도 나의 준비가 끝나자 다음 시합을 보러 나가는 것이었다. 나 홀로 잠시 있다가 밖으로 나가서 링에서 멀리 있는 윗자리 꼭대기에서 보이는 잽 스미스의 싸움을 구경했다. 그야말로 마구잡이 난타전이었다. 잡고 쓰러진 상대방을 계속 공격하는 것이었다. 길거리 싸움이었다. 그것을 미리 알았다면 나의 싸움은 훨씬 시원했을 듯했다. 나의 유도 경력으로 상대방이 잡히면 얼마든지 다룰 자신이 있었고 상단을 주먹으로 공격할 수가 있는 것을 알았다면 얻어맞지도 않았을 뿐더러 길거리 싸움 실력으로 대처했을 것이었다. 그러나 모든 것이 지나가고 나서야 말해주는 형에 대해서 기분 나쁜 생각이 들기 시작했다.

잠시 앉아 있으려니 한국에서 내가 태권도를 가르쳤던 미 군인이 찾아와서 위로의 말을 해주었다. 그는 나의 시합 얘기를 듣고서 한국에서 미국으로 휴가를 나와서 시합을 구경한 것이었다. 반갑기는 했지만 시합에서 패한 기분에 말을 하지 않았다. 그 후 그는 인사를 하고 다시 링 가까운 자리로 갔다. 나는 조금 더 구경하다가 선수방으로 돌아왔다.

모든 시합이 끝나고 나서 형은 나를 찾았다. 나를 호텔방에 데려다 주고서는 "푹 쉬어라"고 말을 한 후에 밖으로 나갔다. 그때 온몸에서 땀이 흘러나오기 시작했다. 온몸이 차가워지면서 식은땀이 전신에서 흐르는 것이었다. 추워지기 시작했다. 침대 천으로 온몸을 감쌌다. 몸이 떨리기 시작했다. 정신이 어지러워지기 시작하면서 무한의 식은땀은 끝없이 흘러 침대 위를 흠뻑 적시고 있었다.

얼마의 시간이 지나갔다. 서서히 몸이 따뜻해지는 것을 느낄 수 있었다. 나는 침대에서 일어나 바닥에 누웠다. 한참을 쉬는 시간이었다. 몸이 한결 따듯하게 돌아가고 있었다.

다시 샤워를 하고 침대에 누워서 다행히 나의 왼쪽 머리에 타격이 없었던 것이 다행이라고 생각하면서 스스로를 위로했다. 벨을 눌러서 침대보를 바꾸어 달라고 부탁했다.

새로운 침대에서 잠이 들었는데 형이 돌아오는 소리에 잠에서 깨었다. 3위 트로피를 나에게 주었다. "종합 3위다." 그리고 무어라고 말을 했다. 시합 주최 측에서 지불한 출전비가 몇$이라고 홀로 중얼거리듯이 말하고는 "이것은 오늘의 대인관계에 지출할 것"이라며 나에게 한 푼도 주지 않고 밖으로 나갔다.

'출전비? 그런데 형이….' 패자로서 말할 기분이 아니었다. 다시 침대에 누워서 잠을 청했다. 그런데 갑자기 또다시 온몸에서 땀이 흘러나오기 시작했다. 나의 머리에서 통증이 시작되었고 헬기의 소음과 폭음 소리가 전 호텔방을 뒤흔드는 것이었다. 눈을 감고 몸을 움츠렸다. 온몸에서 또다시 땀이 흐르고 있었고 귀가 터질 것 같은 폭음 소리가 연속적으로 일어났다. 두통에 어지러운 것을 호흡으로 조절하기 시작했다. 몇 달 긴장하고 운동을 할 때 잊었던 통증이 한꺼번에 몰려온 것을 그제야 알았다.

얼마 후 나의 몸에 다시 따스한 기온이 돌아오고 있었고 다시 살아난 것을 반가이 맞이했다. 고향 생각에 눈물이 흘렀다. 고향으로 돌아가고 싶은 생각뿐이었다.

세계 프로 시합이 끝난 후에 나는 다시 평소와 같이 도장에서 관원들을 가르치면서 낮 시간에는 영어 단어 암기와 대화법에 대한 공부에만 치중하면서 시간을 보냈다.

미국에서의 첫 번째 성탄절과 연말
(1974년 12월 25일(수요일) & 31일(화요일))

평소와 같이 아침 일찍 전철을 타고 와서 아침 10시에 도장을 열었다.

10시 반에 아침 부를 가르치는 날이 월, 수, 금요일이었다. 화, 목, 토요일은 밥 스미스가 아침 부를 가르쳤다. 그날은 아침부터 나의 자유로운 시간이었다. 그러나 무일푼으로 구경하는 것도 쉬운 일이 아니었다. 그래도 용돈이라도 벌어볼 생각으로 밥 스미스에게 물어보니 놀라는 것이었다. "그럴 수가?" 그는 잠시 말을 하지 않다가 얘기해 주었다. 자기도 형 밑에서 내가 오기 전에 사범으로 고용되어서 몇 개월 일을 했으나 한 푼도 받지 못해서 하는 수 없이 야간 일을 취직해서 밤일을 다닌다는 것이었다. 그가 나에게 물었다. 세계 챔피언을 뛰고 출전비가 얼마나 되었냐고. 나는 한 푼도 받지 못했다고 했다(사실은 형이 자기의 대인관계로 쓴다고 하고 나에게 한 푼도 주지 않았다). 밥 스미스는 미국에서는 인건비를 착취하는 것은 절대 금지되는 법이라는 것이었다. 그 후에 홀로 생각하니 내가 받은 것은 가끔 몇 푼의 전철비와, 용돈이라고 준 것을 왕복비와 점심값으로 쓴 전액이었다. 밥 스미스는 형에게 얘기해서 월급을 받도록 해 보라는 충고를 해주었다.

그렇지 않아도 형수와의 갈등에 형의 집에서 더 살고 싶지 않았다. 주말이면 형의 가족과 함께 다니든지 툭하면 홀로 집에서 조카딸을 보는 일이 흔한 내 주말이었다. 생각해보아도 이러려고 내가 미국에 온 것은 아니었다. 형이 말하던 거짓말은 고사하고 이렇게 애나 보는 주말이 되리라고는 생각도 못 했던 것이었다. 그런 마음을 품고 하루하루를 도장에서 관원들을 가르쳐야 했다. 그러나 사범으로 일하며 종일 외워둔 영어로 대련과 무술에 대한 것을 여러 관원들 앞에서 설명해야 하는 일은 괜찮았다. 그 덕에 나의 발음과 악센트를 지적받아 고칠 수 있었던 고마운 시간이었다.

그렇게 몇 개월이 지나가면서 그와 같은 나날의 일을 영어로 일기에 적어 두었는데 돌아보니 당시 불만투성이였던 나의 감정이 일기장 속에 꿈틀거리고 있다. 그때 나는 몇 푼 주머니에 있던 돈으로 문구점을 찾아가서 일기장을 하나 사놓았다. 언제 어디서 나의 뇌에 진통이 올지 모르는 팔자에, 쓰러질지도 모르기 때문에 잠을 자기 전에 그날그날의 일기를 쓰는 것이 좋을 것 같았다. 그리고 일기장을 쓰는 김에 서투른 영어로 쓰기로 했다.

12월이 되면서 주위에는 성탄절 준비로 술렁거렸고 나의 마음도 들떴다. 내가 한국에 있다면 지금쯤 친구들과 어울려 많은 모임에 참가하고 파티의 계획에 정신이 없을 게 뻔한 일이었다. 그러나 지금 나는 형 집에서 살면서 아무 계획도 없이 12월을 보내고 있으니 무엇인가 쓸쓸한 마음만 가슴에 스며들었다.

성탄절과 주말이 겹쳐서 도장도 긴 날을 쉬는 날들이었다. 형을 따라서 크리스마스 성탄절에 교환할 선물을 쇼핑하는 주말이었다. 형이 조카딸에게 선물할 돈을 몇 푼 주어서 예쁜 선물을 격에 맞추어 샀다. 상자 속에 넣어 선물용 종이로 싸서 그리스마스 트리 밑에 놓았다. 형과 형수도 여러 가지 선물상자를 성탄절 트리 밑에 하나둘 쌓아 놓고 있었다. 그중에 나에게 줄 선물도 있을 것이었다.

성탄절이 되기 전 조카딸이 들뜬 마음으로 하루하루를 보내는 모습이 귀엽기만 했다. 일주일 전에는 한국의 여러 친구들과 어머니께 성탄절 카드를 보냈다. 모든 사연에 미국에서 행복하게 살아가고 있다고 말을 적어주었지만 실제로는 그렇지 않은 날들이었다.

성탄절이 다가오면서 답장으로 어머니의 카드와 친구들의 대표로 성구 카드만 날아왔다. 내가 떠난 후에 모두들 사회에 적응하기 위해서, 삶의 터전을 만들기 위한 생존법에 헌신하느라고 친구들도 옛날같이 자주 만나지 않는다는 얘기였다. 내가 그곳에 있었다면 그렇게 쓸쓸한 연말은 되지 않았을 텐데 하는 생각에 마음이 슬퍼졌다.

성탄절 전날 밤 나무에는 반짝이는 등불과 크리스마스를 상징하는 산타할아버지와 꽃사슴, 방울들이 걸려있었다. 지팡이같이 생긴 사탕도 걸려있었다. 내가 그렇게 아무 데도 갈 곳이 없이 형의 집에서 그렇게 크리스마스를 보낼 것이라곤 상상하지 못했다. 어디 갈 곳도 없는 것이 나의 형편이었다. 아무것도, 아무도 나를 반겨주는 주위의 환경이 없는 타국에서 맞는 나의 첫 번째 성탄절이었다.

그다음 날은 성탄절이었다. 조카딸은 아침 일찍 일어나서 그리스마스 트리 옆에서 서성거렸다. 형과 형수가 거실로 나오면서 선물을 각자에게 나누어주었다. 나는 나의 선물을 은주 앞에 놓았다. 그날 받았던 선물은 나의 기억에 남아있지 않다. 옷이었나. 그랬던 것 같다. 모두들 기쁜 얼굴로 대하면서 아침 식사를 했는데 오랜만에 한국식으로 푸짐하게 차려진 것이 즐거웠다. 선물이 교환된 후에는 형이 화려한 내년과 미래에 대한 꿈을 나열하기 시작했다. 아무것도 알지 못하던 나는 그저 꿈과 같은 그의 말을 듣기만 했다.

그리고 며칠을 도장에 가서 아이들을 지도하고 나니 또 긴 휴일이 다가왔다. 연말이 되어서 주위는 더욱더 화려한 모습으로 변해가고 있었다.

그러던 마지막 날 형이 영화감독을 만나서 시간을 보내야 했다. 나는 집에서 은주를 데리고 있어야 했다. 조카딸과 친구가 되어서 텔레비전을 틀어놓고 구경하다 보니 뉴욕 동부로부터 다가오는 새해맞이 파티가 전 미국을 뒤흔들고 있었다. 한국에서는 볼 수 없는 환상의 시간들이 다가오고 있었다.

시간이 늦어 조카딸은 자기 방에 들어가 있었고 나는 홀로 심심한 생각이 들었다. 그러다가 나는 전철이 밤에도 운영을 한다는 것과 샌프란시스코 연말 파티와 새해맞이 하는 장소에 군중이 모여든다는 것이 생각나 샌프란시스코 시내에 사람들이 집결되는 곳에 가보고 싶다는 생각이 들었다.

집을 나오면서 문을 잘 잠그고 확인한 후에 전철역으로 걸어가니 많은 사람들이 붐비는 시간이었다. 오늘밤 일찍 잠을 잔다는 것은 바보 같은 일이라는 것을 알 수가 있었다. 전철을 타고 샌프란시스코에 도착하여 시계탑이 있는 곳으로 사람들을 따라서 걸어갔다. 그곳 시계탑으로 헤드라이트가 비치면서 카운트다운을 하려는 사람들이 큰 광장으로 모이고 있었다. 나도 그 군중 속으로 들어가 흥분의 도가니에 휩쓸렸다.

시간이 다가오면서 모두들 시계의 초침에 집중하였다. 그리고 방송으로 십초를 남기고는 카운트다운을 시작했다. 열, 아홉, 여덟, 일곱, 여섯, 다섯, 넷 셋, 둘, 하나. 와아… 함성이 터지고 온 동네가 화려한 불빛으로 빛나고 이곳저곳에서 폭죽이 터져나왔다. 모두 이웃들과 서로 악수를 하고 얼싸안으면서 1975년을 맞이하였다. 그런 멋진 시간에 나도 그곳에서 함께 하고 있다는 것만으로도 가슴이 벅찼다.

나는 미국의 자유로움을 만끽하면서 길을 걸었다. 붐비는 가운데 부딪히는 사람들의 물결이 하나도 귀찮지 않은 정녕 기쁨의 시간이었다.

유병홍 장편 실화소설

不死鳥불사조

인쇄 | 2025년 7월 25일
발행 | 2025년 7월 31일

글쓴이 | 유병홍
펴낸이 | 장호병
펴낸곳 | 북랜드
　　　04556 서울 중구 퇴계로41가길 11-6, JHS빌딩 501호
　　　41965 대구 중구 명륜로12길 64(남산동)
　　　전화 (02)732-4574, (053)252-9114
　　　팩스 (02)734-4574, (053)252-9334
　　　등록일 | 1999년 11월 11일
　　　등록번호 | 제13-615호
　　　홈페이지 | www.bookland.co.kr
　　　이-메일 | bookland@hanmail.net

책임편집 | 김인옥
기　　획 | 전은경
교　　열 | 서정랑

ⓒ 유병홍, 2025, Printed in Korea

* 이 판권은 저작권자와 북랜드에 있습니다.
* 이 책 내용의 전부 또는 일부를 재사용하려면 양측의 동의를 받아야 합니다.

ISBN 979-11-7155-148-4 03810
ISBN 979-11-7155-149-1 05810 (E-book)

값 30,000원